KB239379

조선 전기 우언소설

한국
고전
문학
전집

014

조선 전기
우언소설

윤주필 옮김

문학동네

머리말

우리에게는 잃어버린 전통이 있다. 잃어버릴 만한 것도 있지만 잃어버려 안타까운 것도 있다. 오늘날과 너무도 동떨어져 자연적으로 도태된 것이라고 당연시하거나 합리화할 수만은 없다. 모든 것이 2~3초의 잔영 속에서 이미지적으로 소통되는 현대사회에서 진정한 메시지를 진중하게 찾는 것은 자못 구태의연해 보인다.

'강원도 포수'라는 말이 있다. 호랑이를 잡으려면 호랑이 굴에 들어가야 하듯이 포수라면 호랑이가 자주 출몰하는 강원도로 들어가야 한다. 왜 하필이면 호랑이를 잡으려고 하는가 탓해서는 안 된다. 그러나 일단 들어가서 종무소식이 된다면 그야말로 '강원도 포수'가 되는 것 아니겠는가. 그런데 한국한문학 분야, 그것도 우언소설寓言小說처럼 수많은 전고典故와 우회적 표현으로 뒤덮인 영역은 학자들을 강원도 포수로 만들고야 만다.

자칫 고전문학 연구가의 무덤이 될지도 모를 이 영역은 기피 대상이 되는 것이 어찌 보면 자연적 추세 같지만 꼭 그런 것은 아니다. 우언소설의 어떤 작품은 너무 난해하여 별로 유행하지 못했지만, 또다른 작품은 이본異本이 수십 종을 상회할 만큼 많은 독자와 적극적 개변자들을 만났다. 문제는 오늘날의 환경이다. 독서 주체와 행위가 전통시대와 너무도 달라졌지만, 살아 돌아오는 강원도 포수의 소식을 기다리는 사람에게 그 소식을 기꺼이 들려줄 기회가 필요하다.

이 책을 내면서 너무 많은 시간을 보냈다. 덜컥 집필 제의를 받아들여놓고 강원도로 들어가기를 솔직히 꺼려했는지도 모른다. 막상 작업을 시작하고 보니 보통 일이 아니었다. 한동안 두려워만 하다가 "꿩 잡는 게 매"라고, 내가 잘할 수 있는 방법으로 이루어놓은 결과가 '조선 전기'의 우언소설이다. 더 본격적으로 작업해야 할 조선 후기 또는 애국계몽기의 우언소설은 호랑이에게 물려서 잘려나간 꼴이다. 능력 있는 포수들은 강원도를 외면하고, 재주 없는 포수들은 겁 없이 호랑이를 대적했다가 잔명을 보존한 것에 만족한다고나 할까?

그래도 강원도의 형세와 호랑이의 성격이 어떠한지 생생하게 증언할 수 있는 것이 조그만 보람이다. 문학동네에서 오랜 기간 강원도 포수를 잊지 않고 기다려주었기에 그나마 가능했다. 특히 구민정씨는 수시로 연통을 넣으면서 내가 끝까지 살아남아 어떤 소식이라도 전해주도록 격려해주었으니 고마운 일이다. 이제 이 책은 아마도 포수 지망생이나 다른 지역의 포수들에게 자그마한 소식으로 전해질 것이다. 또한 호랑이 노획물이 필요한 사람이라면 한 번쯤은 귀를 기울일 터다. 몇 마리의 호랑이라도 너끈히 가죽을 벗겨 강원도에서 당당하게 나올 날랜 포수들을 고대하면서, 굼뜬 나도 때가 되면 다시 한번 도전할 것을 다짐한다.

2013년 입춘
도곡 무벌당無伐堂 서재에서
윤주필

【 일러두기 】

현대어역본

1. 이 책은 조선 전기에 창작된 한문학 작품으로서 '우언소설'의 개념에 적합한 6종을 골라 원문 교감과 주해를 거쳐 현대 우리말로 번역한 것이다. 우언소설의 개념에 대해서는 이 책 말미에 실은 해설을 참고하기 바란다.

2. 6종의 작품 가운데 2종은 사제지간에 연속하여 지은 각기 다른 공동작품으로 여기고 함께 다루었다. 「신명스런 집과 천군 전기」가 그것이다. 결국 총 5편의 작품이 이 책에 실려 있다.

3. 수록 작품은 순서대로 「안빙의 꿈여행」 「서재에서 밤놀이」 「신명스런 집과 천군 전기」 「원생의 꿈여행」 「시름성」이다.

4. 조선 전기 우언소설은 수많은 한문학적 전고를 문면의 배경으로 삼고 있어 난해하지만, 당대 최고의 인문학적 실험을 시도했던 갈래로서 중요한 의미가 있다. 현대어역본에서는 원전의 뜻을 해치지 않는 범위에서 현대 독자들이 쉽게 읽을 수 있도록 되도록 평이하게 풀어 쓰려 노력했고, 표기는 한글 맞춤법과 표준어 규정을 따랐다.

5. 작품의 이해를 돕기 위해 각 작품마다 도입부에 해설을 붙여 대상으로 삼은 저본 및 이본 사항을 명시하고, 작품의 창작 배경과 의도, 개략적인 줄거리와 문학사적 의의 등을 설명했다.

6. 원문에는 장의 구분이 없으나 독자의 편의를 위해 장을 나누고 각 장마다 소제목을 붙였다.

7. 본문의 한자어에는 한 작품 내에서 되풀이되는 말과 주석에서 설명한 말을 제외하

고는 되도록 한자를 병기했다.

8. 주석에서 설명하지 않은 어휘 가운데 의미를 파악하기 어려운 것은 독자의 이해를 돕기 위해 한자를 병기하고 간략한 뜻풀이를 덧붙였다.

원문주석본

1. 수록 작품은 순서대로 「안빙몽유록安憑夢遊錄」「서재야회록書齋夜會錄」「신명사도명神明舍圖銘과 천군전天君傳」「원생몽유록元生夢遊錄」「수성지愁城誌」이다.

2. 원문주석본에서는 어구 표현의 정확한 근거를 찾아 밝히려고 애썼으며, 이본에 따른 문장의 적절성을 살피고 문구 자체의 의미를 드러내도록 주석을 가했다. 따라서 현대어역본에서 불충분한 학문적 주석은 원문주석본을 참고하기 바란다.

3. 표기는 저본을 그대로 따르되, 독자의 편의를 위해 현대어역본과 마찬가지로 장을 나누고 각 장마다 소제목을 붙였다.

4. 저본과 다른 이본의 구절은 주석에서 그 전문을 제시했다. 단, 저본에서 오류가 발견되는 글자는 바로잡고 교감 사실을 주석에서 나타냈다.

5. 주석에서 한문 원전을 인용할 때는 번역문을 앞에 두고 한문 원전을 괄호 속에 넣었다. 또한 한문 원전을 참고용으로 제시한 경우는 번역문 없이 각 주석 뒤에 배치했다. 단, 원전에서 오류가 발견되는 어구 뒤에는 교감한 어구를 덧붙였다.

6. 한두 글자의 이체자異體字에는 따로 교감 주석을 달지 않고 [ ]를 사용하여 제시했다.

안빙의 꿈여행

이 작품은 1553년명종 8에 간행된 『기재기이企齋記異』에 수록되어 있다. 작가 신광한申光漢, 1484~1555은 삼척부사로 나가 있다가 기묘사화에 관련된 문인 관료, 즉 기묘사림己卯士林이라는 이유로 체직된 이후 여주驪州 원형리元亨里에 은거하였다. 이 작품집은 이 시기에 지은 것으로 추정된다. 1521년중종16에서 1537년중종32, 그의 나이 38~54세에 해당되는 기간이다. 『기재기이』에 첫번째로 실려 있는 이 작품은 안빙安憑이라는 가상 인물이 잠이 들어 꽃왕국을 유람하고 온 내용을 기록한 것이다.

'안빙'은 문자상으로 '편안히 기대다'라는 뜻이지만 주인공이 홰나무에 기대어 잠이 든다는 작품 도입부의 설정을 집약하고 있는 이름이다. 이는 작품에서도 언급하고 있지만 남가일몽의 고사성어를 낳은 「남가태수전南柯太守傳」의 괴안국槐安國에서 유래한 가공의 존재이기도 하다. 그러나 내용적으로는 주인공이 모란이 다스리는 꽃왕국에서 임금과 여러 인물을 만나고 성대한 시회詩會에 참석했다가 현실로 돌아온다는 이야기를 담고 있다. 주인공 설정의 전거를 분명히 하면서도 가공세계의 내용은 독창적으로 꾸며냈다. 그의 기본적 표지는 과거에 여러 번 낙방한 수재秀才로서 현실 공간에서는 그다지 성공하지 못한 존재이다. '수재'는 본디 과거수험생을 가리키는 어휘지만, 여기서는 현실적 성취를 포기한 채 자기만의 학문을 추구하며 때를 기다리는 지식인을 암시한다.

한편 가공세계의 인물들은 대개 여성적 이미지의 폐첩嬖妾과 남성적 이미지의 야인野人으로 대분된다. 이는 설총의 「화왕계花王戒」에서 이미 보여준 구도여서 영향관계를 짐작해볼 수 있다. 특히 「화왕계」에서 왕의 여성적 이미지가 이 작품에서는 분명하게 '여왕'으로 묘사되고 있는 것도 또하나의 영향이라 여겨진다. 애초 모란꽃이 신라 선덕여왕 때 당나라로부터 도래했다는 역사적 사실(『삼국유사』 「지기삼사知幾三事」 참조)과 밀접한 관련이 있다. 그런데 이 작품에서는 야인들이 끝내 임금을 버리고 조정을 떠나는 것으로 되어 있어 「화왕계」와는 선명한 차이점을 보여준다. 특히 처사풍의 조래선생이 박차고 나가듯이 자리를 떠나게 된 계기가 주목된다. 모란왕은 오얏나무의 화신인 이부인이나 복사나무의 화신인 반희를, 오직 왕을 기쁘게 해주는 데 힘쓰는 배우지신俳優之臣으로 대하고 있다는 사실이 드러났기 때문이다. 이 외에 왕국의 잔치에 끼지도 못하고 마당 밖에서 울고 있던 여인의 존재도 특이하다. 주인공이 전별연을 마치고 돌아오던 길에 만났던 인물인데, 그는 폐첩과 야인 그 어느 쪽에도 포함되지 않고 소외되어 있었다. 널리 백성을 사랑하고 어진 이를 가까이한다는 유교의 통치 이념은 구현되지 않고 있었던 것이다.

결국 안수재는 꿈에서 깨어나 현실세계에서 자신의 화원을 둘러보고는 가상세계에서 만났던 꽃왕국의 인물들을 일일이 확인하게 된다. 모란牡丹, 도리桃李, 죽매竹梅, 연엽蓮葉, 국화菊花, 작약芍藥, 석류石榴, 수양垂楊, 노송老松, 그리고 화원 밖 섬돌에 심긴 출당화黜堂花 등이 그것이다. 이런 중첩은 가상세계와 현실세계가 은연중 통하고 있다는 암시를 준다. 그것은 마치 꿈속의 일이 깨어 있을 때의 일과 종종 연관된다는 사실을 연상시킨다. 하지만 구체적으로 가상과 현실이 어떠한 관련을 맺는지에 대해서는 작품은 더이상 언급하지 않는다. 다만 주인공은 이후로 화원을 기웃거리지 않고 오직 문 닫아걸고 독서만 했다고 한다. 여기서 화원은 단순한 화원이 아니다. 세속의 정치현실을 우의寓意한 가상공간이다. 또한 독서에 전념하는 행위는 과거 급제를 위한 것이라기보다 처사의 정신세계 그 자체를 추구한다는 의미가 강하다.

이 작품은 꽃들의 정체를 위장하여 가상왕국의 역사적 인물들로 꾸며놓았다가 작품 말미에서는 화원의 여러 꽃들을 일일이 확인하여 밝혀준다는 점에서 수수께끼를 푸는 것과 같은 지적 만족감을 느끼게 한다. 그러나 이면적으로는 의인화된 꽃들의 처지와 성격을 묘사함으로써 왕조국가에서 벼슬아치 노릇을 하는 중세 지식인의 유형을 빗대고, 특히 작가 자신이 은둔하던 시절에 지향했던 처세법을 우의한다는 점에서 단순한 재미 이상의 심각한 의미를 담고 있기도 하다. 전자가 의인법擬人法과 대유법代喩法 등의 수사적 글쓰기에서 연유한 특성이라고 한다면, 후자는 우언寓言의 작품적 글쓰기에서 조성된 주제적 측면이라고 할 수 있다. 이 작품은 설총의 「화왕계」 이래 고려시대 가전假傳을 거쳐 발전되어온 우언문학이 전기傳奇와 교섭하면서 몽유록夢遊錄이라는 새로운 양식을 실험한 거의 초창기 산물로서, 문학사적 의의가 크다. 이는 『금오신화』의 작품을 이어받아 초기 소설사를 구성할 만한 새로운 양식을 모색, 창출했다는 점에서 중요한 결실이라고 평가해야 마땅하다.

결국 이 작품은 비유의 층위와 본의의 층위를 작품의 전반에서 지속적으로 관련시키는 이중 텍스트의 글쓰기를 교묘하게 시도하고 있다. 이를 통해 작가는 자신의 문필력을 과시하는 한편, 정치적 진퇴에 대한 입장과 미래에 대한 기대감을 드러내고 있다.

서생 안빙이 꿈나라에 들어가다

안빙^{安憑}이란 서생이 있었다. 여러 번 과거를 보았으나 합격하지 못하고 남산 별채에서 한가로이 지냈다. 집 뒤뜰에 이름난 꽃과 기이한 초목을 많이 심어놓고 날마다 그 가운데에서 시를 읊으며 소요하였다. 한번은 삼월 말 늦봄에 날씨가 맑고 따스하여 안생^{安生}은 화초를 완상하며 기분 좋게 거닐었다. 그러다가 문득 피곤해져 늙은 홰나무 아래 기대앉아 입가를 쓰다듬으며 혼잣말로 중얼거렸다.

"세상에 전하는 괴안국¹⁾ 이야기는 심히 거짓되고 미덥지 않으니, 거참 괴이한 일이야!"

---

1) 괴안국(槐安國): 당(唐)나라 이공좌(李公佐)의 『남가태수전』에서 주인공 순우분(淳于棼)이 뜨락 느티나무 아래의 개미굴을 보고 중얼거리다 꿈을 꾸었다는 나라이다. 꿈속에서 주인공은 공주에게 장가들고 남가태수에 임명되는 등 부귀영화를 누렸지만 꿈에서 깨어나 세상 부귀영화가 일장춘몽임을 깨달았다고 한다.

거닐다 기대앉다 하는 사이에 갑자기 졸음이 와 설핏 잠이 들었다가 막 깨어났을 때였다. 박쥐만한 호랑나비가 너울너울 코끝에서 날고 있었다. 안생이 이상해서 쫓으니 나비가 가까이 왔다 멀어졌다 하면서 마치 인도하는 듯 몇 리쯤 가더니 한 동구 밖에 이르렀다. 복사꽃이랑 오얏꽃이랑 흐드러지게 피었고 그 아래로 오솔길이 나 있어 안생이 방황하며 돌아가려 했는데 이제껏 쫓던 나비가 홀연히 사라졌다. 오솔길 가운데에서 열서너 살 먹은 청의동자²⁾가 있어 손뼉을 치고 앞으로 나왔다. 웃으며 말하기를,

"안공安公이 오신다!"

하고 이내 종종걸음으로 앞서 갔는데 그 걸음걸이가 마치 나는 듯했다³⁾. 안생은 그 동자를 기억해내려 애썼지만 애초 모르던 사람인지라 마음속으로 자못 이상하게 여겼다.

드디어 오솔길을 찾아 들어가니 저택 하나가 보였다. 색 담장이 둘려 있고 붉은 용마루에 푸른 기와가 산 계곡을 휘황찬란하게 비추니 전혀 인간세상의 솜씨가 아니었다. 조금 들어가니 채색 지게문이 일제히 열리며 한 시녀가 나오는데 붉은 입술과 비췻빛 소매가 아름다워 자태가 황홀하였다. 곧바로 안생 앞에 이르러 웃음을 머금고 눈길을 낮추는데 마치 예부터 알던 사람처럼 "먼 길 오시느라 고생하셨습니다" 위로하고 이렇게 전갈했다.

"과군⁴⁾께서 공이 어려운 걸음을 해주신단 말씀을 듣고 심히 기뻐하십니다. 빈주賓主, 손님과 주인의 자리를 만들어 마주 뵈오려 하니 조금만 여

---

2) 청의동자(靑衣童子): 선계의 소식을 전하는 심부름꾼. 청조(靑鳥)의 화신이다. 『진서晉書』에 의하면 안함(顔含)이라는 사람이 일찍이 부모와 형들을 잃은 처지에서 죽을병에 걸린 형수를 정성으로 간병하여 열서너 살 먹은 청의동자가 뱀의 쓸개를 전해주고는 파랑새가 되어 날아갔다고 한다.

3) 나는 듯했다: 청의동자의 정체를 암시한다. 몽중세계의 인도자가 나비에서 파랑새로 바뀌고 있다.

4) 과군(寡君): 자기 임금을 겸양해서 일컫는 호칭.

기 머무르소서!"

안생은 이에 과군이 누구냐고 묻고 감히 선조의 내력은 묻지 못했는데 여자가 대답했다.

"과군은 도당씨[5]로서 요堯임금의 맏아들 단주[6]의 후예입니다. 선조 중에는 우순虞舜과 하우夏禹 시절 군목[7]을 지내신 분이 많습니다. 목민牧民에 공이 있었기 때문에 드디어 왕호[8]를 지녔던 것입니다. 여러 세대를 전해오면서 후손이 번성치 못하여 뭇 신하가 공화共和정치를 했고 종실의 여자 중에 문덕文德이 있는 자를 택해 왕으로 세웠습니다. 목덕과 화덕을 섞어 쓰니 모든 위의와 제도에서 청색과 적색을 숭상하여[9] 지금까지 이 예禮를 이어오고 있습니다."

안생이 또 물었다.

"그대는 누구인가? 무슨 성씨이며 항렬에서 몇째인가?"

여자가 답했다.

"첩의 성은 강이고 이름은 낙이며 제20낭[10]입니다. 한漢나라 때 강후 관영의 후예[11]로서 선조가 강絳 땅에 봉작되어 성을 '강'으로 삼은 것입

---

5) 도당씨(陶唐氏): 요임금이 애초 도(陶) 땅에 봉해졌다가 뒤에 당(唐)으로 옮겼기 때문에 '도당씨'라 일컫는다.

6) 단주(丹朱): 요임금의 불초한 자식으로 일컬어졌던 인물이지만 여기서는 '단(丹)' 자와 붉은색의 이미지가 과군의 정체를 암시한다.

7) 군목(群牧): 순임금, 우임금 시절에 구주(九州)를 다스리던 지방관을 지칭하는데 여기서는 특별히 '모(牡)' 자가 과군의 정체를 암시한다.

8) 왕호(王號): 흔히 모란을 화왕(花王)이라 일컫는다. 그 꽃의 화려함을 두고 "부귀가 왕과 같다"는 뜻의 부귀등왕(富貴等王)이라는 문자로 표현한다. 앞의 '단(丹)'과 '모(牡)'의 암시를 거쳐 '화왕(花王)'이라는 정보를 추가하면서 과군의 정체를 '모란왕'이라고 밝히고 있는 셈이다.

9) 목덕(木德)과~숭상하여: 목덕은 청색, 화덕은 적색에 배대(配對)되는데 여기서는 모란꽃이 두 색을 아우르고 있음을 암시한다.

10) 강(絳)이고~제20낭(娘): '강(絳)'은 상서로움을 상징하는 붉은색. '낙(樂)'은 약(藥)의 취음(取音). 제왕의 행차 때 호위군들이 붉은색(絳色) 복장을 하는데 앞에 20명을 세운다는 것에서 의미를 취했다. 여기서는 화왕의 시녀를 상징하며 적작약(赤芍藥)의 화신이다.

11) 강후(絳侯) 관영(灌嬰)의 후예: 강후와 관영은 한나라 개국공신인 강후 주발(周勃)과 영음후(穎陰侯) 관영으로 흔히 이 둘을 아울러 강관(絳灌)이라 칭한다. 이들은 포의(布衣) 출신으로

니다."

여자가 대답을 마치려고 하는데 시녀 하나가 다시 나왔다. 요염한 자질에 가냘픈 모습이 마치 몸을 부지하지 못할 듯 보였다. 단정히 안생에게 읍하면서 강씨를 놀려 말했다.

"무슨 비밀 얘기가 있어 사람을 보더니 곧 그치는 것이야?"

강씨가 웃으며 말했다.

"마침 귀빈을 뵈어 단지 성씨를 아뢰었을 뿐인데 더 무엇을 의아해하는고?"

안생이 또 강씨에게 물었던 것처럼 여인의 성명을 물었다. 여인이 대답했다.

"첩의 이름은 유이고 제18낭이며, 손님과 같은 성[12]이지요. 금곡[13]이 본관입니다."

안생이 '같은 성'과 '금곡'이라 한 말뜻을 캐물으려 했는데, 여인이 말했다.

"모셔오라는 주군의 명을 받들고 온 터라 머뭇거릴 겨를이 없나이다. 원컨대 바삐 들어가 과군을 뵈오소서!"

꽃 왕국의 손님들과 자리를 정하다

안생이 의관을 정제하고 손을 모은 채 두 시녀를 따라 들어가 수십

한고조를 도와 공신이 되었지만 문식(文識)이 없고 진평(陳平)이나 가의(賈誼) 등의 귀족 계급을 참소한 것으로 유명하다. 여기서는 화왕을 모시는 여인이 평민 출신임을 상징한다.
12) 이름은~같은 성: 성명이 안류(安留)라는 말이다. 석류(石榴)를 안석류(安石榴)라고도 하는데 서역의 안식국(安息國)에서 유래했기 때문이다. 이 시녀는 또한 석류의 화신이다.
13) 금곡(金谷): 진나라 부호인 석숭(石崇)이 기화이초(奇花異草)를 심어 조성했다는 금곡원(金谷園)의 지명. 수(隋) 위언심(魏彦深)의 「석류를 읊은 시詠石榴詩」에서 "금곡에서 뿌리를 나누어 너른 뜨락에 옮겨 심으니(分根金谷里, 移植廣庭中)"라 했다.

곳 중문을 지나니 정전正殿이 어마어마한데 황금 글씨로 '조원전朝元殿'이라 나무 액자를 달았다. 영롱한 구슬을 꿰어 주렴을 만들고 좁쌀 같은 금가루로 의자를 장식했다. 흰 옥이 섬돌에 솟아 있고 푸른 유리가 뜨락에 깔려 있으니 맑아서 밟을 수가 없을 지경이었다. 왼쪽으로 청루가 있고 오른쪽으로 홍루가 있어, 왼편에 '영춘루迎春樓' 오른편에 '화악루花萼樓'라 편액을 달았다. 난간에 문양을 아로새기고 기둥에 그림을 그린 화려한 채색이 눈길을 빼앗았다.

안생이 숨을 죽이고 몸을 웅크린 채 행랑칸에서 긴장하여 서 있었다. 홀연 신선의 음악이 들리는데 공중으로부터 시녀 수백 명이 표연히 내려와 온갖 무늬가 아로새겨진 한 수레를 옹위하였다. 수레에서 여왕이 나오는데 나이 열일고여덟쯤 되어 보였다. 붉은 비단 곤룡포를 입고 수정 무봉관舞鳳冠을 쓰고 있는데, 풍만한 살결에 붉은 뺨을 지녔다. 구름처럼 가벼운 걸음으로 천천히 동편 섬돌을 걸어내려오니 기이한 향내가 물씬 풍겼다. 안생이 문득 종종걸음으로 나아가 뜰에서 절하고자 하니, 여왕이 앞서 인도하던 두 시녀를 시켜 만류하며 말했다.

"오래도록 맑은 덕을 우러르며 사모함이 실로 절실했고, 또 그대를 다스린 적도 없습니다. 제가 뜨락으로 내려가 뵈올 터이니 그리하지 마십시오."

안생이 감히 그럴 수 없다고 답하고 두 번 절하니 여왕 또한 답례로 절했다. 서로 간에 양보하면서 전각에 올라 자리를 잡고 나니 여왕이 시녀를 돌아보며 말했다.

"이부인李夫人을 불러오면서 반희班姬와 함께 오라 명하라."

얼마 있다 이부인이 이르렀는데, 얌전하게 단장하고 담박하게 치장한데다가 걸음걸이 가볍고 부드러워 아득히 옥구슬처럼 곱고 맑았다. 다시 반희가 이르렀다고 아뢰는데, 고운 얼굴이 조금 취한 듯 발그스레하고 푸른 눈썹이 산처럼 짙어, 가냘프고 농염한 자질이 붉은 비단보다

더했다.[14] 안생이 자기도 모르게 내려가 절을 하니 두 사람도 답배하였다. 남쪽 자리로 나아가 앉으려 할 때, 이부인은 반희에게 읍하고 반희는 이부인에게 양보하며 오래도록 자리를 정하지 못했다. 여왕이 그 두 사람을 놀려 말했다.

"옛적 이부인은 총애로 임금을 섬기고 반희는 소외됨으로 섬겼으니[15], 오늘 자리는 작록관작과 봉록으로 하지 말고 어여쁨으로 하는 것이 어떻겠습니까?"

반희가 옷깃을 여미고 웃으며 대답하기를,

"다만 온종일 바람이 사납게 몰아쳤기[16] 때문일 뿐입니다. 잘은 모르겠습니다만, 예전에 반씨가 어디 이씨만 못하였습니까? 더구나 첩이 듣기로는 조정朝廷에서는 작록이 우선이라 하였습니다"

하고 드디어 반희가 상좌에 오르니, 모두 웃었다. 얼마 후 갑자기 문밖이 소란스럽더니 문지기가 손님들이 이르렀다고 급히 보고했다. 여왕이 천천히 말하기를,

---

14) 얼마 있다~더했다: 여기서 '이부인'은 묘사로 보아 벚꽃〔李〕의 의인화를 짐작할 만하다. 또한 '반희'는 벚꽃과 함께 병칭되는 도화(桃花)를 암시한다. 양(梁) 간문제(簡文帝)의 「봄이별」에 "붉은 복숭아꽃 흰 벚꽃 마치 이른 아침 화장한 양, 초췌한 모습 새로운 방초들에 부끄럽다네(桃紅李白若朝粧, 羞持憔悴比新芳)"라고 하여 '도리(桃李)'꽃의 무상함을 여인에 빗대었다. 또한 곽무천(郭茂倩)의 『악부시집樂府詩集』에 모아놓은 「반첩여班婕妤」라는 시 중에는 "천첩은 도리꽃 같고 군왕은 계절인 양하여, 가을바람 분명하니 지는 꽃들 슬픔을 이기지 못하네(賤妾如桃李, 君王若歲時, 秋風一已勁, 搖落不勝悲)"라고 하여 '반희'의 올곧음도 '도리꽃' 같은 여인의 덧없음 앞에서는 여지없이 무너져내림을 슬퍼하였다.
15) 옛적~섬겼으니 : 이부인과 반희는 이 작품에서 꽃의 화신이면서도 역사적 인물을 암시한다. 이부인은 한무제(漢武帝)가 총애했던 무희로서 '경국지색'이라는 고사성어로 유명하다. 반희는 한성제(漢成帝)의 후궁으로 첩여(婕妤)의 품계에 있었으므로 흔히 '반첩여'로 불렸다. 그는 한창 황제의 사랑을 독차지하던 때에도 함께 수레에 올라 바깥나들이를 하자는 황제의 명을 거부하고 황제에게 예부터 성군은 훌륭한 신하를 가까이 두었으니 현신과 함께하라고 간언할 만큼 사려 깊은 여인이었다. 조비연(趙飛燕) 일당의 참소로 황제의 사랑을 잃고는 자신을 가을 부채에 빗댄 「원가행怨歌行」을 지었다.
16) 온종일~몰아쳤기: 『시경詩經』 「패풍邶風·종풍終風」의 구절인데, 위(衛)의 반역자 주우(州吁)가 위장공(衛莊公)의 미망인 장강(莊姜)을 괴롭힌 것을 풍자한 내용이다. 여기서는 의로운 여인을 핍박했다는 의미로 환유하고 있다.

"오랫동안 조래선생(徂徠先生)과 수양처사(首陽處士)와 동리은일(東籬隱逸[17])과 만나기로 약조하였더니, 이들이 마침 왔나보다. 내 일찍이 그들을 빈객으로 대접했으니 앉아서 기다림은 적합하지 않도다"

하고 전각을 내려가 서 있었다. 세 사람이 이름을 통보한 다음 각기 차례대로 들어오니 여왕은 엄숙한 얼굴로 기다렸다. 한 사람은 푸른 수염에 장신으로 기개가 대범하였다. 또 한 사람은 강직 준절하여 깨끗한 지조를 지녔다. 다른 한 사람은 누런 갓에 야인의 복장을 했는데 향기로운 덕이 얼굴에 가득하였다. 세 사람이 이르러 길게 읍하고 절하지는 않으면서 말했다.

"우리가 들사람의 성질이라 거칠고 게을러 예법을 익히지 못했습니다."

여왕은 더욱 예로써 자기를 낮추고는 전각에 올라 양쪽 벽을 나누어 대좌하였다. 안생이 마지막으로 나아가 절하니, 세 사람이 돌아다보며 놀라는 기색으로 말했다.

"안수재[18]가 어떻게 여기에 이르렀는가? 아는 사람을 해후하니 다행이지 않은가!"

안생은 더욱 괴이하게 여겼으나 그 연유를 깨닫지 못했다.[19] 세 사람

---

17) 조래선생(徂徠先生)과 수양처사(首陽處士)와 동리은일(東籬隱逸): 이들 세 사람은 차례대로 소나무, 대나무, 국화에 대한 암유다. 조래선생은 『시경』「노송魯頌·비궁閟宮」에 "조래산의 솔, 신보산의 잣(徂徠之松, 新甫之柏)"이라는 구절을 수양처사는 수양산에 은둔했다는 고죽군(孤竹君)의 두 왕자 백이 숙제의 이름과 이미지를 동리은일은 도연명의 시에 "동편 삽짝에서 국화를 따노라니 아득히 남산이 눈에 들어온다(彩菊東籬下, 悠然見南山)"라는 구절을 용사(用事)하고 있다.

18) 안수재(安秀才): 안생. 수재는 과거 준비를 하는 서생의 존칭. 안생이 과거에 응시했다 여러 번 낙방했다는 작품 서두의 서술을 상기시킨다. 또한 위 3인이 그 사실을 알고 있음을 암시하기도 한다.

19) 안생은~못했다: 세 사람은 안생을 알고 있지만, 안생은 세 사람의 정체를 파악하지 못했다는 말이다. 독자도 또한 그 정체에 대해 더 크게 궁금증을 품게 되지만, 작품은 세 사람의 정체가 점점 드러남에 따라 오히려 안생이 이들 야인의 무리와 가까운 성향을 지니고 있음을 암시하게끔 구성되어 있다.

이 안생에게 읍하고 왼쪽[20]으로 가도록 했으나 안생은 굳이 사양하고 나아가지 않았다. 여왕이 이르기를,

"예절이 마땅히 이러하니 과도히 사양하는 것은 적절치 않습니다"

하니, 안생은 마지못해 자리에 나아갔다. 그다음이 조래선생, 수양처사, 동리은일의 자리였으니, 각기 인사치레를 차렸다. 마침내 이부인이 여왕에게 나아가 아뢰기를,

"옥비[21]가 근처에 있고 좋은 모임은 만나기 어려우니, 여기로 맞아들이지 않으시겠습니까?"

하니, 여왕이 좋다고 했다. 즉시 청의동자에게 옥비를 불러오라고 하니, 한 식경이 채 못 되어 옥비가 이르렀다. 산 뒤의 길을 통하여 엷은 단장에 흰옷[22]을 입고 백마를 타고 왔다. 또 한 여자가 짝을 지어 따라왔는데 시종들의 호위가 왕비나 공주의 족속 같았다. 여왕이 바라다보고는 자리에 앉은 손님들에게 말했다.

"『시경』에서 '손님이로다 손님이로다 또한 그 말이 흰 말이로다'[23] 일컬었으니, 이는 우리 왕실의 빈객이다. 다만 뒤에 오는 분이 누구신지 모르겠도다."

옥비가 들어와 알현하고 이어 말했다.

"부용성주芙蓉城主 주씨[24]가 들렀기에 함께 데리고 왔습니다. 성대한 잔치에 혹 당돌한 처사는 아니겠지요?"

여왕이 말했다.

---

20) 왼쪽: 상좌(上座)를 뜻한다. 상대방을 존중하는 표시로 흔히 '허기좌(虛其左)'라는 표현을 쓴다.
21) 옥비(玉妃): 매화의 별칭.
22) 엷은 단장에 흰옷(淡粧素服): 매화의 모습을 나타내는 전형적 표현이다. 유종원(柳宗元)의 『용성록龍城錄』에 연원한다.
23) 손님이로다~말이로다: 『시경』「주송周頌·유객有客」의 구절이다. 멸망한 은(殷)의 제사를 맡은 미자(微子)가 주(周) 왕실에 내빈한 것을 칭송하는 노래라고 한다.
24) 주씨(周氏): 부용은 연꽃의 다른 이름인데, 주염계(周濂溪)의 「애련설愛蓮說」이 유명하다.

"아주 즐거운 일이오! 어서 들라 하시지요!"

주씨가 안내자를 따라 올라와 알현하는데, 그 광채가 사람들을 놀라게 했고 돌아보는 모습이 화려했다. 두 사람이 나중에 이르렀으니 자리 순서가 곤란한지라, 조래선생이 말하기를,

"옥비는 수양의 아래에 자리하세요"

하였더니, 옥비가 얼굴빛을 고치며 말했다.

"남녀가 동석하지 않는 것이 예의거늘, 하물며 어깨를 비비며 앉겠습니까?"

여왕이 말했다.

"그렇겠습니다. 옥비는 형뻘에 속하고,[25] 또한 우리나라의 귀한 손님입니다. 비록 임시방편이지만 내 아래에 앉아도 좋겠습니다. 주씨는 성지城池, 성과 그 주위에 파놓은 못를 다스리는 주인이니 옥비 다음에 자리하시지요!"

두 사람이 겸양을 하다 되지 않자, 드디어 자리를 끌어다가 왕 아래에서 조금 뒤로 앉았다.

꽃왕국의 신하들과 시연詩宴을 열다

잠시 후 진수성찬을 내왔는데 향내가 진기하고 눈으로 본 적이 없는 것이었다. 음악 하는 기생 수십 명이 화관花冠을 쓰고 악기를 잡고 있었다. 각기 청·황·적·백색 중 한 가지 색깔의 의상을 걸쳤는데, 오색 광채가 현란하였다. 드디어 무리를 나누어 대청 아래 열 지어 앉으니, 역

---

25) 옥비는 형뻘에 속하고: 매화는 아칭으로 '매형(梅兄)'이라 일컫는다. 황정견(黃庭堅)이 왕충도(王充道)가 수선화 50가지를 보내준 것에 감동하여 지은 시에 "명반화가 동생이요 매화가 형이로세(山礬是弟梅是兄)"란 구절이 있다.

시 모두가 나라의 미녀들이었다. 여왕이 화려한 휘장에서 나와 자리를 잡고 몇 번 내려받은 좋은 술을 술잔에 따라 안생에게 먼저 잔을 들게 하였다. 안생이 머뭇거리며 물러나 무릎을 꿇으며 주변 사람에게 사양 하였더니, 여왕이 말했다.

"기왕 윗자리에 앉았다면 어찌 또 첫 잔을 사양할 수 있겠습니까?"

이윽고 뭇 음악이 일제히 울려퍼지고 기생들이 마주 서서 춤을 추었 다. 한쪽은 긴 허리가 하늘거리는 금루의金縷衣를 입었고, 한쪽은 가벼운 몸에 사뿐히 깃옷을 입었다. 금루옷 기생26)이 〈절양류折楊柳〉를 부르는데 가사가 다음과 같았다.

담장 버드나무 그리움 엮여 있네	墻頭柳結長思
떠나는 이 꺾어주니 몇 가지 남았는가	折贈離人餘幾枝
해마다 이별이라 해마다 꺾는 버들	年年離別年年折
부탁한다 봄바람아 불지 좀 말아다오	寄語春風且莫吹

깃옷 기생27)은 〈접련화蝶戀花〉를 불렀는데, 가사가 다음과 같았다.

풀 초록 동산에 봄이 또 이우는데	草綠南園春又謝
꿈속 풍광이라	夢裏風光
네 어찌 내 화신 아니랴?	爾豈非吾化
이렇게 만난 잔치 하늘이 내리신 것	一會華筵天所借
다시 어디를 찾아 분분히 떠나가느뇨?	更尋何處紛紛過

26) 금루옷 기생: 버들가지의 의인화다. 금루(金縷)는 이삭 모양의 금붙이로 장식한 옷가지를 지칭하기도 하지만, 흔히 봄 버드나무가 물이 올라 황록색을 띤 채 드리운 것을 형용한다.
27) 깃옷 기생 : 나비의 의인화다. 〈접련화〉를 불렀다는 설정과 가사 중에서 '나의 화신' 운운 한 것으로 이를 짐작할 수 있으며, 이는 작품 말미에서 주인공에 의해 재차 확인된다.

세상사 분망중에 괴로워하는 것이라　　　　　　看盡世間忙裏惱

푸르름 부서지고 붉음이 스러지면　　　　　　　　　綠碎紅殘

꽃답던 나이도 늙어감 막지 못하리　　　　　　　　不禁年芳老

오늘 어찌 알랴 내일이 어떨지를　　　　　　　　今日那知明日好

몸뚱이 있으니 술판에 엎어져도 좋으리　　　　有身莫惜樽前倒

　여왕이 말하기를,

　"속된 음악은 단지 사람의 귀를 어지럽힐 뿐이구나! 우리 집안의 옛 악보를 살펴보고 싶은데 여러분의 뜻은 어떠합니까?"

하니, 모두 이르기를,

　"듣고 싶습니다, 듣고 싶습니다!"

하였다. 여왕이 어린 시녀를 돌아보며 눈짓하니, 곧바로 황색 치마를 입은 가는 허리의 기생 하나가 오현금五絃琴을 가지고 대열에서 벗어나 별도로 앉아서는 줄을 고르더니 〈남훈곡南薰曲〉[28]을 탔다. 곡조가 고상하고 기묘하여 앉은 사람들이 모두 놀라워했다. 여왕이 말했다.

　"과인은 단주丹朱의 후예입니다. 우리 위대한 할아비[29]께서 일찍이 이 곡을 만드셨는데 순임금께서 이어 노래하고 연주한 것입니다. 세상에서는 단지 이 곡을 순임금의 작품으로만 알고 실로 이 곡이 우리 위대한 할아비로부터 비롯된 줄은 알지 못합니다. 이런 연고로 우리 집안에서 대대로 전하여 지금에 이르기까지 잃어버리지 않았던 것입니다."

　뭇사람이 모두 탄복하여 말했다.

　"옛날 오吳나라의 계찰[30]이 소소簫韶, 순임금의 음악의 음악으로 춤을 추는

---

28) 남훈곡(南薰曲): 순(舜)임금이 지었다는 「남풍가南風歌」를 가리킨다. 가사 중에 "남풍의 훈훈함이여 우리 백성의 노여움을 풀어주리라(南風之薰兮, 可以解吾民之慍兮)"라는 구절이 있다.

29) 위대한 할아비: 원문은 '文祖'다. 여기서는 요(堯)임금을 가리킨다. 훗날 태조(太祖)의 묘(廟)를 지칭하는 용어로도 쓰였다. 단주는 요임금의 불초한 자식이므로 '문조'를 일컬은 것이다.

30) 계찰(季札): 춘추시대 오나라의 공자(公子). 노나라에 들러 상고시대의 가무를 관람하고

자를 보고는 '덕이 지극하고 극진하구나! 비록 다른 음악이 있다 하더라도 더 관람하지 않고자 한다'라고 했다더니, 저희의 뜻도 그렇습니다."

여왕이 다른 음악을 다시 연주하지 말라 명하고는, 이어서 손님들에게 일러 말했다.

"아름다운 기약은 쉽게 막히고 좋은 일은 다시 하기 어렵기에 고인이 슬퍼한 것입니다. 오늘 술을 채 반도 돌리기 전에 음악이 그쳐서 귀한 손님들을 즐겁게 하지 못했으니, 청컨대 시 한 편씩 지어서 그 흠결을 메우는 것이 어떻겠습니까?"

모두 그렇게 하겠다고 답했다. 여왕이 옥비를 돌아보며 말했다.

"짐이 술잔 돌리는 일을 아직 마치지 못했습니다. 형[31]의 자리가 짐의 다음이니, 주인 노릇을 해주십시오. 감히 부탁드립니다."

옥비는 여성스럽게 수줍어하며 사양했다. 좌우에서 억지로 청하니 곧 절구絶句 한 수를 읊었다. 가사는 다음과 같았다.

천 리 강남 봄소식 은근도 하구나　　　　　懃懃千里江南信
고산孤山 처사 집까지도 이르렀으리　　　　應到孤山處士家
이내 몸 궁궐 난간에 들자 봄날도 적적해　一入玉欄春寂寂
가련타 성긴 그림자도 눌 위해 비추일거나　自憐疎影爲誰斜

읊기를 마치자, 옥비는 옥구슬 같은 한과 시름으로 오열하며 소리를 삼켰다.

평했던 고사로 유명하다. 순임금의 소소(簫韶)에 이르러 더이상 관람할 게 없다고 찬탄했다 한다. 이를 '탄위관지(嘆爲觀止)'라 한다.
31) 형(兄): 매화에 대한 아칭(雅稱). 주 25) 참조.

"첩의 집은 본디 강남江南입니다. 뒷날 고산32)으로 이주하여 처사 임포林逋33)와 이웃이 되어서는 눈 내린 달밤에 자주 만났습니다. 그런데 외람되이 궁궐 난간에 들고부터는 매양 서호西湖를 그리워하니, 비록 옛적에 하얀 치아 드러내며 웃거나 맵시 있게 패옥을 찼던 것처럼 하고자 한들34) 다시 그리될 수 있겠습니까? 옛날을 느꺼워하고 지금을 아파하다보니 속정이 노랫말에 나타나버렸습니다."

여왕이 이 말을 듣고는 문득 즐거워하지 않았다. 좌우에서 그 까닭을 물으니, 여왕이 한숨짓고 탄식하며 말했다.

"넝쿨이 뻗어가는 데도 반드시 의탁할 곳을 만나야 하거늘, 여자가 시집을 가서는 어찌 좇을 곳이 없으리오. 과인의 몸을 생각하니, 봄의 신 동황東皇과 가약을 맺어 아름답게 상서로움을 정하고 혼례의 날을 엄숙하게 치렀지요. 아직 벌레들 날고 달이 떠 있다 함은 일찍이 제齊나라 후비가 임금의 부지런함을 경계시키고자 했던 뜻을 나타낸 것이요, 칡덩굴이 뻗어가고 큰 나무가 남쪽에 있다 함은 남국까지 교화가 이를 것을 기대한 구절입니다.

그런데 뜻밖에 동황이 청춘을 믿고 우레를 몰아 바람으로 달려서 다달이 꽃놀이하러 돌아다녔습니다. 형제들이 위대한 선조의 교훈을 노래하고 말몰이꾼이 기초祈招의 시를 지었지요.35) 상제께서 그가 천연의 공

32) 고산(孤山): 절강성(浙江省) 항주(杭州) 서호(西湖) 가운데 우뚝 솟은 봉우리를 지칭한다. 송(宋)의 임포(林逋)가 여기에 은거한 적이 있어 유명하다.
33) 임포: 송나라의 은사. 서호의 고산에 은거하여 매화를 심고 학을 키웠으므로 세상에서 '고산처사(孤山處士)'라 칭했다. 그의 「산원소매山園小梅」의 한 구절 "성긴 그림자는 맑고 얕은 물에 비껴 있고, 은근한 향기가 달 저물 때 떠 움직인다(疏影橫斜水淸淺, 暗香浮動月黃昏)"는 역대로 매화시(梅花詩)의 명구로 알려져 있다. 위에서 옥비가 '성긴 그림자' 운운한 것도 이를 용사한 것이다.
34) 하얀 치아~하고자 한들: 시집온 여인이 처녀 시절 친정에서 천진난만하게 웃고 옷 치장했던 추억을 회상한다는 표현이다. 『시경』 「위풍魏風·죽간竹竿」의 구절을 용사했는데, 여기서는 옥비가 궁궐에 들어 서호의 고산을 그리는 내용으로 활용했다.
35) 형제들이~지었지요: 하(夏)나라 태강(太康)과 주(周)나라 목왕(穆王)은 사냥을 즐기고 사

사[36]를 저버린 것에 노하여 크게 재앙을 내리셔서 동쪽으로 귀양을 보냈어요. 그러나 그의 풍류를 아끼셔서 차마 끝내 헤어져 살게 하지는 못하시고, 한 해의 봄날 90일 중 열흘 동안만 서로 만나게 하셨습니다. 이때가 지나고 나면 소식이 끊어져 마치 남해와 북해가 아득히 떨어진 양, 바람난 마소도 미칠 수 없는 것처럼 되어버리지요. 견우직녀의 은하수 이별에도 족히 견줄 만하기에 옥비의 말이 느꺼웠던 것입니다."

좌우도 모두 탄식하였다. 여왕이 두 시비로 하여금 구름무늬 비단 폭을 펴게 하고는 근체시 칠언율을 써서 좌우에 보이고, 한편으로 안생에게 화답시를 구했다. 율시는 다음과 같았다.

진중한 동황께서도 사람을 잘도 그르치시니	珍重東皇解誤人
이별은 어제런 듯 꽃다운 시절을 원망하네	別離如昨怨芳辰
아낙의 처소 저녁비 내릴 즈음 연지분 지워지고	粧樓暮雨臙脂落
휘장의 향기 가시지 않고 비단금침 진솔이라	步帳餘香錦繡新
천상 기약은 오직 칠석날뿐이요	天上佳期唯七夕
술상 차린 좋은 만남은 열흘을 못 넘기네	樽前良會未經旬
밤중에 견우직녀성 바라보며 시름을 달래노니	夜看牛女寬愁思
남풍곡이나 연주하여 백성 가멸게 하리라	奏罷南風只阜民

안생이 재삼 꿇어앉아 읽고는 붓을 적셔 화답했다. 가사는 다음과 같았다.

방을 돌아다니며 난봉을 일삼았다는 공통점이 있다. 이들에게 각각 우임금의 손자인 태강의 다섯 형제와, 목왕의 신하이자 사마직을 맡았던 기초(祈招)가 노래를 지어 간했다고 한다.
36) 천연(天然)의 공사(工事): 하늘로부터 타고난 일. 여기서는 봄의 신으로서 동황이 꽃을 피우는 일을 가리킨다.

우연히 호랑나비 따라 그윽한 곳 찾아냈네	偶隨蝴蝶成幽討
놀라 보나니 산 오솔길에 세상 밖 봄빛일세	驚見山蹊分外春
파랑새 문득 서왕모의 전갈이더니	靑鳥忽傳金母信
머리 세어 이제야 모란왕 궁궐에 알현하네	白頭今拜紫皇宸
후궁들 만좌하니 꽃망울 일제히 터지고	嬪嬙滿座花齊綻
풍월에 이끌리니 몇 순배나 술판에 머물렀더냐	風月留人酒幾巡
다행히도 묵은 인연으로 고운 명단에 올랐으니	自幸宿緣聯玉籍
돌아가거든 다시금 금성의 사람[37] 찾아보리라	歸來還訪錦城人

좌우가 이구동성으로 대단한 기재奇才라고 칭찬했다. 안생이 다시 주
씨周氏에게 부탁하니 주씨가 한참 동안 머리를 숙이고 있다가 말하기를,
"세 분이 지은 것과는 다릅니다"
하고는 〈창랑곡滄浪曲〉을 다음과 같이 불렀다.
"창랑의 물 맑거든 내 갓끈 씻을 만하고, 창랑의 물 탁하거든 내 발 씻
을 만하네."
여왕이 웃으며 말했다.
"본래 각자 자기 뜻을 말하게 하려는 것이었는데, 한갓 옛 노래만 읊
조릴 뿐이구먼. 이 사람이 기수沂水에서 목욕하겠다던 증점曾點은 아니니
어찌 인정할 만하겠는가.[38] 빨리 벌주罰酒를 시행하라!"

---

37) 금성(錦城)의 사람: 금성은 원래 사천성(四川省) 성도(成都)의 옛 지명인데, 여기서는 모란
꽃을 가리킨다. 옥계생(玉溪生)의 시 「모란」에 "금장가인(錦帳佳人)"이라는 표현과, 한자화(韓
子華)의 「차운모란화次韻牡丹花」에 "금성의 봄것 기이하고, 분칠한 얼굴에 상서로움 깊도다(錦
城春物異, 粉面瑞雲深)"라는 용례가 있다.
38) 세 분이 지은~만하겠는가: 이 대목은 『논어』 「선진」 25번째 대목을 반의(反義)모방한 것
이다. 자로(子路), 증석(曾晳), 즉 증점(曾點), 염유(冉有), 공서화(公西華)가 공자를 모시고 앉
아 있을 때, 스승이 각자의 뜻을 말하게 한 대목이다. 이 가운데 맨 나중에 증점이 앞 사람들
과 뜻이 다르다며 기수(沂水)에서 목욕하고 노래하며 돌아오고 싶다고 말하여 '욕기영귀(浴沂
詠歸)'를 말한 증점의 뜻만을 공자가 인정했다.

즉시 큰 술잔을 띄우니 주씨가 일어서서 술 탁자 앞에 섰다. 벌주잔을 받아 절하고 마시니 곧바로 술기운이 윗볼에 올랐다. 이윽고 낭랑하게 소리 높여 다음과 같이 읊었다.

외람되이 부용성 주인 된 지 몇 해더냐   膿主芙蓉歲幾周

꽃 속 세상 무심히도 연꽃배 저어 다녔네   等閑花裏棹蓮舟

광풍제월의 기상³⁹⁾ 사랑하는 사람들 없으니   光風霽月無人愛

염계선생⁴⁰⁾ 말하자니 다시금 시름겨워라   說到濂溪更作愁

주씨가 미처 화답시를 부탁한 사람이 없었는데, 조래선생이 왼손에 술잔을 잡고 오른손으로 쟁반을 두들기며 시원스레 읊조리니 청초한 소리가 들을 만했다. 가사는 다음과 같았다.

조래산⁴¹⁾에 사는 긴 수염의 늙은이⁴²⁾   傈徠山下老髯公

풍상을 겪어도 옛 얼굴 바꾸지 않았는데   不爲風霜改舊容

한스럽다 주왕 동쪽으로 천도한 이후에⁴³⁾   最恨周王東狩後

진시황이 봉작하여⁴⁴⁾ 헛된 명예 입었다네   謾留虛譽汚秦封

---

39) 광풍제월(光風霽月)의 기상: 비 갠 뒤의 신선한 바람과 맑은 달빛처럼 깨끗한 기상. 북송의 성리학자 주돈이(周敦頤)의 흉중쇄락(胸中灑落, 마음속이 깨끗함)함을 일컫는 말로 유명하다.

40) 염계선생: 주돈이의 호. 자는 무숙(茂叔). 송대 성리학의 태두로서 염계주부자(濂溪周夫子)로 일컬어졌다. 「애련설」을 지어 국화를 은자(隱者), 모란을 부귀한 자, 연꽃을 군자에 빗대었다.

41) 조래산(徂徠山): 산동성(山東省) 태안(泰安) 동남쪽에 있는 산 이름. 앞에서 조래선생을 설명할 때 인용했던 『시경』 「노송·비궁」의 대목으로 인하여 소나무와 같은 동량지재가 자라나는 큰 산의 대명사가 되었다.

42) 긴 수염의 늙은이: 오래된 소나무를 수염이 길게 난 노인으로 의인화한 것이다.

43) 주왕~이후에: 기원전 771년 대융(大戎)이 주나라 호경(鎬京)을 침공해 유왕(幽王)을 죽임으로써 서주(西周)가 멸망했다. 평왕(平王)이 낙읍(洛邑)으로 천도하여 동주(東周)의 첫 왕이 되었으나 이때부터 주나라는 명목상의 왕실로 쇠락의 길을 걸었고, 춘추전국시대를 거치면서 진나라가 중국 전역의 제후국을 통일하여 최초의 제국을 만들었다.

44) 진시황이 봉작하여: 진시황 28년 태산(泰山)에서 황제 의식으로서 산천에 제사 지내는 예

마침내 각기 차례대로 시를 지었다. 수양[45]의 가사는 다음과 같았다.

어려서 조그맣게 두각이 나타나더니	少小生頭角
애초부터 비단 포대기에 몸이 싸였네	錦褓初裹身
고죽군孤竹君 선조는 겸양의 덕이 많더니	先君多讓德
그 후예는 온전한 사람 되지 못했네	後裔未成人
그래도 천 년의 절개를 지켜냈으니	尚保千年節
꽃들아 석 달 봄날을 자랑하지 말지어다	休誇九十春
무심하게 봉황의 소리 들으며	無心聞鳳鳥
고사리 더불어 이웃하고 산다네	薇蕨與爲隣

동리[46]의 가사는 다음과 같았다.

도를 즐거워하며 화려함을 싫어했지	樂道厭紛華
동쪽 울타리가 바로 내 집이라네	東籬還是家
저녁에 지는 국화꽃잎[47] 가을 지나 적어지고	夕英秋後少
하얀 이슬은 밤이 깊을수록 많아지나니	白露夜深多
율리에선 도연명陶淵明을 슬퍼하였고	栗里悲陶令
용산에선 맹가孟嘉를 한탄하였네[48]	龍山恨孟嘉

를 행하던 중, 폭풍우를 만나 소나무 아래로 피신했다. 이 나무가 황제를 호위한 공이 있다고
하여 진(秦)의 관작에 따라 오대부(五大夫)에 봉했다고 한다. 『사기』「진시황본기」에 사적이
나온다.
45) 수양(首陽): 앞에서 소개되었던 대나무를 의인화한 수양처사(首陽處士)다.
46) 동리(東籬): 앞에서 소개되었던 국화를 의인화한 동리은일(東籬隱逸)이다.
47) 저녁에 지는 국화꽃잎: 굴원(屈原)의 「이소離騷」에서 "가을 국화의 떨어진 꽃잎을 저녁에
먹노라(夕餐秋菊之落英)"라 했다.
48) 율리에선~한탄하였네: 9월 9일은 중양절(重陽節)이라 하여 예부터 풍속에 남자는 산에

해마다 중양절 비바람 부는 날에는   年年風雨日
다시는 머리 가득 국화를 꽂지 않으리   無復滿頭花

두 편이 구절마다 모두 놀라웠다. 여왕이 말했다.

"수양의 메마름과 동리의 데면스러움은 이른바 뼈가 스러져도 변치 않는다는 것이로다. 옛날 노나라 공자께서는 '주나라는 하夏, 상商 2대에서 거울삼아 문文이 욱욱郁郁, 문물이 번성함하도다! 나는 주周를 따르겠다'고 하셨지요. 당나라 한유韓愈도 '안타깝다, 내가 그때 그 사이에서 예를 배우지 못했음이여'라고 했습니다. 아아! 성하도다. 만약에 두 분이 이 시기를 즈음하여 태어났더라도 메마름과 데면스러움으로 끝마치고 말 수야 있겠습니까?"

말에 벼슬살이를 마다함을 풍자하는 뜻이 있으니, 수양처사가 얼굴빛을 바꾸며 거친 목소리로 말했다.

"요순 임금이 위에 계셔도 아래로는 소보巢父와 허유許由 같은 은자가 있었지요. 주나라 덕이 비록 성한들 요순의 당우唐虞 시절에는 훨씬 못미칩니다. 우리 두 사람이 비록 쇠하였지만 허유와 소보에게 뒤처지고 싶지는 않습니다."

여왕이 「숙전」49)의 첫 장을 읊고 말했다.

"어찌 눈앞에 용모를 취할 만한 미인이 없겠습니까마는, 여러분을 아

올라 국화주를 마시고 부인들은 수유낭(茱萸囊)을 차서 나쁜 기운을 물리치고 첫 추위를 막는다고 한다. 그런데 『예문유취藝文類聚』「세시歲時」에 의하면, 도연명은 그날 술이 없어 집 근처 국화 더미에서 꽃잎을 수북이 따서 그 곁에 오랫동안 앉아 있다가 왕홍(王弘)이 술을 보내주자 곧 국화주를 만들어 먹었다고 한다. 또 맹가는 권력자 환온(桓溫)의 참군(參軍)이었는데 그날 온(溫)이 용산(龍山)에 놀러 갔다 바람이 불어 맹가의 모자가 떨어졌는데도 의식하지 못하자 온과 관료들이 그의 거동을 지켜보며 해학으로 삼았다고 한다. 여기서는 국화의 관점으로 도연명의 궁핍을 슬퍼하고, 맹가의 무심함을 한탄한다고 표현한 것이다.
49) 「숙전叔田」: 『시경』「정풍鄭風」에 있는 편명이다. "그대가 사냥하니 동네 길에 사람이 없는 듯. 어찌 사는 사람이 없으리오마는 그대처럼 아름답고 어진 이가 없기 때문이로다(叔于田, 巷無居人, 豈無居人, 不如叔也, 洵美且仁)"가 그 첫 장이다.

끼는 것은 여러분께 세한歲寒의 자질이 있기 때문입니다. 나는 왕도가 널리 퍼져 초목까지 모두 교화되는 바로 그 경지를 바라고 있습니다. 하찮은 존재 하나라도 내 교화에 따르지 않는다면, 나는 이지러진 것으로 여깁니다. 부디 만물이 모두 봄을 맞을 수 있도록 다스림을 도와주면 안 될까요?"

수양이 「기욱」50) 첫 장을, 동리가 「간혜」51) 끝 장을 읊고는 말했다.

"각기 지킬 바가 있는 법이니, 누구의 뜻을 빼앗으면 안 됩니다."

여왕이 말했다.

"두 분은 내가 쇠하여 이우는 것을 꺼리는 것인가요?"

이에 돌리는 술잔이 끝나가고 있었다.

시연을 마치고 전별연餞別宴을 가지다

안생이 일어나 떠나려 하자 여왕이 말하기를,

"반희와 이부인이 좌중에 있었는데 아직까지 뜻을 나타내지 않았습니다. 조금만 더 앉아 계시어 두 사람이 낙심하지 않도록 해주시면 어떻겠습니까?"

하니, 안생이 공손히 허락하였다. 여왕이 두 사람에게 일러 말했다.

---

50) 「기욱淇澳」: 『시경』 「위풍衛風」에 있는 편명이다. 위무공(衛武公)에게 덕행이 있고, 그가 의탁할 만한 신하, 즉 신우(信友)의 간언을 받아들여 스스로 경계할 줄 아는 것을 찬미하는 내용이다. 모란왕에게 자신들을 복종시키려 하지 말고 간군(干君)의 신하로 인정하라는 암시다.
51) 「간혜簡兮」: 『시경』 「패풍邶風」에 있는 편명이다. 현자가 악공이 되어 춤추는 장면을 묘사하는 내용이다. 특히 마지막 장에서는 "누구를 그리워하는가? 서방미인(西方美人)이로다"라는 가사가 있어 어진 임금이 다스리던 시대를 그리워하는 내용을 담았다. 현자가 미관말직에 몸담고 있음으로써 완세불공(玩世不恭, 세상을 희롱하여 공손하지 못함)의 뜻을 나타낸 작품인데, 여기서는 수양처사나 동리은일이 모란왕의 치세에서 벗어나 있는 존재들임을 암유했다.

"안수재[52])가 떠나려 하는데 은근한 정을 다할 길이 없구려. 반희와 이 부인이 일어나 춤추며 노래하여, 시편을 지어 나머지 즐거움을 돕지 않으시겠소?"

두 사람이 명을 받고 앞으로 나아가 절하며 말했다.

"첩들이 평소 춤사위를 배우지 못했습니다. 하지만 오늘 모꼬지에 즐거움이 지극하니 저도 모르게 손을 들썩이고 발을 굴렀습니다. 마땅히 졸렬한 시를 한번 바치겠나이다."

그러고는 짝을 지어 일어나 앞뒤로 나아가고 물러서며 월궁소아의 춤[53])을 추었다. 이부인이 선창하니 가사는 다음과 같았다.

선제께서 봄나들이 건장궁[54])을 나설 때　　　　　先帝春遊出建章
당시 은총으론 비빈 중에 으뜸이었지　　　　　　當時恩寵冠嬪嬙
꽃다운 마음 여전한데 연지분 스러지거늘　　　　芳心未歇鉛華盡
〈추풍사〉[55])에 미인을 잊지 못한다 하셨지　　　一曲秋風恨不忘

반희가 노래를 받아서 불렀다.

영화롭던 옛날에는 임금수레 사양[56])했지만　　　榮華昔日辭同輦

52) 안수재(安秀才): 앞에서 시연(詩宴)의 자리를 정하는 과정에서 조래선생 등의 3인이 '안수재'의 신분을 알아본 이후로 모란왕이 다시 그런 호칭으로 일컬은 것이다.
53) 월궁소아의 춤(月宮素娥之舞): 속설에는 당현종이 월궁에 놀러가서 달의 요정인 소아(素娥) 수백 명이 뜨락에서 춤추는 것을 보았는데, 현종이 그 곡조를 기억하고 돌아와 「예상우의무霓裳羽衣舞」를 지었다고 한다.
54) 건장궁(建章宮): 한무제(武帝) 때 지은 대규모의 궁궐.
55) 〈추풍사秋風辭〉: 한무제가 지은 노래로서, 전반부에 "회가인혜불능망(懷佳人兮不能忘)"이라는 대목이 있다.
56) 임금수레 사양: 반첩여가 한성제(漢成帝)의 수레에 함께 타기를 사양하면서 현신을 가까이하라고 충고했다는 고사. 반희의 자리를 정하는 앞 대목에서 이미 언급했다.

온종일 비바람 때문에[57] 백량대[58]에 갇히었네 風雨終朝鎖柏梁

천 년 동안 마음 알아줄 이 오직 이태백[59]뿐 千載知心唯李白

가엾도다 조비연은 곱게 칠해 새 단장인데 解憐飛燕倚新粧

여왕이 시비에게 마노 쟁반에 봄 채단을 담아 포상하라고 명하면서
이르기를,

"금전두[60]로 삼으시오!"

하니, 두 사람이 은혜에 절하고 자리로 갔다. 조래선생이 언짢은 기색으
로 수양에게 눈짓하며 말하기를,

"취했으면 물러가야 음복을 받는다"

하고는 고하지도 않고 담을 넘어 오솔길로 가버렸다. 이를 희롱하여 이
부인이 수양과 동리에게 말했다.

"예전에 어떤 처사가 노랫소리를 듣고는 놀라 담장을 넘어 도망하니,
좌중에 그를 희롱하는 자가 이르기를 '산새는 기생의 음악을 알지 못하
니, 장단을 치는 판때기 소리 나자마자 놀라 날아가네'라고 했답니다.[61]

---

57) 온종일 비바람 때문에: 반희가 소외된 까닭을 남자의 바람기 때문인 것으로 설명하고 있
다. 이 또한 이미 반희가 등장하는 대목에 나타나 있다.

58) 백량대(柏梁臺): 백량대는 한문제(漢文帝)가 지은 장문궁(長門宮)의 누대다. 한무제의 진황
후(陳皇后)가 왕의 총애를 잃은 후 물러나 지낸 곳이다. 그러나 반첩여는 왕의 사랑이 조비연
에게 옮겨가자 위험을 느끼고 태후를 봉양한다는 명목으로 장신궁(長信宮)에 거처했으며, 백
량대는 오히려 조비연이 거처한 곳으로 추측된다. 양(梁) 음갱(陰鏗)의 악부시 「반첩여」에서
는 "백량대에는 새로운 은총이 성하고 장신궁에는 예전 은총이 기울도다(柏梁新寵盛, 長信昔恩
傾)"라고 했다.

59) 이태백: 이백(李白)의 악부시 중에 「원가행怨歌行」이 있다.

60) 금전두(錦纏頭): 예전에 예인의 공연이 끝나면 비단을 선물로 머리에 둘러주는 것을 '금전
두'라 했는데, 뒷날 기녀들에게 주는 재물의 통칭으로 사용되었다. 금전두 같은 표현 때문에
모란왕은 이부인과 반희를 거의 배우지신(俳優之臣)으로 여기고 있는 것 아니냐는 의심을 받
는다.

61) 예전에~했답니다: 송(宋)나라 이구(李覯)가 복당(福唐)의 수령으로 나간 채양(蔡襄)의 초
대로 망해정(望海亭)에서 술자리를 즐겼는데, 또다른 친구 진열(陳烈)이 관기(官妓)의 노랫소
리를 듣자마자 도망치는 것을 보고 조롱하며 이와 같이 시를 지었다고 한다.

바로 이런 것이군요!"

두 사람은 답하지 않고 이어서 나가버렸다. 안생도 떠나겠다고 고하니 좌우가 끈끈한 정으로 위로하며 전송하고, 여왕은 예조 관리에게 명하여 노자와 예물을 주도록 하였다. 갖은 무늬와 비단, 금과 은, 진귀한 노리갯감 들이 뜰 안에 벌여져 있었다.

안생이 절하여 이별하고 문을 나서는데, 어떤 미인 하나가 문밖에 서 있다가 안생에게 읍하며 이르기를,

"오늘 유람은 즐거웠는지요?"

하니, 안생이 말했다.

"그대는 어떤 사람이기에, 여기 홀로 서 있는가?"

미인이 눈물을 글썽이며 말했다.

"세속에 전하기를, 첩의 선조가 당唐 개원開元 말엽에 양귀비에게 죄를 얻었다고 합니다만, 그 사건이 전적에 올라 있지 않고 말이 심히 황당무계합니다. 그런데도 그 죄가 지금까지 천여 년간 거듭 후손들에게 이어져 뜰 안으로 오르지 못하고 있습니다. 널리 사랑하시는 임금님의 안전62)에 있을 법한 일인지요?"

안생이 꿈에서 깨어나다

말이 채 끝나기도 전에 우레가 한번 번쩍 치고는 땅이 갈라지듯 쪼개지며 돌연히 깨어나니 한바탕 꿈이었다. 거나한 기운이 몸에 남아 있고 꽃다운 향기가 옷에 스며들어 제법 느껴졌다. 황홀하게 일어나 앉으니 가랑비가 홰나무에 뿌려지고 우렛소리가 남아 은은하였다. 안생은 조금

---

62) 안전(案前): 존귀한 분이 앉아 있는 자리의 앞. 여기서는 모란왕의 앞을 암시한다.

전에 꾼 꿈이 역시 남가일몽南柯一夢이겠거니 여겼다. 하지만 나무 주위를 돌며 생각할수록 더욱 기억이 또렷해 그대로 꽃밭으로 나아갔다.

모란 한 무더기가 비바람에 흔들려 붉은 꽃이 져서 땅에 떨어졌다. 그 뒤에 복사나무와 오얏나무가 나란히 서 있는데 가지 사이에서 파랑새가 지저귀고 있었다. 대나무와 매화는 각기 한 화단씩 차지하고 있는데 매화는 새로 옮겨와서 난간을 둘러 보호하였다. 뜰 가운데 연못이 있어 푸르고 동그란 연잎이 떠 있었다. 울타리 아래에는 국화가 싹을 내밀고, 붉은 작약은 활짝 피어 계단 위에서 흔들리고 있었다. 석류나무 몇 그루는 곱게 채색한 화분에 심어놓았고, 담장 안 수양버들은 땅에 닿아 있었으며, 담장 밖 늙은 소나무는 일산처럼 드리웠다. 그 밖에도 붉은 꽃과 푸른 꽃, 보랏빛 꽃이 뒤섞여 어우러졌으며, 벌이 요동치고 나비가 춤추는 것은 음악을 연주하는 기생을 보는 듯했다. 이에 안생은 이것들이 조화를 부려 자신이 그토록 기이한 꿈을 꾼 것임을 깨달았다.

또 곰곰이 생각해보니, 문밖에 세상 사람들이 '출당화'라 일컫는 꽃이 있었는데, 안생이 일찍이 꽃을 가꾸는 아이에게 장난삼아 이르기를,

"이 꽃은 양귀비에게 득죄하였기 때문에 '출당'이라 이름한 것이니, 바깥 계단에다 심는 것이 옳다"

하였더니 하인 아이가 정말로 계단 밑에다 심었는데, 그 꽃이 미인으로 변신했던 것이다.

안생은 이로부터 문을 닫아걸고 독서하면서 다시는 화원[63]을 기웃거리지 않았다고 한다.

---

63) 화원(花園): 여기서는 꿈속의 꽃왕국을 매개로 현실 세계의 정치권을 암유하고 있다. 따라서 안생이 문을 닫아걸고 독서에 전념했다는 것은 그가 과거를 준비했다는 것이라기보다는 현실 정치권에 대해 일정한 거리를 두겠다는 의지를 표현한 것이라고 보아야 한다.

서재에서 밤놀이

이 작품은 1553년명종 8에 간행된 신광한申光漢, 1484~1555의 『기재기이企齋記異』에 두 번째로 수록되어 있다.

줄거리는 간단하다. 이름을 밝히지 않은 어느 사대부가 자신의 서재에서 한밤중에 문방사우文房四友의 정령들과 대화를 나누고 새벽녘에 헤어진 다음, 못쓰게 된 필기구들을 찾아내 담장 밑에 묻고 제문을 지어주었다는 내용이다.

작품의 주인공은 어느 한 '사부士夫'라고만 되어 있다. 서술자가 굳이 "성명은 생략하고 적지 않는다"고 했다. 옛것을 좋아했으나 뜻을 이루지 못하고 세상으로부터 배척받았으며, 가세는 비록 군색해도 의사가 활달하다고 했다. 또 시골에 별서別墅를 지어 두문불출하면서 책만 읽었다고 했다. 더구나 주인공은 고양씨高陽氏의 후예라고 자신의 출신을 암시해놓았다. '고양'은 경북 고령高靈의 옛 이름이며, 작가의 본관이 고령 신씨다. 하지만 은연중 굴원屈原이 「이소離騷」에서 자신의 출신을 '고양씨의 후예'라고 밝힌 것과 의미가 중첩된다. 굴원은 다름 아닌 쫓겨난 신하의 대명사다. 이것이 주인공 성격의 기본적인 지표인 셈이다. 그는 벼슬한 적이 있는 사대부 출신이지만 결국 관료사회로부터 배척을 당했고, 비록 가난하기는 하지만 사대부 본연의 독서 행위만은 지속하고 있었던 셈이다. 이 같은 서술은 기묘사림으로 지목되어 조정에서 퇴출당했지만 오히려 독서와 저술 행위를 더 열심히 수행했던 작가 신광한의 자기 고백에 다름 아니다.

사대부에게 문방사우는 그야말로 잠시도 헤어지지 못할 벗들이다. 일상적으로 늘 가까이 두고 사용하는 도구이기 때문이다. 그러나 그것이 정말 어떠한 의미를 지니는지 반성적 사유로 접근하게 되는 것은 사대부로서의 지위가 흔들릴 때일 것이다. 작품에서는 그 같은 사유를 수수께끼 풀듯이 전개해나간다. 애초 문방사우의 정체는 감춰둔 채 그것의 확인을 위해 네 존재가 대화를 나누고, 관찰자인 어느 '사부'는 요괴 같은 그들의 수작을 엿보다 급기야 그 대화에 참여해서 서로를 점점 깊이 알아가는 과정이 작품의 대부분을 차지한다. 어찌 보면 그것은 정보의 고의적 지연을 통한 존재감의 부각이다. 정보의 지연과 노출을 조절해가는 수법으로서 『장자』의 특정 우언이나 한유韓愈의 『송궁문送窮文』 같은 고전을 용사用事, 옛글의 표현을 이끌어 쓰는 일하기도 한다. 그러나 수수께끼를 다 풀고 나면 유희를 마칠 때처럼 어느 정도 재미는 느껴지지만 의미론적 전환은 잘 이루어지지 않아 공허해질 위험성도 없지 않다. 인간 내면에 대한 근원적 성찰이나 존재의 의미에 대한 질적 고양이라 할 만한 묘미가 발견되지 않는다면, 작품은 전고典故의 나열을 통해 지적 유희를 즐기고, 작가의 지적 과시욕을 채우는 차원에서 그리 멀리 나아갔다고 보기 어렵다.

그렇다면 이 작품이 보여준 문학적 수준은 어느 정도일까? 과연 네 존재가 문방사우 중 무엇인지를 확인하는 데 그치고 만 것인가? 그렇지는 않다. 이 작품은 여타 가전假傳과 비슷한 수준의 우언작품을 훌쩍 넘어선다. 물론 다른 평범한 가전문학과 같이, 이 작품에서도 문방사우를 원관념으로 삼고 작품의 네 존재를 보조관념으로 삼아 의인화의 비유수법을 활용하는 전개 방식을 택하고 있는 것처럼 보인다. 그러나 이 작품은 거기서 한 발 더 나아간다. 작품에서는 말로 밝혀버리면 너무나 뻔한 네 존재를 짐짓 미지수로 괄호 치고, '벗'이란 무엇이며 '곤궁함'이란 또 무엇인지를 따져나간다. 일종의 우정론友情論과 고궁론固窮論이 주인 '사부'를 포함한 그들의 사귐 속에서 진지하게 논의되는 것이다. 또한 이러한 논의를 위해 넷의 대화는 물론이고, 주인공 사대부의 '축문'과 '제문'이 아주 중요한 구실을 한다. 이를 통해 궁극적으로는 '사대부'라는 중세 지식인의 처세관을 피력하게 된다. 그러므로 이 작품은 가전의 확장이라는 뜻의 '가전체'라고 단순하게 말할 것이 아니라 소설 형성기의 초기 소설 형태로서, 우언소설로 분류하고 그 문학사적 의미를 부여하는 것이 마땅하다. 작품의 대미에서 땅에 묻힌 문방사우의 네 정령은 주인공 사부에게 40년의 수명을 선사한다. 이를 작가의 입장에서 해석하자면, 독서 행위가 40년 동안 지속될 것임을 예언하는 것이요, 목숨을 마칠 때까지 세상과 사물에 대한 도리를 궁구하겠다고 결심하는 것이다. 이 점에서 인간세상의 도리를 찾고 또 믿고자 했던 사림파 문인의 성향을 간취할 수 있으며, 초기 소설의 개척에 크게 기여했던 방외인方外人 취향의 문인들과는 근본적으로 다른 처세관을 엿보게 된다.

실의에 찬 사대부의 글방에 요괴가 들다

한 사부[1]가 있었다. 성명은 생략하고 적지 않는다. 옛것을 좋아하고 실의에 차 있었으며 세상으로부터 배척당했다. 가세가 비록 군색해도 품은 뜻만은 크고 넓었다. 일찍이 달산촌達山村에 별채를 지은 적이 있는데, 문을 닫아걸고 왕래를 끊고는 오직 책만을 즐겼다. 이웃집도 그 얼굴을 보지 못한 지가 몇 년이나 되었다.

세월이 대황락[2]에 든 해, 한가위를 이틀 앞둔 때였다. 산비가 개고 나니 밤기운이 깨끗하고 고요했다. 먼 하늘이 맑았고 은하수가 흐르고 있

---

1) 사부(士夫): 사대부의 준말이다. 관직에 나갔던 경험이 있는 선비, 혹은 벼슬자리에 나아갈 신분의 소유자라는 뜻이다.
2) 대황락(大荒落): 태세력(太歲曆)에서 '사(巳)'에 해당되는 십이지 명칭. 작가의 생애에 비추어볼 때, 원형리 은거 기간(1521~1537년) 중에 신사(1521)와 계사(1533)가 해당된다. 그런데 시골 별채에서 두문불출한 지가 몇 년이나 되었다고 하고, 아래 시에서 궁궐을 떠나온 지 오래되어 임금을 그리워하는 시상을 피력한 것을 참작할 때 후자가 더 적합하다. 따라서 이 작품의 시간 배경은 중종 28년(계사, 1533), 작가 나이 50세 때로 추정된다.

었다. 밝은 달이 빛나고 맑은 이슬이 영롱했다. 송옥이 가을을 슬퍼하던 뜻이 오싹 생겨나고, 이백이 달을 즐기던 흥취[3]가 은근히 일어났다. 서당을 걸어나와 뜰을 거닐며 혼자 읊조렸다.

쩡! 쩡! 시냇가 나무 찍어내는 소리뿐	丁丁伐木潤之濱
고즈넉한 서재에는 이웃도 적다	岑寂書齋少有隣
약을 찧노라니 옥토끼만 불쌍한 듯하고	搗藥只應憐玉兔
술잔을 멈추어도 누가 있어 달에게 물어볼꼬	停盃誰與問氷輪
단풍나무 숲속에선 이슬방울 듣는 소리 들리고	楓林滴瀝時聞露
대문 골목 깊고 깨끗해 먼지조차 일지 않네	門巷清深不見塵
봉황 새긴 누각 떠나온 지 지금 몇 해런가	一別鳳樓今幾載
미인을 어찌 만나 뵈랴 더욱 시름겹도다	美人何得更愁人

말을 마치고 마음 슬피 탄식하기를 서너 차례 하였더니 도저히 잠을 이룰 수가 없었다. 손으로 마른 오동나무를 더듬어 바깥에 자리잡고 앉았다. 때는 밤도 이미 삼경인지라 전혀 인적이 없었다.

홀연 글방 안에서 두런두런 웃는 듯 말하는 듯한 소리가 들려왔다. 선비는 가슴이 두근거려 왔다갔다하면서 숨을 죽이고 귀 기울여 들어보니 과연 누군가 글방에 있는 듯했다. 선비는 도둑인가 의심하여 살그머니 맨발로 몇 걸음 다가서서 살펴보았다. 이때 달빛은 빈 창으로 흘러들어 방 안이 대낮 같았다. 창틈으로 은밀하게 엿보니, 모습도, 의관도 각기 다른 네 사람이 둘러앉아 있었다.

---

3) 송옥(宋玉)이~즐기던 흥취: 송옥을 먼저 언급한 것은 그의 「구변九辯」을 통해 주인공의 쓸쓸한 심사를 전제한 것이라면, 이백의 흥취를 거론한 것은 「파주문월把酒問月」을 통해 공간적 고독감과 시간적 격절감을 암시하기 위한 것으로 여겨진다. 한편, 이백의 「파주문월」에서는 달의 초월성을 강조한 반면, 작품 속 사부가 읊은 시에서는 달과 대비되는 인간의 유한함에 초점을 맞추었다.

그중 한 사람은 까만 비단옷[4]에 검은 관[5]을 썼는데, 중후하고 꾸밈이 적었으며 가장 연장자였다. 또 한 사람은 알록달록한 옷[6]을 입고 모자를 벗어 맨상투가 위로 도드라져[7] 있었으며 기품이 심히 날카로웠다. 또 한 사람은 흰옷[8]에 관건[9]을 썼으며 용모가 백옥같이 희고 깨끗한 눈 같았다. 또 한 사람은 검은 옷[10] 검은 모자[11]에 얼굴은 푸르게 칠한 것 같았으며 극히 못생기고 작달막했다. 네 사람이 서로 말하기를,

"누가 능히 없음을 몸뚱이 삼아 삶을 거짓으로 삼고 죽음을 참으로 삼을 수 있을까? 누가 움직임과 고요함, 흑과 백이 한가지 이치임[12]을 알 것인가? 내 그와 벗하리라!"

하고, 네 사람이 서로를 바라보면서 웃으며 말하기를,

"사·여·여·뇌[13]라면 충분히 막역한 벗이 될 만하지?"

하면서 무릎들을 당겨 앉았다.

흰옷이 말했다.

---

4) 까만 비단옷: 벼루의 몸체가 반질반질한 것을 의인화한 것이다.
5) 검은 관: 벼루를 덮는 벼루 뚜껑을 의인화한 것이다.
6) 알록달록한 옷: 붓의 몸체가 오죽(烏竹)처럼 여러 색깔이 나는 것을 색동옷, 즉 반의(班衣)를 입은 것으로 의인화한 것이다.
7) 모자를~도드라져: 붓의 필모(筆毛) 부분이 뾰족하게 나와 있는 것을 의인화한 것이다.
8) 흰옷: 종이의 몸체를 의인화한 것이다.
9) 관건(綸巾): 종이 다발을 묶는 끈이나 종이를 의인화한 것이다. 관건은 원래 삼국시대에 제갈량이 학창의와 함께 착용했다는 두건으로, 푸른 명주끈으로 만들며 제갈건(諸葛巾)이라고도 한다.
10) 검은 옷: 먹의 몸체를 의인화한 것이다.
11) 검은 모자: 손으로 잡는 먹의 윗부분이 둥그스름한 것을 의인화한 것이다.
12) 움직임과~이치임: 붓과 먹의 움직임과 벼루와 종이의 고요함, 붓·먹·벼루의 흑과 종이의 백이 한가지로 어우러져 글씨를 이루는 것을 암유하고 있다. 더 나아가 앞에서 언급한바, '없음'을 몸으로 삼아 '삶'과 '죽음'을 뒤바꾸는 역설은 문필 창작 행위에 대한 암유이기도 하다.
13) 사(祀)·여(輿)·여(犁)·뇌(來): 『장자』 「대종사大宗師」 우언에 나오는 가상의 네 친구. 이 작품에서 문방사우 네 명이 나눈 지금까지의 대화는 「대종사」에 나온 네 친구, 사·여·여·뇌의 대화를 패러디한 것이다. 따라서 작품에 사·여·여·뇌가 언급된 것은 자신들이 그들처럼 막역지우가 될 만한 존재라는 뜻이다.

"오늘밤 주인이 안 계시다고 우리가 방을 독차지해 즐기는 것이 너무 교만하지는 않은가?"

벗은 모자가 머리를 가로저으며 말했다.

"주인이 무리와 떨어져 홀로 살면서 함께 거처하는 자는 우리뿐이다. 살갗을 문지르고, 뼈를 부딪치고, 머리를 적시고, 등에 물이 스며드는 등[14] 수고로운 일을 한 지도 아주 오래되었다. 나는 노둔하다는 놀림을 받았고, 자네는 경박하다는 꾸지람을 들었네.[15] 저 사람은 운명이 다하고, 이 사람 또한 흠결이 생겼다.[16] 주인과 함께 거처하는 때가 얼마나 더 되겠는가? 그러니 이토록 밝은 달 아래 어찌 한마디 하지 않을 수 있단 말인가?"

그러고는 조원진이 올린 사표의 "흰머리 늙은이 어디로 갈꼬? 일편단심이야 스러지지 않으리"라는 구절[17]을 읊으며 몇 차례 오열하는 소리를 내니, 좌중이 모두 얼굴을 감싸쥐고 흐느끼며 눈물을 뿌리기도 하고 닦기도 했다.

흰옷이 말하기를,

---

14) 살갗을~스며드는 등: 피부를 문지르고 뼈를 부딪친다는 것은 벼루에 먹을 가는 행위를, 머리를 적시고 등에 물이 스며들게 한다는 것은 붓에 먹을 찍어 종이 위에 쓰는 행위를 각각 의인화한 것이다..

15) 나는~들었네: '나'는 모자 벗은 자, 즉 붓의 의인화이며, '자네'는 흰옷 입은 자, 즉 종이의 의인화다. 노둔하다는 것은 모필이 모지라진 것을, 경박하다는 것은 종이에 글씨가 훤히 노출되는 것을 암유한다.

16) 저 사람은~생겼다: 저 사람의 운명이 다했다 함은 먹이 닳아 급기야 없어지는 것을, 이 사람에게 흠결이 생겼다 함은 벼루가 갈라지거나 이가 빠져 먹물이 새버리는 것을 의인화한 것이다.

17) 조원진(趙元鎭)이~구절: 남송(南宋) 고종의 명재상이자 충신인 조정(趙鼎)은 간신 진회(秦檜)의 참소 때문에 길양(吉陽)으로 귀양가게 되었다. 임금에게 사표(謝表)를 올렸는데 여기에 "흰머리 늙은이 어디로 갈꼬? 여생이 얼마 남지 않아 서럽도다. 일편단심이야 스러지지 않으리. 맹세하니 아홉 번 죽어도 변치 않으리"라는 대목이 나온다. 원진(元鎭)은 그의 자다.

"한갓 남녘 관을 쓴 초나라 포로[18]처럼 사좌[19]에서 눈물만 흘리고 있으니, 무엇으로 회포를 달랠 것인가?"

하고, 이어 벗은 모자를 희롱하였다.

"자네는 검은 머리이면서 흰머리라 말하고, 속이 비었으면서 단심^{丹心}이라 일컬으니 되겠는가?"

벗은 모자가 웃으며 말했다.

"고루하도다, 구망씨[20]는 시를 모르는구나! 이런 사람이 흰 바탕에 색을 칠한다는 뜻[21]을 어찌 알겠는가?"

검은 옷이 까만 비단옷에게 눈짓하며 이르기를,

"두 사람은 입을 닫게나! 깎는 듯 가는 듯, 쪼는 듯 문지르는 듯 하는 자[22]라야 비로소 함께 시를 말할 만하도다[23]"

하니, 까만 비단옷이 희롱하기를,

18) 남녘 관을 쓴 초나라 포로: 남관초수(南冠楚囚). 북쪽 오랑캐에게 쫓겨 양자강 남쪽으로 옮겨간 동진(東晉) 시절에 명사들이 신정(新亭)이란 곳에 모여 한탄하고 울기만 할 때 승상 왕도(王導)가 정색을 하며, "힘을 합쳐 국토를 회복해야지 어찌 초나라 포로가 되어 서로 쳐다보고 울기만 하느냐"고 했다 한다. 『세설신어世說新語』「언어言語」에 전고가 있다. 이후로 국난이나 변고를 당했을 때 대책 없이 감상에만 빠져 있는 것을 형용하는 어휘가 되었다.
19) 사좌(四座): 모든 사람이란 뜻이다. 그러나 여기서는 특히 네 사람을 강조하면서도 이백(李白)의 「금릉신정金陵新亭」 중에서 "四座楚囚悲, 不憂社稷傾. 王公何慷慨, 千載仰雄名"을 용사하고 있다.
20) 구망씨(句芒氏): 고대에 나무를 주관하는 관리, 혹은 나무의 신. 여기서는 나무로 종이를 만드므로 흰옷 입은 자, 즉 종이를 희롱하여 말한 것이다. 충신의 시구절을 이해하지 못하니 대나무가 속이 비었지만 단단한 줄을 모른다고 능을 친 셈이다.
21) 흰 바탕에 색을 칠한다는 뜻: 먼저 흰 바탕이 마련된 뒤에 채색이나 무늬를 입힐 수 있다는 의미. 『논어』「팔일八佾」의 "흰 바탕에 무늬를 놓는다(素以爲絢)"라는 구절에서 용사했다.
22) 깎는 듯 가는 듯, 쪼는 듯 문지르는 듯 하는 자: '절차탁마'하는 사람이란 뜻이다. 『시경』「위풍衛風·기욱淇奧」에서 "有匪君子, 如切如磋, 如琢如磨"라고 하여 벗과 더불어 학문이 점점 깊어지는 과정을 옥을 다듬는 데 비유해 묘사한 말이다. 여기서는 먹과 벼루가 서로 갈고 갈리는 과정을 그처럼 의인화하였다.
23) 비로소 함께 시를 말할 만하도다: 『논어』「학이學而」에서 자공이 덕행에 관해 공자의 말씀을 듣고 깊이 깨달아 이르기를, 「기욱」의 구절이 바로 이런 경우를 두고 일컬을 것이라고 감탄하니, 공자께서 자공을 칭찬하기를 '始可與言詩已矣'라고 했다.

"다른 산의 돌이라도 내 옥을 다듬을 수 있다²⁴⁾는 소리는 들었어도, 먹을 다듬는다는 말은 못 들었네"

하였다. 그러자 검은 옷이 말하기를,

"그렇군! 과연 옥은 아니지!"

하고는 서로들 손을 한데 잡고 웃었다. 벗은 모자가 말하기를,

"시흥이 한번 일어나고 보니 늙은 줄도 모르겠군! 짧은 시편을 하나 지어 세 사람에게 들려드리리다"

하였다. 시는 다음과 같았다.

성긴 발 빈 휘장 밖에 밤이 낮처럼 훤하니	疏簾虛幌夜如晝
구슬 같은 이슬 빛남은 가을달이 높음이라	玉露光凝秋月高
머리가 희어도 아직 잔글씨 쓸 만은 하고	頭白尚堪書細字
눈 밝으니 오히려 가을 터럭 세고자 하네²⁵⁾	眼明還欲數霜毫

까만 비단옷이 이어 읊었다.

달나라 금두꺼비는 이슬 내리니 씻은 듯 맑고	金蟾滴露淸如洗
옥토끼는 가을 터럭에 추워서 잠 못 들겠네	玉兔秋毫冷不眠
짧은 시 다 짓고 나니 심사가 괴롭구나	寫盡小詩心事苦

---

24) 다른 산의 돌이라도 내 옥을 다듬을 수 있다: 『시경』「소아小雅·학명鶴鳴」에서 "他山之石, 可以攻玉"이라 했다. 사랑하는 것에서도 나쁜 점을 알아야 하고, 미워하는 것에서도 그 좋은 점을 알아야 한다는 뜻이다. 여기서는 앞에서 언급한 '절차탁마'가 본래 옥 다듬는 과정의 비유이기에 먹을 벼루에 가는 일을 의인화한 것은 어색하다고 조롱한 것이다.
25) 머리가~하네: 머리가 희다는 것은 붓이 오래되어 모필이 빠졌음을 의인화한 듯하다. 그런데도 잔글씨를 감당할 만하고 터럭을 셀 수 있다는 것은 제 직임을 다할 수 있음을 암유한다. 한편 눈이 밝다는 것은 붓털이 토끼털임을 일컬은 듯하다. 예부터 토끼 눈을 명시(明視, 혹은 明眎)라 했는데, 이는 밝은 눈을 뜻한다.

눈물 자국 오히려 찌푸린 눈썹 가에 남아 있네[26]   淚痕猶在鎖眉邊

흰옷이 말하기를,
"내 자네를 사랑한 것은 후덕함과 두터운 명망이 있었기 때문이지. 남 몰래 본받고자 했으나 그럴 수가 없었네. 그런데 지금 자네가 읊은 시의 끝 구절은 자못 부인네의 뜻과 비슷하여 중후하지 못하네. 자네도 쇠하였는가?"
하니, 까만 비단옷이 말했다.
"자네가 알아차리고 말았네그려! 사실 내가 쇠했구나 하고 탄식한 지도 오래되었네."
흰옷이 말하기를,
"이어서 시를 지어도 되겠지?"
하고는 낭랑하게 다음과 같이 읊조렸다.

또렷한 가을 달빛에 흰 바탕 더욱 희니   分明霜月能添白
단청 칠하는 솜씨로 좋은 시를 써볼거나[27]   擬試丹靑寫好詩
진중한 네 사람 문자로 모였으니   珍重四人文字會
영원히 남을 자취 이를 누가 전할거나   百年遺跡竟依誰

검은 옷은 과묵하여 시를 마지못해 짓는 듯이 이렇게 읊조렸다.

쪼고 갈며 쐬고 물들이니 도를 보존할사   琢磨薰染能存道

---

26) 눈물 자국~있네: 벼루 가장자리에 먹 흔적이 남아 있는 것을 의인화한 듯하다.
27) 단청~써볼거나: 단청을 그릴 때는 흰 바탕 위에 솜씨를 발휘하게 된다. 결국 이 구절은 종이를 의인화하여 '흰옷'이 존재하기에 나머지 세 사람이 시를 짓게 된다는 내용을 담고 있다. 마지막 구절도 자기 덕분에 다른 이들의 존재 가치가 생겨남을 은근히 비유한 것이다.

그 쓰임새 당년에 누가 진현28)만 하랴   功用當年孰似陳

세 벗과 다시금 아교칠 같은 교분 나누리   三友更投膠漆分

티끌세상 늙도록 서먹한 관계 얼마나 많으냐   厭看塵世白頭新

흰옷이 말했다.

"진현의 시는 시원찮다! 제 말만 할 줄 알지 우리 광경을 언급한 게 하나도 없으니 고루하지 않은가?"

벗은 모자가 이르기를,

"고29)야말로 견30)을 깔보고 진陳을 흠잡으니, 고는 젠체하는 것인가?" 하고 말하자 까만 비단옷이 훅 한숨을 쉬며 말했다.

"오늘날 붕우朋友의 도리가 없어진 지 오래되었도다! 기왕에 '막역莫逆' 하다 해놓고서는 다시 '절차切磋'를 꺼리는구나."

벗은 모자가 즉시 머리를 조아리며 사과하니, 좌우 사람들이 떠들썩 하게 웃었다.

선비가 네 친구를 만나 사귀다

선비는 애초 도둑이 들었나 생각했지만, 물괴物怪라는 것을 알고는 마음에서도 두려움이 없어지고 그들이 하는 짓을 자세히 보고 싶어졌다.

까만 비단옷이 말했다.

"『시경』에서 이르지 않던가? '너무 편안해하는 건 아닌가? 제 직책이 처한 바를 생각해야지. 즐기기를 좋아하되 빠지지 않기를 훌륭한 선비

---

28) 진현(陳玄): 먹의 별칭이다. 먹이 검은색(玄)에 묵을수록(陳) 좋아지므로 그렇게 칭한다.
29) 고(槁): '원고'라는 뜻으로 종이의 의인화인 흰옷, 즉 백의자(白衣者)를 지칭함.
30) 견(甄): '질그릇'이라는 뜻으로 벼루의 의인화인 까만 비단옷, 즉 치의자(緇衣者)를 지칭함.

는 경계하는도다.'[31] 만약 조그만 틈새라도 있다면 누설될까 저어된다."

세 사람이 서로 돌아보며 답하지 않았다. 선비는 그들이 흩어질까 염려하여 드디어 기침 소리를 냈다. 그러자 방 안이 고요해지고 갑자기 보이는 게 없었다. 선비가 즉시 물러나 축수하였다.

"그대들의 무리는 셋도 아니요 여섯도 아니다. 이수[32]라 한다면 둘을 더해야 하고 오귀[33]라 한다면 하나를 줄여야 한다. 그대들은 나를 곤궁하게 하는 자들이 아니다. 이미 그대들의 정체를 알았는데 감히 그 모습을 숨기려 하는가? 비록 지금 종놈 노성[34]이 풀을 엮어 전송하는 절차는 없으나, 왼쪽 자리를 비워두고 높은 손님 맞이하는 예의는 있노라. 비록 이 세상과 저세상이 다르다 하나, 정성이 느꺼우면 반드시 통하는 법이라. 이래도 사군[35]은 끝내 나를 저버릴 수 있겠소?"

축수를 마치자 옷깃을 바로 하고 무언가를 기다리는 듯 서 있었다. 오래도록 흐트러지지 않고 있으니, 홀연히 서재 북쪽 창밖에서 사각거리는 소리가 점점 가까이 들려왔다. 선비는 변화를 알아채고는 긴장하여 움직이지 않았다. 산 위에 뜬 달이 넘어가려 할 때였다. 어슷한 그림자가 대청마루에 지며 세 사람이 연달아 왔다. 옷매무새와 모습이 방 안에서 본 것과 똑같았다. 도착해서는 앞에 늘어서서 절을 하니, 선비도 답

---

31) '너무 편안해하는~경계하는도다' : 『시경』「당풍唐風·실솔蟋蟀」의 내용이다. 한 해가 저물 때 즐거운 모임을 가지기는 하지만 지나침이 없기를 경계하는 내용이다.

32) 이수(二豎): 사람의 고황(膏肓) 사이에 숨어서 병들게 하는 병마. 고황은 약효가 미치지 못하는 곳이어서 병마가 여기에 미치면 고칠 수 없다 한다.

33) 오귀(五鬼): 다섯 마리의 궁귀(窮鬼). 궁귀는 가난을 가져오는 귀신을 의미하는데, 한유(韓愈)는 「송궁문送窮文」에서 지궁(智窮), 학궁(學窮), 문궁(文窮), 명궁(命窮), 교궁(交窮)을 궁귀로 지목하며 이들을 쫓아내고자 한다. 이때 다섯 궁귀를 밝히는 과정에서 숫자를 거론하며 그들의 정체를 추론해나간다. 이 작품에서 선비가 문방사우의 정체를 밝혀나가는 방식도 「송궁문」에서 차용한 것이다.

34) 노성(奴星): 「송궁문」에서 궁귀들을 내쫓는 액막이를 하게 하는 종놈의 이름이다. 이 구절 전체가 「송궁문」의 내용을 반의모방하고 있다.

35) 사군(四君): 문방사우를 짐짓 높여 부른 것이다.

배를 하면서 급히 물었다.

"한 분은 어디에 있습니까?"

그러자 이렇게 답했다.

"모자를 쓰지 않아 감히 뵙지 못합니다."

선비가 말했다.

"산에 있는 서재의 밤 모임이니 예법을 따질 것이 없습니다. 속히 나오시면 좋겠습니다."

벗은 모자가 이 말을 듣고 서재 뒤에서 주저하며 다가와 머리를 수그리고 무례함을 사과했다. 선비가 위로하며 답하고는 서로 마주앉았다. 선비는 그들의 성명과 족보를 캐물어 산 정령인지 나무 도깨비인지 가리고도 싶었지만, 자칫 그들의 뜻을 거스를까 염려되어 감히 급하게 내뱉지 못하고 먼저 자기를 소개했다.

"저는 고양씨³⁶⁾의 후예입니다. 가문에 쌓은 선행이 많았던지 대대로 높은 벼슬자리를 했습니다. 그렇지만 형설螢雪의 공功에 뜻을 두고 호화로운 삶에 대한 생각을 끊었습니다. 박심사변³⁷⁾의 교훈을 스승 삼고 격치성정³⁸⁾의 학문을 살아내려 했습니다. 스스로 기약하기를 우러러 하늘

---

36) 고양씨(高陽氏): 고양(高陽)은 경북 고령군의 옛 이름이다. 원래 대가야국의 영토였는데 757년(경덕왕 16)에 고양군으로 이름을 바꾸었고, 1413년(태종 13)에 고양군과 영천현을 고령현으로 병합했다. 작가의 가문인 고령 신씨(高靈申氏)의 시조 신성용(申成用)은 신라 공족(公族)의 후예로서 고려에서 벼슬했다. 그의 선조가 신라시대부터 이 지역의 호장(戶長)으로 대대로 살았다 한다. 한편 굴원(屈原)의 「이소경離騷經」에서는 "나는 전욱(顓頊) 고양씨(高陽氏)의 후손이오(帝高陽之苗裔)"라고 했다. 은연중 방축(放逐)된 신하임을 암시한다.

37) 박심사변(博審思辨): 『중용』에서 학문하는 절차로 "널리 배우라, 깊이 물으라, 삼가 생각하라, 밝게 분별하라, 독실히 행하라(博學之, 審問之, 愼思之, 明辨之, 篤行之)"고 했는데, 그중 앞의 네 과정만 줄여 말한 것이다. 여기서 널리 배우고 깊이 물으라 한 것은 배우는(學) 과정을, 삼가 생각하고 밝게 분별하라 한 것은 익히는(習) 과정을 가리킨다. 그리고 선비가 언급하지 않은 "독실히 행하라"는 구절은 그렇게 배우고 익힌 바를 종합해 실천에 옮김으로써 확고한 신념에 이르는 것을 뜻한다.

38) 격치성정(格致誠正): 『대학』에서 말한 학문의 8조목 중 전반부의 "격의(格意) 치지(致知) 성의(誠意) 정심(正心)"을 줄여 언급한 것이다. 한편, 여기서 여덟 조목 중 후반부의 "수제치평(修濟治平)"은 언급되지 않았는데, 이는 대사회적 실천과 관련된 항목들로, 개인의 수신과 연

에, 굽어 사람에게, 거처함에 방 안 깊은 곳에, 잠자리에서 이부자리에
부끄럽지 않으려 한 지도 몇 년이나 되었지요. 네 분도 그렇게 생각하시
는 거죠?"

네 사람이 "네!"라고 답했다.

"구석진 땅 말세에 태어나 터덜터덜 외톨이로 살아왔지요. 마음은 옛
것을 사모할 줄 알았지만 행실은 허물을 덮지 못하여, 거의 구사일생으
로 중감[39]의 험한 지경에서 빠져나왔습니다. 가까운 벗들은 나를 버리고
집사람들마저도 번갈아 나를 꾸짖었습니다. 불행함이 이와 같으니 원망
하고 슬퍼하지 않겠습니까? 네 분도 그렇게 생각하시는 거죠?"

네 사람이 "네!"라고 답했다.

"지금은 고목 같은 몸뚱이에 지혜는 떨어져나갔지요. 세상에서 달아
나 무리를 벗어나니, 산기슭은 적요하고 초당은 고절한 지경입니다. 안
씨顔氏의 정신을 따르고 있지만, 주공周公의 꿈은 꾸지 못합니다.[40] 그래서
인의仁義에 침잠하기도 하고 멋대로 글을 지으며 놀아나기도 합니다. 네
분이 없다면 누가 저와 노닐겠습니까? 원컨대, 작은 인연에라도 기대어
말씀이라도 듣고 싶습니다. 여러분께서는 가르쳐주소서."

네 사람이 일제히 절하고 사례하며 말했다.

"저희는 모두 보잘것없는 자질로 군자께 의탁하고 있습니다. 외람되

관된 세부 과정이다. 주 37)과 함께 살펴보자면, 결국 선비는 실천보다는 학습과 수신을 중시
하고 있음을 알 수 있다.
39) 중감(重坎): 위아래 팔괘의 감(☵)괘가 겹쳐 있는 64괘의 하나다. 간난험조(艱難險阻)의 상
황을 상징한다. 여기서는 작가가 경험한 기묘사화(己卯士禍)를 암유하는 것이라 추정된다.
40) 안씨(顔氏)의~못합니다: 여기서 안씨는 안회(顔回)를 뜻한다. 안씨의 정신을 따른다는 것
은 곧 안회의 안빈낙도 정신을 본받아 살아가고자 한다는 말이다. 또한 선비가 주공의 꿈을
꾸지 못한다고 한 것은 그에게 세상을 경영할 현실적인 힘이 없음을 뜻한다. 주공(周公)은 주
성왕(成王)의 섭정자로서 주의 정치 문화적 기틀을 완성했다. 하지만 주공과 달리 선비는 현
실 정치에서 쫓겨나 있으므로 주공의 실천적 모범과는 상관없는 처지에 있음을 말하는 것이
다. 『논어』 「술이」에 의하면, 공자가 자신의 늙음을 한탄하면서 "내가 다시는 꿈에 주공을 뵙
지 못하는구나" 하였다고 한다.

게 조화의 도가니에 들어가 명검으로 만들어달라고 감히 튀어오르는
쇠 같은 존재가 되었는데, 명공明公께서는 언짢아하지도, 벌을 주지도 않
으셨습니다.[41] 또 저희가 명공의 뒤를 쫓아 따라 노닐 수 있도록 허락해
주셨습니다. 평소의 모습을 보여주시고 깊은 속마음까지 말씀해주셨지
요. 스스로 생각건대 별 볼 일 없는 우리가 어찌 이런 기회를 만났는지
요. 비루한 마음을 아뢰어 명공께서 맑게 들으시도록 실례해도 괜찮겠
습니까?"

선비가 기뻐하며 말했다.

"진실로 바라는 바이올시다!"

까만 비단옷이 일어나 절하고 앉아 다시 말했다.

"저는 감배씨[42]의 후손입니다. 순舜임금께서 한미하시던 시절에 이름
이 그릇 '기甌'인 사람이 있었는데, 순임금과 하빈河濱, 하수(황하) 물가에서 질
그릇을 구웠습니다. 순임금이 제왕에 즉위하자 드디어 도씨陶氏라는 성
을 내려주셨건만,[43] 사적이 우전[44]에는 올라 있지 않습니다. 그 후손들

---

41) 조화의~않으셨습니다: 『장자』 「대종사」의 「사여려뢰祀輿犁耒」 우언에 나오는 대화 내용
을 반의모방한 것이다. 「사여려뢰」의 내용은 다음과 같다. 자뢰(子來)가 병이 들어 죽으려 하
자 자려(子犁)가 문안을 갔는데, 그는 전혀 슬퍼하지 않고 자래와 더불어 자연의 위대한 조화
에 관한 문답을 나누었다. 그 내용 중에 "지금 대장장이가 쇠를 녹여 쇠붙이를 만들려 하는데
쇠가 튀어오르며 '내 장차 반드시 명검이 되겠다'고 하면 대장장이가 필시 상서롭지 못한 쇠
라고 여길 것이다. 이와 같이, 이번 생에 한번 사람의 형체로 태어났다 해서 '나는 사람의 모습
으로만 있을 것이다, 사람이어야만 한다'라고 한다면 조물주가 필시 상서롭지 못한 사람으로
여길 것이다. 지금 천지를 큰 도가니로, 조물주를 대장장이로 생각해보면 무엇으로 변화하든
안 될 것이 무엇인가?"라는 구절이 있다. 여기서는 앞 대목에서 문방사우 정령들이 잘난 체하
며 자기를 내세운 대목과 호응한다.
42) 감배씨(堪坏氏): 곤륜산을 다스리는 고대 전설상의 신 이름. 『장자』 「대종사」에서 '도(道)'
가 때와 장소를 초월하여 존재하는 성질을 말하면서 고대의 신화상의 신령이나 위인들이 그
것을 얻어 이룩한 자취를 설명했다. 그중 감배(堪坏)는 도를 얻어 곤륜(崑崙)에 들어갔다고 했
다. 여기서는 벼루를 구워 만드는 태토(胎土)로서의 진흙덩이를 암유하고 있다.
43) 이름이 그릇~내려주셨건만: 성명이 '도기(陶器)'라는 선조가 있었다는 말이다. 벼루의 선
조가 질그릇임을 암유하고 있는 셈이다.
44) 우전(虞典): 순임금의 사적을 기록한 책. 『서경書經』의 첫 부분에 「요전堯典」과 「순전舜典」
이 있는데, 순임금을 유우씨(有虞氏)의 통치자로서 우순(虞舜)이라 하므로 '순전'을 '우전'이라

이 저수泪水와 칠수漆水를 지나 고공45)을 도혈陶穴로 쫓아와서 서토西土에 집을 짓고 살게 되었습니다. 무왕이 주紂를 정벌할 때는 「태서」46)에 참여하였고, 자손 중에서 서토로 가서 위魏 땅에 옮겨 살던 자들은 와씨瓦氏로 성을 바꾸었으며 위나라가 망하면서 비로소 이름이 났습니다.47) 당나라 정원貞元 즈음에는 와씨 중에 이관48)과 교유한 분이 있었는데 장안에서 노닐다 객사하자 이관이 예로써 장례를 치러주었습니다. 이에 사람들이 지금까지 영광으로 여기고 있습니다.

그러나 와씨瓦氏는 지파支派이고 종손은 견씨甄氏입니다. 저의 조상은 실로 견씨이며 애초 태어날 때 터지거나 붙지 않아 산모에게 해를 전혀 끼치지 않았습니다. 다만 손바닥에 못 '지池' 자가 새겨져 있어 '지'라고 이름했습니다.49) 우리의 족보와 성명은 이와 같습니다. 어찌 감히 저를 알아주시는 분을 속이겠습니까? 다만 지금 나이가 들어 한번 어긋나자 만사가 와열瓦裂, 기와가 부서지듯 산산이 쪼개짐되니, 비록 사문斯文, 유학의 도의나 문화에 하찮은 노고가 있었다 한들 누가 다시 기억하겠습니까? 원컨대 와씨

일컬었다.

45) 고공(古公): 주나라의 선조 고공단보(古公亶父). 대대로 살던 빈(豳)을 떠나 칠수(漆水)와 저수(沮水)를 건너 주나라의 발상지인 기산(岐山) 아래에 터를 잡았다.

46) 태서(泰誓): 주(周) 무왕(武王)이 문왕을 이어받고 상(商)의 마지막 왕 주(紂)의 무도함을 성토하며 정벌할 때 함께한 우방(友邦) 군후(君侯)와 자신의 어사(御事) 서사(庶士)들에게 맹세한 글. 『상서(尙書)』에 수록되어 있다. 까만 비단옷〔緇衣者〕의 도씨(陶氏) 선조가 이 거사에 참여한 것으로 의인화했지만, 명확한 근거는 없다.

47) 와씨(瓦氏)로~났습니다: 벼루 중에 한(漢)나라 미앙궁(未央宮), 위(魏)나라 동작대(銅雀臺) 등의 전각 기와로 만든 것을 와연(瓦硯)이라 하여 고급으로 친다. 일반적으로 도자기 재질의 벼루를 '와연'이라 칭하기도 한다.

48) 이관(李觀): 이관은 요절한 천재 문인으로서 한유도 그의 재주와 인품을 인정했다. 한유는 자신의 깨진 벼루를 이관이 서울 장안에 묻어주었던 사연을 「예연명瘞硯銘」에서 짧고도 감동적으로 기록했다.

49) 저의 조상은~이름했습니다: 까만 비단옷의 성명이 견지(甄池)라는 말이다. '견(甄)'은 질그릇을 의미한다. 돌로 깎아 만든 것이 아니라 질그릇으로 구워 만들어 터지지도 붙지도 않았다고 암유했다. 또 이름이 못 '지(池)'라는 것으로 가운데가 우묵하여 먹물을 갈아 가두게끔 고안한 벼루임을 암시했다.

와 이관이 사귀었던 옛 정리에 의탁하고자 하오니, 명공께서는 허락하실는지요?"

선비는 그 뜻을 이해하지도 못하면서 다만 "예예!" 할 뿐이었다. 검은 옷이 나와 절하며 말했다.

"저는 수인씨[50]의 후손입니다. 선조 중에 이름이 '상霜'[51]이란 분은 신농씨神農氏와 더불어 온갖 풀의 맛을 보며 약을 만들었으니 그 일이 『본초강목』에 기록되어 있습니다. 또 이름이 '오鳥'[52]란 분은 창힐蒼頡과 더불어 글자를 만들었으니 그 일이 『사기』에 남아 있습니다. 그후로 문장가로 이름을 떨친 분들이 시대마다 끊어지지 않았습니다. 주周나라에 이르러서는 노담老耼과 같이 주하사柱下史, 주나라 때 장서실을 맡아보던 관리 노릇을 했던 묵씨墨氏라는 분이 있었는데[53] 그 이름이 사적에 실리지는 않았습니다. 20대조 묵적墨翟은 정수리를 갈아내어 발꿈치까지 이르도록 천하를 이롭게 하여[54] 공자孔子와 함께 두 선생님으로 불렸습니다.

오대조에 이르러서 진씨陳氏로 성을 바꾸어 소나무와 잣나무 사이에

---

50) 수인씨(燧人氏): 최초로 불을 관장했다고 하는 중국 고대의 신. 나무를 태운 그을음으로 먹(墨)을 만드는 과정을 암유하고 있다.
51) 상(霜): 약으로 사용하는 숯, 백초상(百草霜)을 암유한다. 백초상은 풀이나 나무를 땐 아궁이나 굴뚝에서 검댕을 모은 것으로 조돌묵(竈突墨)이라 하거나, 혹은 솥 밑에 붙은 검은 그을음이라는 뜻의 앉은검정, 즉 당묵(鐺墨)이라고도 부른다. 『본초강목』에 의하면 쇠에 다친 데 바르면 피가 멎고 새살이 돋으며 더위 먹은 병에는 흰죽으로 반죽하여 알약으로 만들어 복용하면 효험이 있다고 한다.
52) 오(鳥): 여기서는 먹의 색깔이 검으므로 날짐승 '조(鳥)' 대신 까마귀 '오(鳥)'를 언급한 것 같다. 한편 『자치통감』에는 창힐(蒼頡)이 날짐승, 길짐승의 발자국을 보고 문자를 창제했다는 기록이 나온다.
53) 노담과 같이~있었는데: 흔히 노자(老子)로 일컬어졌던 노담(老耼)이 주(周) 왕실 도서관의 책임자인 '주하사'였다고 한다. 그랬다면 당시 당연히 먹으로 문서를 기록했으리라 간주하고, 노자와 더불어 묵씨가 주하사 노릇을 했다고 의인화했다.
54) 정수리를~이롭게 하여: 묵가(墨家)의 창시자인 묵적이 사람들이 서로 사랑해야 한다는 겸애설(兼愛說)을 주장했으므로 이처럼 묘사한 정수리를 갈아 발꿈치까지 이른다는 것은 극단적인 이타주의를 표현한 말인 동시에 먹의 몸이 갈리면서 쓰이는 것을 의인화한 것이다.

자취를 감추었기에 벼슬하지 못했습니다.[55] 선대부께서는 내게 탁마琢磨의 자질이 있어 조상들께서 이루신 영광을 더욱 빛낼 수 있으리라 여기시고, 사랑하시며 '옥玉'[56]이라 이름지어주셨습니다. 어려서는 서적을 탐독하며 꼿꼿이 앉아 해年를 넘기곤 했는데, 늘그막에 이르러서는 점차 소갈병이 생겼습니다. 이제 저를 알아주시는 명공께 의탁하오나 온몸에 옻칠을 하여 보답하는 일을 도모하기도 어렵겠습니다.[57] 감히 어진 분께 의탁했으니 늙어서 버림받았다는 한탄은 하지 않겠습니다. 명공께서는 어여삐 여겨주십시오."

선비가 "예예" 하였다. 흰옷이 일어나 공경히 절하고 말했다.

"저는 구망씨[58]의 후손입니다. 선조들께서는 풀과 나무 사이에 자취를 감추고 영달하기를 바라지 않고 살았습니다. 또한 살아 계실 때 여러 차례 혼돈술을 익히셔서 흰빛을 밝히고 본바탕에 들어갔으니 무위無爲로 순박함을 회복하신 것입니다.[59] 진시황 시절에는 시서詩書를 불태워 없애고 학자들을 구덩이에 묻어 죽였으나 그 화에 끼이지는 않았습니다.[60] 무릇 선행을 많이 쌓은 가문은 후대의 은택이 멀리 가는 법이라 자손이

55) 진씨(陳氏)로~못했습니다: 진씨는 먹의 별칭으로 '진현(陳玄)'이라 일컫는다. 위진시대의 현학(玄學)은 노장의 은둔사상을 배경으로 하고 있으므로 절개의 상징인 송백(松柏) 사이에 은둔하였다고 의인화했다. 또한 먹을 만드는 재료로는 소나무 그을음이 가장 유명하여 이를 송연묵(松烟墨)이라 하는 까닭에 '송백'을 일컫는 듯하다.

56) 옥(玉): 옥의 성이 '진'이므로 성과 이름을 합치면 진옥(陳玉), 곧 '묵은 옥'이라는 뜻이다. 본연의 가치는 있으나 이미 오래되어 빛을 발휘하지 못한다는 우의를 내포하고 있다.

57) 온몸에~어렵겠습니다: 춘추시대 진(晉)나라의 예양(豫讓)은 자기를 알아준 지백(智伯)의 원수를 갚기 위해 온몸에 옻칠하고 변장한 후 조양자(趙襄子)를 죽이려다 실패해 자살했다. 먹은 옻칠을 하여도 색깔에 변화가 없고 또 옻칠을 하면 더이상 먹으로 쓸 수 없기에 그렇게 말했다.

58) 구망씨(句芒氏): 고대 중국에서 나무를 관장하는 관리 혹은 나무 신의 이름이다. 종이가 나무섬유로 만들지는 것을 암유하고 있다.

59) 혼돈술을~것입니다: 나뭇결을 풀어 섬유를 만들고 표백하여 종이를 만드는 과정을 암유한다.

60) 시서를~않았습니다: 진시황의 분서갱유 시절은 아직 종이가 발명되기 전임을 암유하고 있다.

한漢나라 때부터 번창하기 시작했습니다. 세상에 '등藤'61)이란 이름으로 알려진 분이 계셨으니, 총명하고 기억력이 좋아 경서와 사서를 줄줄 외었습니다. 한무제가 없어진 고서들을 사서 모으려 할 때 바친 책이 많았는데, 석거 천록62)을 이루는 데 우리 선조께서 자못 공로가 많았습니다.

진晉나라에서는 '견繭'이란 선조께서 왕우군王右軍과 친하여 가치가 천하에 높았고, 당唐나라에 이르러 소릉昭陵을 섬기다가 순장殉葬되었으니 세상에서 몹시 애석하게 여겼습니다.63) 아비와 할아비 이래로는 섬계64)에 가문을 정했습니다. 애초 태어날 때 처음 이름은 '고藁'였는데, 다시 혼돈의 가업65)을 닦았지요. 비록 속마음을 흝고 삶아서 정신을 닦아내고자 했으나, 본디 채색을 받아들일 자질이 아닌지라 경박하다는 참소를 은연중 뒤집어쓰고 끝내 장독이나 덮게 되었습니다. 감히 다시 거두어 주시기를 바라오니, 명공께서는 살펴주소서."

선비가 "예예" 하였다. 벗은 모자가 손을 올려 맞잡고 머리를 숙여 절하면서 말했다.

---

61) 등(藤): 등나무 껍질로 만든 종이는 등지(藤紙) 혹은 등각지(藤角紙)를 암유한다. 절강성 섬계(剡溪) 여항(餘杭) 등에서 나던 고급 종이로서, 당나라 때 조서(詔書)는 백등지(白藤紙)를, 태청궁 등의 도관에서 쓰는 고사문(告詞文)은 청등지(靑藤紙)를 사용했다.

62) 석거(石渠) 천록(天祿): 한무제가 진시황 때 없어진 고전적을 현상금을 걸고 사서 모아 석거각(石渠閣)과 천록각(天祿閣)에 보관했다.

63) 견(繭)이란~여겼습니다: 『세설신어』에 의하면, 진(晉)나라 왕희지(王羲之)의 「난정서蘭亭敍」 필첩은 잠견지(蠶繭紙, 누에고치 비단으로 만든 종이)와 서수필(鼠鬚筆, 쥐의 수염으로 만든 붓)을 사용했는데 '씩씩하면서 아름답고 굳세면서 튼튼함(遒媚勁健)'이 세상에 다시없는 보물이 되었다고 한다. 그런데 당태종이 「난정서」 진본을 구하여 모각본을 세상에 유포하고, 진본은 그의 능, 즉 소릉(昭陵)에 순장품으로 묻어 세상에서 자취를 감추었다 한다. 이를 두고 소동파는 「묵묘정시墨妙亭詩」에서 "난정서 쓴 잠견지는 소릉으로 들어가니, 세상에 남은 자취가 오히려 용처럼 비등하네(蘭亭繭紙入昭陵, 世間遺跡猶龍騰)"라고 읊기도 했다.

64) 섬계: 중국 절강성에 있는 지명으로 등나무가 많아 고급 종이인 등지(藤紙)가 많이 생산된다.

65) 혼돈의 가업: 종이가 만들어지는 과정을 '고(藁)'의 조상을 소개할 때 '혼돈술'을 익혔다고 소개했다.

"저는 포희씨[66]의 후손입니다. 선조께서 희생犧牲, 제물로 바치는 산 짐승을 잡아 처음으로 천지에 제사를 지냈습니다. 희생 털을 뽑아 사용한 공으로 모씨毛氏라는 성을 얻었습니다. 세상에서 일컫기를 포희씨 시절에 털을 태워 먹었다고 하는 것은 그릇되었습니다. 모씨는 대대로 사관史官이 되어 붓을 머리에 꽂고 사적을 기록하였지 대부분 스스로 저술을 하지는 않았습니다. 공자가 『춘추』를 지으실 때는 자유子游와 자하子夏도 도울 수가 없었지만, 모공께서 마침내 연차年次를 정했습니다.[67] 당나라 한유가 말하기를, 제 선조가 공자에게 절교를 당했다고 한 것은 심하게 뒤집어씌운 것입니다.[68] 전국시대에는 모수毛遂께서 주머니 속에 들어가기를 청했습니다.[69] 한나라 때 모장毛萇이란 분이 시전詩傳,『시경』의 내용을 알기 쉽게 풀이한 책을 지었습니다. 이것이 우리 가문의 바른 계파인데, 한유는 자기 문장의 화려함을 믿고서는 하늘을 뚫고 허공을 달리고[70] 억지로 끌어다 합하고 붙여서 모씨의 종파를 어지럽혔습니다.[71]

66) 포희씨(庖羲氏): 고대 인류 창세공간의 신격. 문자의 전신인 팔괘를 만들고 희생(犧牲)을 길러 천지자연에 제사를 지냈다고 한다. 복희씨(伏羲氏)라고도 한다. 붓이 짐승 털로 만들어지는 것을 암유하고 있다.

67) 공자가~정했습니다: 자하(子夏) 자유(子游)는 공자의 제자 중에서 문장이 특히 뛰어났던 수제자지만 공자의 『춘추』에 대해서는 아무런 도움이 되지 못했다고 한다. 모공이 연차를 정했다는 것은 공자가 붓으로 『춘추』의 연대를 기록해나갔다는 뜻의 허구화다.

68) 당나라 한유가~것입니다: 한유의 「모영전」에서 "춘추가 완성되어 공자에게 절교를 당했지만 그의 죄 때문은 아니었다(春秋之成, 見絶於孔子, 而非其罪)"라고 했다. 노나라 교외에서 기린이 포획되었다는 말을 듣고 공자가 절필하면서 『춘추』의 집필이 끝났음을 두고 「모영전」에서 모영(붓)이 의절을 당한 것으로 허구화한 것을 이 작품에서 다시 반의모방했다.

69) 모수(毛遂)께서~청했습니다: 모수의 낭중지추(囊中之錐) 고사를 용사한 것이다.

70) 하늘을 뚫고 허공을 달리고: 원문은 '착공가허(鑿空駕虛)'이다. 고소설의 허구성을 언급하는 표현으로 자주 쓰인다. 단국대학교 동양학연구소 편, 『한국한자어사전』 4, 668쪽 참조. 유사한 표현으로 '가황착공(架謊鑿空)' '빙허착공(憑虛鑿空)' 등의 어휘가 있다.

71) 한유는~어지럽혔습니다: 한유의 「모영전」 '태사공왈' 부분에서 "모씨에게는 두 족속이 있다. 하나는 희성(姬姓)으로 문왕의 아들을 모(毛)에 봉했던 곳이다. (…) 전국시대에 모공(毛孔), 모수(毛遂)가 있었다. 유독 중산지족(中山之族)은 그 근본이 나온 곳을 알지 못하는데 자손이 가장 번창하다"고 했다. 여기서 "중산지족"이란 붓을 의인화한 인물 '모영'의 허구적 계보다. 중산은 지금의 정주(定州)로서 토끼의 산출지다.

이른바 모영毛穎이란 자는 어떤 사람입니까? 유우씨有虞氏 순임금께서 남쪽으로 순수巡狩, 임금이 나라 안을 두루 살펴며 돌아다니던 일를 하시다가 창오산蒼梧山에서 붕어崩御하셨습니다. 그때 두 분의 왕비께서 그곳을 쫓아가다가 끝내 피눈물을 흘리며 상강湘江에 투신했지요. 두 왕비의 후손들이 초나라 땅에 흩어져 살다가 드디어 관씨管氏로 불렸습니다.[72] 15대조께서 이들에게서 아내를 맞이하여 배우자로 삼았으니, 이때부터 관씨가 아니면 장가들지 않았던 것입니다. 마치 『시경』에서 "반드시 제나라 강씨로다" 한 것과 같습니다.[73] 한유가 말한바, '관성管城'에 봉했다는 것은 멋대로 전傳을 지은 것입니다.[74] 제 할아버지께서 중서성中書省에 들어가시던 해에 아버지는 지제고知制誥, 왕에게 교서 따위의 글을 기초해 바치던 벼슬가 되셨지요. 제가 젊고 기백이 날카롭다고 여기셔서 할아버지는 제 이름을 '예銳'라 지어주시고, 아버지는 제 자를 '퇴지退之'로 지어주셨습니다. 제가 이름을 돌아보고 뜻을 생각하게 하신 거지요. 그런데 지금은 노둔해져 젊은 뜻이 꺾이고 터럭이 닳아 모지라져서 모자를 벗었으니 옆 사람 보이기가 부끄럽습니다. 원컨대 무덤을 만들어주시는 영광[75]을 받고 싶을 뿐이요, 걸상 위에 올라 시 짓는 것[76]을 본받지는 않겠습니다. 그래도 명공께

72) 두 왕비의~불렸습니다: 요임금의 두 딸 아황(娥皇)과 여영(女英)이 순임금에게 시집을 가서 소상강에 빠져 죽자 그 넋이 소상반죽(簫湘斑竹)으로 되살아났다는 전설을 허구화한 것이다.

73) 『시경』에서~같습니다: 『시경』 「진풍陳風·형문衡門」에서 "어찌 아내 맞이하는 데 꼭 제나라 강씨 아가씨여야만 하는가(豈其取妻, 必齊之姜)"라 했다. 여기서 제나라 강씨 아가씨란, 좋은 신붓감의 대명사처럼 사용된 표현이다. 이 작품에서는 제나라처럼 큰 나라, 세련된 가문의 강씨 아가씨라는 전제를 용사하여, 관씨 아가씨가 모씨 가문과 어울린다고 비유한 것이다.

74) 한유가~것입니다: 앞에서 인용한 「모영전」 평결부의 다음 단락에서 "시황(始皇)이 관성(管城)에 봉하여 세상에서 비로소 이름이 있었지만, 희성(姬姓)의 모씨는 소문이 나지 않았다"라고 했다.

75) 무덤을 만들어주시는 영광: 문필가들이 몽당붓을 땅에 묻어 필총(筆塚)을 만드는 것을 의인화한 붓의 입장에서 '영광'이라 했다.

76) 걸상 위에 올라 시 짓는 것: 『태평광기』 권370 「정괴精怪·최각崔珏」에 나오는 붓의 정령 이야기를 용사한 것이다. 장안(長安)에 사는 최각의 서실에 1척 남짓한 꼬마가 나타나 낱알만한 세필로 시를 써서 바쳤는데, 모두 붓의 기능과 공로에 관한 것이었다. 갑자기 사라져 뒤쫓

서는 마음이 괜찮으시겠습니까?"

선비는 비록 네 사람의 말에 "예예" 했지만, 끝내 그 뜻을 이해할 수는 없었다. 네 사람에게 일러 말하기를,

"오늘밤의 해후는 실로 하늘이 도우셨습니다. 다만 별들이 돌고 북두성 자리가 바뀌었으니 새벽달이 장차 질 것입니다. 아직 못다 나눈 속마음을 조용히 펴지 못할까 걱정됩니다. 아까 방 안에서 여러분이 각기 짧은 시편을 지으시던 것을 계속 이어갈 수 있을지 모르겠습니다"

했더니, 네 사람이 "감히 명하신 대로 하지 않을 수 있겠습니까?"라고 말했다.

까만 비단옷의 시는 다음과 같았다.

구름인 양 조각달인 양 눈썹 같은 벼룻돌 뽐내는데[77] 橫雲却月競嬋姸
온 세상에 누구라 구닥다리 견씨甄氏 어여뻐할까   擧世誰憐舊姓甄
웃지를 마라 돌창자[78]도 지금은 닳아빠진 것을   莫笑石腸今化盡
한유는 그를 위해 명銘[79]을 지어주더구먼   眼看韓子作銘春

검은 옷의 시는 다음과 같았다.

아 땅속을 파보니 한 자루 문필(文筆)이 있었다고 한다.
77) 구름인 양~뽐내는데: 당현종이 촉(蜀)의 성도(成都)에 갔을 때 열 명의 미인 그림 〈십미도十眉圖〉를 그리게 했다고 한다. 그런데 소식(蘇軾)은 「미자석연가眉子石硯歌」에서 초승달 모양의 미자석 벼루를 〈십미도〉의 미인에 빗대어 "그대는 보지 못했는가. 성도의 화공들이 열 명의 눈썹을 그려놓았으니, 횡운(橫雲)과 각월(却月)이 신기함을 다투었네(君不見, 成都畫手開十眉, 橫雲却月爭新奇)"라고 읊었다. 여기서 '횡운'은 피어오른 구름이나 연기 모양의 눈썹(불운미拂雲眉 혹은 횡연미橫烟眉)을, '각월'은 조각난 달 모양의 눈썹(월릉미月稜眉 혹은 각월미却月眉)을 말한다.
78) 돌창자: 군자의 굳건한 마음 '철석심장(鐵石心腸)'을 암유함. 벼루의 가운데가 우묵하여 먹물을 가둘 수 있는 것을 의인화한 것이다.
79) 명(銘): 이관(李觀)이 깨진 벼루를 묻어주었다는 이야기를 듣고 한유가 지어준 글인 「예연명瘞硯銘」을 가리킨다.

신선약을 애써 찧은 흰 토끼 시름겨웠고[80]　搗盡玄霜白兎愁

창힐이 글자 배우던 시절 세상에 나타나셨지　幻形蒼頡學書秋

조상님 가르침 따라 정수리 갈며 세상 구제했지　從敎磨頂能兼濟

양주楊朱[81]에게는 한 치도 양보하지 않으리　不爲楊朱讓一頭

벗은 모자의 시는 다음과 같았다.

시서詩書 전한 지도 오랜 세월 흘렀지　傳得詩書歲月長

호기롭던 얼굴 머물지 않고 귀밑머리만 세었지　豪顔不駐鬢毛蒼

풍류스런 옛일이야 관장할 이 없으니　風流舊事無人管

술동이 앞에 놓고 글재주 겨루기도 어려운 노릇　難得樽前作戰場

흰옷의 시는 다음과 같았다.

유유히 전해지던 고전 모두 연기로 변해버리고　悠悠竹帛儘成煙

만신창이[82] 모아져서 내 덕분에 전해졌지　百孔千瘡自我傳

장대한 석거각石渠閣에 수많은 책 저장해놓고　磊落石渠收汗馬

달 밝은 밤 풍류의 벗들을 찾지 못했네　月明辜負剡溪舡[83]

---

80) 신선약을~시름겨웠고: 월궁의 옥토끼는 신선의 불로초를 찧고 있다고 한다. 그런데 그 신선약을 원문에서는 '현상(玄霜)'이라 했다. 또 이 작품에서 벼루 정령의 주인공 진옥(陳玉)의 선조에 '상(霜)'이라는 분이 신농씨와 더불어 백초를 맛보며 약을 만들었다고 했다. 선조에 의해 옥토끼의 절구질이 부질없는 일이 되어버렸다는 뜻 같다.

81) 양주(楊朱): 묵적(墨翟)이 펼친 겸애설에 대항해 위아설(爲我說)을 제창한 제자백가의 사상가. 여기서는 앞에서 진옥의 선조로 묵적을 언급한 적이 있기 때문에 이렇게 대구(對句)를 만든 것이다.

82) 만신창이: 진시황의 분서갱유 때문에 진나라 통일 이전에 전해지던 고전이 거의 다 없어진 후, 암송에 의거하거나 일부 남은 서책으로 재구축한 한대(漢代)의 고전을 가리킨다.

83) 剡溪舡(섬계선): 왕희지의 아들이자 풍류로 이름난 진(晉)나라 왕휘지(王徽之, 자는 자유子

선비는 두세 차례 거듭 읊으며 생각하고는 훌륭하다고 칭찬하면서 다음과 같이 답시를 지었다.

일생의 사귐을 누구에게 의탁할꼬   百年交契將誰托
우연히 산중의 네 노인을 알게 되었네   偶識山中四老人
훗날 오늘밤의 이야기를 기억하려고   他時記得淸宵話
서재 책 상자에 진귀한 자취 남겨놓으리   留作書齋篋笥珍

네 사람이 사례하며 절하고 말했다.
"이미 알아주시는 은혜를 입었으니 멀리 내버리지는 마십시오."
그러고는 떠나겠다고 머뭇거리다 이내 보이지 않았다.

선비가 이지러진 문방사우를 물으면서 제문을 지어주다

선비가 방 안에 혼자 누웠으나 말똥말똥 잠을 이룰 수가 없었다. 만났던 일을 뒤미처 생각하니 거의 알 듯도 한데 해가 이미 창문을 비추고 있었다. 시동이 이상하게 여겨 와서 여쭈기를,
"오늘은 어째 늦게 일어나시는군요!"
하니, 선비가 답하기를,
"간밤에 달이 너무 밝아 시를 읊조리며 정을 풀다보니 아침에 곤하게

獻)의 고사에서 비롯된 어휘다. 『세설신어』에 의하면 산음(山陰)에 사는 왕자유가 대설이 내린 밤중에 술을 배에 싣고 섬계에 사는 벗 대규(戴逵, 자는 안도安道)를 찾아갔다가 도중에 흥이 사라지자 만나지 않은 채 돌아왔다고 한다. 이후로 '섬계선'은 풍류의 벗들이 방문하는 일을 일컫는 시어로 흔히 사용되었다.

잠이 들었구나. 그걸 몰라서 지금 물어보는 것이냐?"

하고는 일어나 방 안의 붓, 벼루, 종이, 먹을 살펴보았다. 옛날부터 소장하던 도기 벼루는 바람벽 흙덩이 때문에 떨어져 깨져 있었다. 한 자루 있는 붓은 붓대가 알록달록한 대나무였지만 머리 갑이 없었고 낡아서 글씨 쓰기에 적당치 않았다. 하나 있는 먹은 갈지 않고 남은 부분이 채 손끝 마디만큼도 되지 않았다. 종이는, 며칠 전 시동이 "여기 투박한 닥나무 종이가 있으니 장독 뚜껑을 덮겠습니다" 하여, 선비가 "그러려무나" 한 것이었다. 아이에게 종이를 가져오라 하여 살펴보았더니, 깨끗하고 두꺼웠다.

이로써 모든 것이 분명하게 이해되었다. 즉시 그 종이로 나머지 세 물건을 싸고 으슥한 곳에 묻으면서 글을 지어 제사를 지내주었다. 그 내용은 다음과 같았다.

"유세차 모년 모월, 고양씨의 후예 아무개[84]는 삼가 맑은 술과 몇몇 안주를 차려놓고, 공경히 감배씨의 후손 견군甄君 지池, 수인씨의 후손 진군陳君 옥玉, 구망씨의 후손 혼돈자渾沌者 고羔, 포희씨의 후손 모군毛君 예銳, 네 벗의 신령에게 제사 지내노라.

아아! 하늘이 성명性命을 부여할 때 사물의 법칙을 주셨으니, 인간 무리에 오륜五倫이 있고 덕으로는 오덕五德이 있네. 살펴보건대 붕우의 도리는 이 두 종류의 다섯 항목에 모두 끼어 있다네.[85] 도를 들으면 저녁에 죽어도 괜찮다지만, 신信이 없으면 설 곳이 없다네. 아득히 세상이 타락하니 큰 도리가 막혀버리고, 생사와 귀천이 비구름처럼 경박스러워졌네. 연고 없이 이곳으로 만나는 것을 장주莊周는 기롱했고, 이곳이 다하

---

84) 고양씨의 후예 아무개: 고령 신씨인 작가 신광한(申光漢)을 암시하고 있다.
85) 두 종류의 다섯 항목에 모두 끼어 있다네: 벗의 도리가 오륜에는 '붕우유신'에 해당된다. 또 오덕은 문맥에 따라 여러 경우가 있지만 '금목수화토' '인의예지신' '문무용인신' '문청염검신' '동서남북중' 등에 벗의 덕목에 해당되는 토(土), 신(信), 중(中)으로 반드시 끼어 있다. 여기서는 신(信)과 중앙 토(土)를 지칭하는 듯하다.

면 그런 관계는 버성겨진다고 달인達人은 슬퍼했지.[86)]

　누구와 한마음 되며, 누구와 한목소리 낼까? 산에는 나무 푸르고 골짜기엔 새가 지저귀는도다. 아! 나의 온 방 안에는 그림자만 덩그러니 조문할 뿐이었는데, 부르지 않아도 줄줄이 네 벗이 재빠르게 모여주었네. 좋은 밤 흰 달빛 아래 읊조리고 담론하니, 속되지 않은 말이 고양씨로부터 시작하였지. 감배, 수인, 구망, 포희씨의 유래, 백초상 만든 신농씨와 글자 만든 창힐과 순임금 살던 하수河水 물가와 고공단보 건너간 저수와 칠수의 사적,『춘추』의 절필과 전국시대 낭중지추, 석거각과 천록각의 축조, 한문제와 당명황의 이야기…… 엎치락뒤치락 뒤섞여서 모조리 거론하니 넓고 넓고 아득해서 무엇을 밝히고 무엇에 근거했나?

　풍류 높은 기이한 모임이 실로 명철함과 성실함에서 말미암았도다. 형체 없다가 형체 있는 것이 되기도 하는 것처럼 형체 있다가 형체가 없어지기도 한다. 가없다가 즈음 있는 것이 되는 것처럼 한계 있는 것이 가없는 것이 되기도 한다.[87)] 평생의 사귐을 맺고 더욱이 세상을 논했다네. 살아서는 막역한 벗이 되고 죽어서는 같은 구덩이에 묻힌다네. 하물며 사람이거늘 사물만 못할 것인가![88)] 낭랑한 이별의 말을 감히 잊어버리고 돌보지 않을 것인가! 무릇 내 무엇을 슬퍼하리, 그대들이 숨는다 한들. 어둡지 않은 정령이 있다면, 이 글에 감응할진저!"

　이날 밤 꿈을 꾸니 네 사람이 와서 사례하였다.

---

86) 연고 없이~슬퍼했지:『장자』「산목山木」에서 공자의 무리가 천하를 돌아다니며 흩어지는 고난을 겪는 까닭을 말하고 그들의 행태를 비판한 대목을 용사한 것이다. 자상호(子桑雫)가 「가인지망假人之亡」을 예화로 들면서 "저 연고 없이 만난 자들은 연고 없이 흩어진다"고 했다. '달인'은 그 예화에 등장하는 임회(林回)라는 인물이다.
87) 형체 없다가~되기도 한다: 존재의 무한과 유한, 즉 생사왕래가 서로 순환하여 항상 변화한다는 뜻이다.『장자』「지북유知北遊」의 논설을 변형한 것이다.
88) 하물며~것인가:『시경』「벌목伐木」에서 "저 새를 보건대 오히려 벗을 구하려 소리를 하거늘, 하물며 사람이 벗을 구하지 않을 것인가(相彼鳥矣, 猶求友聲. 矧伊人矣, 不求友生)"라고 한 것을 용사한 것이다.

"공은 지금부터 40년을 더 살 수 있을 것입니다. 이를 알려드립니다."

이후로는 전혀 이러한 물괴가 없었다고 한다.

신명스런 집과 천군 전기

이 작품은 1561년명종16 남명南冥 조식曺植, 1501~1572과 1566년명종21 동강東岡 김우옹金宇顒, 1540~1603에 의해 창작되었다. 비록 서로 다른 작가가 지었지만 밀접한 관련이 있는 작품이어서 함께 살펴보기로 한다. 이들 작품은 '신명한 집'의 그림과 격언, 그리고 '천군'에 관한 가상 전기로 이루어져 있다. 원제목은 '신명사도神明舍圖銘'과 '천군전天君傳'이다. 이들은 신명의 집을 그린 도상圖像과 그곳에 아로새긴 운문韻文, 그곳에 거주하는 천군의 사적을 서술한 우언寓言으로 구성된 일련의 연속작이다. 사실 이들은 특정 시기에 집중적으로 창작된 것이 아니라 오랜 기간에 걸쳐 그들의 학문을 삶에서 실천하는 과정 속에서 연속적으로 지어졌다.

조식은 퇴계 이황과 더불어 16세기에 정립된 조선 성리학 양대 산맥의 한 축이자 그 태두이다. 그는 이기론理氣論에 기초해 복잡한 변증 과정을 거쳐야 하는 성리학 개념의 학술적 사유와 전개보다는 심성心性 수양의 핵심에 대한 확고한 깨달음과 그 실천을 강조했다. 따라서 그 각성의 내용을 표현하는 데에서는 오히려 자유로웠고 때로는 파격적이었다. 그는 노장老莊이나 순자荀子와 같이 이단적이거나 비정통적인 사상에서 유래한 어휘나 수사법이라도 크게 개의치 않고 사용했다. 위 작품들은 그러한 학문적 배경에서 산출된 결과물이다.

조식은 〈신명사도〉에 일찍부터 관심이 많았다고 한다. 본디 '신명神明'이라 함은 천지간 모든 신령스러운 존재의 총칭, 그 신령과 같이 밝은 마음과 지혜, 혹은 그처럼 신령스러운 상태를 가리키는 일반적 용어라고 할 수 있으나, '신명사神明舍'는 신명스러운 존재나 마음을 좀더 공간적인 개념으로 구체화한 비유적 표현이다. 사람의 마음과 관련한 비유적 사유는 일찍이 『순자』에서 찾아볼 수 있으며, 『사기』「봉선서」에서는 신명스런 존재를 태양신이 거처하는 신화적 공간으로 상징화하기도 했다. 뿐만 아니라 후대에는 북송 시대 주희의 「훈몽시」나 도교서 『운급칠첨雲笈七籤』 등에서도 신명사의 비유를 활용한 예가 발견된다. 그런데 조식은 심성 수양을 강조하면서 선성선사先聖先師, 유학에서 공자와 안회를 아울러 이르는 말의 초상을 그려놓고 늘 숙연하게 대면한다든가, '신명의 집'을 스스로 모사하여 그려놓고 눈에 익히면서 자경自警의 자료로 삼았다. 그리고 도교적 수양가의 설과 유사한 측면이 없지 않은 경구警句를 붙여 「신명사명神明舍銘」을 지은 것이 그의 나이 61세1561년, 지리산 덕천동으로 들어가서 산천재山川齋를 짓던 해다. 따라서 그 이전부터 그가 〈신명사도〉를 좋아해 손수 몇 차례 도상을 제작했으며, 말년에는 명銘을 붙이기까지 했던 저간의 사정을 짐작할 수 있다.

또한 김우옹은 조식의 외손녀사위이자 제자로서 스승의 학문적 실천 과정을 잘 알고 있었다. 김우옹은 스승의 명에 따라 〈신명사도〉를 서사화하여 「천군전」이라는 가상 전기를 창작했다. 「천군전」의 제목 아래에는 〈신명사도〉를 지은 남명선생이 이 전傳을 지으라 명했다고 분명하게 부기하고 있다. 스승의 나이 66세, 제자는 27세 때였다. 조식이 명銘을 지은 지 다섯 해 뒤의 일이다.

「신명사도명」이 마음의 집을 공간적으로 환유한 것이라면, 「천군전」은 그 집에 거처하면서 내외적으로 변화를 겪는 마음을 시간적으로 환유한 것이다. 말하자면 전자가 '도상적 우언'이라면, 후자는 '서사적 우언'인 셈이다. 이렇게 표현의 양식과 범주에서 큰 차이를 보이지만, 주제 면에서 마음의 내부를 '공경함敬'으로 밝히고 마음 밖의 사물과 접촉할 때 '의로움義'으로 몸과 사물의 관계를 바로잡는다는 점은 대동소이하다. 철학적으로 이기론과의 관련성 속에서만 따지다보면 그 개념이 모호하기 십상인 성정론性情論에 매몰되지 않고, 수양론과 의리론의 관점을 결합해 실천적 내용을 표현하려 했다는 측면에서 두 작가는 연속선상에 놓여 있다. 이 모두 남명학파의 학문적 태도가 반영된 결과물이라는 점에서 두 작품은 동공이곡同工異曲이라 할 수 있을 것이다.

그렇다면 이 작품들이 담고 있는 문화적 의미를 어떻게 평가할 수 있을 것인가? 우선 이들 작품이 사상사적으로는 성리학의 관점에서 시비의 대상이 되었지만, 후대의 계승과 논쟁을 촉발했다는 면에서 선구적 위치를 점하고 있음은 분명하다. 마음 수양의 방법론을 구체화하고 그것을 다시 의리론이나 경세론으로 용이하게 확장한 것은 이들 작품의 장점이다. 그러나 한편으로 도상이나 격언, 그리고 우언으로 꾸민 가상 전기는 당시 성리학자들의 관점에서 이단적인 것으로 여겨졌다. 이는 성리학이라는 철학 체계의 사상사적 의의를 되물을 때 논쟁의 대상이 되기에 충분했다. 또한 사상의 사회적 구실이 절실하게 요구되던 시기에 이 작품들의 선구성은 크게 부각되었다. 격동하는 사회에서 성리학 자체가 자기 정체성을 확보하고 존재감을 드러내기 위해 사상적 내용과 표현 양식을 함께 고려해야 했기 때문이다. 반면 문학적으로는 인간 심성을 다양한 방식으로 표현함으로써 새로운 예술적 주제와 양식의 개척을 자극했다. 그것은 이른바 '천군소설天君小說'이라 불리는 새로운 우언적 서사 혹은 서사적 우언 양식으로 파생되어나갔다. 그 우언 양식을 흔히 '가전체假傳體'라 부르기도 하지만, 연의류演義類 장회소설章回小說 등의 형식까지 받아들이면서 우언소설의 영역이 확장되어갔다.

「신명사도명」과 「천군전」은 그동안 철학계와 문학계에서 개별적으로 다루어왔다. 그러나 위에서 살핀 바와 같이 이들은 동일한 주제의 서로 다른 변주여서 함께 감상할 필요가 있다. 또한 인간 심성을 다룬 주제적 측면과 우언으로 기술한 표현적 측면을 밀접하게 연관시켜 이해해야 한다. 만일 이 두 가지를 나누어 이해한다면, 그것은 온전한 작품 감상이라 말하기 어렵다. 심성의 탐구와 수양 및 실천이 연결되고, 도상과 서사가 우언의 표현 매체로 활용되는 여러 측면을 견주어 살피는 감상 태도가 필요하다. 뿐만 아니라 사상가와 문인의 경계선상에서 방외인적 취향까지도 품고 있는 작가의 정신세계를 가늠하는 작업도 필요할 것이다.

「신명사도명」이 수록된 조식의 『남명집』은 판본학적으로 매우 복잡한 과정을 거쳐 형성되었다. 따라서 이 모든 과정을 교감 정리한 경상대학교 남명학연구소 편역 『교감 국역 남명집』(이론과실천, 1995)과 한국고전번역원에서 표점 영인의 대본으로 삼은 계명대학교 소장 『남명집』 기유추각본己酉追刻本(1609), 그리고 19세기 말 남명의 「신명사도 · 명」을 76조목의 문답을 통해 상세히 주석했던 허유許愈, 1833~1904의 「신명사도명혹문神明舍圖銘或問」 등을 활용하기로 한다. 또한 「천군전」은 한국고전번역원 표점 영인의 대본인 『동강집』 중간본(1906)과 김광순의 『천군소설연구』(형설출판사, 1980)의 주해번역을 활용하기로 한다. 또한 「신명사도명」 뒤에 덧붙인 '도상에 대한 주석' 부분은 원문에는 없으나 주해자가 이해를 돕기 위해 따로 쓴 것임을 밝혀둔다.

여기서는 허유의 「신명사도명혹문」과 작품의 배경을 밝히는 데 필요한 유교, 도교의 문헌을 두루 참고했다. 「신명사도명혹문」은 〈신명사도〉의 각 부분 개념 유래와 도상에서의 의미를 상세히 풀이하고 있다.

신명스런 집의 도상

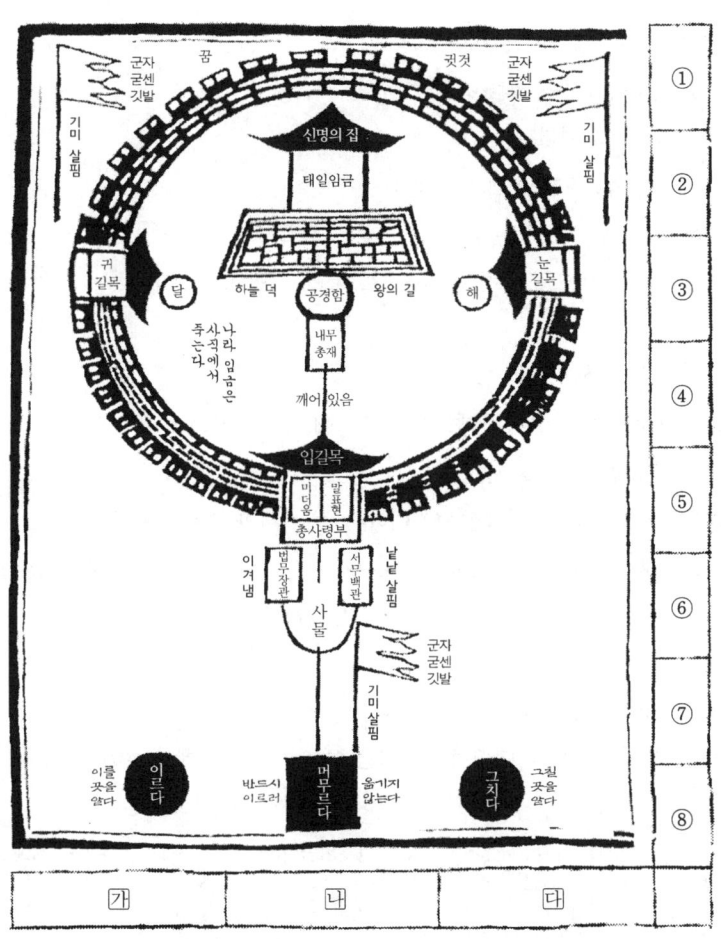

신명스런 집에 새긴 글

오직 하나 되시는 진정한 임금[1]

그른 것을 막으면 하나가 되며, 욕심이 없으면 하나가 된다. 예禮는 반드시 '오직 하나 됨'에 뿌리를 둔다. 그 법칙을 그릇되게 함이 없는 것은 충효로서 임금과 어버이를 섬기는 것과 같다.

명당[2]에서 정사를 펴시는도다.

안으로 내무총재로써 주를 삼고,

임금을 마음에 둠이다.

밖으로 서무백관으로써 살피신다.

이상은 총괄하여 말한 것이다. 배우고 묻고 생각하고 분변하는 일은 곧 사물에서 이치를 따지는 것이다. "명덕을 밝힌다"는 첫번째 공부다.

총사령부로써 출납케 하시되

이하는 세분하는 것이다. 착함을 택하여 앎에 이르게 하는 것이다.

미더움과 말표현을 중시하신다.

미더움은 먹거리요, 말표현은 큰길이다. 다섯 가지 떳떳한 이치에 대하여 터럭만큼도 자신을 속이지 않는다. 말표현을 닦는다는 것은 수신할 때의 닦는 것과 같다. 굳게 잡고 애써 행하는 것이다. 그러면 왔다 갔다 원활하게 운행된다.

넉 자 부절符節을 발행하고

넉 자는 화和 항恒 직直 방方이다. 예禮의 쓰임은 조화가 귀하니 조화로우면 절

---

1) 진정한 임금: 마음을 가리킨다. '태일군'의 또다른 호칭이다. 장자(莊子)는 우리 몸의 모든 뼈와 오장육부 및 구멍에 '진군'이 있다고 했다.
2) 명당(明堂): 제왕이 정교(政敎)를 베푸는 곳을 일컫는다. 조회, 제사, 포상, 연회, 교학 등의 대례를 모두 이곳에서 행한다. 여기서는 신명의 집을 환유하며, 도상에서는 축대 위에 번듯하게 세운 대궐로 나타냈다.

도에 맞는다. 미더움과 공경함으로 행동하면 항상성이 있으니 그러면 유구해진다. 홀로 있을 때도 공경함이 곧음이다. 자기를 미루어 남을 헤아리는 것이 반듯함이다.

백 가지 금지禁止**의 깃발을 세우신다.**

인仁의 방법이다. 앎과 행함에서나, 마음을 잡아 간직함과 제 몸을 살피는 데 있어 목숨과 핏줄과 같은 것이다.

아홉 구멍[3]**의 그릇된 일이라도**

세 군데 요처[4]**에서 비롯되는도다.**

자기 몸이다.

움직이는 낌새[5]**에 용감히 이겨내어**

기미가 있다. 그릇됨을 막아낸다.

임금님 분부대로 싸워 죽이는도다.

이긴다. 사흘 밤낮으로 만 배의 군사를 쓴다.

궁궐에 들어와 결과를 보고하니

정성을 간직한다. 지극한 선에 이른다.

요순의 세월이로다.

예禮의 상태로 회복함이다. 사물의 이치에 맞닥뜨려 지혜가 지극해진 것이다.

세 관문을 닫아걸어 폐쇄하고

---

3) 아홉 구멍: 우리 몸 중에서 외부와 접촉하여 소통케 하는 아홉 개의 감각기관. 모두 구멍〔竅〕으로 이루어져 있어 그렇게 부른다.
4) 세 군데 요처: 도상에서의 '눈·귀·입 길목'을 가리킨다. 세 관문으로 그려져 있다.
5) 낌새: 어떤 현상이 일어나기 직전의 미세한 변화. 한자어로는 '기미(幾微/機微)'다. 도상의 '군자 굳센 깃발'에서 깃대 부분에 '기미 살핌'이라고 되어 있다.

들녘을 초토화하니 가없구나.[6)]

덕을 닦는다.

하나로 돌아가 귀의하니

묵힌다.

시동[尸童]같이 처신하고 연못처럼 침묵한다.[7)]

기른다.

도상에 대한 주석

① -[가], ① -[다], ⑦ -[나] **군자 굳센 깃발**: '군자 굳셈'은 『주역[周易]』「대
장[大壯]」괘의 한글명으로서 우레[雷, ☳]가 하늘[天, ☰] 위에 있는 형상이다.
굳센 양기[陽氣]가 중간 지점을 지나 위엄 있고 맹렬하게 장성해가는 형국
이다. 따라서 군자는 그 상[象]을 본받아 "예가 아니면 이행하지 않는다[非
禮弗履]"고 한다. 정이[程頤]의 『역전[易傳]』에서는 그 어떤 다른 종류의 강함이
나 용맹과는 다르게 "극기복례의 경우에는 군자의 대장[大壯]이 아니면 불가
능하다"고 했다. 깃발이 펄럭이는 모습은 '勿'의 글자 모양을 우의[寓意]하
고 있다. 『주자어류』에서는 『설문해자』를 인용하여 '勿'의 글자 모양이

---

6) 세 관문을~가없구나: 성벽 안으로 백성을 피난시키고 적에게 이용될 만한 들판의 모든 것
을 초토화하는 청야수성(淸野守城) 전술을 비유 삼아서 마음속을 고요하게 다스린다는 수양법
을 환유(換喩)했다.
7) 시동[尸童]같이~침묵한다: 고요하여 아무런 움직임이 없어도 천지와 같은 덕을 함양하는
것을 가리킨다. 즉 시동(제사를 지낼 때 신위 대신 앉던 어린아이)과 같이 처신하면 용같이
나타나고, 연못처럼 침묵하면 우레처럼 소리를 낸다는 것이다. 『장자』「재유在宥·천운天運」의
문장을 인유(引喩)하였으며, 작가는 고향 삼가현(三嘉縣, 지금의 합천)에 은거할 때 계복당(鷄
伏堂)과 뇌룡정(雷龍亭)을 지어 유사한 사유를 표출했다. 김우옹의 만장(挽章)에서는 "바닷가
서실은 시동같이 고요한 곳, 산 재실은 고요함을 수양하던 때라. 평생 학업을 닦던 땅으로 머
리를 돌리니 눈물만 그렁그렁하도다(海室尸淵處, 山齋晦養時, 平生修業地, 回首淚漣漣)"라고 하여,
스승의 평생 수양을 기렸다.

깃발을 닮았다고 하면서, "이 깃발을 한번 휘두르면 삼군이 모조리 퇴각하니 공부가 오직 '勿' 자에 달렸다. 예가 아닌 것이 오는 것을 보자마자 그것을 금지하면 이겨나갈 수 있고, 이겨나가자마자 곧 예를 회복할 수 있다"고 했다.

깃발은 깃몸이나 깃대에 달린 기旆의 꼬리 부분을 가리키는 것으로서 바람이 불거나 자는 데 따라 펄럭이거나 처지는 변화가 심하다. 그런데 이 깃대가 세워진 위치를 다시 따져볼 필요가 있다. 이 도상은 완벽한 평면도나 조감도가 아니며, 오히려 그 둘을 적절히 섞어 만든 개념도이기 때문이다. 허유許愈의 「신명사도명혹문」에서는 대장기大壯旂를 세 관문 눈·귀·입 길목에 세워 기미를 살핀다고 했다. 그렇다면 깃대가 꽂힌 곳은 오히려 ③-가, ③-다, ⑥-나의 세 관문 앞이라 할 수 있다. 다만 입 길목은 세 관문을 대표하여 사물과의 접촉을 도상화하느라 복잡한 탓에 대장기를 그려넣을 공간이 없고, 그 대신에 ⑧-나의 止 머무르다를 마음 수양의 추상적 도달 지점으로 우의하고 그 어름에 깃대가 꽂힌 것으로 표현한 듯하다.

①-가 꿈, ①-다 귓것8): 태일임금이 통치하는 성곽 밖에 있는 것이다. 사물과 마음의 접촉이 원활하게 이루어지지 못한 상태나 장애를 나타낸다. 하단의 止 이르다나 至 그치다와 대척되는 지점에 있으며, 성곽 안의 해, 달과 반대되는 상태이다. 허유의 「신명사도명혹문」에서는 "사람답지 못하거나 깨우치지 못하면, 귓것과 꿈의 길목이다. 이는 치지致知와 성의誠意가 나뉘는 곳으로 도상 뒤편에 그려서 사람들이 경계하고 두려워할 바를 알게끔 한 것이다"라고 했고, 조선 말 성리학자 조원순曺垣淳의 「신명사도명해神明舍圖銘解」에서는 "그칠 곳을 알면 깨어 있는 것이요,

---

8) 귓것: 귀(鬼)의 우리말이다. 귀신(鬼神)은 엄밀히 말하자면, 귓것과 신령의 복합 개념이다.

알 수 없으면 꿈꾸는 것이다. 그칠 곳에서 그치면 사람다운 것이요, 그칠 수 없으면 귓것스러운 것이다. 꿈과 귓것은 해와 달의 반대가 된다"라고 했다.

②-가, ②-다, ⑦-나 **기미 살핌**: '군자 굳센 깃발'의 구실을 가리켜 말한 것이다. 그것은 마치 깃발이 바람에 따라 펄럭이듯이 마음이 사물과 접촉할 때 예禮와 비례非禮의 기미, 즉 낌새를 살피라는 뜻이다. 마음이 움직여 뜻이 생겨나고 다시 뜻이 행위로 이행될 즈음에 낌새를 살펴 사욕邪慾을 이기고 예를 회복하라는 말이다. 허유의 「신명사도명혹문」에서는 '선과 악의 기미'라 풀고, "여기서 살피지 않으면 점점 불어나 하늘에 닿고 점점 번져 들판을 불태우니 심히 두렵다. 이 세 관문에 반드시 '군자 굳센 깃발'을 세움은 그 기미를 살피려는 것이다"라고 했다.

②-나 **신명의 집**: 신명은 일반적으로 천지간에 신령하고 밝은 존재를 가리키지만 여기서는 성리학에서 문제삼는 '마음'을 뜻한다. 한편 '신명의 집'은 신명이 깃든 집을 가리키는데, 이것 또한 '마음' 그 자체를 은유한다.

마음을 뜻하는 '신명'의 용례로는 『순자』 권21 「해폐解蔽」에 "마음이란 형체의 임금이요, 신명의 주인이다"라고 한 것이 대표적이다. 또 '신명의 집'의 용례는 도교와 후대 성리학 서적에 두루 보인다. 그중에서 명明 이대경李大經은 "마음이라는 것은 '신명의 집'이다. 마음은 홀로 오롯한 신령이 될 수 없지만, 신령은 마음에 깃들어 살 수 있는 것이다. 신령은 고요함을 귀히 여기니, 고요하면 본성이 온전하여 인의의 몸체가 선다. 신령은 밝음을 귀히 여기니, 밝으면 생각이 꼼꼼하여 인의의 작용이 행해진다. 고요함, 밝음으로써 마음의 본체가 바르게 되거니와, 욕심이 많으면 출렁거리고 움직임이 극하면 어두워져서 일과 물건이 형체가 없어지므로 비움과 고요함으로 속마음을 함양해야 옳다"라고 했다.

②-[나] **태일임금**: '태일太一'은 아주 큰 하나 됨을 지칭한다. 근원적인 하나 됨을 말하므로 하나 중의 하나라 할 수 있다. 동양철학에서는 우주 만물의 근원이나 천지가 나뉘기 이전 혼돈의 기운을 의미한다. 주로 도교 계통의 사상서에서 쓰이는 개념어인데 유가서에서도 간혹 사용되었다. 『공자가어孔子家語』 「예운禮運」에서는 "무릇 예는 태일에 근본한다"고 했고, 주석에서 '태일'을 '원기元氣, 만물이 자라는 데 근본이 되는 정기'라 했다. 또 마음을 임금에 비유하고 각 신체기관을 관리에 비유하는 사고방식은 『순자』 「천론天論」과 「해폐」 등에서 전형적으로 나타난다.

반면 『운급칠첨雲笈七籤』 권18 「삼동경교부구三洞經教部九」·「노자중경老子中經」 가운데 제13 신선神仙 장에서 '태일군'을 인체 배꼽 가운데 깃들어 있는 후왕侯王, 한 나라의 왕으로 의인화하였다. 태일군은 신체의 1만 2천 신神을 주재하며 여덟 사자使者를 두어 뭇 신이 1년 동안 쌓은 사적을 따져 상선록上仙錄에 이름을 기재하고 진인眞人을 정한다고 한다. 또한 도교에서는 북극성을 뭇 별의 기준으로 삼아 태일太一 혹은 태을太乙로 삼는데, 이는 도교의 초제醮祭, 별을 향해 지내는 제사에서 받드는 주요한 신격인 북극신에 해당된다.

이에 비해 조원순의 「신명사도명해」에서는 태일을 '태극'으로 풀고 태극의 체體가 일심一心에 갖추어져 있어 지극히 존귀하니 '명銘'에서 '태일진군太一眞君'이라 일컬은 것이라 했다.

③-[가] **귀길목**, ③-[다] **눈길목**: 눈과 귀를 외물과 접촉하는 관문으로 비유한 것이다. 판본에 따라 좌우의 위치를 바꾸어 배치하기도 했다. 그러나 이 〈신명스런 집의 도상〉처럼, 북쪽에 거하는 태일임금의 남면南面을 기준으로 볼 때 왼편의 동쪽에는 눈길목과 해, 오른편의 서쪽에는 귀

길목과 달을 배치하는 것이 합리적일 것이다. 허유의 「신명사도명혹문」
에서는 학자가 뜻을 지키는 것이 나라가 관문에서 난리를 대비하는 것
과 같다고 보았다. 귀는 소리 관문이요, 눈은 색色, 색정 관문이요, 입은 먹
는 관문이니 이 세 관문이 엄격하지 않으면 신명의 집도 편안하고 고요
하지 못하다고 하면서, 『주역』의 "그릇됨을 막고 욕심을 통하지 못하게
한다"는 것이나, 안회가 말했던 '네 가지 하지 않는 일', 즉 예가 아니면
보지도 듣지도 말하지도 움직이지도 말라는 '사물四勿, 非禮勿視 · 勿聽 · 勿言 · 勿
動'이 바로 이것이라 했다.

③ - 가 달, ③ - 다 해 : 해와 달은 밝음의 상징이다. 눈과 귀는 밝아
야 하므로 해와 달을 그 관문 위에 그렸다. 또한 그것은 경敬의 신명함을
환유換喩하는 빛이라 할 수 있다. 허유의 「신명사도명혹문」에서 "일월은
천지신명의 주체이고 경이란 것은 인심신명의 주체이니, 이 일월은 경敬
이란 글자의 빛남이다"라고 했다. 또 눈에 해를, 귀에 달을 배속하면서
도, 남명이 "경敬과 의義는 우리 유가儒家의 일월日月이다"라고 언급한 것을
증거로 삼아 이 해와 달은 전적으로 '경敬' 자와 관련된다고 주장했다.

③ - 나 공경함: 속마음을 언제나 전일하고 곧고 바르게 가짐. 성리학
의 수양론에서 가장 중요한 개념인 '경敬'의 상태 혹은 행위이다. 경건,
엄숙, 삼감 등으로 여러 번역이 가능하지만, 여기서는 좀더 동적인 개념
인 '공경함'으로 파악했다. 『역경』 권2 「곤괘」에 "군자는 경敬으로써 안
을 올바르게 하고, 의義로써 밖을 반듯하게 한다. 경과 의가 서면 덕이
외로워지지 않는다"라고 했는데, 『주역주소周易注疏』의 해당 소疏에서는
"군자는 이 공경하는 마음으로 안의 이치를 바르게 하고, 이 의로운 일
로 외물을 방정하게 한다는 뜻이다. 군자는 땅이 정직함으로써 만물을
낳은 것을 본받아 모두가 적당한 곳을 얻고 각기 방정하게끔 한다"라고

했다. 또 정자^{程子}는 경^敬을 '주일무적^{主一無適, 마음에 敬을 두고 정신을 집중하여 외}^{물에 마음을 두지 않음}'으로 개념화하고 '정제엄숙^{整齊嚴肅}'을 방법론으로 삼았는데, 주자^{朱子}는 이를 계승하여 어느 때나 마음을 자신에게 두어 다른 곳으로 가지 않아 자신을 속이지도 게으르지도 않게 하는 뜻이라고 부연했다. 이 밖에도 "마음을 거두어들인다^{心收斂}"거나 "항상 깨어 있는다^{常惺惺}" 등의 여러 설이 제기되었지만, 주자는 정자가 후학에 끼친 최대 공적을 '경^敬' 자의 뜻을 확립하는 데 힘쓴 것이라 하여 가장 추숭하였다. 반면 허유의 「신명사도명혹문」에서는 "경이라는 것은 한 마음의 주재자이다. (…) 움츠려 거두어들이고 오싹 두려워하는 것이 나름대로 주재하는 방법이다"라고 했다. 허유의 의견은 원^元나라 정복심^{程復心}의 『심경집주^{心經集註}』〈심학도^{心學圖}〉의 주석을 참고한 것으로 추정된다.

③ - 나 **하늘 덕 왕의 길**: 태일임금이 베푸는 내외의 통치 행위를 우의하고 있다. 『대학』에서 말한 명덕^{明德}과 신민^{新民}을 뜻한다. 그런데 이는 좌우에서 경^敬을 모시고 있는 형국이어서 그 요체가 경에 있음을 나타낸다.

④ - 가 **나라 임금은 사직에서 죽는다**: 나라 임금은 사직과 더불어 생사를 같이한다는 뜻이다. 즉 이는 임금이 사직을 지키다 죽는다는 의미이기도 하다. 『예기』「곡례^{曲禮} 하」에 나오는 구절이다. 그러나 이 대목은 19세기 말 조선의 강우^{江右}학파에서 큰 논란거리가 되었다.

허유는 「신명사도명혹문」에서 이 구절을 임금과 학자가 순사^{殉社}, 순도^{殉道}의 마음을 가져야 한다는 비유관계로 해석했다. 이를 증명하기 위해 공자의 '수사선도^{守死善道, 목숨을 걸고 바른 도를 지킨다}', 맹자의 '사생취의^{舍生取義, 목숨을 버리고 의를 좇는다}' 및 정자와 주자가 언급했던 절개와 도에 관련된 어구를 제시하고 성현이 마음을 쓰는 법에 이처럼 유래가 있다고 했다.

이에 대해 조긍섭曺兢燮은 「신명사도오자변神明舍圖五字辨」에서 학자는 몸이 죽더라도 마음이 살아서 도의를 실현하지만, 임금은 사직을 따라 죽으면 마음도 함께 죽는 것이라 일치할 수 없다고 비판하였다. 또 송호곤宋鎬坤은 죽는 것은 살리고자 하는 방법이므로, 임금이든 학자의 마음이든 사수死守하는 법을 통해 오히려 나라의 사직을 안정시키고 마음의 활물을 만든다고 했다. 이에 대해 조긍섭은 명나라 의종毅宗이나 금金나라 애종哀宗의 예를 들면서 『예기』의 이 구절은 죽음을 통해 살기를 바라는 것이 아니라 사직을 지키며 실제로 죽는 것을 가리킨다고 반박했고, 또 죽도록 함께한다는 의미의 '殉'과 죽어 없어진다는 의미의 '死'를 혼동해서는 안 된다고 주장했다.

그러나 조긍섭의 논리는 다소 무리가 있어 보인다. 이 구절 자체가 하나의 비유로 동원되었을 뿐만 아니라, 본래 『예기』의 문맥에서도 다양한 함의를 지닐 수 있기 때문이다. 즉, 이 구절은 나라가 망할 위기에 처할 경우 임금이 죽기를 결심하고 끝까지 사직과 함께하는 것을 일컫는 것이지 국가의 명운과 함께 실제 죽음을 맞이하는지의 여부는 굳이 따질 필요가 없기 때문이다. 『맹자집주』에서도 주자朱子는 강대국 제齊·초楚 사이에 낀 작은 나라의 임금으로서 등문공滕文公이 고민하는 데 답하는 맹자의 논리를 설명하면서 이 구절을 원용하였지만 사생死生의 결과보다는 오직 의리의 측면을 강조하고 있다.

④ - 나 내무총재 깨어 있음: '총재冢宰'는 주周나라에서 육경六卿, 여섯 행정기관의 책임자의 우두머리. 총재는 천관경天官卿의 별칭이며 주공周公 같은 인물이 대표적이다. 훗날에는 관리들을 총괄하는 이부상서吏府尚書를, 조선에서는 이조판서吏曹判書를 가리켰다. 깨어 있음을 뜻하는 '성성惺惺'은 생생하게 깨어 있는 모습을 묘사한 것이다. 여기서는 경敬의 역할과 모습을 그러한 관직과 의태어로 의인화한 것이다. 원래 '경'을 '성성'과 관련시

킨 것은 흔히 상채선생^{上蔡先生}이라 불린 북송^{北宋}의 사양좌^{謝良佐}다. 그는 "경은 항상 생생하게 깨어 있는 방법이다^{敬是常惺惺法}"라고 했다.

⑤-나 **입길목**: 입을 외물과 접촉하는 관문으로 비유한 것인데, 다른 관문에 비해 가장 중요한 곳으로 취급하고 있다. 비록 '입길목^(口關)'이라고 했지만 여기에는 마땅히 코가 포함되어 있다고 볼 만하다. 눈과 귀가 외물의 이미지를 밝게 접하는 감각기관이라면, 입과 코는 외물이 직접 신체로 들어가고 또 신체의 활동이 밖으로 나가기 때문에 특별하다. 이목^{耳目}이 입구로 제한되어 있다면, 구비^{口鼻}는 입구와 출구를 겸하고 있기도 하다. 허유는 「신명사도명혹문」에서 세 가지 길목 가운데 '구관'이 가장 요해처^{要害處}이며 마음의 진망사정^{眞妄邪正}과 몸의 길흉영욕^{吉凶榮辱}이 여기에서 나오지 않음이 없다고 했다. 반면 최한기^{崔漢綺}는 『신기통^{神氣通}』 「구통^{口通}」에서 말과 음식이 입을 통해 상응하여 출입하면서 생명을 담고 기운을 소통시킨다고 했다. 음식은 언어의 기운을 대주고 언어는 자기를 미루어 남에게 발양^{發陽}하는 행위다.

⑤-나 **미더움 말표현**: '입길목'의 실질과 외형을 설명한 것이다. 미더움^(忠信)은 성실함을 통해 덕을 이루는 실질적 내용이고, 말표현^(修辭)은 그 성실함을 사업에 나타내 덕을 굳건히 세우는 수단이다. 『주역』 건괘^{乾卦} 구삼효^{九三爻}에 대한 「문언전^{文言傳}」 풀이에서는 '미더움'과 '말표현'을 덕을 닦고 사업을 이루는 수단으로 보았다. 이들은 궁극적으로 ⑧-가 '이를 곳을 알아 이르다' ⑧-다 '그칠 곳을 알아 그치다'와 호응한다.

⑤-나 **총사령부**: 원문의 '승추^{承樞}'를 번역한 것이다. 조선 태종 1년에 의흥삼군부를 승추부^{承樞府}로 고치고 3년에는 삼군도총제부로 개편하면서 독립시켰다가 5년¹⁴⁰⁵에 폐지하여 모든 군사행정을 병조에 붙였

다. 승추부는 한때 3군의 병력을 지휘 감독하는 최고 군령기관이었다. 허유의 「신명사도명혹문」에서는 왕명을 받들어 추기樞機를 내는 자라고 하면서, 왕명을 출납하는 후설喉舌의 직임을 지칭하였다. 그렇다면 조선조의 승지承旨에 해당되는 벼슬이다. 그러나 '추기'는 본디 지게문의 지도리, 쇠뇌쇠로 된 발사 장치가 달린 활의 방아쇠를 이르는 말로 사물의 관건關鍵이 되는 부분을 일컫는다. 『주역』「계사繫辭 상」에서 "언행은 군자의 추기다. 추기가 발동하여 영욕을 주관한다"고 했다. 결국 미더움과 말표현은 군자의 언행이며, 그를 관장하는 기관을 '승추'로 환유한 것이다. 전투적 상황의 도상을 염두에 둔다면, 승지보다는 군사지휘부로 이해하는 편이 더 타당할 것이다.

⑥-[나] **법무장관 서무백관**: 법무장관은 원문의 '대사구大司寇'를, 서무백관은 원문의 '백규百揆'를 번역한 것이다. 대사구는 중국에서 형부상서를 가리키며, 조선에서는 형조판서의 별칭이다. 백규는 『서경』「순전舜典」에서 주周의 총재冢宰와 같은 벼슬로서 뭇 관직을 살피는 지위였으나, 후대에는 각종 정무와 백관百官 자체를 지칭했다. 허유의 「신명사도명혹문」에서는 사람이 사물을 접할 때 의리를 헤아려 처리하는 것이 백규가 제 직책을 수행함과 같고, 자기 사사로움을 이겨내는 것이 대사구가 도적을 다스림과 같다고 풀이했다.

⑥-[나] **이겨냄 - 사물 - 낱낱 살핌**: '이겨냄'은 사사로운 욕심과 그릇된 생각을 이겨 제어하는 일이고, '낱낱 살핌'은 외부의 사물을 하나하나 일일이 살피는 일이다. '사물'은 마음과 접하는 외부의 사건이나 물건을 가리킨다. 마음의 나라에서 내무총재의 명을 받아 총사령부에서 법무장관과 서무백관을 거느리되, 외부의 사물과 접하여 집행하는 구체적인 업무를 이처럼 환유한 것이다.

⑧ - 나 **반드시 이르러** - 머무르다 - **옮기지 않는다**: 여기서 핵심은 '머무르다'이다. 그러면서 좌우의 '반드시 이르러' '옮기지 않는다'는 뜻을 내포한다. 이는 『대학』에서 말한 "지어지선止於至善"의 '머무르다止'에서 연원하고 있다. 허유의 「신명사도명혹문」에서는 "마음 공부를 하는 자가 마땅히 머물러야 할 지경에 이를 것을 구하지 않아서야 되겠는가? 이는 '반드시 이르러 옮기지 않는다'는 문구를 '머무르다'를 사이에 놓고 쓴 까닭이다"라고 했다. 그 의미에 대해서도 윗부분 ③ - 나 의 성곽 중심에 있는 공경함敬과 상응하며 '하늘 덕'과 '왕의 길'의 목표이자 미더움과 말표현의 극치라 설명했다. 이곳은 반드시 도달하여 바꾸지 말아야 할 지고지선의 경지이자 심학의 목표인데, 이 도상에서는 '경敬'에 대한 '의義'를 환유하고 있다.

⑧ - 나 **이르다**, ⑧ - 다 **그치다**: '이를 곳을 알아 이르다'와 '그칠 곳을 알아 그치다'의 의미이다. 이 둘은 호응하는 뜻으로서 가운데의 '머무르다止'를 양쪽에서 보조하고 있다. 이를 데를 알아 이르고, 멈출 데를 알아 멈추는 것이 궁극적으로 ⑧ - 나 에 배치한 '머무름'의 의미이다. 한편 '이름'과 '그침'의 고전적 근거는 『주역』 건괘 구삼효 「문언전」에서 "이를 곳을 알아 이르면 기미에 참여할 수 있고, 그칠 곳을 알아 그친다면 의리를 보존할 수 있다"고 한 데서 가져왔다. 이에 대해 『주역』 정전程傳에서는 전자를 시발의 조리始條理者로서 앎의 일이고, 후자는 마침의 조리終條理者로서 성인의 사업이라 했다. 허유의 「신명사도명혹문」에서는 도상에서 '이르다止'와 '그치다至'의 두 글자가 남명 학문의 종착역究竟法이라 평했다.

천군 전기

남명선생이 〈신명사도〉를 지으시고 동강선생에게 전을 짓도록 명하셨다. 아마도 선생이 나이 어렸을 때일 것이다.

원기 충만한 하늘 아래 넓디넓은 땅 위에 한 나라가 있었으니, 이름하여 '유인씨有人氏'⁹⁾라 하였다. 그 땅의 경계는 두개골산으로부터 최남단 발끝 지역까지 사방 백 리에 불과했지만 예의로써 다스리어 제후들이 모두 잘 따랐다. 실로 중국 문명권의 맹주 노릇을 하여 제왕의 사업을 빛내니, 그 임금은 하늘 황제¹⁰⁾의 아들이었다. 하늘 황제 태초太初 원년에 조서詔書를 내렸다.

"짐이 높디높은 하늘 위에 있어 만 가지 사업의 결재가 실로 번다하여 홀로 운행할 길이 없도다. 누구라도 짐을 도와 다스릴 수 있다면, 짐은 아래 땅을 총애하여 장차 뭇 임금의 본이 되게 하리라."

모든 신하들이 이르기를 "맏아드님이 할 만합니다"라고 하니, 이에 태사太史에게 책명策命을 작성하게 하였다. 그 글에 명하기를 다음과 같이 하였다.

"이처럼 수많은 나라가 아득히 아랫녘 땅에서 초목처럼 삐죽삐죽 빼곡한데도 정해진 군주가 없도다. 이에 내 너에게 명하노니, 땅 한가운데

---

9) 유인씨(有人氏): 사람의 존재를 나라 이름으로 우의화한 것이다. 이는 『십구사략』에서 역사의 시작을 '천황씨' '지황씨' '인황씨'로 설정한 것을 모방했다고 여겨진다.
10) 하늘 황제: 원문의 '건원제(乾元帝)'를 번역한 것이다. 하늘의 으뜸 되는 혹은 시작하는 덕을 지닌 존재의 의인화이다. 그의 덕에 의해 유인씨, 즉 인간이 태어났다는 뜻이다.

서 친히 복무하여 교화를 행할지어다. 바라건대 너는 네 형제들과 함께 이 큰 무리를 어루만져서 내 하늘 황실을 돕도록 하라. 너에게 인의仁義의 집[11], 예지禮智의 이국적 보석[12], 황제黃帝의 가뭇없는 구슬[13], 수후隋侯의 보배와 화씨和氏의 둥근 옥[14] 등 궁궐 창고에 진귀하게 갈무리된 것들을 모두 줄 것이니 가서 근신하여 짐의 명을 무도하게 저버리지 말지어다.

네 만약 임금답지 못하면 너를 수족같이 보좌하는 재상이나 염통과 등골같이 믿고 의지하는 신하들이 모두 너의 원수가 될 것이요, 안으로 간신이 이간하고 밖으로 도적이 침입하여 나라의 우환이 될 것이다. 너는 이것을 경계하여 생각하고 공경할지어다. 성을 높이 쌓고 못을 깊이 파며 문을 엄히 경계하여 목탁을 치되, 조금도 소홀함이 없어야 한다. 군사를 배치하고 순라를 돌며 법을 밝혀 도적을 캐어묻되, 조금도 소홀함이 없어야 한다.

아아! 공경함敬이 이기면 길하고, 게으름怠이 이기면 멸망한다. 게으름과 거칢을 경계하고 세세히 다스린다면 하늘의 영원한 복록을 누리리라."

정월 갑인에 하늘 황제께서 태사에게 명하여 유인씨의 나라 땅을 정

---

11) 인의(仁義)의 집: 인의를 사람이 처하기 가장 적당한 집으로 비유한 것.『맹자』「등문공滕文公 하」에 인(仁)을 천하의 넓은 집(廣居), 예(禮)를 천하의 바른 위치(正位), 의(義)를 천하의 큰 길(大道)로 비유했다.
12) 예지(禮智)의 이국적 보석: 인의가 지니는 보편적 덕성을 집에 비유한 데 비해, 예지는 그보다는 특수한 덕성으로 보아 이국의 보석에 빗댔다고 할 수 있다.
13) 황제(黃帝)의 가뭇없는 구슬:『장자』「천지」우언에 의하면, 원헌씨 황제가 적수(赤水) 북쪽을 돌아다니고 곤륜의 언덕을 올라 남쪽을 바라다보고는 돌아오다가 그의 현주(玄珠), 즉 '가뭇없는 구슬'을 잃었다고 한다. 지(知)·이주(離朱)·설후(喫詬) 등의 이지적인 신하들에게 샅샅이 뒤지게 했지만 실패하고, 결국 무심하여 자취가 없는 상망(象罔)이 구슬을 찾아냈다. 따라서 '가뭇없는 구슬'이라 함은 통치자가 지녀야 할 '무심'의 보배를 우의한다고 할 수 있다.
14) 수후(隋侯)의 보배와 화씨(和氏)의 둥근 옥: 주옥(珠玉), 즉 보배의 대명사로서 수후주(隋侯珠)·화씨벽(和氏璧)을 꼽는다.

해주고 맏아들을 거기에 책봉했으니, 나라 사람들이 그를 높여 '천군天
君'15)이라 일컬었다.

천군의 애초 이름은 '이치[理]'였는데, 사람 나라에 봉해지고 나서 이름
을 '마음[心]'이라 바꾸고16) 가슴 바다에 도읍했다. 원년에 천군이 신명
전[神明殿17)에서 조회를 받을 때 겹문을 활짝 열어젖히도록 명했다.

"마치 내 마음과 같이 위풍당당하게 하여 가려지는 일이 없게 하라!"

이어서 내무총재 '공경함[敬]'에게 명하기를,

"너는 오장육부五臟六腑 담긴 몸뚱이로 집을 삼고 내 궁궐을 맑게 하라"

하고, 서무백관 '의로움[義]'에게 명하기를,

"너는 내무총재와 협력하여 만 가지 일에 순응하고 백 가지 뜻을 빛
나게 하라"

하였다. 이에 두 재상은 한마음으로 정사를 이루고 합치하니, 모든 관리
와 유사가 정숙하고 또 정숙하여 감히 자기 관직을 황폐하게 하지 못했
다.

내무총재가 말했다.

"아, 생각하소서! 상제께서 명하시기를, '네 두 마음을 품어 의심치 마
라. 너는 마음 가장 깊은 곳에 있으니 신령한 안목이 극히 밝다. 기거할
때나 출입할 때나 네 가는 곳 어디든 내가 미칠 것이다. 하늘에 있는 나를
마주 대하듯 하여, 네 생겨난 데를 욕되게 말지어다'라고 하셨습니다."

---

15) 천군(天君): 하늘 황제, 즉 건원제의 아들이니 '천군'이라 한 것이지만, 이는 하늘의 이치를
품부받은 '마음'을 환유하기도 한다. 『순자』 「천론天論」과 「해폐解蔽」에서 우리 몸의 여러 기관
을 다스리거나 총괄하는 주체로서 마음을 비유적으로 일컬었다. 〈신명사도〉의 '태일군'을 이
작품에서는 '건원제'와 '천군'으로 나누어 일컬은 셈이다.
16) 천군의~바꾸고: 이치에서 마음이 나왔다는 말이다. 이는 마음이 곧 이치라는 '심즉리'설
과 유사하여 양명학과의 관련성이 문제시된다. 주자학에서는 이치에서 성이 나오고, 성이 외
물과 접촉하면서 기질이 개입하고 정이 발생한다고 본다. 따라서 이는 마음이 성정을 통괄한
다는 '심통성정(心統性情)'과 대비된다.
17) 신명전(神明殿): 조식의 〈신명사도〉에서는 '태일임금[太一君]'이 거처하는 '신명의 집[神明
舍]'이라 한 것을 여기서는 천군이 조회하는 신명전이라 한 것이다.

서무백관이 말했다.

"아, 경계하소서! 오직 이 뭇 공적이 당신 한 분에게 달렸으니, 뭇 관직을 황폐하게 하지 마시고 하늘의 일을 임금께서 대신하십시오."

천군이 말하기를,

"그렇다! 두 사람의 도움이 없다면 내가 임금 노릇 할 길이 없도다. 자그마한 내 한 몸을 대부들에게 의탁하나니 대부들은 나를 버리지 말지어다."

하니, 모두가 머리를 조아리며 아뢰기를,

"임금께서 두 신하를 버리시지 않는다면, 신들이 감히 행하지 않겠습니까? 임금께서 신들을 버리신다면, 비록 바르게 보필하려 한들 뭇 소인배를 어찌겠습니까?"

하였다. 천군이 이를 깊이 받아들였다. 이에 두 재상이 그들의 충성을 다할 수 있었으니, 뭇 신하가 한껏 조화를 이루고 나라 안이 잘 다스려졌다. 드디어 천제의 명을 받아서 온 세상을 다스리고 우주 밖까지 포괄하게 되었다. 무릇 천지 사이에 1만여 나라가 모두 유인씨의 족속이 되어 남쪽으로는 천근天根에, 북쪽으로는 월굴月窟에 이르기까지 그 교화가 미치지 않은 나라가 없었다.[18] 국가가 강성하여 하늘 제왕의 황실과 짝할 수 있게 된 것은 두 재상의 힘이었다.

그런데 천군은 은밀히 다니기를 꽤나 좋아하여 무시로 드나들었다. 뭇 신하가 누구도 그 향방을 알지 못하고, 내무총재가 매양 그만두도록 간하였다. 말년에 간신인 공자公子 '게으름解'과 공손公孫 '오만함公孫

---

18) 남쪽으로는~없었다: 소옹(邵雍)의 시 「관물觀物」에서 '천근'은 복괘(復卦, ䷗)에 양기(陽氣)가 처음 생겨나는 곳으로서 사람의 도리를 상징하는 것, '월굴'은 구괘(姤卦, ䷫)에 음기(陰氣)가 처음 생겨나는 곳으로서 사물의 도리를 상징하는 것이다. 이 두 괘는 「선천도先天圖」에서 각각 맨 아래와 맨 위에 놓여 있어 남쪽과 북쪽의 방위에 해당된다. 결국 유인씨가 모든 사람과 사물에 교화를 미쳤다는 말이다.

傲)'19) 등이 집권하여 내무총재 '공경함'을 쫓아내니 서무백관 '의로움'이 지위를 편안히 여기지 못하고 떠나갔다. 천군은 이로부터 여덟 준마를 타고 온갖 세상의 밖으로 치달렸다. 혹 올라가 하늘을 날기도 하고 혹 내려가 심연에 빠지기도 하니, 조회하는 궁궐이 오래도록 비기 일쑤고 모든 법도가 해이해졌다. 눈길목의 요사한 도적놈 화독20) 등이 맨 먼저 세 관문에서 난을 일으키자 도적떼가 벌떼처럼 일어났다. 임금이 밖에서 돌아다니며 노닐고 나라에는 막을 대비책이 없는지라 도적이 가슴 바다를 습격하니 칼날에 피를 묻히지도 않고 그 성곽에 들어갔다. 우리 군사는 신령한 누대(靈臺) 아래에서 패전했으며 장군 '굳셈(剛)'이 거기서 죽었다. 도적 우두머리 유척21)이 스스로 임금이 되어 방촌22)의 누대에서 거하니, 궁궐이 더럽혀지고 못과 전각이 황량해졌으며 비린내 나는 추잡한 종족23)들이 단전24)에 넘쳐나고 옥연25)에 냄새를 피웠다.

천군이 나라를 잃고 나서 대대로 내려온 가문의 유신(遺臣, 망한 조정의 신하) 하나도 따르는 자가 없었는데, 오직 공자 '어짊(良)'만이 그 사이에서 여

19) 공자(公子) 게으름(懈)과 공손(公孫) 오만함(傲): 게으르고 오만한 인간의 성품을 종실 제후의 자손으로 의인화한 것이다. 그런데 그를 '공자'와 '공손'이라 함으로써 천군의 종실 자손으로 빗대고, '게으름'과 '오만함'의 품성이 천군의 그릇된 행동으로부터 비롯됐음을 환유하고 있다.

20) 화독(華督): 춘추시대 송의 대부(大夫). 남의 부인에게 음심을 품고 추파를 보낸 바람둥이로 결국 자신의 동료이자 부인의 본남편인 공보가를 살해하고 제후까지 시해하는 반란을 일으켰다.

21) 유척(柳跖): 춘추시대 유명한 도적의 우두머리 도척(盜跖)의 다른 이름. 『장자』 「도척」에서 유하혜(柳下惠)의 동생으로서 공자를 극단적으로 비난하고 배척하는 인물로 등장함 .

22) 방촌(方寸): 사방 한 치 정도의 크기를 지닌 심장(心臟)을 가리키는 어휘이지만 여기서는 마음(心)을 뜻함.

23) 추잡한 종족: 인간의 여러 가지 나쁜 마음을 천군의 나라에서 천군의 통치에 항거하거나 교화에서 벗어난 종족으로 의인화한 것이다.

24) 단전(丹田): 배꼽 아래 한 치 다섯 푼 되는 부분. 사람의 기력이 모이는 곳이다.

25) 옥연(玉淵): 옥이 산출되는 깊은 못. 구체적으로는 강서성 여산(廬山) 서현사(棲賢寺) 동쪽에 있는 못의 이름. 주자(朱子)가 삼협(三峽)의 최고 명승이며 물맛이 으뜸이라 일컬었다. 후대에 옥연서원이 세워졌으며 유성룡은 안동의 하회(河回)마을 부용대에 옥연정을 지었다. 여기서는 몸에서 깨끗한 마음이 서리는 곳을 비의한 것이다.

전히 쫓아다녔다. 비록 등용되지는 못했어도 차마 버리고 떠나지 못하고 '기초(祈招)'의 시²⁶⁾를 지어 임금이 경계할 수 있게 했다.

임금이 측연히 반성하여 깨달았다. 즉시 수레를 정돈하여 말고삐를 돌리도록 명하고 흩어진 군졸들을 불러모았다. 내무총재 '공경함(敬)'이 임금의 임시 거처에 나아가니 그 지위를 회복토록 하였다. 이로부터 백성들이 구름처럼 모여 회복을 기약할 수 있게 되었고, 10년이 되자 천군이 다시 몸뚱이 안으로 들어갔다. 대장군 '자기 이김(克己)'이 사물²⁷⁾의 깃발을 세워 선봉이 되고 공자 '뜻(志)'이 대중을 통솔하여 원수가 되었다. 대장군이 고립무원의 군대로 적진에 깊숙이 들어가 생사의 길 위에서 도적떼를 만났다. 밥솥과 시루를 부수고 거처를 불태우도록 명하여 병사들에게 반드시 죽기를 각오하고 싸울 뜻을 보였다. 혈전을 펼치며 백 합을 겨루니 도적의 무리가 크게 궤멸했다.

천군이 신명전에서 왕위를 바로잡으니 서무백관 '의로움'도 돌아와서는 내무총재와 함께 안팎을 나누어 다스렸다. 내무총재가 상²⁸⁾께 권하여 성벽을 굳게 잠그고 성문 밖 들녘의 인가를 말끔히 없애며²⁹⁾ 요해처를 장악했다. 도적의 무리가 자주 변경을 범했으나, 대장군이 기운을 돋우어 성을 순시하니 도적들이 모두 물러나 도망하여 누구도 감히 그 날카로운 기세를 당할 수가 없었다. 장군이 추격하여 모조리 베어 죽이고

---

26) '기초(祈招)'의 시: 주목왕(周穆王)의 어진 신하 제공모보(祭公謀父)가 임금의 주유천하를 간하여 방랑을 멈추게 했다는 시. '기초'는 말을 관장하는 신하의 성씨와 이름이다. 이 시에 "백성의 힘을 빌려 쓰되 배부르고 취하는 마음을 지니지 않는다"는 구절이 있다. 『좌씨전』 「소공」 12년조에는 이 시에 대해 극기복례의 인(仁)에 해당된다고 해석하는 공자(仲尼)의 사평이 덧붙여져 있다.
27) 사물(四勿): 네 가지 하지 말아야 것. 안회가 극기복례의 조목을 묻자 공자가 대답한 내용이다. "예가 아니면 보지도 듣지도 말하지도 움직이지도 말라(非禮勿視, 非禮勿聽, 非禮勿言, 非禮勿動)"는 가르침. 이를 바탕으로 정이(程頤)가 「사물잠四勿箴」을 만들었다.
28) 상(上): 현재 보위에 있는 임금을 높여 일컫는 말.
29) 성벽을~없애며: 적이 쳐들어올 지대의 모든 것을 철수시키고 들을 불사르며 우물을 메운 후에 성을 지키는 방어 전술을 표현하고 있다.

군사를 진격시켜 그 소굴을 엎어버리니, 하늘 황제가 하사했던 땅을 모두 되찾고 군사는 귀환하여 궁궐 뜰에서 승전보를 고했다. 이로부터 세 길목의 궁궐[30]이 맑고 평안하며 사방의 들녘이 조용하고 천 리의 영토가 옥처럼 영롱하여 흠이 없었다. 천군은 팔짱 끼고 옷자락 드리운 채 나라를 다스리고, 내무총재는 임금의 덕을 보좌하여 만 가지 교화의 근본인 임금의 마음을 맑게 하고, 서무백관은 일의 추이에 따라 한 가지 근본인 임금의 덕으로써 베풀었다. 각자가 제 직임을 받드니 국가에 큰일이 없었다. 상께서 재위한 지 백 년이 되어 여섯 용을 타고 하늘 황제의 조정에 조회하고 돌아오지 않았다.

태사공[31]은 말한다.

"내가 살펴보건대, 천군이 임금 노릇 하는 것은 내무총재 '공경함'의 보좌에 힘입은 것이로다. 애초 다스려짐은 '공경함'을 재상으로 삼았기 때문이요, 그 어지러움은 '공경함'을 내쳤기 때문이요, 그 되돌아옴은 '공경함'을 복위시켰기 때문이다. 하늘 황제와 짝함도 '공경함' 때문이요, 온 고을을 통일함도 '공경함' 때문인지라. 첫째도 내무총재요, 둘째도 내무총재였다. 아아! 재상 하나를 얻어 흥하고, 재상 하나를 잃어 망하는 법이다. 사람들의 임금으로서 재상 삼는 일을 삼가지 않을 수 있겠는가?"

---

30) 세 길목의 궁궐: 눈길목, 귀길목, 입길목의 세 관문으로 에워싸인 천군의 신명스런 궁궐, 즉 신명사(神明舍)를 가리킨다. 결국 감각기관으로 생성되는 마음을 환유한다.
31) 태사공(太史公): 역사 기술자. 전기 주인공의 일생에 대해 총평을 하는 존재다. 사마천의 『사기』 「열전」에서 유래하였는데, 전기우언(傳記寓言)인 가전(假傳)에서도 그 형식이 거의 그대로 차용되었다.

원
생
의
꿈
여
행

이 작품은 조선 전기에 창작된 몽유록으로서 특이한 위치를 점한다. 조선조 지식인 사회의 명분의식을 무참히 짓밟았던 단종의 폐위와 죽음, 단종의 복위를 꾀하다 역모죄로 사형에 처해졌던 사육신 사건을 다루고 있기 때문이다. 이는 세조 집권 이후부터 적어도 단종의 복권이 이루어진 숙종조 이전까지는 드러내놓고 말할 수 없었던 국가적 기휘忌諱에 해당되는 사안이었다. 그러나 작품을 자세히 살펴보면 단종과 사육신 사건을 에둘러 암시하는 데 그치고, 인물이나 사건의 갈등이라든가 작가의 주제의식을 명확히 그려내고 있지는 못하다. 사건의 의미에 대해서는 평가를 유보한 채 독자로 하여금 사건 자체를 음미하도록 환기하고, 비판적 역사의식을 유도하는 데 주력하고 있다. 말하자면 단종의 폐위와 죽음을 언급하는 것조차 금지했던 폭압적 국가권력하에서 역사에 대한 가치평가를 개방해놓았다는 데 이 작품의 특징이 있다.

또한 작품의 이본이 30여 종에 이르지만 이 작품을 누가 언제 어떻게 창작했는지 명확하지 않다. 다만 많은 필사본에서 임제林悌, 1549~1587의 이름을 기록하고 있으며, 작가론적 차원에서 임제를 작가로 보는 설이 가장 많은 지지를 받고 있다. 임제를 작가로 볼 경우, 창작 연대는 일부 이본의 말미에 기록된 무인년1578 전후로 추정된다. 이때는 그의 나이 30세로서 선조 때 『육신전六臣傳』 파동이 있은 지 2년째 되던 해다. 또한 그가 대과에 합격하고 관료사회에 진출한 지 1년이 지난 해이기도 하다. 임제 외에도 생육신으로 일컬어지는 김시습金時習, 원호元昊 등이 작가로 거론되기도 하지만, 그럴 경우 몽중인물과 몽유자 및 각몽 이후 인물 등의 관계에서 설명하기 어려운 모순이 발생하므로 지지하기 어렵다. 다만, 이 작품이 18세기 이후에 크게 유행하면서 다양한 유통 경로를 거치며 소박하나마 필사자들의 비평의식을 반영하여 작가의 이름과 몽중인물의 설정, 문면의 확정, 작품평 등을 가필하고 있다는 점은 수용사적으로 나름의 이유와 의미를 지닌 것으로 간주된다.

한편 작품의 주인공은 '원자허元子虛'라고만 되어 있다. 이를 실명으로 이해하여 원호의 문집인 『관란집觀瀾集』에 작품이 수록되고, 또 현대에도 원호를 작가로 보는 근거로 삼는다. 물론 '자허'는 마침 원호의 자字이기도 하다. 그러나 자허를 실제 인물 원호로 보는 것은 국가적으로 기휘해온 사건을 에둘러 말하는 작품의 서술 기법상으로도 맞지 않고, 원자허가 몽중인물들과 일면식이 없는 사이로 묘사되거나 그가 남효온南孝溫을 암유하는 복건자보다 말석을 차지한다는 등의 내용상 모순이 생겨난다. 따라서 '자허'는 가공

인물의 이름으로 이해하는 편이 여러모로 타당하다. 사마상여의 「자허부子虛賦」에 등장하는 '자허' '오유선생' '무시공'이 모두 가공인물의 명칭으로서 오랜 연원을 지니고 있는 것처럼, '자허'가 우리 한문학 작품에서 그렇게 활용된 예는 많다. 설사 원호를 중의적으로 연상시키도록 교묘히 허구화했다고 하더라도, 작가인 원호 스스로가 자신의 자를 맞바로 내세웠다는 것은 있기 어려운 일이다. 어디까지나 '원자허'는 가상의 존재로 설정된 작품 속 인물로 보아야 마땅하다.

작품 속 원자허는 '강개한 선비'다. 특히 역사의 모순에 비상한 관심을 보이면서 비분강개하는 성격을 지니고 있다. 그러나 그렇게 묘사된 그의 성격은 막연한 역사의식을 보여주는 데 그치는 것이 아니라 당대의 가장 중요하고도 첨예한 정치적 모순에 접근하기 위한 가상적 장치에 불과하다. 작품의 주제의식을 더욱 잘 반영하고 있는 것은 원자허의 꿈이다. 꿈의 내용은 단종과 사육신, 그리고 안내자 남효온을 만나 함께한 시회詩會다. 그럼에도 그 꿈조차 암유적이다. 왕은 항우項羽에게 정치적으로 이용당한 후 가치가 없어지자 죽임을 당했던 비운의 황제 초의제楚義帝처럼 묘사되고, 그들이 만난 장소도 중국 호남성 장사長沙를 배경으로 삼으면서 구체적으로는 초의제가 시해된 상강湘江의 지류 침강郴江을 언급하기까지 한다.

그러나 정작 중요한 것은 등장하는 여섯 명의 신하들이 읊은 시 내용을 자세히 음미하는 일이다. 그들을 각각 역사적 인물인 사육신에 대응시킬 수 있지만, 작품 속의 인물들은 어디까지나 가공의 존재이다. 왜냐하면, 그들은 자신들이 주체가 되어 자기 정서를 읊조리는 것이 아니라, 실존했던 인물에 대한 후대의 역사적 평가를 읊고 있기 때문이다. 이미 벌어진 역사적 모순에 대한 후대인의 시각으로 자기 자신을 평가한다는 것은 현실 반영의 허구적 서사이론으로 보자면, 매우 착오적이다. 그러나 우의적 관점에서 그들을 허구화한 것이라면 얼마든지 당대의 사실과 후대의 평가가 중중적으로 겹쳐질 수 있다. 그런데 그 평가의 주된 관점을 남효온의 『육신전』에 기대고 있다는 점은 매우 놀랍고도 의미심장하다. 남효온은 작중의 안내자 '복건자'의 우의적 존재에 그치는 것이 아니라, 단종과 사육신의 죽음이라는 역사적 사건이 지니고 있는 진실에 접근하기 위한 안내자임이 드러나기 때문이다.

그렇다면 이러한 작품의 특성은 어떻게 만들어진 것인가? 이를 알기 위해서는 이 작품이 가상적 원리로 지어진 '우언소설'이라는 점을 이해해야 한다. 원자허라는 주인공 자체가 애초 그 이름을 통해 그 점을 암시한다. 그는 "원래元來부터 가허假虛로 설정된 남성(子)"이라는 의미로 작명되어 있는 셈이다. 그리고 표면적으로는 일정한 이야기를 지니고 있지만 그 또한 허무맹랑한 꿈속의 일에 불과하다. 더구나 가상적 인물의 몽중사라고 한다면 그것은 있을 법한 현실의 이야기가 아니다. 그렇다고 온전히 풍자를 위해서 이런 어정쩡한 이야기를 꾸며낸 것도 아니다. 다만 '사육신 사건'이라는 역사적 딜레마를 16세기 지식인으로서 어떻게 풀어낼 것인가 하는 문제의식을 보여주기 위한 '역사 말하기'의 우언으로 독해해야 작품의 온전한 의미가 드러난다.

역사의 현재적 의미를 되묻기 위한 장치로서 아득한 고전의 세계에서 초의제의 비극적 죽음을 원용하고, 당시 사림파의 엄청난 비극을 몰고 왔던 「조의제문弔義帝文」과 또 역사의 패배자라는 관점에서 벗어나 사건의 이면을 전하고자 했던 『육신전』을 겹쳐놓으면서, 아울러 작가의 감회를 덧붙이는 중층적 구조를 바로 이해해야 한다. 이것은 직선형으로 구성되는 사건 서사가 아니라, 다중적 관점이 시공간적으로 겹쳐지게끔 구성하는 중층 서사의 허구적 작법이다. 이러한 뜻에서 장르로 보아 몽유록을 서사적 교술, 혹은 서사와 교술의 혼합갈래라고 특징짓는 것은 일부분 타당하면서도 분명한 한계를 지니고 있다. 더 많은 정교한 논의가 필요하지만, 몽유록을 '우언소설'로 범주화하려는 이유가 여기에 있다. 뿐만 아니라 이 작품에 대해서는 초기 소설사의 개척에 크게 이바지했던 방외인 문학사조의 작품으로서 문학사적 논의도 함께 시도해야 한다. 아울러 16세기 지식인 사회의 의식 전환과 관련하여 비상한 문제의식을 보여주고 있다는 측면에서 작가론을 포함하는 사상사적 접근도 요구된다.

이 작품은 수많은 한문 이본들을 거느리고 있지만 그 문면에 조금씩 차이가 난다. 여기서는 임제의 문집 『백호집白湖集』 3간본(목활자, 구한말 간刊, 한국학중앙연구원 소장) 권4 부록에 수록된 「원생몽유록元生夢遊錄」을 대본으로 하여 16종을 교합한 텍스트를 번역하기로 한다. 기본적으로 윤주필이 쓴 「원생몽유록의 종합적 고찰」(『한국한문학연구』 제16집, 한국한문학회, 1993)의 교합본을 활용하되, 어구상의 동이점을 살피기 위해 때때로 장효현 외 4인의 『(교감본 한국한문소설) 몽유록』(고려대학교 민족문화연구원, 2007)을 참고하여 보완하기로 한다. 뿐만 아니라 문헌비평은 단순히 이본 교감의 문제에 국한되는 것이 아니라 궁극적으로 작품 해석과 긴밀히 연관되므로, 이에 대한 엇갈린 견해에 대해서는 윤주필의 「『원생몽유록』 연구의 비판적 이해」(일위 우쾌재 박사 회갑기념논문집 간행위원회, 『고소설연구사』, 월인, 2002)를 참조한다.

원자허는 강개한 선비다

　세상에 원자허[1]라는 자가 있었으니 강개한 선비[2]였다. 기개가 씩씩하고 도량이 크되 시대를 타고나지 못해 나은[3]과 같은 억울함을 자주품었고, 원헌[4]과 같은 가난함을 견디기 어려웠다. 아침에 나가 밭 갈고밤에 돌아와 옛사람의 책을 읽되, 벽을 뚫어 빛을 끌어들이거나 반딧불이를 주머니에 잡아넣는 등 갖가지 방법을 모두 썼다. 역사책을 보다가

1) 원자허(元子虛): '자허(子虛)'는 서한(西漢) 사마상여(司馬相如)의 「자허부子虛賦」에서 오유선생(烏有先生) 무시공(亡是公)과 함께 우의적으로 설정한 가공의 인물이다. 따라서 '원자허'는 원래(元來)부터 가허(假虛)로 만들어진 남성인물[子]이라는 우의를 지닌다.
2) 강개(慷慨)한 선비: 옳지 못한 것을 보고 의기를 느껴 분개하는 성격의 선비. 이는 가공 인물 원자허의 성격을 단적으로 규정하는 말이자, 작품의 전체 방향을 암시하는 서술이다.
3) 나은(羅隱, 833~909): 당나라 말기의 시인. 특히 영사시(詠史詩)에 능했다. 일찍이 과거에낙방하여 불운했다. 주전충(朱全忠)이 당나라를 찬탈하고 후량(後梁)을 건국하여 그를 간의대부로 불렀으나 나아가지 않아 그 절의와 학문이 더욱 드러났다.
4) 원헌(原憲): 공자의 72현(賢) 제자로서 작록을 사양하여 가난했다. 조선시대 성균관 문묘의동무(東廡)에 위패를 배향하였다.

나라가 망하고 운수가 바뀌어 세력이 없어지는 곳에 이르러서는 미상 불 책을 덮고 눈물을 흘리며, 마치 자신이 그때에 처하여 나라의 패망을 보면서도 부지할 힘이 없어 애태우는 양했다.

중추 한가위 저녁에 달빛을 좇아 책을 펼쳐보는데 밤이 무르익자 피로해져 걸상에 기대어 잠이 들었다. 몸이 갑자기 가벼이 들려 아득히 오르니, 시원한 기분이 마치 바람을 몰고 올라가는 양하고, 표연한 느낌이 마치 깃이 돋아 신선이 된 듯하였다. 어느 강기슭에 이르렀더니, 긴 물결이 굽이쳐 이어지고 첩첩 산이 나타났다. 때는 한밤중이어서 사방이 적막한데, 달빛이 대낮 같고 물결이 비단처럼 빛나며, 바람이 갈잎을 울리고 이슬이 단풍숲에서 굴러떨어졌다. 처량히 눈을 들어 보니 마치 천만 가지 느꺼움과 답답함이 불평스러운 기운으로 맺혀 풀 수 없을 듯하였다. 이에 '휘익' 하고 길게 휘파람 소리를 내고는 낭랑하게 절구 한 수를 다음과 같이 읊조렸다.

한스러운 강 물결 오열하며 흐르지 못하고	恨入江波咽不流
갈대꽃 단풍잎은 차갑게 비비며 스삭거린다5)	荻花楓葉冷颼颼
분명코 장사6)의 강 언덕이로구나	分明認是長沙岸
달빛도 흰데 영령7)들은 어디서 노니는가?	月白英靈何處遊

5) 갈대꽃~스삭거린다: 가을의 쓸쓸한 정서, 특히 소외된 지식인의 강개함을 상징한다. 백거이(白居易)가 구강군(九江郡, 지금의 중국 강서성 구강九江의 사마(司馬, 주州의 자사刺史의 부관副官)로 좌천되어 갔을 때 지은 작품 「비파행琵琶行」에서 "단풍잎과 갈대꽃 가을 되니 스스락楓葉荻花秋瑟瑟"이라 했다.
6) 장사(長沙): 중국 호남성의 성도(省都). 상강(湘江)이 도시를 관통하여 양자강으로 유입되는데 굴원(屈原)이 빠져 죽기도 하고, 그 지류인 침강(郴江)에서 초의제(楚義帝)가 시해되어 버려지기도 했다. 역사적 비극이 얽혀 있는 도시로서의 상징성을 지니고 있다.
7) 영령: 갈대꽃 단풍잎의 가을 정취, 장사의 비극적 상징성으로부터 연상되는 꽃다운 영혼을 가리킨다. 즉 모종의 역사적 사건에서 희생자가 된 영혼을 암시하고 있다.

꿈나라에서 왕과 여섯 신하를 만나다

배회하며 기웃기웃하는 즈음에 갑자기 발소리가 멀리서부터 가까이 다가오고 있었다. 얼마 있더니 갈대꽃 덤불 깊은 곳에서 어떤 호남아^{好男}兒가 번득 뛰쳐나왔다. 복건과 유생복[8] 차림에 표정이 맑고 눈썹이 준수하였다. 늠름하기가 수양산 백이숙제 같았다. 그가 앞으로 와서 읍하며 말하기를,

"자허는 어찌 그리 더디 오시는가? 우리 왕께서 받들어 마중하게 하셨다네"

하니, 자허는 그가 산의 정령이나 나무 도깨비인가 의심하여 놀라 대꾸할 말이 없었다. 그러나 그 모습이 빼어나고 행동거지에 기품이 넘쳐 저도 모르게 속으로 "뛰어난 이로다" 감탄하며 이내 뒤따라 걷게 되었다. 백여 걸음쯤 가자 우뚝 솟은 정자가 강 앞에 나타났다.

어떤 사람이 난간에 기대앉아 있는데 옷차림이 왕 같았고, 또 다섯 사람이 옆에서 모시고 있었는데 모두 벼슬아치의 복장을 했으며 각기 등급이 있었다. 그 다섯 사람은 모두 세상에 드문 호걸들로서 모습이 당당하고 기백이 양양하였다. 가슴속에는 말 머리를 부여잡고 쓴소리를 하거나[9] 바다에 뛰어들어 죽을[10] 만한 의리를 담고 있고, 뱃속에는 하늘

---

8) 복건과 유생복: '복건야복(幅巾野服)'으로 선비의 모자와 복장을 가리킴. 여기서는 '관복(官服)'과는 상대되는 개념으로서 벼슬하지 않은 자의 차림새를 암유한다.

9) 말 머리를~하거나: '고마이간(叩馬而諫)'했다는 백이숙제(伯夷叔齊)의 사적을 용사했다. 서백(西伯, 문왕)이 죽자마자 무왕이 동쪽으로 주(紂)를 정벌하니 백이와 숙제가 그 부당함을 간했다는 이야기가 『맹자』『사기』『사략』 등에 두루 나타나 있다. 천하의 추세를 거스르면서까지 의리를 고집하고 바른 소리를 했다는 의미이다.

10) 바다에 뛰어들어 죽을: 제(齊) 고사(高士) 노중련(魯仲連)의 '도동해이사' 사적을 용사했다. 진(秦)나라 소왕(昭王)이 조(趙)를 공격할 때 주변의 어느 나라 하나 그를 도와주지 않았는데 오직 위(魏)나라만 원군을 보냈다. 그러나 사태를 지켜보던 위나라 왕마저도 나중에 장수 신원연(新垣衍)을 조나라의 한단(邯鄲)에 보내 진을 제왕국으로 받드는 것이 어떻겠냐며 조나라의 평원군(平原君)에게 항복을 권했다. 조나라에 와 있던 노중련은 이를 듣고 진나라가 불의

을 떠받치고 해를 떠받들 충성[11]을 품고 있었다. 진실로 이른바 6척의 어린 고주孤主를 부탁하고 백 리의 제후국을 맡길 만한 자[12]들이었다.

자허가 다다른 것을 보고는 다섯 사람이 모두 나와 맞이하며 예를 갖추었다. 자허는 마주 예를 행하지 않고 이들을 지나쳐 곧장 앞으로 걸어가 왕을 알현하였다. 그러고는 도로 걸어나와 물러서서는 말석에 꿇어앉아 모두 좌정하기를 기다렸다. 복건을 쓴 자가 자허의 오른쪽에 앉고, 그 위로는 다섯 사람이 차례로 앉았다. 자허는 이상하기 짝이 없어 몹시 불안하였다. 왕이 말하기를,

"일찍부터 난초 향기와 같은 명성을 들어온 터라 깊이 사모하는 마음이 하늘에 닿았소. 좋은 밤에 만났으니 상대를 의아해하지는 마시구려!"

하니, 자허가 곧 자리에서 일어나 비켜서서 감사의 표시를 하였다.

고금흥망을 논하고 시연詩宴을 가진 후에 꿈에서 깨다

자리를 잡고 앉은 후에 서로 고금의 흥망을 논하였는데 다들 열심이어서 누구도 지루해하지 않았다. 복건 쓴 자는 한숨을 쉬면서 탄식했다.

"요순[13] 탕무[14]는 만고의 죄인입니다. 후세에 여우처럼 알랑거려 선

하므로 설령 진이 천하를 통일한다 하더라도 차라리 동해에 빠져 죽을 뿐(蹈東海而死)이지 차마 그 백성이 되지는 못하겠다고 했다. 그러자 신원연이 그가 '천하의 선비[天下士]'라 칭송하고 진에 대한 연횡책을 거두었다고 한다.

11) 하늘을 떠받치고 해를 떠받들 충성: 하늘을 버틸 국량과 해를 받들어 모실 만한 충성을 지닌 주석지신(柱石之臣)의 비유.

12) 이른바~만한 자: 선주(先主)의 어린 후사(後嗣)를 보좌하고, 제후(諸侯)의 정사(政事)를 섭정할 만한 사람이라는 뜻이다. 『논어』 「태백」에서 증자(曾子)가 이런 자질의 사람이야말로 '군자(君子)'라고 언급한 말을 용사한 것이다.

13) 요순(堯舜): 요임금이 신하였던 순에게 천하를 물려주어 선양(禪讓)의 첫 사례를 마련했지만, 하(夏)의 우임금 때부터는 후손에게 왕위를 물려주는 세습(世襲)이 일반화되었다.

위를 차지하는 자[15]가 그에 근거를 대고, 신하로서 임금을 정벌하는 자[16]가 그로부터 명분을 삼습니다. 천 년의 도도한 세월이 흘렀건만 누구도 그 폐해를 구제하지 못했습니다. 쯧쯧! 네 임금은 역적의 효시가 되었습니다."

말을 마치기도 전에 왕이 정색을 하고 말했다.

"아! 이게 무슨 말인가? 네 임금의 거룩함이 있으면서 네 임금과 같은 시대에 처하였다면 가하거니와, 네 임금의 거룩함이 없고 네 임금의 때도 아니라면 불가한 것이다. 네 임금이 무슨 죄가 있겠는가! 네 임금을 빙자하여 명분을 삼는 자들이 역적일 뿐이다."

복건 쓴 자가 손을 올려 절하고 고개를 조아리며 사과하였다.

"마음속에 불평이 있어 그 말이 지나치게 분격하는 줄[17] 저 스스로도 몰랐나이다."

왕이 이르기를,

"그만두시오! 아름다운 손님이 자리에 계시니 한가로이 다른 일을 논하지는 마시지요. 달 희고 바람 맑은데, 이 같은 좋은 밤을 어찌 그냥 넘기겠는가?"

---

14) 탕무(湯武): 탕왕과 무왕은 각각 하(夏)·상(商)을 정벌하여 새로운 왕조를 세웠으므로 역성혁명의 전례를 남겼다.

15) 여우처럼 알랑거려 선위(禪位)를 차지하는 자: 강성한 신하로서, 어린 군주나 섭정하는 모후를 감언으로 미혹하여 선양을 받아내는 사람을 일컫는다. 역사적으로는 조조(曹操)나 사마의(司馬懿)가 그러한 나쁜 전례를 남긴 인물로 혹평을 받는다.

16) 신하로서 임금을 정벌하는 자: 신하가 임금의 탐학을 문제삼아 역성혁명을 일으키고 정벌하여 새로운 왕조를 세우는 경우를 가리킨다. 백이숙제는 무왕의 출정을 가로막으며 "부사불장(父死不葬) 원급간과(爰及干戈) 가위효호(可謂孝乎); 이신시군(以臣弑君) 가위인호(可謂仁乎)"라고 했다.

17) 마음속에~분격하는 줄: 남효온(南孝溫)의 『육신전六臣傳』에서 사육신의 충절이 백이와 무왕, 엄광과 광무제의 관계처럼 발전되지 못했음을 아쉬워하면서 비평한 표현이다. "아! 만약 육신이 충심을 금석에 표현하고 강호에서 늙음을 보전했다면, 상왕의 수명이 늘어나고 광묘(光廟)의 처세가 더 융성했을 터다. 불행히도 마음이 격분하여 벌판을 불사르는 지경에 빠졌으니 슬프도다!"라고 했다.

하고는, 곧 비단 두루마기를 벗어주고 강마을에서 술을 받아오게 하였다.

술이 몇 순배 돌자 왕이 잔을 잡고 흐느껴 울며 여섯 사람을 돌아보고 이르기를,

"경卿들은 각자 자기 뜻을 말하여 말 못할 억울함을 풀어보지 않겠는가?"

하니, 여섯 사람이 말했다.

"왕께서 노래를 지어 부르시면 신들이 거기에 화답하겠나이다."

왕이 비감한 표정으로 옷깃을 매만지고, 슬픔을 이기지 못해 다음과 같이 노래하였다.

강 물결 흑흑 흐느끼는 소리여 끝이 없도다	江波咽咽兮 無有窮
내 한스러움 길고 길어 그와 같구나	我恨長長兮 與之同
살아서는 천승의 임금 죽어서는 외로운 넋	生爲千乘 死作孤魂
새 임금은 가짜 임금18) 제왕은 거짓 높임19)	新是僞主 帝乃陽尊
옛 나라 백성들 모조리 항적20)에게 옮겨주었네	故國人民 盡輸楚籍
예닐곱 신하 함께하니 넋을 그나마 기대겠더니	六七臣同 魂庶有托
오늘밤이 무슨 밤이뇨 강 누각에 같이 올랐노라	今夕何夕 共上江樓
달빛에 빛난 물결 내 마음 시름겹게 하느니	波光月色 使我心愁

18) 새 임금은 가짜 임금: 강동에서 군사를 일으킨 항량(項梁)은 범증(范增)의 계책에 따라 초회왕의 손자 '심(心)'이라는 왕족을 찾아내 '초회왕'으로 세워 민심을 얻었으니 이는 백성들의 여망을 따른 것이었다.
19) 제왕은 거짓 높임: 항량의 조카 항적(項籍)이 실권을 잡으면서 초회왕을 업신여겨 '의제(義帝)'라 거짓으로 높이면서 강남의 침현(郴縣)으로 옮겨버렸다.
20) 항적(項籍): 진(秦)에 반기를 든 강동(江東)의 장수 이름. 흔히 항우(項羽)라 칭하는데 '우(羽)'는 그의 자다. 후에 초의제를 죽이고 스스로 초패왕(楚霸王)에 올라 천하를 도모하였다. 서쪽 세력의 유방(劉邦)과 오랫동안 적수가 되었으므로 이 둘을 합하여 '서류(西劉) 초적(楚籍)'이라 칭한 사례가 보인다.

한 곡조 슬픈 노래에 천지 아득하도다　　　　　一曲悲歌 天地悠悠

노래가 끝나자, 다섯 사람이 각기 절구絶句 한 수씩을 지어 차례차례
읊어나갔다. 첫번째 앉은 자가 먼저 읊었다.

어린 군주 의탁할 만한 재목 아님이 한스러우니　　深恨才非可托孤
나라 빼앗기고 임금 욕보이고 이 몸까지 버렸구나　　國移君辱更捐軀
지금 와 천지를 둘러보니 참괴할 뿐이로다　　　　至今俯仰慙天地
당년에 지레 스스로 도모치 못했음[21] 후회하노라　　悔不當年早自圖

두번째 앉은 자가 화답하여 읊었다.

선왕의 고명[22]을 받아서 총애 입음 두터우니　　　受命先朝荷寵隆
위급함을 앞두고 하찮은 몸 죽음을 아까워하랴　　臨危肯惜殉微躬
가련타 일은 그르쳤지만 이름만은 드높으니　　　可憐事去名猶烈
부자 함께[23] 의리를 취하고 어짊 이루었네[24]　　取義成仁父子同

---

21) 지레 스스로 도모치 못했음: 일이 더 악화되기 전에 스스로 목숨을 끊어 치욕을 멀리하지
못했다는 뜻. 남효온의 『육신전』에 "을해년에 세조가 선양을 받을 때, 팽년은 왕조의 일을 끝
내 구제하지 못할 줄 알고 경회루 못에 임하여 빠져 죽으려 했다. 삼문이 굳이 말리면서 이르
기를 (…) 팽년이 그 말을 따랐다"라고 한 것에 의하면, 첫번째 좌차(座次)의 주인공은 박팽년
이며 시 내용의 대상도 그 자신이다.
22) 선왕의 고명(顧命): 지금 임금의 선대 조정에서 임금이 유언으로 신하에게 나라의 뒷일을
부탁한 일. 『육신전』에 의하면 성삼문이 혹독한 국문을 당할 때 세조 옆에 있던 신숙주를 꾸짖
으며 세종이 집현전 유신들에게 왕손을 부탁했던 일을 거론한 바 있다.
23) 부자 함께: 성삼문(成三問)과 그 부친 성승(成勝)이 세조가 베푸는 연희에 참여하여 거사
하기로 한 것을 가리킴. 『육신전』의 「성삼문」조에 부자가 함께 일을 도모한 상황이 자세하게
서술되어 있다.
24) 의리를 취하고 어짊 이루었네: 제 몸을 버려 인의(仁義)를 완성했다는 뜻. 『육신전』 사평
(史評)에서 육신의 의의에 대해, "후세에 영원히 신하 된 자로 하여금 한마음으로 임금 섬기는
의리를 알게 하였다. 천금 같은 목숨을 한 가닥 터럭처럼 버려서 인(仁)을 이루고 의(義)를 취
하였다"라고 했다.

세번째 앉은 자가 나아가 아뢰었다.

절개 있는 사나이가 어찌 작록에 미혹되랴[25]　　　　壯節寧爲爵祿淫
고관으로 불러도 고사리 캐 먹을 마음 품었네[26]　　　金章猶抱採薇心
스러질 몸 한번 죽음을 뭐 아쉬워하랴　　　　　　　殘軀一死何須惜
통곡하네 제왕이 당시 침 땅에[27] 계셨음을　　　　　痛哭當年帝在郴

네번째 앉은 자가 시를 지어 읊조렸다.

미약한 신하가 나름 담대한 마음 있으니[28]　　　　微臣自有膽輪囷
어찌 패륜을 당해 차마 억지로 살랴　　　　　　　那忍偸生見喪倫
죽으며 지은 시[29]는 그 말 역시 착하나니　　　　　將死一詩言也善
두 마음 품은 사람들 참괴하게 할지로다　　　　　可能慙愧二心人

---

25) 절개 있는~미혹되랴:『육신전』에 의하면 하위지(河緯地)는 세조가 김종서를 주살하고 영
의정이 되었을 때 조복(朝服)을 모두 팔아버리고 선산(善山)으로 물러나 은거하였으며, 좌사
간(左司諫)으로 다시 불러도 나아가지 않았다.
26) 고관으로~품었네:『육신전』에 의하면, 세조가 단종으로부터 선양을 받고 난 후 하위지를
부르는 교서를 부지런히 내려 조정에 나오게 하였다. 하위지는 예조참판에 배수되자 그 녹을
얻어먹는 것을 부끄러워하여 한 방에 따로 쌓아놓고 먹지 않았다 한다.
27) 제왕이~침(郴) 땅에: 초의제(楚義帝)가 항우에 의해 침현(郴縣)으로 유폐된 것을 가리킴.
초의제는 결국 살해되어 침수(郴水)에 빠뜨려진다. 단종의 영월 청령포 유폐를 암유하는 표
현이다.
28) 미약한~있으니:『육신전』에 의하면, 이개(李塏)는 사람됨이 마르고 약했으나 엄한 형벌
을 받고도 얼굴빛이 변하지 않아 사람들이 장하게 여겼다 한다.
29) 죽으며 지은 시:『육신전』에 의하면, 이개는 성삼문과 같은 날 죽었는데 형장으로 향하는
수레에 실리기 전 다음과 같은 시를 지었다 한다. "천하 차지하는 것보다도 목숨이 중할 때는
삶이 역시 큰 것이지만, 기러기 털보다 목숨이 가벼운 경우에는 죽음이 오히려 영예로움이라.
밝도록 잠들지 못하고 옥문을 나서는데, 문종 임금의 현릉(顯陵)에 송백나무만 꿈속에 푸르더
라(禹鼎重時生亦大, 鴻毛輕處死猶榮. 明發不寐出門去, 顯陵松栢夢中靑)."

다섯번째 앉은 자가 물러나 엎드리며 슬프게 흐느끼니 마치 마음속에 묻어둔 말을 이루 다 표현할 수 없는 듯하였다.

슬프고 슬프도다 그 당시 뜻 어떠했던가　　　　哀哀當日意何如
죽을 뿐이지30) 죽은 뒤 명예를 어찌 논했으랴　　死耳寧論身後譽
천추에 가장 씻기 어려운 부끄러움은　　　　　　最是千秋難灑恥
집현전에서 논공 조서 초한 일31)이라네　　　　　集賢曾草賞功書

복건 쓴 자는 양손을 소매에 넣고 단정히 앉아 있었다. 스스로 절의로써 일생을 마친 사람이었다. 당시의 모의에는 참여하지 않은 듯했지만 안타까운 충의의 마음에 격분이 되어 곧이어 머리를 긁적이며 길게 읊조렸다.

눈을 들어 바라보니 산하는 옛날과 다른데　　　　擧目山河異昔時
새로 지은 정자에서 초나라 죄수처럼 슬퍼하네32)　新亭共作楚囚悲
흥망에 놀란 마음 간장이 찢어지고　　　　　　　　心驚興廢肝腸裂
충직과 간사에 격분하여 눈물 떨어지네　　　　　　慣切忠邪涕淚垂
율리의 맑은 기풍인 양 원량처럼 늙어가고　　　　栗里淸風元亮老

---

30) 죽을 뿐이지: 『육신전』에 의하면, 유성원(柳誠源)은 단종 복위 거사가 발각되자 다른 사람들과는 다르게 집으로 돌아와 자결하였다.
31) 집현전에서~초한 일: 『육신전』에 의하면, 유성원은 계유정난(癸酉靖難) 때 집현전에 혼자 남아 있다가 협박에 몰려 세조의 공을 주공(周公)에 비견하여 칭송하는 조서를 기초하였다.
32) 눈을 들어~슬퍼하네: 위진남북조시대에 강동으로 쫓겨간 동진(東晉)의 귀족들이 자주 신정(新亭)이란 곳에 모여 노닐었는데, 대장군 주의(周顗)가 탄식하며 "풍경은 비슷한데 눈을 들어보면 산하(강산)가 다르구나!" 하였다. 이에 서로 쳐다보며 눈물을 흘리자 승상 왕도(王導)가 추연히 정색하며 이르기를 "마땅히 모두 왕실을 위해 힘을 모으고 본토를 회복해야 하거늘 초나라 죄수 꼴로 마주보고 흐느끼는가?" 하였다 한다. 여기서 '풍경'은 강남의 새 땅을 가리키고, '산하' 혹은 '강산'은 낙양(洛陽)의 옛 땅을 상징한다.

수양산 치운 달인 양 백이처럼 주렸도다[33]　　　　首陽寒月伯夷飢

후세에 전할 만한 야사[34] 한 편 지어내니　　　　一編野史堪傳後

선악을 가르치는 천년의 스승 되었어라　　　　千載應爲善惡師

읊기를 마치고 자허子虛에게 부탁하니, 자허는 원래 강개한 사람이라
눈물을 문지르며 슬프게 읊조렸다.

지난 일을 누구에게 물어볼까?　　　　往事憑誰問

황량한 산에 흙무덤뿐이로세[35]　　　　荒山土一丘

정위새의 죽음[36]처럼 원한이 깊고　　　　恨深精衛死

두견새 시름[37]에 혼이 끊어지리라　　　　魂斷杜鵑愁

고국[38]을 어느 때나 돌아가려나?　　　　故國何時返

오늘 강루[39]에서 노닐고 있을 뿐이니　　　　江樓此日遊

33) 율리의~주렸도다:『육신전』의 사평 중 마지막 조사(弔辭)에서 "다른 사람의 곡식일랑 죽
은들 먹지 않으리니, 고죽군의 맑은 기풍이요 시상 땅의 밝은 달이라(他人之粟, 寧死不食. 孤竹
淸風, 柴桑明月)"라고 표현했다.

34) 후세에 전할 만한 야사: 남효온이 지은『육신전』을 가리킨다.

35) 지난 일을~흙무덤뿐이로세: 임제(林悌)가 28세 되던 해(선조 9년)에 감시(監試)에 진사
제3등으로 발탁되었던 작품「탕음부蕩陰賦」에서는 "천추에 남은 것은 흙무덤 하나뿐이지만,
밝은 해가 추상같은 절개를 비추는도다(一區土兮千秋, 赫日照兮秋霜)"라고 읊었다. 진혜제(晉惠
帝)의 시중(侍仲) 혜소(嵇紹)를 기리는 내용이다. 강개한 분위기는 위 작품과 동일하지만, 위
작품에서는 사육신을 바라보는 비극적 정서가 유독 두드러진다.

36) 정위새의 죽음:『산해경』「북산경」에 의하면 염제(炎帝)의 딸 여와(女娃)가 동해에서 노닐
다 빠져 죽은 후 정위(精衛)라는 새가 되어 서산의 돌을 물어다 바다를 메우려 했다고 한다.
또『술이기述異記』에 의하면 그 새가 스스로 '정위'라는 자기 이름을 부르며 나무와 돌을 물어
다 동해를 메웠고, '원금(寃禽)' '지조(志鳥)' 등의 별명이 있었다고 한다. 후대에 와서는 원한
이 있어 반드시 응보하려는 뜻이 있거나 어려움을 무릅쓰고 분투하는 사람을 상징한다.

37) 두견새 시름: 두견새는 촉나라 망제(望帝)의 넋으로서 망제가 신하의 처와 사랑에 빠져 왕
위를 선양하고 도망할 때 이 새가 울어 촉나라 백성들이 그의 춘정을 슬퍼했다고 한다. 여기
서는 선양하고 도성에서 멀리 떠나야 하는 상황을 빗대었다.

38) 고국: 초의제와 동진 귀족들의 사적(史跡)을 전거로 삼아 쫓겨오기 전의 옛 땅을 암유하고
있다.

39) 강루: '고국'에 짝하는 대구로서, 삶의 옛 자리에서 유리된 현재의 상황을 암유하고 있다.

슬프고 쓸쓸하게 불러보는 몇 가락 노래여　　　　悲凉歌數闋

달은 지고 갈대꽃 피는 쓸쓸한 가을이구나　　　　殘月荻花秋

　읊기를 마치자 좌중의 모든 이가 처연하게 흐느끼며 눈물을 흘렸다. 얼마 안 있어 갑자기 수범 같은 한 선비가 들어왔다. 키가 남들보다 월등히 크고 기상이 유달리 용맹하며, 얼굴은 대춧빛처럼 검붉고 눈은 별과 같이 빛났다. 문산의 의리, 중자의 맑음[40]으로 위풍이 넘쳐 보는 이로 하여금 절로 존경심이 일게 하였다. 그가 앞으로 나아가 왕을 알현하고 다섯 사람을 돌아보며 이르기를,

　"아! 썩은 유생들과는 큰일을 함께 이루지 못하겠구나"[41]

하였다. 이어서 칼을 뽑아들고 일어나 춤을 추면서 비분강개하여 노래를 하는데 그 소리가 마치 큰 종소리와 같았다.

바람 소슬하니 나뭇잎 지고 물결은 차다　　　風蕭蕭兮 木落波寒

칼 어루만져 긴 휘파람 불 제 북두성 비꼈도다　撫劍長嘯兮 星斗闌干

살아서는 충효 온전[42]하고 죽어서는 굳센 혼백[43] 되었도다

---

40) 문산(文山)의 의리, 중자(仲子)의 맑음: 송(宋)의 재상 문천상(文天祥)과 같은 의리, 초(楚)의 오릉(於陵)으로 은둔한 진중자(陳仲子)와 같은 청렴함.『육신전』「유응부兪應孚」조에서는 "키가 보통 사람보다 크고 청렴하기가 오릉중자 같았다. 재상이 되어서도 거적자리로 방문을 가리고 음식에 고기가 없었으며 때로 끼니가 떨어져 처자가 원망하였다"고 했다.

41) 아! 썩은~못하겠구나: 이본에 따라서는 이 부분이 더욱 강조된다. 임형택 교수 소장『백호고잡초白湖稿雜抄』에는 "아아! 썩은 선비와는 대사를 이루지 못하는구나. 당시에 나의 말을 들었다면 필시 오늘의 한이 없었을 것이다. 최후에 후회를 한들 쯧쯧 어쩔 것인가?"라고 되어 있고, 고대본『몽유야담夢遊野談』에는 "아! 애들과는 함께 도모할 게 못 되는구나. 내 말을 들었다면 어찌 후회가 있었겠느냐?"라고 부연되어 있다. 유응부의 무인적 면모가 도드라지는 대목이다.『육신전』에서는 성삼문 등을 돌아보며 이르기를, "서생과는 함께 도모할 게 못 된다고 하더니 정말 그렇다. 지난날 사신 초청 잔치 때 내가 칼을 시험해보고자 했는데, 너희 무리가 굳이 말리면서 '만전의 계책이 아니다'라고 하여 오늘의 화를 초래하였으니 너희는 사람으로서 도모함이 없으니 축생과 무엇이 다른가?"라고 되어 있다.

42) 충효 온전:『육신전』에 의하면 유응부는 생전에 청렴한 재상이었으며, 노모에게 지극히 효성스러워 모친을 위로할 수 있는 일이면 무엇이든 하였다고 한다.

生全忠孝 死作毅魂

그 도량 어떠한가 둥그런 명월이로다　　　　襟懷何似 一輪明月

쯧쯧! 함께 창업을 도모할 수 없는 썩은 유생들 누구라 탓하랴

嗟不可與慮始兮 腐儒誰責

노래가 미처 끝나지도 않았는데 달이 어두컴컴해지고 시름겨운 구름
이 끼더니, 비가 쏟아지고 바람이 몰아쳤다. 귀를 찢는 천둥소리가 울리
니 모두가 홀연히 흩어졌다. 자허도 놀라 깨어나니 한바탕 꿈이었다.

해월거사가 꿈 이야기를 듣고 통곡하며 시를 짓다

자허의 벗 해월거사[44]가 듣고는 통곡하여 말하기를,

"무릇 옛날부터 임금이 흐리멍덩하고 신하가 사리에 어두우면 마침
내 나라가 전복되는 지경에 이른 일이 많았네. 자네 이야기를 들어보니
그 왕 노릇 하는 자는 필시 현명한 임금으로 여겨지고, 그 여섯 사람도
모두 충의로운 신하임이 분명하네. 충의로운 신하들이 현명한 임금을
보필하였는데, 어찌 이리 참혹한 일이 있을 수 있단 말인가? 오호라! 세
력[45]이 그렇게 만든 것인가? 시운[46]이 그렇게 만든 것인가? 그렇다면

---

43) 굳센 혼백: 『육신전』에 의하면 유응부는 국문을 당할 때 세조에게 거침없이 말을 하였고
모진 고문을 조롱하면서 끝내 불복해 죽었다고 한다.
44) 해월거사(海月居士): 가공의 인물이다. 이본에 따라서는 '매월거사(梅月居士)'로 되어 있기
도 하여 이에 대한 엇갈린 견해를 촉발시킨다. 그러나 '자허'가 가공의 인물이면서도 생육신의
하나인 원호의 자(字)와 같아 그를 연결시키는 것과 마찬가지로 '해월거사' 또한 생육신의 하
나인 매월당 김시습을 연상시키기에 충분하다. 그러나 '자허'는 남효온을 비의한 복건 쓴 자보
다도 더 국외인의 위치에 있는 가공의 존재이므로 그 친구 해월거사도 매월당을 묘하게 연상
시키면서도 허구적으로 만들어낸 논평자다.
45) 세력(勢): 원문은 '세(勢)'이지만 현실적 힘으로서의 '세력'이라 개념화해보았다. 물론 인
간 현상의 배후적 힘으로서 '운세'라 번역할 수도 있다.

불가불 세력과 시운에 원인을 돌려야 하고, 또한 하늘(天)에도 돌리지 않을 수 없네. 하늘에 원인을 돌린다면 복선화음[47]은 하늘의 도가 아니었던가? 무릇 하늘에 원인을 돌릴 수 없다면 캄캄하고 막연하여 이 이치를 이해하기 어려우니, 우주는 아득하여 다만 지사(志士)의 한을 보탤 뿐이로세"

하고, 율시 한 수를 읊었다.

만고의 슬픈 뜻을 지니고	萬古悲凉意
높은 하늘을 한 마리 새가 지나가누나	長空一鳥過
동작대[48]도 쓸쓸한 안개에 스러지고	寒煙鎖銅雀
장화대[49]도 가을 풀 속에 묻혔도다	秋草沒章華
쯧쯧! 요순 임금은 멀기만 하고	咄咄唐虞遠
분분히 탕왕 무왕만 많았던 세월[50]	紛紛湯武多
달이 밝아 상강(湘江)[51] 드넓은데	月明湘江闊

46) 시운(時): 원문은 '시(時)'이지만 현상을 추동하는 운세의 힘로서 '시운'이라 개념화해보았다. 왕충의 『논형』「명록命祿」에서는 인간이 일을 행하는 데 있어서 지(智)·우(愚), 청(淸)·탁(濁)은 성품이나 재능이지만, 벼슬살이와 치산의 부귀빈천(富貴貧賤)은 명(命)과 시(時)라고 개념화했다. 지혜로운 자는 후자에 대해 하늘로 원인을 돌리고 마음을 편안히 가진다고 했다.

47) 복선화음(福善禍淫): 착한 이에게 복을 주고 악한 이에게 화를 내림.

48) 동작대(銅雀臺): 조조(曹操)가 자신이 죽은 후에도 처첩들이 서릉(西陵)을 바라다볼 수 있도록 높다랗게 축조한 누대. 그 주위의 전각이 120칸이며 서까래와 들보가 이어져 하늘에 닿을 정도였다고 한다. 누대 앞에 거대한 공작을 주조하여 세웠기에 '동작대'로 일컬었다. 그 옛터가 지금 하북성(河北省) 임장현(臨漳縣) 서남쪽 고업성(古鄴城)에 있다. 영웅의 풍류도 결국 무상한 역사의 뒤안길로 묻혀버린다는 상징성을 지니고 있다. 후인들이 그 뜻을 슬피 여겨 「동작대」 혹은 「동작기銅雀妓」라는 악부를 만들었다 한다.

49) 장화대(章華臺): 춘추시대 초영왕(楚靈王)이 세운 이궁(離宮)의 이름. 그가 이 대를 세우자 초나라 백성이 흩어졌다고 한다. 화려한 건축물과 황음한 잔치로 인하여 초나라가 망하는 재앙을 불러온 사적으로 유명하다.

50) 요순 임금은~많았던 세월: 정당하게 선양하고 또 선양받았던 제왕으로서의 요임금, 순임금은 아득히 먼 사적이 되고, 후대 찬탈자의 빌미가 되었던 탕왕과 무왕이 빈번하게 출현했다는 뜻. 앞의 주 13), 14) 참조.

51) 상강(湘江): 이 작품의 공간적 배경. 장사(長沙)를 관통하는 강으로서 침강(郴江)의 본류다.

시름겹게 죽지가^{竹枝歌52)}를 듣노라 愁聽竹枝歌

그리고 또 스스로 해명하여 말했다.

"세상에 제 몸을 부귀롭게 하려 한 자가 고금에 어찌 한이 있겠는가마는, 대개 시운과 세력에 구애되고 또한 범할 수 없는 명분과 의리가 있기 때문에 이를 크게 두려워했던 것이네. 만약 명분과 의리의 중함을 헤아리지 않고 스스로 시운과 세력만을 차지해서 오로지 꾀와 힘으로 이기고자 했다면 참람되이 훔치지 않은 자가 드물었을 것이네. 명분과 의리는 만고의 '떳떳한 표준'이요, 시운과 세력은 한때의 '임시적 행위'일 뿐. 임시를 행하면서 표준을 폐한다면 난신과 역적이 발자취를 이어 일어날 것이니, 어찌 더욱 두렵지 않겠는가!"

자허가 "좋다!" 하고 이에 기록하였다.

---

52) 죽지가(竹枝歌): 본래는 촉(蜀) 지방의 민요인데 당(唐) 유우석(劉禹錫)이 파유(巴渝)로 귀양갔을 때 듣고 신악부(新樂府)로 지어 유명해졌다. 반면 송(宋) 소식(蘇軾)은 초(楚) 지역의 이비(二妃), 굴원, 회왕, 항우 등의 비극적 사적을 소재로 1편 9장의 긴 노래를 만들기도 했다. 그후로 이 노래는 독특한 지방색을 담은 악부시의 대명사가 되었다. 이제현의 『익재난고』 권 4에서는 급암(及菴) 민사평(閔思平)에게 별도의 「소악부」 짓기를 권면하면서 「죽지가」의 다양한 경향을 언급한 바 있다.

시
름
성

이 작품은 조선 전기 우언문학의 백미라 할 수 있다. 양식적으로는 가전체와 몽유록의 양식을 아우르고 고전산문의 다양한 문장 형식을 적재적소에 활용하여 형성기 소설사의 또하나의 이정표를 세웠다. 뿐만 아니라 제재적으로는 조식의 「신명사도명神明舍圖銘」과 김우옹의 「천군전天君傳」에서 나타낸 성리학적 수양론을 끌어와 인간의 심리를 다루면서도 역사의 모순과 지식인의 현실적 대응의 문제를 제기했다.

따라서 표면적으로는 성리학적 기존 통념을 전체 구조에 활용하면서도 이면적으로는 그것을 심하게 뒤틀어놓았다는 점에 주의하여 읽지 않으면 작품의 진면목을 알기 어렵다. 말하자면 형식과 내용의 심한 불일치를 해학과 골계를 통해 교묘하게 봉합함으로써 걸출한 문학적 형상화를 꾀하였다는 점에 주목하여 작품의 특징을 찾아야 한다. 즉, 이 작품을 철학적으로 문제삼을 때는 정면보다는 측면의 사상을 중시해야 하고, 문학적으로 접근할 때는 소재보다는 미의식과 수법을 통한 작가 정신과 주제의식을 평가해야 하며, 문학사적 위상을 논할 때는 16세기 사대부 사회의 분열과 새로운 모색의 자취로서 의미를 부여해야 한다.

작가 임제林悌, 1549~1587는 조선조 시단에서 염정시艶情詩와 변새시邊塞詩 등의 개성 있는 시풍으로 이름이 난 독특한 시인이지만, 우언소설의 개척자로서도 독보적 위치를 차지하고 있다. 그는 이 작품 이외에도 「원생몽유록元生夢遊錄」이나 「화사花史」「유여매쟁춘柳與梅爭春」 등을 통해 당대의 민감한 역사 사건과 중세적 역사의식을 우언화하였고, 「의마부意馬賦」 등에서는 자신의 성리학적 수양 과정을 우의로 나타낸 바 있지만, 이 작품은 그 같은 일련의 작업의 결산이자 대표작이라 할 만하다. 그가 지었다고 전해지는 여러 우언 작품 가운데 유독 「의마부」와 「수성지愁城誌」만이 초간본 「백호집白湖集」에 수록되었다. 허균은 「학산초담鶴山樵談」 장19에서 염정시에 얽힌 시화詩話를 소개하며 작가의 호쾌한 성품을 칭송하였고, 아울러 그의 산문을 언급하면서 "그의 문장은 흔히 볼 수 없는 것들이다. 이른바 「수성지」라는 작품은 태고의 매듭글자가 생긴 이래 특별한 글이니, 천지간에 나름대로 이런 문자가 없어서는 안 될 것이다"라고 하여 극찬을 아끼지 않았다.

이 작품은 1581년선조 14, 작가의 나이 33세 전후에 지어진 것으로 추정된다. 이식의 증언(『택당선생 속집』 제1권 「다섯 평사評事의 노래 및 머리말」)에 의하면 작가가 북도평사北道評事에서 서도평사西道評事로 전직되어 부임할 적에 어사御史의 의장대儀仗隊를 고

의로 범하여 탄핵을 받았는데, 이 일이 있은 후 이 작품을 지어 자신의 평소 생각을 드러내 보였다고 한다. 이때가 대개 1580~1582년선조 13~15의 일이다.

이 작품은 인간의 마음을 천군天君이 다스리는 나라에 빗대어 마음의 혼란과 평정 과정을 그려 보이고 있다. 작품은 모두 세 부분의 서사 내용으로 구성되어 있다. ①원형, ②혼란, ③회복이 그것인데, 작품에서는 천군의 연호에 따른 시간적 흐름으로 환유하고 있다. ①'강충降衷 원년과 2년', ②'복초復初 원년', ③'복초 2년'의 사건들이 각각 원형-혼란-회복의 과정을 우의하고 있는 것이다. 여기서 강충과 복초는 성리학적 수양론을 배경으로 하는 어휘이며, 작품 구성에 핵심적 개념으로 작용하고 있다. '강충'은 인간에게 주어진 본성을 유지하는 데는 선험적 도리를 깨달은 선각자의 가르침이 필요하다는 개념을 전제로 한다. 또 그와 짝하여 깨달음이 없고 타락하기 쉬운 후각자는 그 가르침을 따를 필요가 있고, 그러한 교화를 위한 통치 권력도 요구하게 된다. 따라서 '강충'이라는 개념은 그 안에 이미 원형-타락-회복의 과정을 포함하며, 이는 자연스럽게 '복초' 개념과 연결된다. 이 전 과정이 바로 성리학적 '복초론'이다. 그러나 작품의 전개는 ①에서만 성리학에 충실한 복초론을 보여줄 뿐이며, ②와 ③에서는 역사적 모순과 그 대안을 때로는 고심참담하게 때로는 골계적으로 묘사하여 엉뚱한 '복초론'을 전개하고 있는 셈이다. 이는 작품의 미감을 점점 반어와 역설로 이끌어간다.

이 작품을 깊이 이해하기 위해서는 「천군전」, 「원생몽유록」 등의 연장선 위에서 음미하는 것도 좋은 방법이다. 이 작품의 처음 부분은 「천군전」의 핵심을 재현했다. 작품의 ① 부분은 원형으로서의 심리적 태평을 환유한 것이 아니라 마음의 혼란을 수습하고 안정시키는 방법을 「천군전」식으로 제시하고 있는 것이다. 이는 「천군연의天君演義」 이래의 성리학적 우언소설에서 혼란과 회복 과정의 분량을 크게 늘려 소설적 흥미를 배가하는 경향과 좋은 대조를 이룬다.

반면에 주인공이라 할 '천군'의 기본 표지는 의외로 '강개한 선비'이다. 특히 고금의 영웅을 개탄하고 역사를 음미하는 독서인이자 문학가로서의 면모가 강조되고 있다. 그 같은 성격의 소유자가 지닐 수밖에 없는 마음의 불평은 어찌 보면 당연한 것이다. 따라서 성리학적 수양론에 의해 일단 안정을 되찾았다는 ①의 내용은 몰개성의 대가로 선험적 원리에 안주한 것이며, 하나의 갈등 요소를 안고 있는 작품의 복선으로 작용한다.

②는 장대한 역사 기행이다. 역사의 희생자들을 네 부류로 나누어 일일이 관찰하고 조문하는 행위로 묘사되고 있다. 그것은 동아시아의 지식인이라면 역사서에서 숱하게 목도해온 인간의 모순에 비분강개하는 상황을 환유한다. 특히 충의문忠義門의 마지막 부분에서 난파학사鸞坡學士와 호두장군虎頭將軍 대여섯 명을 묘사하는 부분은 치열한 역사

의식의 정점을 보여준다. 그 이유는 「원생몽유록」에서 정면으로 다루었던 사육신 사건을 암유하고 있기 때문이다. 하지만 「원생몽유록」과 다른 점은 그러한 비극적 역사가 수도 없이 반복됨을 보여주고 있다는 것이다. 도처에서 끝없이 목도되는 역사의 희생자들. 충의문, 장렬문壯烈門, 무고문無辜門, 별리문別離門으로 범주화했지만, 천군의 명으로 그것들을 하염없이 기록하는 관성자管城子에게는 그야말로 괴물같이 꾸역꾸역 다가오는 역사의 부패된 분비물이었다. 관성자는 결국 '눈물이 마르고 머리털은 다 빠져서 이루 다 적기 어려운 형국'이 되어 천상으로 도망하지만, 또다시 견우와 직녀를 만나 어쩔 수 없이 수성 밖으로 되돌아간다. 그렇지만 여기서 끝이 아니었다. 성 밖에서 어떤 사람이 기다리고 있다가 관성자를 심히 나무란다. 귀신의 명단만 뒤적일 게 아니라 이 세상 사람을 조금 되돌아보라는 것이다. 그는 자신을 '당세의 호걸'이라 일컬으면서 칠언율시 한 수를 들려준다. 그것은 작가 임제의 일생을 보여주기 위한 반짝 출현임과 동시에 역사의 모순이 현재진행형임을 보여준 것이다. 비장과 해학이 뒤섞이며 날카로운 파열음을 내는 현장이다.

③은 반어적 회복 그 자체다. 어디를 가든 피할 길 없는 역사의 모순으로부터 극도의 불안감을 느끼고 있는 천군의 나라는 어찌해야 하는가? 그것은 어처구니없게도 국양장군麴釀將軍의 수성愁城 정복에 의해 천군의 복초 정치가 완성된다는 내용이다. 역사적 모순이라는 사회적 의제와 마주해 성리학적 수양론으로는 마음의 평정을 담보하지 못하고, 술의 힘을 빌려 문제에 대한 과도한 집착을 떨쳐버림으로써 평상심을 되찾게 된다는 대응책을 독자는 과연 있는 그대로 받아들일 수 있는가? 별도리 없이 이면을 생각하지 않을 수 없다. 애초 '복초'의 정치는 무엇을 환유換喩하는가? 성리학적 수양론과 도취陶醉, 술이 거나하게 취함의 미학이 충돌하는 이 작품에서 '복초론'은 무엇을 우의寓意하고 있는가? 그것을 냉랭한 반어가 아니라 훈훈한 역설이나 골계로 해석할지 어떨지는 결국 독자의 몫이다.

그렇다면 이같이 열려 있는 작품의 의미는 어떻게 형성되는 것인가? 이 작품도 「원생몽유록」과 마찬가지로 가상적 원리에 의해 제작된 '우언소설'이라는 점을 이해해야 한다. '천군'이라는 주인공이 비록 유학적 연원을 가진 개념이지만, 그 자체로는 사람의 마음이 몸을 지배한다는 관념을 반영할 따름이다. 철학사에서는 마음이 어떠한 요소로 이루어져 있고, 또 몸은 바깥 사물과 어떻게 관련되는가에 대한 견해에 따라 다양한 논쟁이 전개되고 학파가 갈린다. 이 작품에서 문제제기는 '강충'이나 '복초'로 대표되는 인간의 수양론과 '수성'으로 상징되는 인간 역사의 모순을 어떻게 종합하느냐는 의문으로부터 비롯된다. 이 같은 의제는 조선의 철학사에서는 매우 낯선 것이었다. 성리학 일색이었던 상황에서, 그것도 인간 심리의 수양론으로 심하게 경도되었던 지성계의 풍토 속에서 기껏해야 정도전의 실험과 허균의 반발을 꼽을 수 있지만 그 모두 반역의 이름으로 끝나고 말았다. 물론 조식의 철학이 정통 성리학과 이단적 성리학의 틈새에서 심성론에 기초하여 외부적 실천을 강조하는 면모를 보였지만, 그것은 오히려 성리학적 수양론의 철저한 실천에 초점을 모은 것이며 때로는 그것이 극단에 흘러 지행합일知行合一을 주창했던 양명학적 면모를 지닌 것으로 의심되기도 했다. 따라서 당대의 풍토가 「수성지」가 제기한 의제를 용납하지 않았다고 할 때, 작가는 정명론正名論적 글쓰기에서 벗어나 가상의 글쓰기를 구사할 수밖에 없었을 것이다. 더구나 '사육신 사건'과 같이 16세기 지식인 사회의 '뜨거운 감자'로 재현되었던 논제는 우언적 글쓰기를 제외하고는 달리 방법이 없었을 터이다. 그러므로 이 작품은 '철학 말하기'와 '역사 말하기'를 종합한 우언소설로서 독해해야 그 의미가 비로소 드러난다.

이 작품은 많은 한문 이본들이 있지만 1621년 초간된 목판본 『백호집白湖集』에 수록되어 이본끼리 문면상의 큰 차이를 보이지는 않는다. 따라서 초간본의 문면을 대본으로 삼되, 장효현 외 4인이 펴낸 『(교감본 한국한문소설) 우언우화소설』(고려대학교 민족문화연구원, 2007)을 참고하여 보완하기로 한다. 초간본이 원문에 가장 가까운 이본이기는 해도 오자나 탈자가 존재하는 등 원본 자체는 아니기 때문이다. 한편, 필사본 이본 가운데는 난해한 구절에 대해 주석을 가한 것들이 있다. 낙은문고본(고 강전섭 교수 장서) 「수성지」와 한국학중앙연구원 소장 「수성지」(『소려록銷慮錄』에 수록)가 대표적인데, 이 책의 주석에서 적극적으로 활용하였다. 또한 리철화 역주, 『임제·권필 작품선집』(조선문학예술총동맹출판사, 1963), 김광순 역주, 『수성지·천군본기』(형설출판사, 1982), 신호열·임형택 역주, 『(역주) 백호전집 (하)』(창작과비평사, 1997)의 역주본을 두루 참고하였다.

강충 원년: 천군이 즉위하여 태평의 정사를 이루다

천군[1]이 즉위한 해는 강충[2] 원년이었다. 인仁 의義 예禮 지智라 이르는 것들은 각기 그 단서[3]에 합당한 직위에서 직책 수행하기를 오직 부지런

1) 천군(天君): 하늘의 이치를 온전히 품부받아 신체를 통솔하는 사람의 '마음'을 환유한다. 『순자』「천론天論」에서는 이(耳)·목(目)·비(鼻)·구(口)·형(形)은 각자의 기능만을 지니고 있는 '천관(天官)'인 반면에 심(心)은 가운데 빈 곳에 거처하면서 이 다섯 관리를 다스리므로 '천군(天君)'이라 일컫는다고 했다. 그래서 성인은 그 천군을 맑게 하여 바르게 한다고 비유하였다. 또 같은 책 「해폐解蔽」에서는 "마음은 형체의 임금이요 신명의 주체여서 명령을 내리지만 받지는 않는다"고 하였다. 조식의 〈신명사도〉에서는 '신명사'에 거하는 '태일군'으로, 김우옹의 「천군전」에서는 건원제(乾元帝)의 아들인 '천군'으로 표현했다.
2) 강충(降衷): 하늘이 사람에게 착한 마음을 내려주는 것 혹은 그 마음. 주자를 비롯한 성리학에서는 그 마음을 인간의 본성인 오상(五常), 즉 인(仁)·의(義)·예(禮)·지(智)·신(信)을 치우침 없이 하늘이 내려주었다고 풀이한다. 『서경』「탕고湯誥」에 "아! 크신 상제께서 만방의 백성들에게 '정성스런 속마음(衷)'을 내려주셨다"라고 했다.
3) 단서(端緒): 어떤 원리가 현상으로 드러나는 발단. 인·의·예·지의 네 단서, 즉 측은(惻隱)·수오(羞惡)·사양(辭讓)·시비(是非)의 마음을 원관념으로 삼아 천군의 신하로 의인화하고 각기 중요 직책을 맡았다고 환유했다.

하게 하고, 희喜 노怒 애哀 낙樂이라 하는 것들은 모두 중용의 도리에 총괄 되어 발동하면 절차에 맞고[4], 시視니 청聽이니 언言이니 동動이니 하는 관리들은 모두 예의로 통일되어 네 가지 하지 말 것[5]으로써 제어된다. 이 때에 천군은 두 손 모으고 영대[6]에 높다랗게 앉아 정사를 돌보니, 모든 지체가 명령을 따른다. 솔개가 나는 하늘이나 물고기가 뛰노는 연못[7]이 그의 소유 아님이 없고, 오동나무에 걸린 달이나 버드나무에 이는 바람[8] 도 그의 수승한 기상이 아님이 없었다. 순임금의 금琴 다섯 줄[9]을 수고 롭게 타지 않아도 되니 요임금의 흙계단 삼 척[10]인들 필요하겠는가? 꽁

---

4) 중용의~절차에 맞고: 『중용』에서 말한 "희(喜)와 노(怒)와 애(哀)와 낙(樂)이 발하지 않은 적을 중(中)이라 이르고, 발하여 다 절차에 맞음을 화(和)라 이른다"는 대목을 용사한 것이다. 희로애락을 천군의 통치영역 안에 있는 관리 혹은 백성으로 의인화하고 그들이 중용의 도리 를 잘 구현하고 있다고 환유했다.

5) 네 가지 하지 말 것: 사물(四勿), 즉 예(禮)가 아니면 보지 말며, 듣지 말며, 말하지 말며, 움 직이지 말라는 네 가지 가르침. 시청언동을 천군의 통치대상으로 의인화하고 그 제어방식을 '사물'로 환유했다. 한편 〈신명사도〉에서는 '대장기(大壯旂, 어질고 사리에 밝은 사람)'의 '기미 살핌〔審幾〕'으로 도상화하고, 「천군전」에서는 대장군 '극기(克己)'가 '사물기(四勿旂)'를 세워 전투의 선봉이 되는 것으로 서사화했다. 이들은 심성수양론의 핵심 개념을 우의한 셈이지만, 여기서는 천군의 초년 정치가 평화롭게 진행되었다는 하나의 상징적 전제에 지나지 않는다.

6) 영대(靈臺): 마음이나 머리를 환유한다. 원래 '영대'는 고대 제왕들이 천문을 관측하는 곳으 로 걸주(桀紂)와 주문왕(周文王) 등이 세웠다고 하지만, 여기서는 도가 혹은 도교의 의미를 차 용하여 마음을 비유했다. 〈신명사도〉의 '신명의 집〔神明舍〕'과 「천군전」의 '신명전(神明殿)'에 해당된다. 도가 원전은 원문 주석 참조.

7) 솔개가 나는 하늘이나 물고기가 뛰노는 연못: 이 두 구절은 『시경』 「대아·한록旱麓」의 "연 비려천(鳶飛戾天), 어약우연(魚躍于淵)"을 용사한 것이다. 그런데 이 두 구절은 『중용』 제12장 에서 인용하여 도체(道體)의 광범위한 쓰임새와 은미함을 상징하는 구절로서 더 유명하다. 여 기서는 『중용』의 취지에 따라 천군의 통치영역이 도체의 활발함과 은미함을 모두 포괄하고 있다는 점을 환유한다.

8) 오동나무에 걸린 달이나 버드나무에 이는 바람: 송대 성리학자 소옹(邵雍)의 시구절이다. 정호(程顥)는 소옹이 진정한 호걸의 풍류를 나타냈다 하였고, 정이(程頤)는 그가 급류중에 있 어도 저 같은 달이나 바람을 통해 10년의 쾌락을 너끈하게 취할 것이라고 비평했다. 여기서는 솔개와 물고기에 대응하여 천군의 태평한 기상을 환유한다.

9) 순(舜)임금의 금(琴) 다섯 줄: 순임금이 오현금(五絃琴)을 타며 〈남훈가南薰歌〉를 불러 백성 들의 원망을 풀어주자 천하가 다스려졌다고 한다. 『예기』 「악기」, 『사기』 「악서」, 『한시외전』 등에 전한다.

10) 요(堯)임금의 흙계단 삼 척: 요임금의 거처는 흙계단 3척의 높이에 불과했고, 띠풀이 자라 나도 베어내지 않을 만큼 검소했다고 한다. 토계삼척(土階三尺) 모자부전(茅茨不剪)의 고사를

꿍 묶을 만한 욕심 호랑이[11]도 없으며 무너뜨릴 만한 분노의 산[12]도 없으니, 온 누리에 누구라도 "임금다운 임금이로세"라고 말하지 않겠는가!

강충 2년: 주인옹이 간하여 개혁정치를 펴고 복초로 개원하다

강충 2년이 되자 정신이 맑고 모습이 고아한 한 늙은이가 스스로 '주인옹'[13]이라 일컬으며 다음과 같이 상소문을 올렸다.

"깊이 생각건대, 위기는 안일함에서 생기고 어지러움은 다스림에 맞닿아 있습니다. 그러므로 예기치 못한 변고와 까닭 없는 재앙에 대해 밝은 임금은 신중합니다. 『주역』에 이르기를 '서리를 밟으면 곧 단단한 얼음이 닥치리라' 하였으니, 무릇 조그만 징조라도 경계해 미리 예방하고 젖어듦을 방지해야 한다는 뜻입니다. 아직 어찌 되지 않은 것을 밝히는 것은 철인哲人, 어질고 사리에 밝은 사람의 큰 살핌이요, 이미 어찌 된 것에 매달리는 것은 용인庸人, 평범한 사람의 비루한 소견입니다. 무릇 철인의 살핌에는 어둡고 용인의 소견만을 지킨다면 어찌 위태롭지 않겠습니까? 지금 임금께서는 이미 다스려지고 이미 평화롭다고 스스로 생각하시지만, 한 치의 싹이 터서 천 길 나무가 되고 한 잔의 샘물이 흘러 강물이 천하에 가득해지는 줄 전혀 알지 못하십니다.

또 한 나라의 기초가 아직 군건하지 않은데, 오로지 글을 짓고 문사文史

활용했다.
11) 욕심 호랑이: 욕심을 매우 위험한 호랑이로 비유했다.
12) 분노의 산: 분노를 매우 거대한 덩어리인 산으로 비유했다.
13) 주인옹(主人翁): 마음의 또다른 모습이다. 천군이 성(性)·정(情)을 아우르는 통합적 마음의 형상이라면, 주인옹은 이성적 혹은 의지적 마음의 형상이다. 『소려록』본에서는 "또한 마음이나 위의 '마음'과는 조금 다르다"라고 주해했다. 주인옹은 이 대목 말고도 천군의 나라가 크게 혼란에 빠질 때 다시 한번 등장하여 수습책을 건의한다.

만 섭렵하시니, 밤낮으로 친근한 자들은 도홍과 모영[14]의 무리 네 사람 뿐입니다. 또 고금의 뛰어난 인물을 개연히 상상하여 항상 그들만 생각하시나, 그러한 무리는 난리를 일으키기가 쉽습니다. 바라옵건대 군상君上께서는 충성스러운 신하들의 충고를 받아들여 화평한 정치를 펼치시옵소서. 그리하시면 이른바 형체 없음에서 살피고 소리 없음에서 듣는다[15]는 것이니, 아마도 엎어지고 자빠져서야 돌이켜 생각하리라는 풍자[16]를 면하게 될 것입니다. 지극히 간절한 마음을 살펴주시옵소서."

천군이 상소를 다 보시고는 마음을 비워 간언을 받아들이기는 했지만, 옛 서책에 재미를 붙여 고금의 일을 읊조리며 노니는 일을 끝내 그만두지 못했다. 주인옹이 또 와서 간하였다.

"신은 정으로는 골육을 나눈 형제보다 더하고, 의리로는 기쁨과 슬픔을 함께해온 처지입니다. 어찌 위험한 환란을 앉아서 데면데면 바라보고만 있겠습니까? 무릇 지금을 논하고 옛날을 조문하는 것이 본심을 간직하는 데 도움이 안 되고, 벼루 갈고 붓 휘갈기는 일이 본심을 기르는 데 무슨 보탬이 되겠습니까? 대개 사단[17] 가운데에서 부끄러워하고 미워하는 마음으로 일을 처리하고 옳고 그름을 지론으로 삼아 사리를 따지며, 밖으로 감찰관[18]과 서로 교통하여 분에 넘치게 비분강개하고 의기 드높고 깐깐해 다른 사람의 의견을 받아들이려 하지 않는 것은 나라

---

14) 도홍(陶泓)과 모영(毛穎): 문방사우(文房四友) 가운데 벼루와 붓의 의인화.
15) 형체 없음에서 살피고 소리 없음에서 듣는다: 당태종의 신하 장온고(張蘊古)의 「대보잠大寶箴」에 나오는 구절이다. 『고려사』에 공민왕이 이를 강(講)하였다는 기록이 있으며, 『십구사략』에도 임금의 통치술로서 인용되어 있다.
16) 엎어지고 자빠져서야 돌이켜 생각하리라는 풍자: 『시경』 「진풍陳風 · 묘문墓門」의 내용을 인용했다. 어떤 사람이 어질지 못함을 나라 전체가 알고 심지어 올빼미까지 노래하여 외치지만 돌아보지 않다가 낭패를 당한 다음에야 생각하게 된다는 풍자의 노래다.
17) 사단(四端): 인의예지의 단서. 인간의 네 가지 도덕적 본심이 구체적인 일에 드러나게 될 때 그 실마리가 되는 정서를 가리킨다. 『맹자』는 그것을 구체적으로 '측은 · 수오 · 사양 · 시비'의 마음으로 설명했다.
18) 감찰관(監察官): 살피는 관리. 눈(眼)을 천군의 관리로 의인화했다.

를 안정시키는 도리가 전혀 아닙니다.

물론 이러한 일이 전혀 없을 수는 없겠지만 그렇다고 너무 지나쳐서도 안 될 일입니다. 비유컨대 추위와 더위, 바람과 비가 모두 천지의 기운 아님이 없지만, 차례를 어기면 변괴가 되고 때를 잃으면 재앙이 되는 것과 같습니다. 양기가 널리 퍼지고 음기가 걷히며, 바람이 조화롭고 비가 알맞게 내리도록 하는 것은 바로 정치를 어떻게 조화롭게 하느냐에 달려 있습니다. 원컨대 군상께서는 천·지·인에 참여하는 큰 지위에 있음을 염두에 두시고 만물의 운명을 맡아 쥐고 있음을 생각하십시오. 그리하여 중화中和의 도리를 살피어 천지天地의 일에 참여한다면, 어찌 위대하지 않겠습니까! 아름답지 않겠습니까!『서경』에 이르기를, '치우치지도 말고 기울어지지도 말라. 그리하면 왕의 길이 평평해지리라' 하였으니, 원컨대 오직 이것만을 마음에 두어 잊지 마시고 임금으로서 게으름과 편벽함을 경계하신다면 더없이 다행이겠나이다."

천군이 다 듣고는 측은한 마음이 일어 주인옹을 불러 인견引見, 임금이 신하를 만나보던 일하고, 반무당19) 연못가에 앉아 다음과 같이 조서를 내렸다.

"오라! 너희 춘관春官 인仁과 하관夏官 예禮와 추관秋官 의義와 동관冬官 지智, 그리고 오관20) 칠정七正21)은22) 모두 짐의 말을 들으라. 내가 하늘의 밝은 명을 받아서는 이를 돌아보지 못하고, 너희로 하여금 오래도록 그 직책을 비우게끔 하였도다. 혹 법도에 맞지 않음이 있어도 스스로 옳다고

---

19) 반무당(半畝塘): 샘물의 근원이 끊이지 않고 솟아나 거울과 같이 맑게 열린 100평 정도 크기의 연못. 주자(朱子)의 시에서 연유하는데, 항상 청명함을 간직하는 마음 본체를 상징한다.
20) 오관(五官): 사람의 다섯 감각기관인 눈, 귀, 코, 입(혀), 피부(몸). 관(官)은 벼슬아치라는 뜻과 관장한다는 관(管)의 이중적 의미를 지니고 있다.
21) 칠정(七正): 일곱 명의 정(正) 벼슬아치. '정(正)'은 정(情)의 음을 따서 가차(假借)했다는 원주가 달려 있다. 희로애락애오욕(喜怒哀樂愛惡慾)의 칠정(七情)을 원관념으로 하여 실무 책임을 맡은 일곱 관리로 환유한 것이다.
22) 너희 춘관~칠정은: 사단과 오관·칠정을 신하로 의인화했다. 결국 선악과 관련되는 성정과 감각기관을 총칭하여 마음의 의인화인 천군에 관련시키고 있다.

여겼으니, 높은 뜻에 격동하고 호탕한 기분에 이끌렸음이라. 마치 시축이 부엌살림을 참견[23]하듯 장차 직분을 넘어서는 일이 있을지니, 어찌 어린애가 뿔송곳을 차는 것[24]처럼 참월하다는 풍자가 없을 수 있겠는가? 아! 나 한 사람이 잘못할 때는 너희 때문이 아니지만, 너희에게 허물이 있으면 그 책임은 나 한 사람에게 있다. 하늘의 이치는 아주 없어지지 않으니 머지않아 다시 옳게 회복될 것이다. 마땅히 함께 힘써서 다시 시작하여 초년의 정치를 이어가도록 하고, 내가 부여한 중한 임무에 허물이 없게 하라."

모든 신하가 "알겠습니다" 하였다. 이에 연호까지 고치는 개혁을 수행하여 '복초'[25]라 하였다.

복초 원년 추8월: 나라에 시름이 일고 나라 밖 사람들이 찾아와 거처하다

복초 원년 추8월에 임금이 무극옹[26]과 함께 주일당[27]에 앉아서 인심

---

23) 시축(尸祝)이 부엌살림을 참견: 『장자』 「소요유」의 '시축불월존조이대지(尸祝不越尊俎而代之)' 구절을 용사한 것이다. 주방장이 부엌을 제대로 간수하지 못해도 제사를 주관하는 사람인 시축이 제사상을 넘어가서 대신하지 않는 법인데 그 반대로 한다는 뜻이다.
24) 어린애가 뿔송곳을 차는 것: 『시경』 「위풍魏風 · 환란芄蘭」의 '동자패휴(童子佩觽)' 구절을 용사한 것이다. 뿔송곳은 매듭을 푸는 도구로서 성인의 장식물인데, 어린 임금이 그것을 차고는 오히려 뭇 중신의 지혜를 업신여기므로 그 오만함을 풍자하는 구절이다.
25) 복초(復初): 원래 『장자』 「선성繕性」, 『예기』 「왕세자王世子」에서 도 · 덕으로의 회복이나 병의 치유라는 맥락으로 사용된 용어지만, 주자의 『사서집주』, 특히 『대학』에서 성인 혹은 선각자에 의해 제시된 표준에 따라 인간의 처음 본성을 회복해야 한다는 성리학적 수양론의 개념으로 사용되었다. 윤주필, 「수성지의 삼단 구성과 그 의미」(『한국한문학연구』 11집, 1990) 참조.
26) 무극옹(無極翁): 성리학에서 말하는 원시 우주의 근원적 모습인 '무극(無極)'의 의인화. 주돈이(周敦頤)가 「태극도설」에서 "무극이면서 태극"이라는 개념을 제시하여 원시 공간에도 이미 근원적 이치가 내재되어 있음을 최초로 밝혔다고 평가된다. 때로는 '무극옹'을 주자(周子)의 별칭으로도 사용한다. 주인옹이 판단과 실천의 면모가 강한 데 비해 무극옹은 원리적 요소

과 도심에 대해 깊이 연구하고 있는데 갑자기 일곱 정正 가운데 애공衷公이란 자가 와서 알현하고, 감찰관과 채청관採聽官이 연합 상소를 올렸다.

"엎드려 아룁니다. 하늘은 텅 비어 높아지고 소슬바람은 차갑고 처량한데, 우물가 오동나무에 서늘함이 생겨나고 이슬이 대나무숲에 들기 시작합니다. 귀뚜라미 노래 속에 풀들은 시들고 기러기 울어 예는 차가운 구름 몰려오니, 잎들은 우수수 떨어지고 부채는 여름날 수고한 은공도 없이 버려지는 계절입니다. 반악28)의 귀밑머리 세어지고 송옥29)의 시름은 한결 더 심해졌습니다. 장안長安의 조각달이 수많은 집 안에 다듬이소리를 재촉하고, 변방의 고단한 꿈이 여인의 치마허리를 가늘어지게 합니다. 심양潯陽의 단풍잎과 억새풀은 사마30)의 푸른 적삼을 온통 눈물로 적시었던 가을 풍경이요, 무산巫山의 국화떨기와 거룻배는 공부工部31)의 백발이 성겨지던 말년의 쓸쓸한 풍경이었습니다. 게다가 추적추적 밤비 소리는 유독 장문궁의 외로운 베갯머리32)에 들려오고, 차가운 서릿달은 단지 연자루에 홀로 남은 여인33)의 차지였습니다. 초나라 굴원屈原의 향기가 스러진 곳 청풍포靑楓浦가 쓸쓸하고, 상비湘妃의 눈물이 말라 생

가 강화된 가상적 존재로 설정됐다. '천리'의 의인화라 할 수 있다.

27) 주일당(主一堂): 마음을 천지의 근원에 집중하며 잡념을 가지지 않는 성리학적 수양론을 배경으로 가상적 공간을 설정한 것이다. 정자(程子)는 성정 함양의 핵심을 '경(敬)'으로 삼고, 그것을 다시 '주일무적(主一無適)'으로 풀었다. 〈신명사도〉와 「천군전」에서는 '태재(太宰) 경(敬)'을 마음의 나라 안을 총괄하는 존재로 설정했다.

28) 반악(潘岳): 진(晉)의 문인. 나이 30에 머리가 세었다고 한다. 「추흥부秋興賦」를 지었다.

29) 송옥(宋玉): 초(楚)의 문인. 굴원의 제자인데 「비추부悲秋賦」에서 "슬프다! 가을의 기운이여"라고 읊었다.

30) 사마(司馬): 강주사마(江州司馬)로 좌천되었을 때의 백거이(白居易)를 지칭한다. 좌천된 이듬해에 「비파행琵琶行」을 지었는데 좌천당한 자신의 심정을 잘 묘사했다.

31) 공부(工部): 공부상서(工部尙書)를 지냈던 두보(杜甫)를 지칭한다. 안사(安史)의 난으로 양자강을 떠돌던 말년의 정황과 정서를 「추흥秋興」에서 잘 표현했다.

32) 장문궁(長門宮)의 외로운 베갯머리: 한무제(漢武帝)가 한때 장문궁에 유폐했던 진황후(陳皇后)를 가리킨다.

33) 연자루(燕子樓)에 홀로 남은 여인: 당나라 때 상서(尙書) 장건봉(張建封)의 기생첩 관반반(關盻盻)이 상서가 죽은 후 시집가지 않고 연자루에서 혼자 살다가 죽었다고 한다.

겨난 반죽斑竹이 쏴쏴 처량한 소리를 냅니다. 이는 시름이 대상으로 인해 시름겨운 것인지 대상이 시름으로 인해 시름겨운 것인지 알지 못할 일입니다. 시름겨워도 시름겨운 까닭을 알지 못하니 또 어떻게 시름겹지 않을 방도를 알겠습니까? 한편 모르긴 몰라도 감찰관으로서 보는 것이 시름겨운 것인지, 채청관으로서 듣는 것이 시름겨운 것인지 실로 그 까닭을 알지 못하겠나이다. 신들이 모두 외람되이 직임을 더럽히고 있는지라 감히 감추어두지 못하고 삼가 번거로이 아뢰옵나이다."

천군이 다 보고 나서는 즐거워하지 않으니 무극옹은 이내 말없이 가버렸다[34]. 천군은 의마[35]에 멍에를 얹게 하고 수레에 올라 주목왕의 고사[36]를 본받아 사방팔방 두루 돌아다니고자 하다가, 주인옹이 말 머리를 붙잡고 간절히 간하니[37] 반무당 연못가에 말을 멈추었다. 이때 어떤 횡격막 고을[38]에 사는 한 사람이 찾아와 보고했다.

"요즈음 가슴 바다胸海에 파도가 일더니 태산泰山인지 화산華山인지 바다 가운데로 옮겨왔습니다. 산속을 바라다보니 웬 사람들이 어른어른한데 무려 수천수만 명은 됨직합니다. 아주 이상한 변괴입니다."

바야흐로 탄식하며 의아하게 여기고 있는 사이에 저 멀리서 몇 사람

---

34) 무극옹은~가버렸다: 천리가 달아나버렸다는 말이다. 천군이 사단을 확충하지 못하고, 애락의 감정에 치우치고 시청의 감각을 예에서 벗어나게 하여 인욕(人慾)의 시종이 되다시피 하여 천리가 없어졌다는 뜻이다. 낙은문고본 주석 참조.

35) 의마(意馬): 제어하기 어려운 마음과 정신을 말에 비유한 것이다. 흔히 '심원의마(心猿意馬)'라고도 한다. 작가 임제는 22세에 속리산에서 성운(成運)에게 수학하면서 「의마부意馬賦」를 지은 바 있다.

36) 주목왕(周穆王)의 고사: 「목천자전穆天子傳」에 의하면 주목왕은 팔준마(八駿馬)를 타고 서쪽 끝까지 가서 서왕모(西王母)를 만났다고 한다. 이후로 천하를 편력하고자 하는 남아의 방랑벽을 상징하게 되었다.

37) 말 머리를 붙잡고 간절히 간하니: 주인옹의 충성을 표현하는 대목이다. 주무왕(周武王)이 상주(商紂)를 정벌하려 할 때 백이숙제가 그와 같이 불가함을 역설하였다 한다.

38) 횡격막 고을: 신체의 횡격막 부근을 심성(心性) 왕국에 맞추어 하나의 고을로 환유한 것이다. 횡격막은 명치 아래에 위치하여 흉근과 복근을 가로질러 있는데, 어떠한 감정이 가슴속 깊이 들어와 거의 뱃속까지 미쳤음을 비유하기 위해 설정했다. 원문은 '격현(膈縣)'이며 '횡경막〔膈〕'의 환유적 표현이다.

이 시를 읊조리며 걸어오고 있었다. 가만히 보니 점점 가까이 다가오는데 단 두 사람뿐이었다. 앞서 오는 사람은 안색이 초췌하고 몸이 비쩍 말랐는데, 절운관切雲冠을 쓰고 장검을 찼으며 연꽃 옷과 초란椒蘭 패물로 장식을 하고 있었다. 미간은 나라를 걱정하는 시름으로 찌푸려져 있고, 눈에는 임금을 그리는 눈물이 가득했다. 그러니 회왕의 실정을 아파하고 상관을 원망하던 자[39]가 아니던가? 뒤따라오는 사람은 정신이 가을 물처럼 맑고 얼굴이 구슬처럼 빛나는데 초나라 옷에 초나라 갓을 쓰고, 초나라 말씨에 초나라 노래를 읊조릴 뿐이었다. 그러니 일생토록 오직 초양왕을 섬기던 자[40]가 아니던가? 두 사람 모두 천군에게 와서 절하며 말하였다.

"임금님의 높은 의리를 듣고 특별히 찾아뵈었습니다. 천지가 비록 넓다 하지만 저희를 받아주는 곳이 없사옵니다. 지금 임금을 뵈오니 마음 지경이 아주 넓으시니, 원컨대 돌무더기 한구석을 빌려 성을 쌓고 거처하고 싶습니다. 황공하오나 임금께서 기꺼이 받아들여주시겠습니까?

천군이 옷깃을 여미며 슬픈 기색으로 말하기를,

"남아의 금도와 포부는 예나 지금이나 매한가지다. 내가 어찌 한 치 한 자의 땅을 아껴서 그대들의 처소를 만들어주지 않겠는가!"

하며 조서詔書를 내렸다.

"이들이 와 묵을 수 있도록 할지니, 감찰관은 그리 알고 처리하라. 이들이 성을 쌓을 수 있도록 할지니 무더기공[41]은 그리 알고 도울지어

---

39) 회왕(懷王)의 실정을 아파하고 상관(上官)을 원망하던 자: 굴원을 가리킨다. 초회왕(楚懷王)의 실정을 통탄하고 상관대부(上官大夫)의 참소를 원망했다는 초나라의 대시인이다.
40) 일생토록 오직 초양왕(楚襄王)을 섬기던 자: 송옥(宋玉)을 가리킨다. 굴원의 제자로서 일평생 초양왕을 섬겼으며 「대초왕문對楚王問」 「고당부高唐賦」 등을 통해 왕의 실정을 풍간(諷諫)했다.
41) 무더기공(公): 원문은 뇌외공(磊嵬公)이다. '돌무더기 한구석' 운운했던 앞의 구절을 이어받아, 마음 한구석에 답답함이 돌무더기처럼 쌓여 있음을 하나의 지역과 관직으로 우의한 것이다.

다!"

두 사람은 공손히 절하고 물러나 가슴 바닷가를 향해 떠나갔다. 그후로 천군은 두 사람을 잊지 못하고 그리움에 잠겨 늘상 출납관出納官으로 하여금 초사楚辭를 소리 높여 읊조리게 하고는 다른 일은 더이상 돌보지 않았다.

복초 원년 추9월: 시름성이 축조되고 나라에 불행한 기운이 가득 차다. 성 밖의 한 사람이 시를 지어 크게 외치다

그해 추9월에 천군이 바닷가에 친히 나가 성 쌓는 것을 바라보니, 수만 갈래의 억울한 기운과 천 겹의 시름겨운 구름 사이로 먼 옛날의 충신 의사와 무고하게 죽임을 당한 사람들이 어슬렁어슬렁 왔다갔다하고 있었다. 그 가운데 진秦나라 태자 부소扶蘇도 끼어 있는데, 그는 만리장성을 감독하여 쌓은 적이 있었다. 그런 까닭에 형곡42)의 흙구덩이에 생매장당해 죽은 선비 400여 명을 부려 몽염43)의 지휘 아래 성을 쌓게 했는데 급하게 몰아치지 않고도 하루가 못 되어 완성하였다. 성이 이루어진 것을 보자면, 무엇을 쌓는다고 돌과 흙을 번거롭게 사용한 적이 없으므로 부역인들 굴리거나 옮기느라 무슨 수고로움이 있었으리오! 크다고 하기에는 깃든 곳이 좁은 셈이요, 작다고 하기에는 포괄하고 있는 것이 많은 셈이다. 없는 듯 있고, 모양 지을 수 없지만 모양이 있다. 북으로는 태산에 의거하고 남으로는 창해에 연이어 있는데, 아미산峨眉山에서 뻗

---

42) 형곡(硎谷): 진시황이 선비들을 유인하여 생매장한 여산(驪山)의 온천 계곡의 이름. 고사는 원문 주석 참조.
43) 몽염(蒙恬): 진시황 때의 장군. 흉노를 물리치고 만리장성을 쌓아 큰 공을 세웠으나, 진시황의 분서갱유를 간하다가 노여움을 샀다.

어내려온 지맥이 비쭉비쭉 봉우리들을 이루어 폭넓게 틀어 앉아 시름겨운 한이 모였으니 이름하여 '시름성'이라 하였다.

성 가운데에는 옛 사적을 조문하는 조고대^{弔古臺}가 있고, 성에는 네 문이 있었으니 충의문^{忠義門} 장렬문^{壯烈門} 무고문^{無辜門} 별리문^{別離門}이었다. 이에 천군은 단전⁴⁴⁾으로부터 가슴 바다를 건너 네 문을 활짝 열어젖히고 조고대 위에 납시었다. 이때 구슬픈 바람이 쌀쌀하게 불고 차가운 달빛이 처량하게 비추는데, 각 문에서 사람들이 원망과 울분을 가득 품고 한꺼번에 떼 지어 몰려들었다. 천군은 참혹한 심경으로 자리에 앉아 관성자⁴⁵⁾에게 '시름성'의 모습을 만분지일이라도 기록하라고 명했다. 관성자는 명령을 받들고 물러나 눈물을 머금고 서서 다음과 같이 기록하였다.

먼저 충의문 안을 보니, 가을 서릿발처럼 오싹한 기운이 끼치고 열렬한 해가 내리비추는 듯한데 앞선 두 사람이 있었다. 한 사람은 보석으로 장식한 궁궐에서 사치하던 하^夏의 마지막 임금 걸^桀에게 간언하다 목이 떨어진 사람이요, 다른 한 사람은 달군 기둥에 사람을 매달고 불로 지지던 상^商의 마지막 임금 주^紂에게 염통까지 잘린 사람이었다. 용봉^{龍逢}과 비간^{比干}이 아니라면 그 누구이겠는가?

가운데에는 또 두 사람이 있었다. 황색 비단으로 지붕을 씌운 수레^{黃屋車}에 올라 왼쪽 곁마^{驂馬}에 걸쳐놓은 야크 꼬리털 깃발을 휘날리며 황제의 위용을 차리고 얼굴까지 한고조^{漢高祖}를 닮은 사람은 응당 기신장군⁴⁶⁾이요, 처사의 망건인 관건^{綸巾}을 쓰고 학창의^{鶴氅衣}를 입고 손에는 백

---

44) 단전(丹田): 도교에서 말하는 인체의 세 부위. 상단전은 양미간, 중단전은 염통 아래, 하단전은 배꼽 아래에 있다고 한다. 여기서는 상단전이라 할 수 있다. 천군이 아미산(峨眉山)이라고 환유한 상단전으로부터 중단전의 가슴 바다(胸海)를 건너 횡경막 고을(膈縣)로 환유한 하단전의 '시름성'까지 거동했다는 문맥으로 이해된다.
45) 관성자(管城子): 붓의 의인화. 한유(韓愈)의 우언 「모영전」에서 유래하여 후대에는 붓의 별칭이 되었다.
46) 기신장군(紀信將軍): 한고조(漢高祖)가 형양(滎陽) 전투에서 항우(項羽) 군사에게 포위되었을 때 그를 닮은 기신(紀信)을 황옥좌독(黃屋左纛)의 황제 수레에 태워 적을 유인하여 위기에

우선白羽扇을 든 사람은 제갈무후47)가 아니겠는가?

한고조의 공신으로 옹치48)까지 제후에 봉해졌고 임금으로는 조비49)
마저 제왕을 칭하였으니, 의사의 결기와 영웅의 한스러움은 마땅히 또
어쩌하겠는가? 홍문鴻門의 잔치가 무위로 끝나자 충성스런 결기가 불끈
일어나 옥으로 만든 술국자를 깨뜨려 눈처럼 흩어지게 하니 죽어도 두
마음을 품지 않았던 사람은 범아부50)요, 적토마를 타고 청룡도를 휘두
르며 초록빛 갑옷에 긴 수염으로 훤칠한 영웅의 풍모를 지녔지만 어리
석은 여몽51)의 손아귀에 떨어져 강동江東을 평정하지 못함을 한스러워
했던 사람은 관운장52)이었다. 또 길게 휘파람 불어 오랑캐를 물리치던
유곤53)과, 배 젓던 노를 칼로 치며 맹세하던 조적54)은 뜻을 품은 채 죽

서 모면했다. 기신은 그 싸움에서 희생되었다.

47) 제갈무후(諸葛武侯): 삼국시대 촉(蜀)나라 유비(劉備)의 참모였던 제갈량(諸葛亮)을 가리킨
다. 자(字)는 공명(孔明), 시호는 충무(忠武)여서 흔히 '제갈공명' 혹은 '제갈무후'로 부른다. 관
건, 학창의, 백우선 등은 거의 그를 지칭하는 대명사들이다.

48) 옹치(雍齒): 한고조 유방(劉邦)이 기병했을 때 전공을 세웠지만 유방을 능욕한 적이 있어
유방의 미움을 샀던 인물이다. 유방이 즉위한 후 공신을 봉작할 때 제장(諸將)들의 불만이 커
지자 장량(張良)의 조언에 따라 가장 미워하던 옹치를 먼저 십방후(什邡侯)에 봉하여 제장들
을 안심시켰다. 『사기』「유후세가留侯世家」에 사적이 나온다.

49) 조비(曹丕): 조조(曹操)의 3남으로서 후한(後漢) 헌제(獻帝)를 폐위하고 위(魏)나라의 초대
황제가 되었다. 즉위 이후 빈민 구제정책 등 내치에 힘썼으나, 동생 조식(曹植)을 비롯한 육친
들과 평소 원한을 품었던 측근들에게 심한 고통을 안겨주었다.

50) 범아부(范亞父): 항우의 참모였던 범증(范增)으로, 유방 측의 장량(張良)과 지략을 다투었
으며 초(楚)의 '아부'로 존숭되었다. 홍문의 잔치에서 칼춤을 추는 척하며 유방을 살해하려던
계획이 실패로 돌아가자 한(漢)이 선사한 옥두(玉斗)를 깨뜨리며 "만사가 결판이 났다"고 한탄
했다. 『사기』「항우본기項羽本紀」에 사적이 나온다.

51) 여몽(呂蒙): 오(吳)나라 손권(孫權)의 장수로서 무략에만 뛰어나고 학식이 없어 손권이 '오
하아몽(吳下阿蒙)'이라 놀렸는데, 훗날 공부하여 크게 진전이 있었다고 한다. 스스로 말하기를
"선비가 사흘을 떨어져 있으면 눈을 비비고 그를 마주하게 된다(死別三日, 卽更刮目相待)"라고
했다.

52) 관운장(關雲長): 유비(劉備)의 의형제로서 촉한(蜀漢)을 대표하는 대장수이다. 오(吳) 여몽
의 계략에 빠져 방심하고 위(魏)를 공격하다가 거점인 형주(荊州)를 빼앗기고 그에게 사로잡
혀 죽었다.

53) 유곤(劉琨): 서진(西晉) 말의 장수. 달밤에 누각에 올라 휘파람을 불어 오랑캐 군사(胡兵)
의 포위를 풀었다고 한다.

54) 조적(祖狄): 동진(東晉)의 장수로서 군대를 이끌고 북벌을 꾀하였으나 실패했다. 강을 건

어갔으니 천지도 무정하도다.

그 뒤에는 장순, 허원, 뇌만춘, 남제운[55]이 서 있었다. 사람사람이 충성스럽고 씩씩하며, 하나하나가 의롭고 굳세었다. 오랑캐의 티끌이 해를 가려서[56] 모든 군읍이 바람처럼 휩쓸릴 때 오직 수양睢陽의 성안에는 어찌하여 한결같이 멋진 사내들이 많았던가? 손가락 깨문 피로도 절도사 하란[57]을 움직이지 못했지만 화살깃은 부도를 꿰뚫어[58] 들어갈 수 있었으니, 충성이 돌을 관통해도 사람을 느껍게 하지 못하는 것은 어째서인가? 원통하고 원통하도다! 사람으로서 돌보다 더 완악한 자도 있단 말인가?

악무목[59]은 송宋의 황제가 '정충精忠'이라 써준 깃발을 엎드려 받았지만, 자기 등에 '정충보국精忠報國' 네 글자를 새겨놓은 것 부질없었네. 종유수[60]는 황하를 건너 중원을 회복하라는 소리를 남기고 죽었지만 군사를

넬 때 물 가운데에서 노를 치며 중원 회복의 맹세를 했다는 고사가 유명하다.
55) 장순(張巡), 허원(許遠), 뇌만춘(雷萬春), 남제운(南霽雲): 당현종(唐玄宗) 때 안녹산(安祿山)의 난이 일어나자 끝까지 항전하다 죽은 장수들이다. 뒤에 수양태수(睢陽太守) 허원의 성에 모여들어 장순의 지휘 아래 47일간 1800여 회의 혈전을 치르다 전사했다. 장순의 「사금오표謝金吾表」에 그에 따른 비장한 충렬 의식이 잘 나타나 있어 유명하다.
56) 오랑캐의 티끌이 해를 가려서: 안사(安史, 안녹산과 사사명)의 적당들이 수도를 함락하고 천자의 통치를 문란하게 만든 것을 비유적으로 표현했다.
57) 하란(賀蘭): 당현종의 신하 하란진명(賀蘭進明). 안녹산의 난 때 어사대부로서 절도사가 되어 임회(臨淮)의 태수가 되었다. 장순(張巡)이 수양(睢陽)에서 포위되어 남제운을 그에게 파견하여 원군을 요청했으나 장순의 명성을 시기하여 응하지 않았다.
58) 화살깃은 부도를 꿰뚫어: 원군 요청을 받은 하란진명이 출군할 뜻은 없으면서 음식만 대접하니 남제운이 손가락을 깨물어 피를 흘리며 음식을 물리치고, 끝내 출군을 해주지 않자 성문을 나서며 절의 부도탑에 화살을 쏘면서 "적당을 물리친 다음에는 하란을 멸하리라"라고 맹세했다 한다.
59) 악무목(岳武穆): 남송(南宋)의 충신 악비(岳飛). 무목은 시호. 무장으로서 충성심이 두터워 문제(文帝)가 '정충(精忠)'이라 써서 하사한 깃발을 땅에 엎드려 받았고, 자기 등에는 '정충보국(精忠報國)'이라 자자(刺字)했다. 금(金)나라의 침입을 여러 차례 격퇴했으며, 진회(秦檜)의 주화설에 반대하다 죽임을 당할 때 자신의 등을 보여주었다고 한다.
60) 종유수(宗留守): 남송(南宋)의 동경(東京) 개봉부(開封府)의 유수(留守)였던 종택(宗澤). 중원을 회복할 뜻을 가지고 조정을 설득했으나 용납되지 않았다. 울분으로 죽을 때 "황하를 건너라!(過河)"를 세 번이나 외쳤다고 한다. 또 "군대를 내어 이기기도 전에 몸이 먼저 죽으니,

진격시켜보지도 못하였다네. 하늘은 어찌하여 묵묵부답이란 말인가? 허리띠에 공맹^{孔孟}의 인^仁과 의^義를 적어넣고 태연히 죽음의 자리에 나갔으니, 가련하도다 문천상⁶¹⁾이여! 6척의 어린 황제를 등에 업고 나라와 더불어 함께 죽으니, 슬프도다 육수부⁶²⁾여!

맨 뒤에는 의관이 중화의 제도와 다른 듯한 사람들이 있었다. 혹은 자기 한 몸으로 5백 년 강상⁶³⁾의 무거운 의리를 감당하려 한 이와, 난파학사니 호두장군이니 하는 대여섯 명⁶⁴⁾이 떼를 지어 기상도 늠름하게 다가왔다. 이 밖에도 아득한 지난 역사에서 제 몸을 잊고 나라를 위해 죽거나, 의^義를 위해 자기 몸을 희생해 인^仁을 이룬 자들은 일일이 다 기록하기가 어려웠다.

다음으로 장렬문^{壯烈門} 안을 보니, 천둥 번개가 요란하게 치며 음산한 바람이 훅 불어왔다. 맨 앞에 있는 사람은 백마를 타고 촉루검^{髑髏劍}을 비껴들었는데 분노한 기운이 절강^{浙江}의 조수처럼 급하였으니, 이는 바로 충^忠과 효^孝를 살아생전에 완성했던 오자서⁶⁵⁾였다. 그다음으로 어떤 기운

영웅들로 하여금 눈물이 옷깃을 적시게 한다"는 두율(杜律, 두보의 율시)을 임종 때 읊었다고도 한다. 이 시는 두보가 제갈량을 추모하여 지은 것이기도 하다.
61) 문천상(文天祥): 남송의 충신으로 금(金)·원(元)의 난을 당하여도 항복하지 않다가 원세조 19년에 잡혀 죽었다. 옥중에서 「정기가正氣歌」를 지었고, 연경(燕京) 시시(柴市)에서 처형될 때 의대(衣帶)에 "공자께서 인을 이룰 것을 말씀하시고, 맹자께서 의로움을 취할 것을 말씀하셨네" 운운하는 자찬시(自讚詩)를 지은 것으로 유명하다.
62) 육수부(陸秀夫): 남송의 충신으로서 단종(端宗)이 붕어했을 때 선황제의 혈손인 8세의 제병(帝昺)을 세웠다. 그뒤에 원(元)의 공격으로 송나라 군사가 더이상 버티지 못하자 처자들을 먼저 바다에 몰아넣고 임금을 업고 함께 빠져 죽었다.
63) 5백 년 강상(綱常): 5백 년간 지속된 고려의 사직과 윤리를 지칭한다. 정몽주(鄭夢周)는 고려의 마지막 충신으로서 조선의 건국을 인정하지 않고 순국했으므로 그것을 제 한 몸으로 감당했다고 표현한 것이다.
64) 난파학사(鸞坡學士)니 호두장군(虎頭將軍)이니 하는 대여섯 명: 사육신(死六臣)을 가리킨다. 난파는 한림학사의 속칭. 여기서는 집현전 학사 성삼문, 박팽년, 이개, 하위지, 유성원 5명을, 호두장군은 유일한 무신이었던 유응부를 지칭한다. 조선의 사적을 환유한 핵심 부분이다.
65) 오자서(伍子胥): 전국시대 초(楚)와 오(吳)의 신하 오원(伍員). 그의 부형(父兄)이 초나라 평왕(平王)에게 억울한 죽임을 당하여 오나라로 망명했다. 오왕 부차(夫差)를 섬겨 오나라를 강국으로 키우고 초평왕의 무덤을 파헤쳐 시체에 매질을 해 묵은 원한을 갚았으나, 부차가 다

이 뻗쳐오자 흰 무지개를 만드니, 죽어서라도 자기를 알아주는 사람에게 보답코자 1척 8푼의 비수를 어루만지며 장사壯士의 노래를 읊조렸던 형경경[66]이었다.

　서초패왕[67]은 오추마烏騅馬 한 필을 타고 천하를 주름잡으면서 8년간 전쟁을 하였지만 오강[68]의 드높은 물결에 꿈이 깨어졌고, 회음의 남자[69]는 옷을 벗어준 은혜에 감격해 백만의 무리를 이끌고서 싸우면 반드시 이겨 큰 공을 세웠지만 나는 새가 없어지면 좋은 활도 필요 없다는 식으로 팽烹을 당하여 마침내 아녀자의 손[70]에 죽었으니, 애석하도다! 손백부[71]는 '작은 패왕覇王'이라 불리며 양자강 동쪽에 웅거하여 천하를 범처럼 노렸지만 남의 종놈이 쏜 화살에 혼백이 떨어져서 동쪽 강물에 한을 남겼고, 부견[72]은 용맹스런 백만 군사를 거느리고 동진東晉을 정벌할 뜻을 세우면서 군사들의 말채찍을 던져서라도 물의 흐름을 막아 장

시 암군(暗君)이 되어 오자서에게 촉루검을 주어 자살하게 했다. 이후 오나라 사람들이 그가 절강(浙江)의 신이 되었다고 여기고 바닷물이 역류하는 거센 물살을 보면 오자서의 분노 때문이라 했다 한다.

66) 형경경(荊慶卿): 전국시대의 자객 형가(荊軻)로, 경경(慶卿)은 그의 자이다. 연(燕)나라 태자 단(丹)의 청을 받아 비수를 지니고 진시황을 알현해 살해하려다 실패했다. 역수(易水)를 건너며 성공하지 않으면 돌아오지 않겠다는 〈장사가壯士歌〉를 불렀다. 이때 하늘에 흰 무지개가 해를 관통하니 연나라 사람들이 두려워했다고 한다.

67) 서초패왕(西楚覇王): 진(秦) 멸망 후 초(楚)·한(漢)이 격돌할 때의 항우를 가리킨다.

68) 오강(烏江): 항우가 유방과의 최후의 결전에서 패하여 자살한 곳이다. 안휘성 화현(和縣) 동북쪽에 있다. 꿈이 깨어졌다는 것은 천하통일을 하지 못하고 죽은 것을 이른다.

69) 회음(淮陰)의 남자: 한고조의 대장군 한신(韓信)을 가리킨다. 천하통일 후에 회음후(淮陰侯)에 봉해진다.

70) 아녀자의 손: 한고조의 부인 여후(呂后)를 가리킨다. 한신(韓信)의 사적은 『사기』의 「한고조본기」와 「회음후열전」에 상세히 기록되어 있다.

71) 손백부(孫伯符): 삼국시대 강동(江東)에서 기병하였던 손책(孫策)으로, 손견(孫堅)의 아들이자 손권(孫權)의 형이다. 손책의 손에 죽임을 당한 허공(許貢)의 종들이 주인의 원수를 갚기 위해 손책이 사냥하는 틈을 노려 쏜 화살을 맞고 죽었다.

72) 부견(苻堅): 남북조시대 저족(氐族)의 추장으로 전진(前秦)을 세웠다. 동맹관계에 있던 강족(羌族)의 요장(姚萇)과 선비족(鮮卑族)의 모용수(慕容垂)가 각각 후진(後秦)과 후연(後燕)을 세우면서 각축전을 벌였고, 결국 그들에게 살해되었다. 뒤에 나오는 "범을 키우는 후환"이란 바로 이러한 사적을 은유한 것이다.

강長江을 건너가겠다고 하더니 팔공산[73]에서 초목만 보아도 적군인가 놀라다가 끝내는 범을 키우는 후환을 남겼다.

아아! 뭇 영웅이 벌떼처럼 일어나는 시절을 당해서는 성공하면 제왕이요, 실패하면 도적인 것이다. 소를 타고 한서를 읽던 사람[74]도 역시 한 시대의 호걸이었다. 노자의 후예라던 선리仙李 당나라 시절이 저물어갈 때, 황제의 용상 밖은 기다란 뱀과 커다란 멧돼지[75]투성이였다. 이극용[76]은 돌궐계 사타부沙陀部 종족으로서 당 왕실을 보존하려는 마음을 지니고 잔악한 무리를 제거하려는 뜻이 절실하였지만, 주온[77]이 제위를 차지하니 울울한 심정으로 세상을 마쳤다. 그 밖에도 웅대한 계획을 이루지 못하고 공로와 업적이 헛되게 추락해버려 성패조차 논할 수 없는 자들이 무수히 많은바, 이루 다 기록할 수가 없었다.

다만, 문밖에 두 사람이 있어 감히 들어오지 못하고 머뭇거리며 서로 마주보고 흐느끼고 있었다. 그 한 사람은 한漢나라의 별장別將 이릉[78]이었

73) 팔공산(八公山): 부견이 강남을 정벌하려다 비수(淝水)에서 동진(東晉)의 사석(謝石)에게 크게 패하여 팔공산으로 달아났다.
74) 소를 타고 한서(漢書)를 읽던 사람: 포산공(蒲山公) 이밀(李密)은 젊어서 재략이 있었고 재물을 가벼이 여기고 선비를 좋아했는데, 황소를 타고『한서』를 읽었다고 한다. 수양제(隋煬帝) 말기에 초공(楚公) 양현감(楊玄感)과 사귀면서 함께 기병하였다. 현감이 패하자 변성명하고 숨었다가 회락창(回洛倉)을 거점으로 위공(魏公)으로 자칭하고 훗날 당(唐) 이연(李淵)에게 귀의했다.『사략』「수양제」에 자세히 전한다.
75) 기다란 뱀과 커다란 멧돼지: 탐욕스럽고 포악한 무리를 가리킨다. 당말(唐末)에 오대십국(五代十國)이 이방민족에 의해 명멸되었던 역사 사실을 은유한다.
76) 이극용(李克用): 당말(唐末) 튀르크계 장수로서 젊은 나이에 당(唐)을 위해 최대의 반란군 황소(黃巢)를 토벌했다. 후량(後梁)의 황제가 된 주온(朱溫)의 등장으로 한을 품고 죽으면서 뒷날 후당(後唐)을 건국한 아들 이존욱(李存勗)에게 화살 세 개를 주며 원한을 갚아달라고 부탁했다 한다. 세 개의 화살에는 각각 연왕(燕王) 유인공, 거란의 야율아보, 그리고 주전충을 멸망시키라는 염원을 담았다.
77) 주온(朱溫): 당 말기 농민봉기의 반란군 두목으로서 당에 투항한 후 '전충(全忠)'이라는 이름을 하사받았다. 선무절도사(宣武節度使)로서 할거세력을 소멸시킨 뒤 907년 당나라 애제(哀帝)를 폐하고 황제의 자리에 올라 후량을 세웠다.
78) 이릉(李陵): 한무제 때의 장군으로 이광(李廣)의 손자다. 흉노와 싸우다 패하고 투항하여 선우(單于)의 사위가 되어 20년을 살다가 병사했다. 사마천이 그를 변호하다 한무제에게 궁형(宮刑)을 당한 사적이 유명하다.

다. 일찍이 5천의 보병으로 40만의 흉노 기병을 밀어붙이다 세력이 궁
해져 오랑캐에게 항복하고 뒷날을 기약하려 했으나 한漢에서 그의 가족
을 멸하니 돌아갈 형편이 못 되었다. 또 한 사람은 형량도독荊梁都督 환온[79]
이었다. 평승루平乘樓에 올라 북쪽을 바라보며 내뱉은 탄식은 영웅의 뜻[80]
을 지닌 듯하였건만, 장부의 체취라도 남겨야 한다는 생각으로 최고위 봉
작을 요청할 때는 어찌 그리도 신하답지 못한 마음[81]을 품었던고! 적에
투항한 장군과 역심을 품은 도독이 여기에서 무엇을 하려는가? 꽃다운
신령의 후회함은 아닐는지?

　다음으로 무고문 안을 보니, 시름겨운 구름이 떠돌고 쓸쓸한 안개가
자욱하며 비는 차갑고 바람은 처량했다. 수많은 억울한 정령이 귀한 신
분이건 천한 출신이건 크고 작은 무리를 이루어 웅기중기 다가왔다. 40
만이 이르러 진을 치니 장평에서의 조나라 병졸[82]이요, 30만이 예두장
군[83]의 지휘하에 진을 치니 신안에서의 진나라 병졸[84]이었다. 백기는
본디 진나라 장군인 까닭에 예전처럼 그들의 장수가 된 것이다.[85] 고양

---

79) 환온(桓溫): 동진(東晉)의 무장으로서 중원 회복을 위한 북벌을 계획하여 여러 번 전공을
세웠다. 그후 야심을 품고 권좌를 노렸으나 뜻을 이루지 못했다.
80) 영웅의 뜻: 환온이 북벌을 할 때 부장들과 함께 평승루(平乘樓)에 올라 중원을 바라보면서
"신주(神州)를 백 년간이나 적에게 침몰시켜놓았구나!"라고 탄식하여 왕연(王衍) 등이 그 임무
를 맡지 않을 수 없었다고 한다.
81) 신하답지 못한 마음: 대장군 환온이 "장부가 백 년의 향기를 남기지 못할 바에야 만 년의
체취라도 남겨야 한다"고 말하면서 최고위 구석(九錫)의 봉작을 요청했다고 한다.
82) 장평(長平)에서의 조(趙)나라 병졸: 조괄(趙括)이 이끄는 조나라 군사들이 장평성(長平城)
에서 진(秦)의 백기(白起)에게 포위되어 46일을 굶주리다 결국 항복했는데 40만이 구덩이에
생매장당했다 한다. 『사기』「백기전」에 사적이 상세하나 『주자어류』권134「역대歷代」에서는
그 사실성에 의문을 제기하고 있다.
83) 예두장군(銳頭將軍): 진나라 장수 백기의 별호이다.
84) 신안(新安)에서의 진(秦)나라 병졸: 항우가 신안현(新安縣)에서 항복한 진나라 병졸들을
성 남쪽에서 생매장한 일을 가리킨다. 항복한 군사를 구덩이에 묻어버린(坑降卒) 대표적 사건
으로서 지금까지도 항우의 신안, 백기의 장평 싸움을 병칭한다.
85) 백기(白起)는~된 것이다: 전국시대의 백기와 진제국 말기에 몰살당한 병졸들은 백 년 이
상 시대 차이가 나는데 같은 진나라이므로 백기를 장수로 내세웠다는 말이다. 백기는 조나라
군사를 무자비하게 생매장하더니, 이번에는 훗날에 생매장당한 진나라의 장수가 되는 셈이다.

의 술꾼[86]은 세 치 혀에 기대어 70개 성을 항복시켰지만 일이 어긋나서 죄 없이 솥에 삶겨 죽었고, 여원의 태자[87]는 조趙에서 투항한 자의 이간 질에 격분하여 부왕父王에게 회초리를 맞을 죄를 범하고는 자살해버리니 아비는 호수 위에 망사대望思臺를 높게 지어놓고 부질없이 그리워하는 눈물만 뿌렸다.

술이 거나하여 귀까지 불콰해져서 질장구 두드리며 노래한 것이 세상사와 무슨 상관이 있다고 허리를 베어 죽이는 형벌에까지 이르렀는가? 참혹하구나, 평통후 양운[88]이여! 하물며 흙탕물 몰아내고 맑은 물을 끌어들이려던[激濁揚淸] 많은 잘난 선비들이 시류에 무슨 해가 된다고 폐고廢錮시키거나 죽이는 조치를 취하는가? 억울하구나, 범방과 같은 당인[89]들이여! 한편, 이경업李敬業과 낙빈왕駱賓王은 의분에 차서 제 몸을 돌보지 않고 옛 군주를 복위[90]시키고자 했으니 의리가 하늘에 사무치고 충성이 고금을 꿰뚫었거늘 일이 잘못되어 목숨을 버렸다. 아아! 신령인가? 귓것인가? 이 사람들이 무슨 허물인가? 아아 슬프도다! 사군자士君子,

---

그 같은 가상적 설정을 서술자의 진술로 짐짓 밝혀놓고 있는 대목이다.
86) 고양(高陽)의 술꾼: 나이 60에 고양(高陽)의 성문지기를 하던 역이기(酈食其). 뒷날 한고조가 되는 패공(沛公)이 진말(秦末)에 기병했을 때 스스로 유세객으로 나서 패공의 세력을 넓히는 데 지대한 공을 세웠다. 훗날 제(齊)에 사신으로 가 연합을 유세할 때 한신(韓信)이 그 틈을 타서 군대를 움직여 제나라를 멸망시키는 와중에 역이기는 솥에 삶겨 처형되었다.
87) 여원(戾園)의 태자: 한무제의 여태자(戾太子) 거(據). 조(趙)에서 망명한 강충(江充)이 무제와 태자를 이간해 무고옥(巫蠱獄)을 일으키고 태자를 모함하니, 태자가 분을 이기지 못하고 군사를 움직여 강충을 살해하고 그 죄로 인해 달아나다가 호수에서 자살했다. 그뒤 고침령(高寢令) 전천추(田千秋)가 간언하기를, 자식이 아비 무기를 휘두른 것은 회초리를 맞을 죄에 해당될 뿐이라 하니 무제가 깨닫고 호숫가에 '귀래망사대(歸來望思臺)'를 세웠다.
88) 평통후(平通侯) 양운(楊惲): 한선제(漢宣帝)의 강직한 대신인데 모함에 걸려 서민으로 강등된 후 유유자적한 전원생활이 문제시되어 요참(腰斬)의 형벌을 받았다. 무고한 처결임을 사마광이 『통감』 사평에서 밝혔다.
89) 범방(范滂)과 같은 당인(黨人): 후한(後漢) 영제(靈帝) 때 범방 등과 같이 당고(黨錮)의 화를 입은 선비들을 가리킨다.
90) 옛 군주를 복위: 당(唐) 측천무후(則天武后) 재위 시절 중종(中宗)을 복위시키려고 이경업 등이 거병했지만 패전하여 모두 죽었다.

선비와 군자가 온몸으로 자기 직분을 다할 뿐이니, 죽은들 무슨 유감이겠는가?

이 가운데 고금을 통하여 가장 한스럽고 이승과 저승을 통틀어 너무도 격분할 일이 있으니, 괴롭고도 슬퍼서 차마 말하지, 차마 말하지 못할 것은 제왕齊王이 송백松柏 사이에서 객사하고 초제楚帝가 강물에서 익사한 사적이다. 국운을 옮겨갔으면 만족할 만한데, 죽음에 빠뜨리는 일을 어찌 차마 하였는가?[91] 충신의 눈물이 마르지 않으니 열사의 한스러움에 다함이 있겠는가? 여기에 이르자 관성자가 마음이 너무 산란하여 하나하나 조목조목 열거할 수가 없었다.

다음으로 별리문 안을 보니, 해는 기울고 초목은 저물어가는데 가고 오고 오고 가며 생이별과 사별이 어둑어둑 혼을 녹이고 있었다. 가장 한스러운 것은 한漢나라의 천자로서 북쪽 오랑캐를 방어할 계책이 없어 공주와 소군[92]을 계속해서 멀리 시집보낸 일이니, 한나라 후궁으로서 오랑캐 땅의 첩이 된 기박한 운명의 주인공들은 얼마나 되었던고! 비파를 타며 기러기를 노래했으니 남은 한이 지금에까지 이르는구나! 변방의 달은 푸른 무덤에 남겨진 왕소군의 거울이런가? 변경의 기러기야 끊어진 고국의 소식 전해줘야지.

자경[93]은 바닷가에서 양치기 노릇 하며 10여 년간이나 임금의 신표

---

91) 국운을~하였는가: 나라를 빼앗았으면 그만이지 어찌 죽이기까지 했느냐는 말이다. 제왕(齊王) 건(建)이 진(秦)의 영토에서 협상을 벌이다 변방에 유폐되어 죽고, 초의제(楚義帝) 심(心)이 항우에 의해 침강(郴江)에 수장됐던 사적을 가리킨다. 이를 통해 조선의 단종 폐위 사건을 인유(引喩)하고 있어 이 작품에서 가장 중요하고도 핵심이 되는 부분이다.
92) 공주(公主)와 소군(昭君): 한고조, 여후(呂后), 한선제 등이 다른 사람의 자식을 취하여 공주라 이름하고 흉노에게 시집보냈다. 소군은 비(妃) 다음의 후궁으로서 한원제(漢元帝) 때 흉노에게 시집간 왕소군(王昭君)이 유명하다. 그 외에 한무제 때 강도(江都)의 왕씨 딸을 세군(細君)이라 하여 오손국(烏孫國)으로 시집보낸 사적도 있다. 따라서 공주와 소군은 반드시 한두 명의 특정인일 필요가 없다. 이들의 기구한 운명을 제재로 삼아 고금의 명편 시가들이 많이 생겨났다.
93) 자경(子卿): 소무(蘇武)의 자(字). 한무제 때 흉노에 사신으로 갔다가 감금되어 북해 바닷

부여잡고 있다가 하얀 머리 되어 귀국했을 때는 무릉茂陵에 가을비만 소슬했고, 정령위94)는 구름 속 학이 되어 천 년 만에 집에 돌아갔지만 산천은 예와 같으나 사람은 간 데 없어 무덤 위에 차가운 달만 덩그렇게 떴었다네. 비록 신선과 속인이 다르기는 하지만 이별의 속마음이야 한가지였으리!

죽궁 안개 속에서 말하지도 웃지도 않는 후비의 혼령은 추풍객95)의 애를 끊어놓고, 마외의 언덕 아래에서 옥처럼 부서지고 꽃잎처럼 날려갔던 귀비는 유월랑96)의 마음을 아프게 했네. 또한 깊은 규중에서 나고 자라 연燕나라 변방의 남정네에게 시집간 아낙네가 어찌 짐작이나 했으리오! 낭군이 공명을 중시하여 이별을 가볍게 여길 줄을! 흰 깃을 단 화살통[白羽箭] 짊어지고 오랑캐 땅 깊숙이 출정 나가니, 길고 긴 여름날과 겨울밤 누구와 더불어 거처하리오! 시름으로 옥 같은 뺨 녹아내리고, 한스러움에 꽃 같은 얼굴 초췌하네. 겨울 매화가지 꺾은들 심부름할 역군 만나기 어렵고, 직금도織錦圖, 비단에 수를 놓아 편지 대신 보내는 서신 수놓아도 인편 대신 잉어라도 소식을 전할거나? 꿈에나 임을 볼까 낮잠 자던 청루靑樓에는 주렴 걷어올리고 애꿎은 꾀꼬리만 쫓아버리네.

또 군왕의 총애가 식어서 오래도록 장신궁97)에 유폐된 경우도 있으

가에서 양을 먹이다 19년 만에 소제(昭帝)가 대북 화친책을 씀으로써 귀국했다. 절개를 인정받아 봉작을 받았지만 무제는 이미 죽어 무릉(茂陵)에 묻혀 있었다.
94) 정령위(丁令威): 한(漢)나라 요동 사람으로 영허산(靈虛山)에서 선술을 닦았다고 한다. 천년 만에 학으로 변하여 요동성 화표주(華表柱)에 앉아 세월의 허무함을 노래했다.
95) 죽궁(竹宮)~추풍객(秋風客): 한무제가 왕부인(王夫人)을 잃고 상심하다 방사 이소옹(李小翁)의 말에 따라 불언불소(不言不笑)의 화상을 그려놓고 '죽궁'에서 왕부인의 신령을 만났지만, 결국에는 방술이 쇠하여 신령도 오지 않았다고 한다. '죽궁'은 왕부인이 거처하던 궁이며, '추풍객'은 한무제가 「추풍사秋風辭」를 지어 불렀기에 '추풍객'이라 일컫은 것이다.
96) 마외(馬嵬)의~유월랑(遊月郞): 당현종(唐玄宗)은 안녹산의 난으로 인해 근위대와 함께 피난을 하던 중 마외역(馬嵬驛)에서 양귀비를 목 졸라 처형할 수밖에 없었다. 그뒤에 당현종이 행궁에서 귀비의 혼을 만나 월궁의 광한전(廣寒殿)을 노닐었다 해서 '유월랑'이라 일컫었다.
97) 장신궁(長信宮): 한무제 때 반첩여(班婕妤)가 유폐되었던 곳이다. 가을 부채에 비유한 그의 「원가행怨歌行」이 유명하다.

니, 먼 이별이야 어쩔 수 없더라도 가까운 이별은 어찌할꼬? 빈 계단에 이끼만 자라고 임금의 수레는 오지를 않네. 반딧불만 창 한쪽으로 지나가고 궁궐에는 사람의 자취조차 없네. 어찌 사마상여 부賦 살 돈[98]이 없으리오마는, 끊어진 인연 이을 길이 없으니 궁궐에서 햇볕 받아 빛나는 까마귀조차 부러울 뿐이라.

답답하도다! 향기로운 혼이 한밤중에 칼빛을 좇아 날아가니 초패왕 군막의 우미인虞美人이었고, 달갑게 사별을 할지언정 생이별은 마다했으니 금곡金谷의 미인 녹주綠珠였다. 파릇파릇 초목은 꽃다운데 왕손은 돌아오지 않는다고 왕유王維는 한탄하였고, 아득히 하늘에서 나는 구름을 보고 적인걸狄仁傑 같은 효자는 부모 생각을 일으켰도다. 붕우의 의리가 절실하니 두보杜甫는 저물녘 구름과 봄날의 나무로 그리운 마음을 표현했고, 형제의 정이 또한 진한 것이니 소식蘇軾 형제는 경주瓊州와 뇌주雷州로 귀양 가서 서로를 그리워했지.

관성자는 눈물이 마르고 머리카락이 빠져 이 같은 사연을 이루 다 쓰기가 어려운 형세였다. 이에 '인간 세상에는 이별도 많구나!' 하는 시구를 읊조리며 하늘 위로 피신하고자 했지만, 견우와 직녀를 만나 하는 수 없이 다시 돌아왔다. 그때 시름성 밖에서 한 사람[99]이 그를 붙잡고 말하기를,

"그대는 어째서 옛날을 좇아다니면서 지금은 내버려두고, 귀신 장부는 점고하듯 뒤지면서 이승 사람은 멸시하는가? 나는 당대의 호걸이다. 시 한 편이 있으니 번거롭겠지만 베낄지어다!"

하고 큰 소리로 낭랑하게 읊는 것이었다.

---

98) 사마상여 부(賦) 살 돈: 한무제의 비(妃) 진씨(陳氏)가 장문궁(長門宮)에 유폐되었을 때 사마상여(司馬相如)에게 돈을 주고 자신의 처지를 호소하는 「장문부長門賦」를 지어 바쳐 무제의 마음을 되돌려 후비에 복귀했다.
99) 한 사람: 작가 임제(林悌) 자신을 빗댄 것이다.

이런 사람은 멋진 사내라고 이를 만하지
나이 열다섯 전에 육도삼략 통했으니
먼지 앉은 칼집에 고검 아직 써보지 못했지만
변방 요새 구석구석에서 서늘한 기개 높았다네
나이 들어선 공자의 글 읽기를 좋아해
묵은 솜저고리 해져도 부끄럽지 않았다네
소 먹이던 영척[100]의 노래 들어줄 사람 없으니
귀밑머리에 세월의 흔적만 남았다네

관성자가 이 시를 듣고는 개탄하는 마음으로 베껴서 네 문에다 내걸고 천군 앞에 아뢰었다. 천군은 한번 읽어보고는 시름을 이기지 못하고 양손을 소매에 넣은 채 말이 없었고, 우울한 심정으로 한 해를 마쳤다.

복초 2년 춘2월: 주인옹의 천거로 재야의 국양을 대장군으로 초빙하다

복초 2년 춘2월에 주인옹이 아뢰었다.

"해가 바뀌어 봄기운에 만물이 모두 새로워지고 있습니다. 풀과 나무들까지도 저절로 생기를 띠는데, 지금 임금께서는 가장 영험한 성품을 타고나서 지극히 큰 기운을 지니고 계시지만 시름성에 핍박되어 오랫동안 편안히 지내지 못하시니, 어찌 눈물을 흘릴 만한 상황[101]이 아니

---

100) 영척(甯戚): 제환공(齊桓公)의 재상. 소뿔을 두드리며 〈반우가飯牛歌〉를 불러 제환공에게 발탁되었다고 한다.
101) 눈물을 흘릴 만한 상황: 한문제(漢文帝)에게 올린 가의(賈誼)의 상소문에 있는 유명한 구

겠습니까?

다만, 시름성은 뿌리를 깊이 박아 갑자기 함락시키기 어렵습니다. 제가 듣기로는 살구꽃 마을에 한 장군이 있는데, 성현聖賢의 이름을 얻었고 맹렬한 기운을 겸하였으며 넓은 도량은 넘실넘실 천 이랑의 물결과 같아서 측량키 어렵다 합니다. 그 본관은 곡성穀城이고 국생麴生의 아들이며, 이름이 양102), 자字가 태화103)인데 제 아비의 풍미風味, 사람 됨됨이를 깊이 지니고 있습니다.

그 선조는 일찍이 굴원屈原과 사이가 좋지 않았으나, 두 완씨阮氏, 혜씨嵇氏 류씨劉氏와 죽림의 친구가 되었거니와 흰옷의 사자[白衣使者]가 되어 심양潯陽의 도원량陶元亮, 도연명을 찾아간 적도 있었습니다. 이백은 금거북을 저당 잡힐 만큼 그를 가까이해서 마침내 죽자 사자 하는 벗이 되었습니다. 그뒤 작위를 산 일104)로 맑은 이름을 조금 더럽혔지만 본심은 아니었습니다.

지금 양襄은 단지 청허를 숭상하고 부의만을 좋아하고105) 청탁淸濁에 있어 실수하는 일이 없으며, 여인네를 가까이하는 일이 많지마는 주연을 베풀어 담판으로 절충106)하는 기상이 있습니다. 엎드려 생각건대, 그 장점을 취하심은 밝은 임금이 사람을 쓰는 방법입니다. 바라옵건대 임

절이다.

102) 양(襄): 원주(原註)에 양(釀)의 음을 땄다고 되어 있다. 술을 빚는 양조(釀造)의 능력을 원관념으로 삼아 서사 주인공의 이름을 삼았다.

103) 태화(太和): 소옹(邵雍)이 술을 '태화탕(太和湯)'이라 지칭했다. '술 빚어내는 것'의 주요 기능이 '원초적 화해'에 있다고 보고, 주인공의 이름과 자를 그처럼 환유했다 할 수 있다.

104) 작위(爵位)를 산 일: 돈으로 벼슬을 산 일. '술을 돈 주고 받아와 마시는 일(買酒)'을 환유했다. 작(爵)은 작(酌)의 음을 차용한 가차인 셈이다.

105) 청허(淸虛)를 숭상하고 부의(浮義)만을 좋아하고: 술 먹으면서 고담준론을 하고 술 개미〔浮蟻〕를 즐기는 상황의 환유이다.

106) 주연(酒宴)을 베풀어 담판으로 절충: 주연을 베풂으로써 무력을 쓰지 않고 수완을 발휘하여 외교담판을 하고 적군을 격퇴한다는 뜻이다. 『전국책』, 유향(劉向)의 『신서新序』, 왕통(王通)의 『중설中說』에서 유래하여 흔히 '절충준조(折衝樽俎)' 혹은 '준조절충(樽俎折衝)'이라는 전고로 용사된다.

금께서 말을 낮추고 폐백을 후하게 하여 윗자리에 부르소서. 술동이처럼 높이시고 술잔질 하듯 작위를 주시면[107], 시름성을 평정하고 순박한 옛날을 회복하는 일도 실로 어렵지 않을 것이옵니다. 삼가 아뢰옵나이다."

상소가 올라가니, 천군이 답했다.

"내 비록 덕은 없지만 간하는 말을 물 흐르듯 좇으리라. 국장군麴將軍을 영접하는 일을 주인옹에게 위임할 터이니 힘써 행하라!"

옹이 아뢰었다.

"공방孔方이 그자와 평소 친분이 있으니 불러올 만합니다."

천군이 공방을 초치하여 말했다.

"네가 가도록 하라! 나를 위해 그에게 말을 잘 전하여 목마른 듯한 바람에 부응하라."

공방이 명을 받들고 그 무리 백 푼[108]과 더불어 지팡이를 짚고 떠나갔다. 수촌과 산곽을 두루 돌아다니며 찾았으나 어디에도 보이지 않았다. 그러던 차에 어떤 목동이 소를 타고 도롱이를 걸친 채 왔다. 공방이 물었다.

"국양장군이 지금 어느 곳에 사느냐?"

목동이 웃으며 말하기를,

"여기서 멀지 않으니 저기 바라다보시는 가운데 있을 것입니다"

하면서 곧바로 푸른 버들 늘어진 마을 안의 붉은 앵두나무 담장을 가리켰다. 이에 공방이 향기로운 풀이 우거진 시냇가의 외줄기 오솔길을 따라가 담장에 이르니, 과연 누군가 푸른 깃발 그늘 아래 술단지를 끼고

---

107) 술동이처럼 높이시고 술잔질 하듯 작위를 주시면: 한자어를 이용한 언어유희다. '술동이〔樽〕'와 '높이다〔尊〕', '술잔질〔酌〕'과 '작위〔爵〕'는 한자음이 같다.
108) 백 푼: 엽전 백 푼, 즉 한 냥의 값어치다. 엽전을 의인화한 공방(孔方)의 부하로 백 푼을 거론함으로써, 술의 의인화인 국장군을 불러오는 데 그 정도 가격이면 넉넉하다는 우의를 담아내 골계미를 자아내고 있다.

앉아 공방이 오는 것을 보고 있었다. 흰자위로 눈 흘기며 대하여 말하기를,

"형씨를 멀리 찾아오시도록 수고를 끼쳤으니, 무엇으로 수작(酬酌)을 하리까?"

하니, 공방이 책망하여 말하였다.

"금초[109]로 바꾸어 오라는 것인가? 아니면 좋은 포도주가 나는 서량[110] 땅 태수(太守)라도 요구하는 것인가? 어째서 나를 얕보는가? 복초 임금께서 시름성에 핍박을 받다가, 장군의 의로움이 세상의 불평스러운 일을 제거하는 것을 제 임무로 삼았다는 소문을 들으셨다오. 아침저녁으로 장군을 바라다보며 '네 마음을 열어 내 마음에 부어달라'는 명령[111]을 내려, 바야흐로 내가 장군과 세세토록 서로 통하는 집안[112]인 까닭에 특별히 나를 보내 장군을 맞이하고자 한 것인데 어째서 이처럼 무례하오!"

국양이 이에 흰자위를 감추고 화색을 띠고는 드디어 군대를 발동하기 앞서 제준[113]처럼 노래하고 투호 놀이를 하면서 "시름이 있고 없고는 오직 나에게 달렸다"고 하였다. 그러고는 천금의 갖옷을 입고, 다섯

---

109) 금초(金貂): 황제를 시위하는 고관을 상징하는 관(冠)의 장식물. 술을 좋아하던 동진(東晉)의 완부(阮孚)가 그것을 저당 잡혀 술을 받아 먹었다는 고사가 있다.

110) 서량(西涼): 후한(後漢)의 맹타(孟陀)라는 사람이 포도주 한 섬을 뇌물로 바치고 양주자사(涼州刺史)가 됐다.

111) '네 마음을 열어 내 마음에 부어달라'는 명령: 『서경』 「열명」의 "네 마음에 지닌 것을 열어서[啓], 내 마음에 알고 있지 못한 것에 부으라[沃]"라는 뜻의 구절을 용사한 것이다. 따라서 '계옥지명(啓沃之命)'은 나라를 보좌하는 중임을 맡긴다는 서사적 줄거리 가운데 천군이 술을 들이마신다는 환유를 내포하고 있다.

112) 서로 통하는 집안: 후한(後漢)의 공융(孔融)이 부친을 따라 서울로 갔는데, 당시 명망 높던 하남윤(河南尹) 이응(李膺)의 집에 찾아가 문 앞에서 "이군(李君)의 통가(通家) 자제(子弟)"라고 하여 이응을 만나보았는데, 그렇게 말한 까닭으로 '공자'와 '이노군'(노자 이담)을 거론했다고 한다. 이로부터 '공리통가(孔李通家)'라는 고사성어가 생겼다.

113) 제준(祭遵): 한나라 장군 '제준'은 사졸들과 하사품을 함께 나누고, 적군을 앞에 두고 군사를 뽑을 때 술과 음악을 베풀었고 반드시 아가(雅歌)를 부르고 투호(投壺)를 했다고 한다.

색깔 꽃무늬 말[114]을 타고 기병[115]하여 뇌주[116]까지 도달하니, 이때가 3월 15일이었다.

복초 2년 춘3월: 국양장군이 무혈 전쟁으로 시름성을 평정하니 나라가 다시 태평해지다

천군이 모영[117]을 보내 국양을 위로하기를,

"고주[118]를 버려두지 않고 병기[119]를 들고 와주니 기뻐 넘어질 듯한 마음을 어찌 말(斗)로 헤아릴[120] 수 있겠는가! 경卿과 같은 큰 그릇은 모름지기 후설喉舌의 직책[121]을 맡기되, 우선은 경을 옹雍·병幷·뇌雷 세 주州의 대도독大都督 구수대장군驅愁大將軍에 임명하노라. 문지방 안은 과인이 제어할 터이니, 문지방 밖은 장군이 주관하라.[122] 나아가고 물러나기를 술잔 치듯 짐작하여 병기를 기울여 토벌할지어다. 지금 중서랑 모영을

114) 천금의~꽃무늬 말: 이백의 「장진주將進酒」에 나오는 구절을 용사하였다. 원시의 시상이 '천하의 귀한 물건이라도 아이에게 들려보내 술을 받아 먹고는 만고의 시름을 없애자'는 것이니, 여기서는 '시름성'을 공략하기 위한 호쾌한 마음가짐을 환유했다고 할 수 있다.
115) 기병(起兵): 군사를 일으킨다는 뜻으로, 술병을 들었다는 '기병(起甁)'의 의미를 중첩시켰다.
116) 뇌주(雷州): 중국 광동성 뇌주(雷州)로 '한 술동이의 술'이라는 '뇌주(醽酒)'의 의미를 중첩시켰다.
117) 모영(毛穎): 한유의 「모영전」 이래로 '붓'을 의인화한 대표적 존재이지만, 여기서는 앞서의 '관성자'와는 다르게 중서랑(中書郞)이란 직책으로 국양에게 문서를 전달하는 임무를 띠고 있다. 작품 줄거리로 볼 때 동일한 인물인지 아닌지 분명치 않다.
118) 고주(孤主): 권력이 없고 외로운 임금이라는 뜻으로, '술을 받아온다'는 '고주(沽酒)'의 의미를 중첩시켰다.
119) 병기: 원문은 '병(兵)'인데 술항아리라는 '병(甁)'의 의미를 중첩시켰다.
120) 기뻐 넘어질~헤아릴: 모두 술이나 음주와 관련된 의미를 중첩시켰다.
121) 후설(喉舌)의 직책: 원래는 조선조 승지(承旨)와 같이 임금의 명령을 출납하는 관리를 뜻하는데, 여기서는 음주 행위를 환유했다.
122) 문지방 안은~주관하라: 장군을 임명하며 극히 예우하는 말이다.

파견하여 한편으로 내 뜻을 알리고, 또 한편으로 장군에게 남겨두어 장서기掌書記로 삼게 하노라. 알지어다!"

하였다. 이에 태화[123]는 즉시 모영을 시켜 감사하는 표문表文을 지어 올렸다.

"복초 2년 3월 모일에 옹·병·뇌 대도독 구수대장군 국양이 황공하여 수없이 절을 올리나이다. 가만히 생각하옵건대 저는 곡기를 물리치고 정기를 단련하여 오래도록 호중壺中의 세월[124]을 살면서 혼란에 빠진 세상을 다스릴 성인을 기다렸습니다. 드디어 작위를 내려주시는 명령에 적셔지니 제 몸을 어루만지며 탄식할 뿐만 아니라 분수를 헤아리면 실로 넘치는 은혜입니다.

엎드려 생각하오니 양襄은 곡성穀城의 종족이자 조계[125]의 후예로서 왕씨王氏나 사씨謝氏의 명망 거족들을 따라다니며 동진東晉의 강남에서 풍류를 떨쳤고, 혜강嵇康이나 유령劉伶 등과 뜻이 맞아서 죽림竹林에서 한가한 정취를 붙였습니다. 한평생의 출처가 오직 유리종지와 앵무새잔뿐이요, 백세의 교유는 단지 습씨네 놀이터와 고양 땅 술꾼[126]들뿐이었습니다.

단지 예법 차리는 선비와 모순되어서 오래도록 강호에서 떠도는 자가 되었는데, 멀리 버려두지 않으시고 곧바로 '네가 정벌을 전담하라'고 명령하실 줄 어찌 생각이나 했겠습니까? 이 미치광이를 스스로 돌아보건대, 큰 작위를 어찌 감당하겠습니까? 이는 대개 어진 이를 등용하는

---

123) 태화(太和): 국양(麴襄)의 자(字)이다.
124) 호중(壺中)의 세월: 호리병 속의 별천지에서 신선처럼 평화롭게 산 세월이라는 뜻으로, 여기서는 국양이 술단지 속에 담겨져 있음을 환유한다.
125) 조계(曹溪): 불교 선종의 최대 계파인 조계산 또는 조계종을 의미하면서 '술지게미를 흘려보내는 곳' 혹은 '술지게미를 쌓아둔 언덕'이라는 의미의 조계(糟溪)/조구(糟丘)를 중첩시켰다.
126) 습씨네 놀이터와 고양 땅 술꾼: 고양(高陽)의 습씨네 놀이터, 즉 습가지(習家池)는 진(晉)나라 습욱(習郁)의 집 연못으로 동진(東晉)의 이름 있는 유연처(遊宴處)이다. 태위(太衛) 선조랑(選曹郞)을 지냈으며 죽림칠현의 한 명이자 명망가였던 산도(山濤)가 자주 놀러 가서 유명해졌다.

천하무적의 임금을 삼가 만나고, 시름을 공격하는 데는 방책이 있기 때문일 것입니다. 신臣이 때때로 성·현127)에 빠져 있음도 허락하시어 의심치 않고 등용하고, 신에게 이르기를 '뭇 사람을 부르기만 하고 마음으로 혼자 결단하라' 하시니, 드디어 재주 없는 사람에게 바다 같은 도량을 용납해주셨습니다. 맑고 매운 기운 보태기를 힘써서 꽃다운 향기로움을 더욱 퍼뜨리는 데 감히 힘쓰지 않겠습니까! 한잔 술로 병권兵權을 해제하는 일은 비록 조보의 계책128)에 미치지 못하지만, 흉중에 수만 갑병을 감추어두는 일은 아마도 범중엄의 위엄129)을 본받을 수 있을 것입니다."

천군이 표문을 읽고 크게 기뻐하여, 즉시 이백李白이 죽자 사자 좋아했던 술국자와 노구솥130)을 적 맞받아 싸우는 장군으로 제수하고 도독의 지휘와 부림을 받도록 하였다. 이때 날이 저물어 저녁연기가 피어오르고 솔솔 부는 바람에 제비가 지껄이는데, 급한 격문檄文이 왔다갔다하며 북과 피리가 흥을 돋우었다. 장군이 드디어 술지게미 언덕에 올라 주허후 유장131)에게 명하기를,

"군령이 지엄하니 네가 관장할지어다! 기둥을 치는 교만한 장수132)가

127) 성(聖)·현(賢): 청주와 탁주를 지칭한다. 위(魏)나라 서막(徐邈)이 술에 취하여 "성인에 빠져 있다(中聖人)"라든가 "때때로 다시 빠진다(時復中之)" 등의 말을 했다.
128) 조보(趙普)의 계책: 송태조(宋太祖)가 조보의 간언을 듣고 술자리에서 평화로운 방법으로 수하 장군들과 번진(藩鎭) 절도사들의 병권을 해제시킨 것을 말한다. 이로부터 '배주석병권(杯酒釋兵權)'이란 고사성어가 생겨났다.
129) 범중엄(范仲淹)의 위엄: 북송의 명신 범중엄이 연주자사(延州刺史)를 맡았을 때 서하(西夏) 사람들이 그를 두려워하여 침범하지 못했다고 한다.
130) 술국자와 노구솥: 이백의 「양양가襄陽歌」에 "서주(舒州)의 술국자와 역사(力士)의 노구솥, 이백은 너희와 사생을 함께하리라"라는 구절이 있다.
131) 주허후(朱虛侯) 유장(劉章): 한고조의 손자로서 혜제(惠帝) 시절 여후(呂后)가 정권을 잡았을 때 유씨(劉氏)의 왕권을 되찾는 데 공을 세운 장수다. 여후의 술자리에 시종이 되어 음주의 벌칙으로 군령을 적용하여 여씨 족속을 참수한 일화가 유명하다. 이로부터 '군법상정(軍法觴政)'이라는 고사성어가 생겼다.
132) 기둥을 치는 교만한 장수: 유방이 천하를 통일하자 휘하의 공 있는 장수들이 술좌석에서 환호하며 기둥을 칼로 치는 등의 무례한 행동을 하자, 숙손통(叔孫通)이 법례를 정해 황제의 위엄을 높였던 고사가 있다.

있게 하지 말며, 술이 취하여 술좌석을 도망하는 늙은 병사[133]가 있게 하지 말라"

하니, 군중軍中이 엄숙하여 감히 시끄럽게 떠드는 자가 없고 나아가고 물러서는 데 질서가 있으며 싸우는 데 법도가 있었다. 진법의 형태는 육화법六花法을 본받으니, 이는 해바라기꽃을 본뜬 것이다. 옛날 당태종唐太宗의 장수 이정李靖이 고구려를 칠 때 산골짜기가 구불구불하여 팔진도八陣圖를 펼칠 형편이 못되었기에 육화진六花陣으로 대신한 것이 바로 이 제도이다. 장군이 옥 같은 배[134]를 타고 술 연못을 건너면서 노를 두들기며 맹세하기를,

"만약에 시름성을 쓸어버리지 못하면 다시 건너오지 않을 것임을 여기 이 물에 증거하노라!"

하고 바다 입구에 정박하여 곧바로 서기를 맡은 모영을 불러 그 자리에서 격문을 짓게 하였다.

"모월 모일에 옹·병·뇌 대도독 구수대장군은 시름성에 격문을 이첩하노라. 무릇 주막집 같은 천지 사이와 나그네 같은 세월 가운데에서 장생을 하든 요절을 하든 똑같이 꿈이요, 큰 나라든 작은 나라든 한가지로다. 살았으되 시름겹고 한스러워 오히려 해골의 즐거움에도 미치지 못하니 어찌 슬프지 않은가!

오직 너 시름성이 근심거리가 된 지 오래되었다. 쫓겨난 신하, 남편 그리는 여인네, 강매운 선비, 글 짓는 사람들만 치우치게 찾아다녔다. 그러니 거울 속 얼굴은 쉬이 시들고, 귀밑머리 터럭에 먼저 서리 내렸다. 덩굴이 치렁치렁 이어지듯 나중에 처치하기 곤란하게 만들어서는 안 될 지경이 되었다.

---

133) 술좌석을 도망하는 늙은 병사: 주허후 유장이 여후의 족속들을 군법으로 다스린 전고를 변용한 듯하다.
134) 옥 같은 배: 술잔을 형용하는 말이다.

지금 나는 천군의 명을 받아 좋은 술이 나는 신풍新豐의 병기를 모아서, 술국자와 노구솥을 선봉으로 세우고 대합조개 참조개와 게의 집게발을 참모로 삼았다. 비록 제갈공명이 썼던 풍운 진법과 항우패왕이 지녔던 고금 최고의 용맹함이라도 아이들 장난일 뿐이라 어찌 나를 당해낼 수 있겠는가? 하물며 초나라 들판에서 홀로 깨어 있던 이[135]를 어찌 개의할 게 있겠는가? 격문이 도착하는 날 일찌감치 항복 깃발을 내걸으라!"

이와 같은 격문을 출납관으로 하여금 큰 소리로 읽게 하여 성 가운데 들리게 하니, 온 성안의 사람들이 모두 항복할 마음을 지녔는데 유독 굴평만은 굴하지 않고 머리를 산발한 채 도망해 간 곳을 알지 못하겠더라.[136]

장군이 바다 입구로부터 마치 술동이를 거꾸로 세워 내리붓듯이 파죽지세로 내달리니 공격하지 않아도 성문이 저절로 열리고 싸우지 않아도 성안이 지레 항복하였다. 장군이 이에 무력을 뽐내고 위엄을 드날리는데, 혹은 흩어져 밖에서 포위하고 혹은 모여서 안에 진을 치니 그 기세가 마치 바닷가에 밀물이 들이치고 강가에 빗물이 불어나듯 하였다.

천군이 영대靈臺에 올라 멀리 바라다보니, 구름이 벗겨지고 안개가 걷히며 감미로운 바람에 햇살이 나른하더라. 지난날 슬펐던 자가 환호하고, 괴로웠던 자가 즐거워하고, 원망하던 자가 잊고, 한탄하던 자가 녹이고, 결기를 내던 자가 풀어버리고, 노하던 자가 기뻐하고, 끙끙대던 자가 희희대고, 울울하던 자가 흔흔하고, 신음하던 자가 노래를 부르고,

---

135) 홀로 깨어 있던 이: 굴원을 지칭한다. 애초 시름성을 쌓기 위해 천군의 나라에 찾아온 인물도 굴원과 그의 제자 송옥이었다.
136) 굴평(屈平)만은~못하겠더라: 굴평은 굴원의 자(字)이다. 굳이 굴평이라는 자를 사용한 것은 "(술에) 굴하면 평화로워진다"는 우의를 전제했기 때문이다. 그러나 다음 대목에서 '굴하지 않고 도망갔다'고 했다. 결국 시름성의 괴수인 굴평은 주인옹의 심성 수양은 물론이고, 주인옹이 추천하고 국양이 주도했던 무혈전쟁의 평화 공세 모두를 거부하고 도망한 셈이다. 천군의 치세는 여전히 미완성이다.

팔뚝을 걷어붙이던 자가 춤을 추었다. 유령은 그 덕을 칭송하고, 완적은 가슴속 응어리를 씻어내고, 도연명은 갈건 쓰고 줄 없는 금琴 잡고 뜰의 나뭇가지 쳐다보며 얼굴을 풀고, 이태백은 모자 둘러쓰고 비단 도포 걸쳐 입고 나는 듯이 술잔을 주고받다가 달에 취했다. 옥 같은 몸이 산이 무너지듯 엎어지고, 때는 이미 촛불을 잡고 밤놀이할 시간이었다.[137] 눈앞에 꽃잎이 날고 장막 안으로 달빛이 비쳐들었다. 장군이 가인佳人으로 하여금 파진악破陣樂을 연주하게 하고 군사를 개선시키니, 천군이 크게 기뻐하여 관성자를 불러 다음과 같이 하교하였다.

"내가 경에게 은혜가 없는데 경은 경의 마음을 미루어서 내 뱃속에 두었도다. 경은 나에게 덕이 있으니, 내 장차 무엇으로 경의 공로에 보답하리오? 한 번 배수하고 또 배수하고 다시 한 번 배수한들 한갓 얼굴 붉어짐을 더할 뿐이로다.[138] 지금 곧 시름성의 옛터에 성을 쌓아 경의 탕목읍[139]으로 삼게 하리라. 세 주州의 도독 노릇 하는 일도 예전처럼 하라. 또한 환 땅에 봉하여 3등의 작위를 내려 환백懽伯으로 삼노라. 검정 기장으로 담근 울창주[140] 한 항아리를 하사하고 앞뒤 고취[141]로써 총애할지라. 알지어다!"

---

137) 옥 같은 몸이~시간이었다: 각각 이백의 「양양가」와 「춘야연도리원서春夜宴桃李園序」의 구절을 용사한 것이다.
138) 한 번 배수(拜授)하고~뿐이로다: '벼슬을 한 번 내리고 또 내리고 다시 한 번 내린들 장군의 공적에 비하면 얼굴 붉어질 일'이라는 말이다. '한 번 배수〔一拜〕'와 '술 일 배〔一杯〕'의 의미를 중첩시켰다. 결국 이백의 「산중대작山中對酌」에 나오는 '일배일배부일(一杯一杯復一杯)'라는 구절을 환유하고 있다.
139) 탕목읍(湯沐邑): 공신(功臣)에게 사패지(賜牌地)로 주는 고을.
140) 검정 기장으로 담근 울창주(鬱鬯酒): 종묘 제례나 작위를 수여할 때 사용하는 술이다.
141) 고취(鼓吹): 풍악을 베풀어 북과 피리〔鼓吹〕로 격려한다는 뜻과 '술을 받아 먹고 취한다〔沽酒〕'는 뜻을 중첩시켰다.

원본 안빙몽유록 安憑夢遊錄

서생 안빙이 꿈나라에 들어가다

有書生姓安名憑者, 累擧進士不第[1], 就南山別業, 居閑. 所居之後圃, 多植名花異草, 日哦詩其間. 嘗於暮春末, 天氣淸和, 生乃吟翫花卉, 怡怡[2]往來者不已, 居然氣倦, 坐憑老槐樹[3], 摩挲[4]口, 自語曰:

“世傳槐安之說, 甚誕, 吁[5]亦怪哉!”

徙倚間, 忽思假睡, 初覺, 有彩蝶大如伏翼, 翩翩於鼻端. 生怪而逐之, 蝶或近或遠, 若導而行. 行數里許, 抵一洞口, 桃李爛開. 其下有蹊, 彷徨欲回, 向來所

---

1) 不第(부제): 선발되지 못하다. 등수에 들지 못했다는 말.
2) 怡怡(이이): 화순(和順) 자득(自得)한 모습, 기분 좋게 즐거워하는 모습.
3) 槐樹(괴수): 홰나무 혹은 회화나무. 큰선비 혹은 삼정승(三政丞)을 상징하는 나무다.
4) 摩挲(마사): 문지르다. 여기서 문지르는 대상이 무엇인지 분명치 않지만, 다음의 입 구(口)자는 안생 자신의 입일 것이다. 물론 홰나무의 구멍이라고 볼 수도 있다. 『남가태수전南柯太守傳』에서는 주인공이 홰나무 밑의 구멍[古槐一穴]을 통해 괴안국을 드나들었다.
5) 吁(우): 다소 부정적인 감정을 나타내는 감탄사다.

逐蝶, 倏亦不見. 蹊間遇靑衣童子, 年可十三四[6], 拍手前笑曰:

"安公來矣."

仍趨而去, 其行若飛. 生嘿認[7]其童, 初不相識, 心頗怪之. 遂尋蹊而入, 見一屋宇, 繚以粉墻, 朱甍碧瓦, 輝映山谷, 殆非人間制度. 稍進外戶, 彩闥齊開, 俄有一女侍[8]出, 絳脣翠袖, 婥約多姿, 直至生前, 含笑低垂, 頗若舊相識者[9]. 先叙遠來良苦, 且傳:

"寡君, 聞公迂道[10], 甚喜, 將欲分庭設拜, 且可少住!"

生仍問: "寡君爲誰?" 不敢問宗緒[11], 女曰:

"寡君, 陶唐氏. 堯之胤子丹朱苗裔也. 其先多爲虞夏羣牧, 因牧有功, 遂有王號. 綿歷世代, 繼嗣不繁, 羣臣共和, 擇宗姓女有文德者, 立之, 雜用木火德, 凡威儀制度, 尙靑赤. 至今, 襲是禮焉."

又問:

"子爲誰, 何姓氏, 第幾何?"

女曰:

"妾, 姓絳, 名樂, 第二十. 漢世絳侯嬰之後, 以先世封於絳, 因以襲姓焉."

答述欲訖, 復有一女侍出, 艷質輕盈, 若不自持, 端揥向生, 仍戲絳氏曰:

"有何祕語, 見人卽止?"

---

6) 靑衣童子(청의동자), 年可十三四(연가십삼사): 열서너 살가량의 푸른 옷을 입은 동자. 『진서 晉書』권88 「안함전顔含傳」에는 "갑자기 나이 열서너 살 먹은 청의동자 하나가 나타나 푸른 주 머니를 들고 안함에게 주었다. 함이 열어보니 뱀 쓸개였다. 동자는 머뭇거리며 지게문을 나서 더니 파랑새로 변하여 날아가버렸다. 그 쓸개로 약을 만드니 형수의 병이 곧 나았다. 이로 말 미암아 안함이 유명해졌다(忽有一靑衣童子, 年可十三四, 持一靑囊, 授含. 含開視, 乃蛇膽也. 童子逡 巡出戶, 化成靑鳥飛去, 得膽藥成, 嫂病卽愈, 由是著名)"라고 했다.
7) 嘿認(묵인): 동자를 속으로 알아보았다는 뜻. 알고 지내던 사람인 줄로 착각했다는 말.
8) 女侍(여시): 여자 시동(侍童), 즉 시녀.
9) 頗若舊相識者(파약구상식자): 옛날부터 알던 사람 같았다.
10) 迂道(우도): 상대방이 길을 멀리 돌아 구석진 곳을 찾아주었다는 겸사(謙辭)의 표현이다.
11) 不敢問宗緒(불감문종서): '종서(宗緒)'는 선조의 유업 또는 내력. 『소학집해小學集解』권2에 "少義曰, 尊長於己踰等, 不敢問其年", 「집해」에서 "不敢問年, 嫌若序齒也"라 했다. 존장자에게 나이 를 따지거나 집안 내력을 묻는 것이 겸연쩍고 꺼림해 묻지 않았다는 뜻이다.

絳氏笑曰:

"適見貴賓, 第達姓氏, 復何訝乎?"

生又問姓名如絳氏, 女曰:

"妾, 名留, 第十八, 與客同姓, 系出金谷."

生欲詰同姓金谷之說則女曰:

"猥傳主命, 未暇從容, 願促入見寡君!"

꽃왕국의 손님들과 자리를 정하다

生整冠張拱, 隨二女侍而入, 歷數十重門, 正殿嵬峩, 以黃金書牓曰'朝元殿'.
綴露珠爲簾, 排金粟飾桷, 白玉爲墀, 靑璃鋪庭, 淨不可踏. 左有靑樓, 右有紅樓,
左則扁曰迎春, 右則花萼, 雕欄畫棟, 華彩奪目. 生屛氣鞠躬, 凝立廊廡間, 忽聞
仙樂, 飄若自空下, 侍女數百人, 擁一雕輿, 見女王按輿而出, 年可十七八, 御紅
錦袞龍袍, 戴金精舞鳳冠, 豐肌紅頰, 雲步虛徐, 由阼階下, 異香芬馥. 生遽趨進,
欲施拜于庭, 王令向者二女侍止之, 曰:

"久揖淸芬, 景慕良勤, 又無統攝, 下堂相見. 幸勿爾也!"

生答以不敢, 遂再拜, 王亦答拜. 相與捐讓登殿, 坐旣定. 王顧女侍曰:

"可召李夫人來, 令與班姬[12]偕."

有頃, 李夫人至, 靚粧淡飾, 步履輕軟, 邈若玉妍珠瑩; 復報班姬至, 豐容微酡,
翠眉矗山, 纖穠麗質, 遠勝紅錦. 生不覺下拜, 二人者亦答拜, 就南席欲坐, 李夫

---

12) 李夫人(이부인)~班姬(반희): 여기에서 이부인은 흰 오얏꽃[李], 반희는 붉은 복숭아꽃[桃]
을 암유하고 있음. 양(梁) 간문제(簡文帝)의 「춘별시春別詩」에 "桃紅李白若朝粧, 羞持憔悴比新芳.
不惜暫住君前死, 愁無西國更生香"이라고 하여 '도리(桃李)'꽃의 무상함을 여인에 빗대었다. 또한
『악부시집樂府詩集』 권43 「상화相和·초조곡楚調曲」에 역대 시인들의 「반첩여班婕妤」라는 작품
이 모아져 있는데, 당(唐)나라 엄식현(嚴識玄)은 "賤妾如桃李, 君王若歲時. 秋風一已勁, 搖落不勝
悲. 寂寂蒼苔滿, 沈沈綠草滋. 榮華非此日, 指輦競何辭"라고 하여 '반첩여'의 올곧음도 '도리꽃' 같은
여인의 덧없음 앞에서는 여지없이 무너져내림을 슬퍼하였다.

人揖班姬, 班姬讓李夫人, 久未定. 王戲二人者, 曰:

"昔李夫人以寵, 班姬以踈, 今日之坐, 勿以爵, 以色, 可乎?"

班姬整衿笑對, 曰:

"第以終風且暴[13]之故爾, 昔之班未知孰與李, 且妾聞朝廷莫如爵."

遂就上座, 諸笑. 未卒, 忽聞門外諠呼, 閽人急報客至. 王徐曰:

"久與徂徠先生　首陽處士　東籬隱逸, 約會, 此輩適來矣! 不穀嘗待之以賓, 未宜坐竢."

遂下殿立. 三人者, 旣通名, 各以次入, 王斂容而竢. 其一人, 蒼髯長身, 氣槩落落; 一人, 梗直峭峻, 節操蕭洒; 一人, 黃冠野服, 馨德粹面. 三人至, 則長揖不拜曰:

"等野性踈懶, 未諳禮法."

王愈禮下之, 遂登殿分壁對坐, 生末乃趨拜. 三人相顧動色, 曰:

"安秀才何得到此? 邂逅識面, 豈非幸歟!"

生尤怪之, 不覺其由. 三人者揖生使左, 生固讓不就, 王曰:

"禮當如是, 未宜多讓."

生不得已就坐, 次徂徠, 次首陽, 次東籬, 各敍暄涼. 竟, 李夫人進, 白于王曰:

"玉妃[14]在近, 好會難得, 盍相邀諸?"

王曰: "諾."

卽令靑衣邀之, 可一炊頃, 妃至, 路由山後, 淡粧素服[15], 乘白馬. 又有一女伴隨至, 侍衛若王妃公主之屬. 王望見, 謂坐客曰:

"詩云, '有客有客, 亦白其馬.' 此亦吾家之賓也, 第未知後至者誰."

---

13) 終風且暴(종풍차포): 『시경』 「패풍邶風·종풍終風」에 나오는 구절이다. 온종일 바람이 사납게 분다는 뜻.

14) 玉妃(옥비): 매화를 가리킴. 송(宋)나라 진여의(陳與義)의 「화장구신수묵매오절和張矩臣水墨梅五絶」 셋째 수에 "粲粲江南萬玉妃, 別來幾度見春歸"라 했다.

15) 淡粧素服(담장소복): 매화를 형용하는 전형적 표현이다. 유종원(柳宗元)의 『용성록龍城錄』에 "趙師雄遷羅浮, 一日天寒, 日暮於松林間, 酒肆旁舍, 見美人淡粧素服出迎 (…) 東方已白, 起視大梅花樹"라 했다.

妃旣入謁, 因曰:

"芙蓉城主周氏相過, 携與俱來, 得非唐突盛宴乎?"

王曰:

"甚起予也! 可促入."

周氏隨謁者上謁, 光彩動人, 顧眄燁然, 二人後至, 難於坐次, 徂徠曰:

"玉妃可次首陽之下."

妃改容曰:

"禮, 男女不同席, 況交臂而坐乎!"

王曰:

"然. 玉妃於屬兄, 而亦陌邦之賓也. 雖權坐吾下, 可也! 周氏擅城池爲主, 可次玉妃!"

二人謙讓不獲, 則遂引席差後而坐.

꽃왕국의 신하들과 시연^{詩宴}을 열다

尋進饌羞, 薰香珍異, 目所未覩. 有樂妓數十輩, 戴花冠, 執樂器, 各着一色衣裳, 靑黃赤白, 五彩眩悅, 遂分隊列坐堂下, 亦皆國色. 王出席於九華16), 觴酌酴醾酒, 向生先稱, 生逡巡退跪, 左右辭, 王曰:

"旣坐上座, 安得復辭先觴?"

於是, 衆樂咸擧, 有妓對舞, 一則衣金縷衣, 長腰裊裊; 一則衣羽衣, 輕體翩翩. 金縷妓唱折楊柳, 其詞曰:

"墻頭柳結長思, 折贈離人餘幾枝. 年年離別年年折, 寄語春風且莫吹."

---

16) 九華(구화): 한(漢)나라의 비빈(妃嬪)들이 기거하는 궁궐의 액정(掖庭, 왕명의 전달 및 궁궐 관리를 맡아보던 관아)에 구화전(九華殿)이 있었다. 이후 구화문(九華門)은 궁문의 통칭이 되었으며 구화장(九華帳)은 귀인의 화려한 휘장을 뜻하게 되었다.

羽衣妓唱蝶戀花, 其詞曰:

"草綠南園春又謝, 夢裏風光, 爾豈非吾化. 一會華筵天所借, 更尋何處紛紛過. 看盡世間忙裏惱, 綠碎紅殘, 不禁年芳老. 今日那知明日好, 有身莫惜樽前倒."

王曰:

"俗樂只亂人耳! 欲闋吾家舊譜, 未知僉意何如?"

僉曰:

"願聞, 願聞!"

王顧眄侍兒, 卽有黃裳細腰妓, 持五絃琴, 離列特坐, 整撥理絃, 遂彈南薰之曲, 曲調高妙, 滿座皆爲動容. 王曰:

"不穀則丹朱之後. 吾文祖曾製此曲, 重華仍歌而彈之, 世但知此曲爲重華之作, 而不知實自吾文祖也. 以故, 吾家世傳之, 至今不失."

衆皆嘆服曰:

"昔吳季札見舞簫韶[17]者曰, '德至矣! 盡矣![18] 縱有他樂, 請勿復觀.' 僉意亦云."

王傳令勿復更奏他樂, 仍語客曰:

"佳期易阻, 好事難又, 古人所悲. 今日酒未半而樂止, 無以娛賓, 請客賦一篇詩, 以補其缺, 何如?"

僉曰:

"唯唯!"

王顧玉妃曰:

"朕行爵未卒, 兄座次朕, 可代主人, 敢相屬!"

---

17) 簫韶(소소): 순(舜)임금의 음악. 『서경』「익직益稷」에 "簫韶九成, 鳳皇來儀"라는 말이 있다. 대본에는 '蕭韶'로 되어 있으나 착오다.
18) 至矣盡矣(지의진의): 아름다움의 극점을 찬탄하는 말. 춘추시대 오(吳)의 왕자 계찰(季札)이 상고시대의 춤을 관람하면서 더이상의 가무는 없다고 찬탄했다는 고사를 "탄위관지(歎爲觀止)"라 한다.

玉妃嬌羞辭謝, 左右強請, 乃吟一絶, 其辭云:

"慇懃千里江南信, 應到孤山處士家. 一入玉欄春寂寂, 自憐疎影爲誰斜."

吟訖, 玉恨珠愁, 嗚咽呑聲曰:

"妾家本江南, 後移孤山, 與處士林逋爲隣, 多作雪月之會. 自忝入玉欄, 每憶西湖, 縱欲巧笑之瑳, 佩玉之儺[19], 得乎? 感古傷今, 情見于辭."

王聞此語, 忽忽不樂. 左右請其故, 王噫而嘆曰:

"絲蘿施蔓, 必得其託. 女子有行, 豈無所從? 自惟寡質, 嘉與東皇, 徽成文定之祥[20], 肅雍桃夭之日[21]. 蟲飛月出[22], 夙著齊妃之義; 葛覃喬木[23], 期瑑南國之化. 不虞東皇自恃靑年, 霆車風駕, 月巡花遊, 兄弟歌皇祖之訓[24], 僕馭作祈招之詩[25]. 上帝怒棄其天工, 偏譴禍謫于震維, 然, 亦愛其風調, 不忍終於索居. 一歲九旬, 相會十日, 過玆而往, 音耗不嗣. 是猶南北邈處, 風馬牛不及, 天津之別, 亦足自喩, 玉妃之言, 所以相感."

左右亦皆噓噫. 王令兩侍兒, 展雲錦牋一幅, 書近體七言律, 以示左右, 且屬生

---

19) 巧笑之瑳(교소지차), 佩玉之儺(패옥지나):『시경』「위풍衛風 · 죽간竹竿」에 나오는 구절. "하얀 이 드러내며 웃고 엄전하게 패물을 찼었지"라는 뜻이다. 위나라 여인이 제후에게 시집가서 친정에 돌아가지 못하자 천진난만했던 처녀 시절을 회상하는 내용이다.

20) 文定之祥(문정지상): 납폐의 예로 상서로운 날을 정함, 즉 정혼을 뜻함.『시경』「대아大雅 · 대명大明」에 "文定厥祥 親迎於渭"라 했다. 이로부터 정혼을 '문정(文定)'이라 일컬음.

21) 桃夭之日(도요지일): 시집가는 날.『시경』「주남周南 · 도요桃夭」에서 유래하였다. 남녀가 적당한 때에 혼인하여 집안을 이루는 것을 찬미하는 내용이다.

22) 蟲飛月出(충비월출):『시경』「제풍齊風 · 계명鷄鳴」을 용사한 것이다. 취지는 제(齊)나라 애공(哀公)이 황음(荒淫) 태만하여 그의 후비가 내조(內朝)에서 숙흥(夙興)하기를 경계했다는 내용인데, '충비'는 날이 밝았다고 알리는 말이고 '월출'은 동방이 밝은 것이 사실은 달빛 때문이라는 말이다.

23) 葛覃喬木(갈담교목):『시경』「주남 · 갈담葛覃」과 「주남 · 한광漢廣」에서 주문왕(周文王)의 교화가 남국에까지 미쳤다고 노래한 것의 상징물이다.

24) 皇祖之訓(황조지훈): 할아비 우(禹)임금의 교훈.『서경』「오자지가五子之歌」에서 태강(太康)이 사냥을 일삼다 예(羿)에게 나라를 빼앗기자 다섯 형제가 조부 우임금의 교훈을 생각하며 그를 원망하는 노래를 불렀다.

25) 祈招之詩(기초지시):『좌전左傳』「소공」12년조에 나오는 일시(逸詩)「기초祈招」를 가리킴. 주목왕(周穆王)이 천하를 주유하려 하자 사마(司馬)의 직을 맡은 제공(祭公) 모보(謀父)가 이 시를 지어 왕의 마음을 멈추게 했다고 한다. '기초(祈招)'는 여러 설이 있으나 대개 제왕의 직할지 기(畿) 땅을 관장하며 사마직을 지닌 제공의 이름 '초'라고 풀이한다.

求和. 其辭云:

"珍重東皇解誤人, 別離如昨怨芳辰. 粧樓暮雨臙脂落, 步帳餘香錦繡新. 天上佳期唯七夕, 樽前良會未經旬. 夜看牛女寬愁思, 奏罷南風只阜民."

生跪讀再三, 注筆奉酬. 其詞云:

"偶隨蝴蝶成幽討, 驚見山蹊分外春. 靑鳥忽傳金母信, 白頭今拜紫皇宸. 嬪嬙滿座花齊綻, 風月留人酒幾巡. 自幸宿緣聯玉籍, 歸來還訪錦城人."

左右齊聲稱道大是奇才, 生又屬周氏, 周氏低頭良久, 曰:

"異乎三子者之撰!"

遂歌滄浪曲, 歌曰:

"滄浪之水淸兮, 可以濯吾纓; 滄浪之水濁兮, 可以濯吾足."

王笑曰:

"本欲各言其志, 徒能誦古辭. 此非欲[浴]沂之點, 安足與之, 可促行罰!"

卽浮以太白, 周氏起立坫前, 受罰爵拜飮, 便覺酒暈上臉, 乃朗然高咏曰:

"叨主芙蓉歲幾周, 等閑花裏棹蓮舟. 光風霽月無人愛, 說到濂溪更作愁."

周氏未有所屬, 徂徠先生左執盃右擊盤, 泠然細吟, 淸楚可聽. 其詞云:

"徂徠山下老髥公, 不爲風霜改舊容. 最恨周王東狩後, 謾留虛譽汚秦封."

最後, 各以次有作, 首陽之辭曰:

"少小生頭角, 錦褓初裹身. 先君多讓德, 後裔未成人. 尙保千年節, 休誇九十春. 無心聞鳳鳥, 薇蕨與爲隣."

東籬之詞云:

"樂道厭紛華, 東籬還是家. 夕英秋後少, 白露夜深多. 栗里悲陶令, 龍山恨孟嘉. 年年風雨日, 無復滿頭花."

兩篇句句皆驚, 王曰:

"首陽之枯槁, 東籬之踈放, 所謂骨消未變者也. 昔魯孔子曰, '周監於二代, 郁郁乎文哉! 吾從周.' 唐韓愈亦曰, '惜乎! 吾不及其時, 進退揖讓乎其間.' 嗚呼盛哉! 假使兩君生際斯時, 亦能終於枯槁踈放而已耶."

意若有諷, 處士變色厲聲曰:

"堯舜在上, 下有巢許. 周德雖盛, 遠愧唐虞. 吾兩人雖衰, 不欲居由父之後."

王賦叔田之首章, 曰:

"豈無蛾眉眼前取容, 所愛於數君者, 以有歲寒之姿. 吾思夫王道蕩蕩, 草木咸若. 一物之微, 有不服吾化者, 吾自視缺然. 不可相助爲理使萬物皆春耶?"

首陽賦淇澳首章, 東籬賦簡兮卒章, 曰:

"各有所守, 不可相奪!"

王曰:

"兩君嫌我衰謝耶?"

於是, 巡酒且畢.

시연을 마치고 전별연餞別宴을 가지다

生欲起辭, 王曰:

"班姬·李夫人, 亦在座, 尙未達意, 可少延坐, 毋使二人落莫, 何如?"

生敬諾. 王謂二人曰:

"安秀才且將去, 無以盡慇懃, 班與李, 盍起舞歌, 其所爲詩章, 以助餘歡?"

二人聞命前拜, 曰:

"妾等素未學舞儀, 然, 今日之會樂極, 不知手舞足蹈, 當一效拙."

遂爲耦而起, 進前退後, 作月宮素娥之舞. 李夫人先唱, 其辭曰:

"先帝春遊出建章, 當時恩寵冠嬪嬙. 芳心未歇鉛華盡, 一曲秋風[26]恨不忘."

班姬繼唱, 其辭云:

---

26) 秋風(추풍): 한나라 무제가 하동(河東)에 거둥하여 후토(后土, 토지신)에 제사지낸 후, 군신들과 뱃놀이를 하다가 매우 기뻐하며 「추풍사」를 지었다고 한다. 그 전반부에 "秋風起兮白雲飛, 草木黃落兮雁南歸. 蘭有秀兮菊有芳, 懷佳人兮不能忘"이라 했다.

"榮華昔日辭同輦, 風雨終朝銷柏梁. 千載知心唯李白[27], 解憐飛燕倚新粧."

王令侍兒, 於碼碯盤盛春彩段以償, 曰:

"可當錦纏頭!"

二人拜恩就坐, 徂徠先生不悅, 目首陽曰:

"旣醉而出, 竝其受福[28]."

遂不告踰垣徑去. 李夫人戱謂首陽與東籬曰:

"昔有處士聞歌而驚, 踰垣而逃, 座有戱之者曰, '山鳥不知紅粉樂, 一聲檀板便驚飛[29]', 正爲此也."

二人不答, 相繼而出. 生亦告辭, 左右慰送繾綣, 王乃命春官行賻儀, 彩段·文繡·金銀, 酌好, 羅列于庭. 生拜謝出門, 有一美人立于門外揖生, 曰:

"今日之遊, 樂乎?"

生曰:

"子何人, 獨立於斯乎?"

美人泫然曰:

"諺傳, 妾之先, 於開元末, 得罪于楊妃. 事不載籍, 語甚無稽, 而至今千有餘年, 累延後裔, 亦未升堂. 泛愛之前, 宜有玆事?"

---

27) 李白(이백): 이백의 악부시에 반첩여의 일생을 깊이 동정하는 「원가행怨歌行」이 있다. "十五入漢宮, 花顏笑春紅. 君王贈玉色, 侍寢金屛中. 薦枕嬌夕月, 卷衣戀春風. 寧知趙飛燕, 奪寵恨無窮. 沈憂能傷人, 綠鬢成霜蓬. 一朝不得意, 世事徒爲空. 鷁鷁換美酒, 舞衣罷雕龍. 寒苦不忍言, 爲君奏絲桐. 腸斷弦亦絕, 悲心夜忡忡."

28) 旣醉而出(기취이출), 竝其受福(병기수복): 『시경』 「소아小雅 · 빈지초연賓之初筵」의 첫 구절을 따왔다.

29) 山鳥不知紅粉樂(산조부지홍분락), 一聲檀板便驚飛(일성단판편경비): 채양(蔡襄)이 복당(福唐) 수령을 할 때 이구(李覯)와 진열(陳烈)을 망해정(望海亭)에서 만나 술자리를 즐기는데, 기생이 술을 권하며 박판을 치자 진(陳)이 놀라 담장을 넘어 가버린 것을 두고 이(李)가 그 꼿꼿함을 기롱하는 시를 다음과 같이 지었다고 한다. "七閩山水掌中窺, 乘興登臨到落暉. 誰在畫橋沽酒處, 幾多鳴櫓趁潮歸. 晴來海色依希見, 醉後鄕心積漸微. 山鳥不知紅粉樂, 一聲檀板便驚飛." 송(宋)나라 이기(李頎)의 『고금시화古今詩話』를 인용한 송나라 완열(阮閱)의 『시화총귀詩話總龜』 전집 권 39에 수록되어 있다. 그러나 진열의 엄격한 태도가 오히려 미담이 되므로 그를 기롱한 이구의 『우강집旴江集』에는 실리지 않았다고 한다.

안생이 꿈에서 깨어나다

語未訖, 迅雷一聲, 劃若地裂, 遽[遽]然醒悟, 乃一夢也. 頗覺酒暈在身, 芳馨
襲衣, 恍然起坐, 則微雨灑槐, 餘雷殷殷. 生以爲向之所夢, 亦是南柯, 繞樹而思,
省然記得, 仍詣花圃. 牡丹一叢, 爲風雨所擺, 委紅墮地; 其後, 桃李並立, 枝間
靑鳥噪嘈; 竹與梅, 各專一塢, 而梅則新移, 護以欄; 庭中有蓮池, 靑錢30)始浮;
籬下有菊抽苗, 赤芍藥盛開, 亞31)于階上; 安榴數株, 植於彩盆; 墙內垂楊拂地,
墙外老松偃蓋矣. 其餘雜花, 絳綠紅紫, 蜂彈蝶舞, 若見樂妓. 生乃知此物作怪,
又思門外美人, 則生嘗得俗所謂黜堂花者, 戲謂護花童曰:

"此花, 得罪楊妃, 故名黜堂, 植諸外階, 可也."

僮果植之階下矣. 生自此下帷32)讀書, 不復窺園云.

---

30) 靑錢(청전): 느릅나무 잎, 부평초 잎, 이끼와 같이 푸르스름하고 둥그런 모양의 물체를 지
칭하는 말. 여기서는 연잎을 지칭한 듯하다.
31) 亞(아): 흔들(리)다 혹은 드리우다, 압도하다. 특히 당(唐) 원진(元稹)의 「홍작약紅芍藥」에
서 「煙輕琉璃葉, 風亞珊瑚朶」라 했다.
32) 下帷(하유): 방 안의 휘장을 내리고 제자를 가르친다는 원뜻에서 확장되어, 문을 닫고 두
문불출 열심히 책을 읽는 것을 의미한다.

원본 서재야회록 書齋夜會錄

실의에 찬 사대부의 글방에 요괴가 들다

有一士夫, 略姓名不書. 好古落拓, 爲世所擯, 家雖窘罄, 意豁如也. 嘗構別墅 于達山村, 杜門斷往還, 唯以書史自娛, 隣比亦不得見其面者, 數年矣. 世在大荒 落, 仲秋望前二日, 山雨新霽, 夜氣淸悄, 長空淡而銀河流, 朗月飛而玉露凋, 懍 然有宋玉悲秋[1]之意, 悠然有李白翫月[2]之興, 步出書堂巡庭獨吟曰:

"丁丁伐木澗之濱, 岑寂書齋少有隣. 搗藥只應憐玉兔, 停盃誰與問氷輪[3]. 楓

1) 宋玉悲秋(송옥비추): 송옥(宋玉)의 초사(楚辭) 「구변九辯」의 첫머리에 "悲哉! 秋之爲氣也. 蕭瑟 兮, 草木搖落而變衰"라고 했다.

2) 李白翫月(이백완월): 이백(李白)의 시에는 달을 대상으로 읊은 작품이 많은데, 「월하독작月 下獨酌」에서는 "擧杯邀明月, 對影成三人"으로 시작하여 극도의 친밀감으로 끝을 맺었고, 「파주문 월把酒問月」에서는 "靑天有月來幾時, 我今停杯一問之"로 시작하여 시공을 초월하는 영원한 관계 를 맺는 존재로 부각시켜 대조를 이룬다. 이 작품에서는 주인공이 읊은 시 내용으로 보아 후 자의 시를 염두에 두고 거론한 것으로 추정된다.

3) 搗藥(도약)~問氷輪(문빙륜): 이백의 「파주문월」에 "靑天有月來幾時, 我今停杯一問之. 人攀明月 不可得, 月行却與人相隨. 皎如飛鏡臨丹闕, 綠煙滅盡淸輝發. 但見宵從海上來, 寧知曉向雲間沒. 玉兔擣藥 秋復春, 姮娥孤棲與誰鄰. 今人不見古時月, 今月曾經照古人. 古人今人若流水, 共看明月皆如此. 惟願當歌

林滴瀝時聞露, 門巷淸深不見塵. 一別鳳樓今幾載, 美人何得更愁人."

言訖, 傷嘆數四, 凜乎無寐, 手取枯梧, 據而露坐, 時夜已三更, 稍無人跡, 忽聞書室中噭噭然, 有聲若笑若語者, 士心動回徨, 屛氣凝聽則果若有人在書室者矣. 士疑其盜, 竊跣足累步迫而察之, 時月入虛窓, 室中如晝. 從窓罅密伺見, 有四人環坐, 形貌不同, 衣冠各異. 其一人緇衣玄冠, 厚重少文, 年最長. 一人班衣脫帽, 露髻而仰, 器宇甚銳. 一人白衣綸巾, 容儀玉雪. 一人黑衣黑帽, 面若藍漆, 極醜而短. 四人相與語曰:

"孰能以無爲身, 以生爲假, 以死爲眞, 孰知動靜黑白之一理者, 吾與之友矣."

四人相視而笑曰:

"祀輿犁耒[4], 足爲之莫逆乎?"

遂促膝而坐. 白衣者曰:

"今夜乘主人不在, 吾輩專房而樂, 不已泰乎?"

脫帽者掉頭曰:

"主人離群索居, 所與處者吾輩, 磨肌憂骨濡首霑背, 執役已久, 吾被老鈍之譏, 予有輕薄之誚, 彼則運盡, 此亦玷缺, 其與主人處者, 能復幾時, 於此若無一言, 奈如明月何?"

因誦元稹[鎭]白首何歸丹心未泯之句[5], 嗚咽數聲, 座中皆掩泣, 或揮或拭.

白衣者曰:

"徒學南冠楚囚[6], 四座流涕, 何以慰懷?"

對酒時, 月光長照金樽裏"라고 했다.

4) 祀輿犁耒(사여려뢰): 『장자』「대종사大宗師」의 우언 대목에 나오는 4인의 가상 인물이다. 사실은 본문의 "四人相與語曰(사인상여어왈)~足爲之莫逆乎(족위지막역호)" 전체가 「대종사」의 "子祀·子輿·子犁·子耒 四人相與語曰: 孰能以無爲首, 以生爲脊, 以死爲尻, 孰知死生存亡之一體者, 吾與之友矣. 四人相視而笑, 莫逆於心, 遂相與爲友"라는 대목을 반의(反意)모방하고 있다.

5) 元稹[元鎭, 원진]~之句(지구): 원진(元鎭)은 남송 고종의 재상이자 충신인 조정(趙鼎)의 자(字). 그가 말년에 귀양 가면서 임금에게 올린 「사표謝表」에서 "白首何歸, 悵餘生之無幾; 丹心未泯, 誓九死以不移"라고 했다.

6) 南冠楚囚(남관초수): '남녘 관을 쓴 초나라 죄수'라는 뜻으로서 다른 나라에 포로로 잡혀온 곤궁한 처지의 인물을 지칭한다. 춘추시대 초나라 종의(鍾儀)가 진(晉)의 포로로 잡혀 있다가

仍戲脫帽者曰:

"子黑首而云白首, 無心以爲有丹心, 可乎?"

脫帽者笑曰:

"固哉, 句芒氏之爲詩也! 此安知素絢之義?"

黑衣者目緇衣者曰:

"二子閉口! 如切如瑳, 如琢如磨者, 始可與言詩已矣."

緇衣者譃曰:

"吾聞他山之石, 可以攻玉, 未聞攻墨也."

黑衣者曰:

"然! 果非玉也歟!"

遂相與一握爲笑. 脫帽者曰:

"吟情一發, 自不知衰老, 請賦短篇, 爲三君倡."

乃詩曰:

"疏簾虛幌夜如晝, 玉露光凝秋月高. 頭白尙堪書細字, 眼明還欲數霜毫."

緇衣者繼吟曰:

"金蟾滴露淸如洗, 玉免秋毫冷不眠. 寫盡小詩心事苦, 淚痕猶在鎖眉邊."

白衣者曰:

"吾所慕於子者, 以有厚德重望, 竊效之而不能. 今子之末聯, 頗類婦人意, 不重厚, 子其衰乎?"

緇衣者曰:

"子實獲之, 吾有衰也之嘆久矣."

白衣曰:

"亦可繼乎?"

진후(晉侯)의 지감(知鑑, 사람을 알아보는 능력)에 들어 석방되었다는 『좌전』「성공成公」 9년
조의 전고로부터 유래하여, 동진(東晉)의 선비들이 신정(新亭)에 모여 옛 땅의 회복을 도모하
지 못하고 초나라 죄수처럼 실의에 빠졌다는 고사를 형성했다.

乃朗然吟曰:

"分明霜月能添白, 擬試丹靑⁷⁾寫好詩. 珍重四人文字會, 百年遺跡竟依誰."

黑衣者寡嘿, 若不得已於詩者, 乃吟曰:

"琢磨薰染能存道, 功用當年孰似陳. 三友更投膠漆分, 厭看塵世白頭新⁸⁾."

白衣者曰:

"陳詩可貶! 但能自敍, 曾無一語及光景, 不乃固陋乎?"

脫帽者曰:

"槀[槀]也輕甄短陳, 槀[槀]也多乎哉?"

緇衣者喟然嘆曰:

"於今朋友道喪久矣! 旣謂莫逆, 又憚切磋."

脫帽者卽頓首謝, 左右謹笑.

선비가 네 친구를 만나 사귀다

士初擬盜竊, 旣知物怪, 心亦無恐, 欲熟觀其所爲. 緇衣者曰:

"詩不云乎? 無已太康, 職思其居, 好樂無荒, 良士瞿瞿, 若有罅隙, 恐見漏洩."

三人相顧不答, 士疑其將散, 遂作謦欬聲, 室中闃然, 悠無所見, 士卽退而祝曰:

"子之朋儔不三不六, 謂二竪則多二, 謂五鬼則少一, 子非困我者, 又非窮我者, 旣得子情, 敢隱子形, 今也無奴星縛草之送, 有上客虛左之迎, 雖幽顯有間, 誠感必通, 四君終能棄我乎?"

---

7) 丹靑(단청): 단청 칠하는 솜씨, 즉 화공을 뜻한다.
8) 白頭新(백두신): '백우이(여)신(白頭而(如)新)'의 준말. 머리가 백발이 되도록 오래 사귀었지만 처음 본 사람처럼 뜨악한 관계를 일컫는다. 잠시 수레를 멈추고 만나본 사람이지만 오랜 친구 사이 같다는 '경개이(여)고(傾蓋而(如)故)'와 짝을 이룬다.

祝訖, 整襟而立, 若有所竢, 良久不怠, 忽聞書齋北窓外, 窣窣然有聲漸近, 士知其有變, 堅意不動, 時山月欲低, 斜影在廳, 三人纍纍而來, 衣冠形貌, 一如室中所覩, 至則羅拜于前, 士亦答拜.

遽問:

"一君安在?"

答曰:

"不冠不敢見."

士曰:

"山齋夜會, 不責禮法, 幸速相邀."

脫帽者聞言, 從齋後趑趄而進, 頓首謝無禮, 士慰答, 相與對坐, 欲詰姓名譜系, 以辨山精木魅, 而恐忤其意, 不敢遽發. 遂先自敍曰:

"某乃高陽氏之後也, 家積善慶, 世襲貂蟬, 然而志存螢雪, 念絕綺紈, 師博審思辨之訓, 躬格致誠正之學, 自期仰不愧天, 俯不愧人, 居不愧奧, 寢不愧衾者, 有年矣. 四君豈不謂然乎?"

四人曰: "唯."

"地偏生晚, 踽踽涼涼, 心知慕古, 行不掩過, 濱於九死, 出於重坎, 賓朋相棄, 室人交讁, 厄窮如此, 曾不怨悶, 四君豈不謂然乎?"

四人曰: "唯."

"今者枯形隳智, 遯世離群, 山阿寂廖, 草堂孤絕, 神交顏氏, 夢斷周公, 或沈潛仁義, 或譴浪辭章, 不有四君, 孰從我遊, 願托末契, 冀聞緒言, 諸君幸敎之."

四人齊拜而謝且曰:

"吾輩俱以陋質, 托于君子, 叨入造化之爐, 敢爲踴躍之金, 明公旣不以不祥罪之[9], 又從以從遊許之, 敷陳平素, 呈露肝膽, 自惟無狀, 何以得此, 欲布鄙懷, 仰

---

9) 叨入造化之爐(도입조화지로)~不祥罪之(불상죄지):『장자』「대종사」의「사여려뢰」우언에서 "子來有病, 喘喘然將死. 其妻子環而泣之, 子犂往問之曰: '叱. 避. 無怛化.' 倚其戶與之語曰: '偉哉造化! 又將奚以汝爲? 將奚以汝適? 以汝爲鼠肝乎? 以汝爲蟲臂乎?' 子來曰: '父母於子, 東西南北, 唯命之從. 陰

塵淸聽可乎?"

士喜曰:

"固所願也."

緇衣者起而拜, 坐而復曰:

"我堪坏氏之後, 方舜之側微, 有名器者, 與舜陶河濱, 及舜卽帝位, 遂姓陶氏, 事不載虞典, 其後世自沮漆, 從古公于陶穴, 因家西土, 至武王伐紂, 與聞泰誓, 子孫之去西土, 移居魏地者, 改姓瓦氏, 魏亡而始顯, 唐貞元間, 瓦氏有與李觀交者, 遊長安客死, 觀禮葬之[10], 人至今以爲榮. 然, 瓦氏支而甄氏宗也. 我實祖甄, 始生之日, 不拆不副[11], 有文在掌曰池, 以池爲名. 鄙人譜系, 姓名則如是, 安敢相諱以誑知己. 但今年老, 一敗, 萬事瓦裂, 縱有微勞於斯文, 誰復記取, 願托瓦李之交, 明公肯許之乎?"

士未解其意, 但曰:"唯唯."

黑衣者進而拜曰:

"我燧人氏之後, 先世有名霜者, 與神農嘗百草, 事在本草, 有名烏者, 與蒼黠[頡]作字, 事在史記, 其後世掌文翰, 代不乏人. 至周而爲墨氏, 有與老聃同作柱下史者, 事不載其名. 二十代祖翟, 磨頂放踵[12], 以利天下, 與孔氏並稱二師. 至

陽於人, 不翅於父母. 彼近吾死而我不聽, 我則悍矣, 彼何罪焉? 夫大塊載我以形, 勞我以生, 佚我以老, 息我以死. 故善吾生者, 乃所以善吾死也. 今大冶鑄金, 金踊躍曰, 我且必爲鏌鋣, 大冶必以爲不祥之金. 今一犯人之形, 而曰, 人耳人耳, 夫造化者必以爲不祥之人. 今一以天地爲大鑪, 以造化爲大冶. 惡乎往而不可哉!' 成然寐, 蘧然覺"이라고 했다.

10) 唐貞元間(당정원간)~觀禮葬之(관례장지): 한유(韓愈)의 「예연명(일작문)瘞硯銘(一作文)」(『한유집』 권36 잡문)에 "隴西李觀元賓, 始從進士貢在京師, 或貽之硯. 旣四年, 悲歡窮泰, 未嘗廢其用. 凡與之試藝春官, 實二年, 登上第, 行于襃谷, 役者劉胤, 誤墮之地, 毀焉. 乃匣歸埋于京師里中. 昌黎韓愈, 其友人也. 贊且識云: 土乎質, 陶乎成器. 復其質, 非生死類. 全斯用, 毀不忍棄. 埋而識, 之仁之義. 硯乎硯乎, 與瓦礫異"라고 했다.

11) 不拆不副(불탁불부): 불탁(不坼/拆)과 불부(不副)는 횡생(橫生) 혹은 역생(逆生) 등의 난산 또는 분만후유증이 없는 것을 말한다. 주나라의 선조 후직(后稷)은 어머니 강원(姜嫄)이 거인의 발자국에 감응하여 잉태해 어떤 고통이나 재해 없이 순산하였다고 한다. 『시경』 「생민生民·비궁閟宮」의 여러 주석에 나온다.

12) 磨頂放踵(마정방종): 정수리부터 발꿈치까지 모두 닳는다는 뜻으로 지극한 정성을 이름. 방(放)은 지(至)의 뜻. '마정지종(磨頂至踵)' '유족마정(濡足磨頂)' 등의 용례가 있다.

玄祖, 變姓陳氏, 晦迹松柏之間, 微而不顯, 先大夫以我有琢磨之資, 可增前光, 愛而名之曰玉, 少耽書籍, 兀兀窮年, 曁乎晚節, 漸成消渴, 雖托知己, 難圖漆身之報, 敢依仁人, 不作老棄之歎, 明公幸垂憐焉."

士曰: "唯唯."

白衣者起敬起拜曰:

"我句芒氏之後, 先世韜光草木, 不求榮進, 在世多修渾沌之術, 明白入素, 無爲復朴[13]. 至秦始皇, 焚滅詩書, 坑殺學士, 亦不預其禍. 夫積厚者, 流澤遠, 子孫之蕃, 始於漢, 世有名藤者, 聰明強記, 絡誦經史, 武帝購求亡書, 多所獻進, 石渠天祿, 吾先世頗有功焉. 在晉有名繭者, 善王右軍, 價高天下. 及唐, 事昭陵, 因殉葬, 世多惜之. 自父祖以來, 家于剡溪, 受形之初, 肇名曰藁, 復修渾沌之業, 雖疏瀹心志, 澡雪精神, 本非受采之資, 暗蒙輕薄之讒, 終覆醬瓿, 敢望再收, 明公幸察之."

士曰: "唯唯."

脫帽者拜手稽首曰:

"我庖羲氏之後, 先世殺牲, 始祭天地, 拔毛以爲用, 以功得姓毛氏, 世謂庖羲氏之時, 燎毛而食者, 非也. 毛氏世爲史官, 簪筆記事, 多不自著, 至孔子作春秋, 游夏不能有所贊[14], 而毛公終定年次. 唐韓愈云見絶於孔子者, 是厚誣吾祖. 戰國時有毛遂, 請處囊中. 漢世有毛萇著詩傳, 此吾正派, 而韓愈恃其文華, 鑿空駕虛, 牽合府會, 以亂毛氏之宗. 所謂毛穎者, 何人也? 有虞氏南巡狩, 崩于蒼梧. 蓋二妃從焉, 泣血不及, 沈于湘江, 二妃之後, 散處楚地, 遂謂管氏, 十五代祖,

---

13) 修渾沌之術(수혼돈지술), 明白入素(명백입소), 無爲復朴(무위복박):『장자』「천지天地」에 자공(子貢)이 한 농사꾼을 만나서 힘을 적게 들이고도 효과가 큰 농사법을 권했다가 기계를 이용하려는 기심(機心)에 대해 크게 꾸지람을 듣고 놀라 돌아와서는 공자에게 말하니 공자가 다음과 같이 말했다고 한다. "彼假脩渾沌之術者也. 識其一, 不知其二. 治其內, 而不治其外. 夫明白入素, 無爲復朴, 體性抱神, 以遊世俗之間者. 汝將固驚邪. 且渾沌氏之術, 予與汝何足以識之哉."
14) 至孔子作春秋(지공자작춘추), 游夏不能有所贊(유하불능유소찬):『십구사략十九史略』권1에 "因魯史記作春秋, 自隱至哀十二公, 絶筆於獲麟, 筆則筆削則削, 游夏之徒不能贊一辭"라 했다.『맹자집주』「이루離婁 하」장21의 집주에서도 언급하고 있다.

娶以爲配, 自是非管氏不娶, 猶曰必齊之姜也. 韓愈云封于管城者, 亦傳之妄也. 吾祖入中書省之年, 父爲知製誥, 以我年少氣銳, 祖名之, 父字之, 名曰銳, 字曰退之. 使我顧名思義, 如今老鈍夙志摧, 盡短髮脫帽, 羞見傍人, 願受作冢之榮, 不效上楊之詩, 明公可無情乎?"

士雖唯唯於四人之言, 竟未能解其意. 謂四人者曰:

"今夜邂逅, 天實佑之. 但星回斗轉, 曉月將落, 恐未從容以展餘蘊, 向也室中諸君, 各有篇章, 不識可得繼此乎?"

四人曰:

"敢不唯命."

緇衣者詩曰:

"橫雲却月競嬋姸, 擧世誰憐舊姓甄. 莫笑石腸今化盡, 眼看韓子作銘春."

黑衣子詩曰:

"搗盡玄霜白兔愁, 幻形蒼點[頡]學書秋. 從敎磨頂能兼濟, 不爲楊朱讓一頭."

脫帽者詩曰:

"傳得詩書歲月長, 豪顔不駐鬢毛蒼. 風流舊事無人管, 難得樽前作戰場15)."

白衣者詩曰:

"悠悠竹帛16)儘成煙, 百孔千瘡自我傳. 磊落石渠收汗馬, 月明辜負剡溪舡."

士三復吟思, 盡加嘉獎, 乃酬曰:

"百年交契將誰托, 偶識山中四老人. 他時記得淸宵話, 留作書齋篋笥珍."

四人且謝且拜曰:

"旣受恩知, 幸無遐棄."

遂告去淩巡不見.

---

15) 戰場(전장): 글 짓는 모임을 무기 없이 다투는 싸움에 빗대어 흔히 백일장(白日場) 혹은 백전(白戰)이라 한다.
16) 悠悠竹帛(유유죽백): 죽간이나 비단에 씌어 아득한 옛날부터 장구한 세월 전해오는 고전을 뜻한다.

선비가 이지러진 문방사우를 불으면서 제문을 지어주다

士獨臥室中, 耿不能寢, 追思所遇, 庶幾解悟, 日已照窓矣, 侍兒怪而來問曰:

"今日何晏起耶?"

士答曰:

"夜月明甚, 遣情吟魔, 朝寢甚酣, 爾豈不知者而來問耶?"

起閱室中筆硯紙墨, 舊藏陶硯爲壁土墮破, 有筆一枝, 以斑竹爲管, 而無頭匣, 老不中書, 有墨一枚, 磨不盡者未寸, 紙則前數日, 侍兒云是處有薄楮, 請覆醬瓿, 士曰: "諾." 遂召侍兒取楮觀之, 乃藁精之潔且厚者, 於是脫然盡解, 卽以楮裏三物, 瘞于屛地[17], 爲文而祭之. 其辭曰:

"維年月日, 高陽氏之後某, 謹以淸酌庶羞之奠, 敬祭于堪坏氏之後甄君池・燧人氏之後陳君玉・句芒氏之後渾沌者藁・庖羲氏之後毛君銳, 四友之神. 嗟嗟乎! 天賦性命, 與之物則, 倫有五倫, 德有五德. 奧維朋友, 二五之一, 夕死尙可, 無信不立. 茫茫隆緖, 大道斯塞, 死生貴賤, 雲雨輕薄. 無故而合, 莊周所譏, 利盡則疏, 達人之悲. 孰是同心, 誰歟同聲, 山木蒼蒼, 谷鳥嚶嚶. 嗟我一室, 吊影伶仃, 聯翩[18]四友, 不速盍簪[19]. 良宵皓月, 朗吟淸談, 語不近俗, 始自高陽. 堪坏・燧人・庖羲・句芒, 本草神農, 作字蒼黠[頡], 虞帝河濱, 古公沮漆. 春秋絶筆, 戰國處囊, 石渠天祿, 漢帝唐皇. 顚倒錯綜, 靡不畢擧, 蒼蒼浩浩, 孰徵孰據. 風流奇會, 實由明誠, 不形之形, 形於不形[20]. 不際之際, 際於不際[21], 百年交契, 重

---

17) 屛地(병지): 병처(屛處). 은폐된 장소. 으슥한 곳.

18) 聯翩(연편): 새가 나는 모양. 혹은 연달아 이어지는 모양.

19) 盍簪(합잠): 『주역』 예괘(豫卦)에 "의심하지 말라. 붕우가 모여 빨리 오는 상이다(勿疑, 朋盍簪)"라고 했다. 왕필(王弼) 주에 "盍, 合也; 簪, 疾也"라 하였고, 공영달(孔穎達) 소에 "群朋合聚而疾來也"라 했다. 후에는 선비들의 모임 자체를 가리키는 말이 되었다.

20) 不形之形(불형지형), 形於不形(형어불형): 『장자』 「지북유知北遊」에서 "형체 없는 것이 형체 있는 것이 되기도 하고 형체 있는 것이 형체 없는 것이 되기도 한다. 이런 생사왕래는 누구나 모두 아는 것이지만 지인은 힘쓰지 않고 논하지도 않는다"고 했다.

21) 不際之際(부제지제), 際於不際(제어부제): 『장자』 「지북유」에서 "이른바 사물의 경계라는 것은 경계 없던 것이 경계 있는 것으로 변화하고 경계 있는 것이 경계 없는 것으로 변화하는

以論世. 生爲莫逆, 死則同穴, 矧伊人矣, 不如物乎! 琅琅別言, 敢忘顧托, 夫我何傷, 子所臧[藏]兮. 不昧者存, 庶感些章."

是夜, 夢四人來謝曰:

"公之壽, 自今以往, 四十年有餘矣, 以是相報[22)]."

後絶無是怪云.

것이다"라고 했다.
22) 相報(상보): 누구에게 알리다, 보고하다. 한유의 「화선녀華山女」에 "不知誰人暗相報, 旬然振動如雷霆"이라 하고, 『동주열국지東周列國志』 제33회에 "妾乃晏蛾兒也, 奉先公之命, 特來相報"라고 한 용례가 있다.

원본 신명사도명神明舍圖銘과 천군전天君傳

신명스런 집의 도상天命舍圖

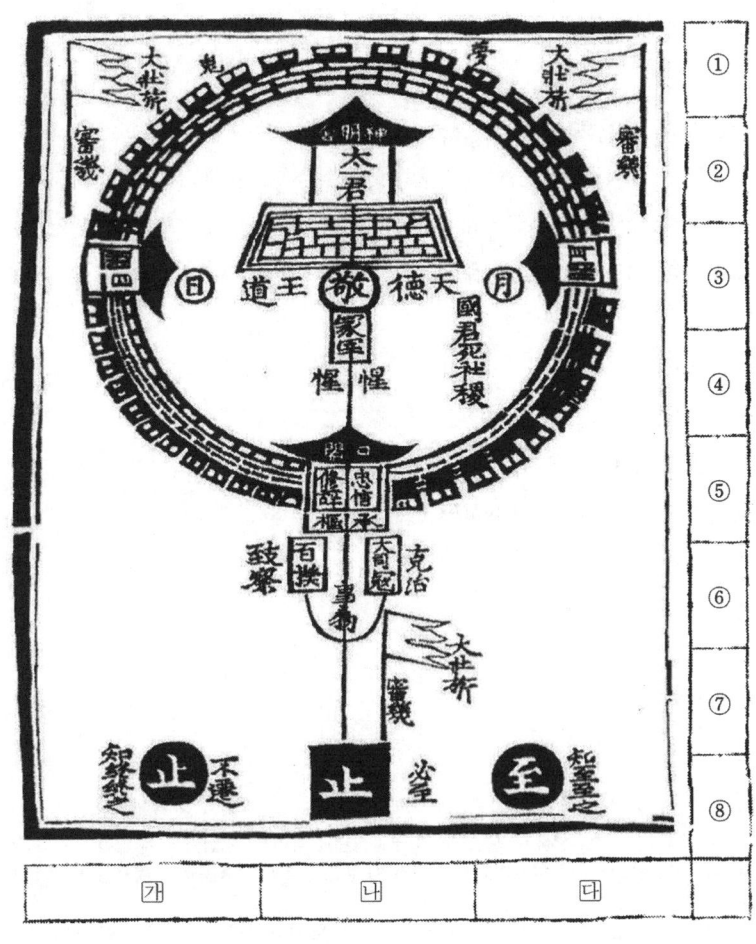

신명스런 집에 새긴 글_{神明舍銘1)}

太一眞君²⁾, 閑邪則一, 無欲則一. 禮必本於太一, 無邪其則, 事以忠孝.

明堂布政.

內冢宰主, 存

外百揆省. 摠體 學問思辨. 卽事物上窮理. 明明德第一工夫.

承樞出納, 細分 擇善致知

忠信脩辭. 食料·塗轍 五常實理. 無一毫自欺. 脩身之脩. 固執力行. 洞洞流轉.

發四字符, 和恒直方 禮之用和, 和中節; 庸信謹恒, 恒悠久. 謹獨直, 絜矩方.

建百勿旂, 仁之方 知行存省命脈.

九竅之邪,

三要始發. 已

動微勇克, 幾 閑邪

進敎廝殺. 克 三返晝夜用師萬倍

丹墀復命, 存誠 存誠止至善

堯舜日月. 復禮 物格知至

三關閉塞,

淸野無邊. 涵

---

1) 원문은 『남명집南冥集』(한국고전번역원 한국문집총간 영인본)에 실린 것에 약간의 착간(錯簡, 차례가 잘못됨)이 있어 허유(許愈)의 『후산집后山集』에 실린 「혹문或問」의 이본을 참조하여 대본으로 삼는다.
2) 太一眞君(태일진군): 도상에서 말한 '태일군(太一君)'을 달리 부른 말이다. 도상에 대한 주석 참조. 허유의 「혹문」에서는 "莊子曰: 百骸九竅六臟, 有眞君存焉, 蓋指心而言也"라 했다.

還歸一, 宿

尸而淵[3]. 養

도상에 대한 주석

①-㋑, ①-㋐, ⑦-㋐ **大壯旂**^{대장기}: 뇌천^{雷天}☳☰, '대장^{大壯}' 괘^卦는 『周易』 64괘의 하나다. '旂'는 '旗'와 통용. 程伊川, 『易傳』 "爲卦, 震上乾下, 乾剛而震動. 以剛而動, 大壯之義也. 剛陽, 大也, 陽長已過中矣, 大者壯盛也. 又雷之威震而在天上, 亦大壯之義也"; "君子之大壯者, 莫若克己復禮, 古人云自勝之謂強. 中庸, 於和而不流, 中立而不倚, 皆曰強哉矯. 赴湯火蹈白刃, 武夫之勇可能也. 至於克己復禮, 則非君子之大壯, 不可能也."

『心經』 「顔淵問仁」에서는 "說文謂'勿字似旗脚'. 此旗一麾. 三軍盡退. 工夫只在勿字上. 纔見非禮來. 則禁止之. 便克去. 纔克去便能復禮"(『朱子語類』)라 하고, 이황^{李滉}은 「戱作破字詩四絕」에서 "豕㐌牛邊勿脚顚, 滿江波浪夜迷船. 誰從手裏乾坤轉, 水面風來月到天"라 하고 주석에서 "'豕㐌'逐也; '牛邊勿'物也; '勿脚'旗脚也"라고 했다.

①-㋑ **夢**^몽, ①-㋐ **鬼**^귀: 꿈과 귓것. 허유^{許愈}의 「或問」에서는 "不人不覺, 則鬼關也夢關也. 此是致知誠意界分處, 書之圖後, 使人知所警懼也"라 했다. 반면 조원순^{曺垣淳}의 「神明舍圖銘解」에서는 "知其所止則覺也, 不能知止則夢也; 止其所止則人也, 不能止止則鬼也. 夢鬼二字, 爲日月之反"라 했다.

②-㋑, ②-㋐, ⑦-㋐ **審幾**^{심기}: 기미나 낌새를 살핌. 허유의 「혹문」에서는 "通書曰, '幾善惡'. 夫幾者, 動之微也. 於此不審, 則涓涓而滔天; 焰

---

3) 尸而淵(시이연): 시동처럼 처신하고 연못처럼 침묵한다는 말이다. 『장자莊子』 「재유在宥·천운天運」의 "尸居而龍見, 淵默而雷聲"을 인유하여 극도의 내적 수양을 암시한 표현이다.

焰而燎原, 甚可畏也. 此三關, 所以必立大壯旅, 以審其幾焉"이라 했다.

②-［나］ **神明舍**신명사: 신명의 집. 『荀子』卷21 「解蔽」篇, "心者, 形之君也, 而神明之主也"참조. 『心經·求放心齋銘』, "勉齋黃氏曰: 心者神明之舍. 虛靈洞徹, 具衆理而應萬物者也. 然耳目口鼻之欲, 喜怒哀樂之私, 皆足以爲吾心之累也"; 『近思錄』「存養類」, "心要在腔子裏. 一腔子猶所謂神明之舍, 在腔子裏謂心不外馳也. 一 只外面有些隙罅, 便走了"; 『明儒學案』, 「諸儒中六·李大經先生」, "心也者, 神明之舍, 心不可以專神, 而神則寓宅於心者也. 神貴靜, 靜則性全而仁義之體立, 神貴明, 明則思睿而仁義之用行. 曰寂曰明, 而心之本體正矣. 欲多則蕩, 動極則昏, 事物無形, 虛靜以養中可也"; 『雲笈七籤』卷11, 『誦黃庭經訣』「常念章」第22, "九室正虛神明舍." 註曰, "九室謂頭中九宮之室及人之九竅. 使上宮榮華, 九竅眞正, 則衆神之所止舍也"참조.

②-［나］ **太一君**태일군: 태일의 임금. 『孔子家語』「禮運」, "夫禮必本於太一, 分而爲天地, 轉而爲陰陽, 變而爲四時, 列而爲鬼神, 其降曰命, 其官於天也, 協於分藝, 其居於人也, 曰養"; 王肅注, "太一者, 元氣也." 唐 杜佑, 『荀子』卷17, 「天論」篇, "耳目鼻口形能各有接而不相能也, 夫是之謂天官. 心居中虛, 以治五官, 夫是之謂天君. (…) 聖人淸其天君, 正其天官"; 卷21 「解蔽」篇, "心者, 形之君也, 而神明之主也, 出令而無所受令. (…) 口可劫而使默云, 形可劫而使詘申, 心不可劫而使易意, 是之則受, 非之則辭."

『雲笈七籤』卷24 「總說星」章, "北辰星者, 衆神之本也. 凡星各有主掌, 皆系于北辰. 北辰者, 北極不動之星也. 其神正坐玄玄丹宮, 名太一君也."

③-［가］ **耳關**이관, ③-［다］ **目關**목관: 귀길목(귀관문), 눈길목(눈관문). 許愈, 「或問」, "學者之防意如城, 如國之待暴於關門也. 蓋耳聲關也, 目色關也, 口食關也. 此三關不嚴, 則神明舍亦不寧靜矣. 故古之欲存心者, 必於此而用力. 如易所謂閑邪窒慾, 顔子所事四勿, 皆是物也."

③-［가］ **月**월, ③-［다］ **日**일: 해와 달. 許愈, 「或問」, "日月者, 天地神明之主

也; 敬者, 人心神明之主也. 此日月, 其敬字之光輝乎!"; "目屬陽, 耳屬陰, 日於目, 月於耳, 此意也. 然先生嘗曰, '敬義, 吾家之日月.' 此日月, 全就敬字上說來."

③ - 나 **敬**경: 공경함. 제 마음을 언제나 간직하고 전일하게 함. 『易』坤卦, "君子敬以直內, 義以方外. 敬義立而德不孤"; 『周易注疏』, "言君子用敬以直內, 內謂心也, 用此恭敬以直內理. 義以方外者, 用此義事, 以方正外物. 言君子法地正直而生萬物, 皆得所宜, 各以方正"; 『近思錄』卷4 「存養類」, "朱子曰, 程子有功於後學, 最是拈出敬字有力. 敬則此心不放, 事事從此做去"; 『心經集註』 「心學圖」, "程氏復心曰, 蓋心者一身之主宰, 而敬又一心之主宰也. 學者熟究於主一無適之說·整齊嚴肅之說, 與夫其心收斂常惺惺之說, 則其爲工夫也盡, 而優入於聖域, 亦不難矣"; 許愈, 「或問」, "敬者, 一心之主宰也. (…) 惕然收斂, 凜然恐懼, 是自做主宰法也."

③ - 나 **天德**천덕 **王道**왕도: 許愈, 「或問」, "天德王道, 卽大學所謂明德新民, 是也. 明德新民, 其要只在敬, 此所以夾敬而書也."

④ - 가 **國君死社稷**국군사사직: 나라 임금은 사직에 죽는다. 원래 『禮記』「曲禮 下」의 "國君去其國, 止之曰, '奈何去社稷也'; 大夫曰, '奈何去宗廟也'; 士曰, '奈何去墳墓也'. 國君死社稷; 大夫死衆; 士死制"에서 연원한 명제다.

許愈, 「或問」, "國君無殉社之心, 不足以保其國; 學者無殉道之志, 不足以保其心. 故孔子曰, '守死善道'; 孟子曰, '舍生取義'; 程子曰, '餓死事小, 失節事大'; 朱子曰, '學者, 常須以「志士不忘在溝壑」爲心, 則道義重而計較死生之心輕矣'. 聖賢心法, 自來如此."

『孟子集註』 「梁惠王 下」 章13, "國君死社稷, 故致死以守國, 至於民亦爲之死守而不去, 則非有以深得其心者不能也"; 章15, "土地乃先人所受而世守之者, 非己所能專. 但當致死守之, 不可舍去. 此國君死社稷之常法. 傳所謂'國滅君死之, 正也', 正謂此也."

④ - 나 **家宰**총재 **惺惺**성성: 내무총재, 생생히 깨어 있음. 『書經』 「周官」, "家宰掌邦治, 統百官, 均四海"; 『書』 「孔傳」, "天官卿稱太宰, 主國政治, 統理

百官, 均平四海之內"; 許愈,「或問」, "惺惺猶言生生, 心有主宰, 則生理藹然, 自
惺惺不昏昧了."

⑤ -[나] 口關구관: 입길목. 許愈,「或問」, "三關之中, 口關最要害, 心之眞
妄邪正, 身之吉凶榮辱, 無不由是出焉. 其所關, 不亦重乎!"; 崔漢綺,『神氣通』
「口通·言與食相應」, "言語從口而出, 飲食從口而入, 出與入相應相符者, 彎廻
相遇者, 推己惠人者, 誠實之言語也. (…) 且言語之發, 自其在內言之, 飲食, 灌
漑言語之氣, 乃得推出發揚; 自其在外言之, 樞機周旋, 無非關涉于飲食之事."

⑤ -[나] 忠信충신 修辭수사:『易』乾卦 九三爻 象辭에 대한「文言傳」해당
대목에서 "九三曰, '君子終日乾乾夕惕若厲无咎', 何謂也? 子曰, '君子進德脩
業. 忠信, 所以進德也; 修辭, 立其誠, 所以居業也"라 했다.『周易傳義』의「程
傳」에서는 "三居下之上而君德已著, 將何爲哉? 唯進德修業而已. 內積忠信,
所以進德也. 擇言篤志, 所以居業也"라 하고,「本義」에서는 "忠信, 主於心者,
无一念之不誠也. 修辭, 見於事者, 无一言之不實也. 雖有忠信之心, 然, 非修辭
立誠, 則无以居之"라 했다. 忠信과 修辭는 궁극적으로 知至至之의 始條理
와 知終從之의 終條理로 연결된다. ⑧ -[가]至, ⑧ -[다] 止를 참고할 것.

⑤ -[나] 承樞승추: 조선 태종조에 승추부承樞府가 있었다. 한때 3군의
병력을 지휘 감독하는 최고군령기관이었다. 許愈,「或問」, "承樞, 承王命
而發樞機者也. 書曰, 龍! 汝作納言, 夙夜出納朕命, 惟允. 詩曰, 出納王命, 王之喉
舌. 其是之謂歟";『易』「繫辭上」, "言行, 君子之樞機, 樞機之發, 榮辱之主也."

⑥ -[나] 大司寇대사구 百揆백규: 許愈,「或問」, "凡事物之來, 揆度義理, 如百
揆之修職; 克治己私, 如司寇之治賊. 朝晝應接, 處置得宜, 則四肢百骸, 無不用
命, 而太一之君, 泰然於明堂之上矣."

⑥ -[나] 克治극치-致察치찰-事物사물: 사욕私慾과 사념邪念을 이겨냄, 극도
로 살핌, 외부의 현상과 물건. 王守仁,『傳習錄』卷上, "俟其心意稍定,
只懸空靜守, 如槁木死灰, 亦無用須敎他省察克治";『心經』「誠意」章, "趙致
道問於朱子曰, '周子云「誠無爲幾善惡」, 此明人心未發之體, 而指已發之端.

蓋欲學者致察於萌動之微, 知所決擇而去取之, 以不失乎本心之體而已'”; 『朱子大典』卷70, 「記程門諸子論學同異」, “胡氏曰, ‘物物致察, 宛轉歸已.’ 楊氏曰, ‘物不可勝窮也. 反身而誠, 則擧天下之物在我矣.’ 程子曰: ‘所謂窮理者, 非必盡窮天下之物, 又非只窮一物而衆理皆通, 但要積累多後, 脫然有貫通處.’”

⑧ - 나 **必至**필지-**止**지-**不遷**불천: 여기서 핵심은 止이며, ‘머무른다’는 뜻이다. 그것은 ‘반드시 이르러’ ‘옮기지 않는다’는 뜻을 내포한다. 『대학』에서 말한 “止於至善”의 止이다. 도판에서는 ‘不遷’이 왼쪽으로 치우쳤으나 착오다. 必至와 함께 止를 둘러싸 협서^{夾書}되어야 옳다. 許愈, 「或問」, “爲心學者, 可不求至所當止之地乎. 此必至不遷, 所以夾止而書也” 참조.

⑧ - 가 **止**지, ⑧ - 다 **至**지: ‘이르다’와 ‘그치다’의 의미다. 이 둘은 호응하는 뜻으로서 위의 必至不遷의 止를 양쪽에서 보조하고 있다. 『易』乾卦 九三爻 「文言傳」, “知至至之, 可與幾也; 知終終之, 可與存義也”; 『周易傳義』「程傳」, “可與幾, 所謂始條理者, 知之事也; 可與存義, 所謂終條理者, 聖之事也” 참조. 許愈, 「或問」, ”工夫至此, 而聖學之能事, 畢矣. 此圖之知[至]止二字, 蓋此學之究竟法也.”

천군 전기^{天君傳}

南冥先生作神明舍圖, 命先生作傳. 蓋先生年少時也.

有國於崑崙⁴⁾之下磅礴⁵⁾之上⁶⁾, 號曰有人氏. 其地自圓顱山至交趾⁷⁾, 土不過

---

4) 崑崙(곤륜/혼륜): 원기가 충만한 모습. 여기서는 하늘, 즉 천·지·인의 천(天)을 환유한다. 곤륜(崑崙)은 고대 한자에서는 곤륜(昆侖)으로 썼다. 또 곤(昆)은 혼(渾)과 통용된다. 중국에서 아득히 높은 상상의 지형으로 곤륜산을 지칭하기도 하지만 의태어로서 하늘의 기운을 묘사하

同[8]), 而以禮義爲諸侯所宗, 實王夏盟[9]), 以熙帝載[10]), 其君則乾元帝[11])之子也.
乾元帝太初元年, 詔曰:

> "朕居巍巍[12]之上, 萬機[13]寔繁, 無以獨運. 有能佐朕以治, 朕將寵之下土, 式
> 是百辟[14])."

> 僉曰: "胤子[15])可!" 乃命太史作策[16]), 命其詞曰:

기도 한다. 한(漢) 양웅(揚雄), 『태현太玄·중』, "昆侖旁薄, 思之貞也"; 청(淸) 기윤(紀昀), 『열미초
당필기閱微草堂筆記·여시아문일如是我聞一』, "元氣昆侖, 充滿天地."

5) 磅礴(방박): 넓디넓은 것. 원래 광대무변함을 나타내는 의태어지만, 여기서는 땅, 즉 천·
지·인의 지(地) 자체를 환유한다.

6) 崑崙之下磅礴之上(곤륜지하방박지상): 하늘 아래와 땅 위. 김인후(金麟厚), 「일관부一貫賦」,
"妙一理之冥運, 泯聲臭以沖漠, 通高圓之昆侖, 窮厚載之磅礴. 實万化之樞紐, 諒品彙之根柢. 亘古今而常
然, 豈一物之不体"; 송(宋) 구양수(歐陽脩), 『낙양모란기洛陽牡丹記』제1「화품서花品序」, "夫洛陽
於週所有之土四方入貢道里均, 乃九州之中, 在天地崑崙磅礴之間, 未必中也"참조.

7) 自圓顱山至交趾(자원로산지교지): 머리에서 발끝까지. '원로(圓顱)'는 둥근 두개골을 가리키
며, '교지(交趾)'는 지금의 월남 지역을 가리키는 지명이지만 여기서는 두 개의 발을 의미한다.
원래 '원로방지(圓顱方趾)'는 사람을 가리키는 대유법 표현인데, 여기서는 사람 머리와 발을
산봉우리와 최남단 변방 지역으로 환유하고 있다. 『회남자淮南子』「정신훈精神訓」, "故頭之圓也
象天, 足之方也象地"; 손중산(孫中山), 「사회주의파별여방법社會主義之派別與方法」, "圓顱方趾, 同
爲社會之人"참조.

8) 土不過同(토불과동): 땅이 사방 백 리에 지나지 않는다. 『춘추좌씨전』소공(昭公) 23년 기사
에 초나라에서 수도 영(郢)에 성곽을 쌓은 것에 대해 심윤술(沈尹戌)이 간하기를, 초나라의 네
성군(聖君)은 사방 백 리의 땅에 불과해도 영(郢)에 성곽을 쌓지 않았다고 했다. 고대 제왕이
다스리던 일기(一圻)의 넓이에도 못 미치는 땅이어도 백성과 주변국을 우호적으로 만들어 울
타리 삼았다는 뜻이다.

9) 夏盟(하맹): 중국 춘추전국시대 때 황하 중심의 제후국 간의 동맹. 이후로는 중국 영토, 더
나아가 동아시아 한문문명권의 문화적 결속을 지칭하는 어휘가 되었다.

10) 熙帝載(희제재): 제왕의 사업을 빛내다. 『서書』「순전舜典」, "咨四嶽! 有能奮庸, 熙帝之載"참조.

11) 乾元帝(건원제): 건괘(乾卦)의 덕은 원형이정(元亨利貞)인데, 그중에서도 건원(乾元)은 하
늘 덕의 시작으로서 으뜸이 된다. 흔히 천자의 대덕(大德) 혹은 제왕 자체를 가리키지만, 여기
서는 '하느님'을 인격화하여 제왕으로 환유하였다.

12) 巍巍(외외): 높고 큰 모습, 하늘의 모습. 『논어論語』「태백泰伯」, "大哉堯之爲君也! 巍巍乎! 唯
天爲大, 唯堯則之"참조.

13) 萬機(만기): 만 가지 사업의 기미. 원래 임금이 결재할 수많은 사업에 대한 판단과 결정을
가리키지만, 여기서는 임금의 일 자체를 의미한다.

14) 式是百辟(식시백벽): 이 모든 제후에게 본이 되게 하다. 『시경詩經』「대아大雅·증민烝民」,
"王命仲山甫, 式是百辟, 纘戎祖考, 王躬是保"참조.

15) 胤子(윤자): 맏아들.

16) 策(책): '策'은 군주가 신하에게 봉토를 내리거나 작위를 수여할 때 작성하는 문건이며, 이

"唯玆萬國, 遂在下地, 林林緫緫[17], 靡有定主, 肆予命汝, 自服于中土[18]. 汝尙同爾兄弟, 撫玆戎醜[19], 以贊我帝室. 分汝以仁義之室·禮智之琛[20]·軒轅氏之珠[21]·隋侯之璧[22], 王府珍藏, 咸錫予之, 往欽哉, 無荒墜朕命. 汝如不君, 惟爾股肱心膂, 皆汝仇敵; 內姦外寇, 投間抵隙, 爲汝邦患. 汝其戒此, 念之敬之. 高城深池, 重門擊柝, 罔有小忽; 陳兵巡警, 明法詰盜, 罔有小忽. 嗚呼! 敬勝則吉, 怠勝則滅, 無怠無荒, 永綏天祿."

元月甲寅, 帝使太史, 命疆有人之國, 封胤子焉. 國人尊之, 號曰天君.

天君初名理, 旣封於人, 更名曰心, 都胸海. 元年, 天君受朝于神明殿, 命洞開重門曰:

"軒豁[23]無蔽, 正如我心!"

爰命太宰敬曰:

러한 행위를 '책명(策命)'이라 한다.

17) 林林緫緫(임림총총): 사람의 무리가 삐죽삐죽 빽빽함. 문명시대 이전에 인총(人叢, 사람의 무리)이 풀 돋아나듯 태어나고 숲을 이루듯 번성했던 모습을 묘사한 것이다. 당(唐) 유종원(柳宗元), 「정부貞符」, "惟人之初, 緫緫而生, 林林而羣"; 『동몽선습童蒙先習』 「총론總論」, "蓋自太極肇判, 陰陽始分, 五行相生, 先有理氣, 人物之生, 林林緫緫. 於是, 聖人首出, 繼天立極. 天皇氏·地皇氏·人皇氏·有巢氏·燧人氏, 是爲太古, 在書契以前, 不可考"; 명(明) 유원경(劉元卿), 『현혁편賢奕編』 「관정官政」 「양계치하兩溪治河」, "下而林林緫緫, 待命於我, 倏有款啓之氓, 席其粗戾之習, 直突咆哮於吾前" 등 참조.
18) 自服于中土(자복우중토): 지세의 정중앙에서 친히 복무하다. 『서書』 「소고召誥」, "來紹上帝, 自服於土中"; 『공전孔傳』, "言王今來居洛邑, 繼天爲治, 躬自服行敎化於地勢正中."
19) 戎醜(융추): 문명의 교화를 받지 못한 대중의 무리. 『시경』 「대아大雅·면緜」, "乃立塚土, 戎醜攸行"; 『모전毛傳』, "戎, 大; 醜, 衆也" 참고.
20) 琛(침): 이국의 보석. 왕건(王建, 前蜀主), 『전당서全唐文』 「답양주서」 권129, "寶帶輳異方之貢, 名香加遠國之琛"; 소식(蘇軾), 「자신전정단교방사紫宸殿正旦敎坊詞(元祐四年)·소아치어小兒致語」, "安西都護, 來輸八國之琛, 南極老人, 出效萬年之壽."
21) 軒轅氏之珠(헌원씨지주): 중국 최초의 통치자 헌원씨, 즉 황제(黃帝)가 지니고 있었다는 현주(玄珠)를 가리킴. 『장자莊子』 「천지天地」에 "黃帝遊乎赤水之北, 登乎崑崙之丘而南望, 還歸, 遺其玄珠. 使知索之而不得, 使離朱索之而不得, 使喫詬索之而不得也. 乃使象罔, 象罔得之"라고 했다.
22) 隋侯之璧(수후지벽): 수나라 제후의 보배와 변화(卞和)의 둥근 옥. 흔히 '수변(隋卞)' 혹은 '수주화벽(隋珠和璧)'으로 병칭된다. 『회남자淮南子』 「남명훈覽冥訓」, "譬如隋侯之珠, 和氏之璧, 得之者富, 失之者貧" 참조.
23) 軒豁(헌활): 건물이 높고 커서 위세가 있는 모습. 혹은 사람의 기상이 드높고 위풍당당한 모습. 여기서는 신명전의 모습을 통해 인간의 마음을 환유하고 있다.

"汝宅腔子²⁴⁾裏, 肅淸我宮府!"

命百揆義曰:

"汝協于太宰, 順應萬務, 以熙百志!"

於是二相同心, 政成事合, 百官有司, 整整肅肅, 無敢荒厥官. 太宰曰:

"吁! 念哉! 上帝寔命, 無貳爾心²⁵⁾, 爾在屋漏²⁶⁾, 神目孔昭, 出入起居, 及爾出王²⁷⁾, 對越在天²⁸⁾, 無忝爾所生²⁹⁾."

百揆曰:

"吁! 戒哉! 惟玆庶績, 在汝一人. 無或曠于庶官, 君其代于天工."

君曰:

"兪! 靡二子之助, 我無以爲君. 予一人眇躬, 辱在大夫, 大夫無棄我!"

皆稽首曰:

"君若不棄二臣, 臣敢不爲用? 君如棄之, 雖欲匡輔, 其於群少何?"

君深納焉. 由是二相得盡其忠, 群臣大和, 國內大治. 遂承帝命, 統攝四海之

---

24) 腔子(강자): 가슴과 엉덩이 사이의 부위. 사람 몸의 주요 장기가 위치하는 중요한 공간으로 머리와 사지를 제외한, 이른바 오장육부(五臟六腑)를 담고 있는 몸뚱이 부분이다.

25) 無貳爾心(무이이심): 네 마음을 둘로 품어 의심하지 말라. 하늘의 뜻이 늘 함께함을 한마음으로 믿으라는 말이다. 『시경』「대아大雅·대명大明」, "上帝臨女, 無貳爾心" 혹은 「노송魯頌·비궁閟宮」, "無貳無虞, 上帝臨女"라고 했다.

26) 屋漏(옥루): 방의 서북쪽 구석으로서 가장 깊고 어두운 곳. 여기서는 남이 알지 못하는 자기만의 속마음을 뜻한다.

27) 及爾出王(급이출왕): 네 나가서 가는 데마다 (하늘의 명이) 미치다. '왕(王)'은 갈 '왕(往)'의 뜻이다. 『시경』「대아·판板」의 마지막 장에서 "昊天曰明, 及爾出王. 昊天曰旦, 及爾游衍"이라 했다. 『심경心經』과 『근사록近思錄』에서는 "克己復禮·四勿" "禮儀三百, 威儀三千, 無一物而非仁也"의 구절을 두고, '천리가 어느 사물에서나 두루 통한다'는 의미로 해석했다.

28) 對越在天(대월재천): 하늘에 계신 분을 마주 대하다. 『시경』「주송周頌·청묘淸廟」, "濟濟多士, 秉文之德, 對越在天, 駿奔走在廟" 참조. 『심경부주心經附註』 권1 「상제임여上帝臨女」에서는 『시경』「대아·대명」의 "상제임여(上帝臨女), 무이이심(無貳爾心)"에 대한 해석으로 "程子曰, 毋不敬, 可以對越上帝"를 연결해놓았다.

29) 無忝爾所生(무첨이소생): 네 낳은 바를 욕되게 말지어다. 여기서는 천도(天道)에서 경(敬)이, 이(理)에서 심(心)이 생겨난다고 비유하는 것이다. 『시경』「소아小雅·소완小宛」, "題彼脊令, 載飛載鳴. 我日斯邁, 而月斯征. 夙興夜寐, 無忝爾所生" 참조.

內, 包括宇宙之外. 凡命於兩儀之間萬餘國, 皆有人氏之屬, 南至于天根[30], 北至于月窟[31], 無有化外之邦. 國家強盛, 克配帝室者, 二相之力也.

　君頗好微行, 出入無時, 群臣莫知其鄕, 太宰每諫止之. 末年, 佞臣公子懈·公孫傲[32]等用事, 逐太宰敬, 百揆不安位而去. 君於是乘八駿馬, 馳騖八荒之外, 或陞而天飛, 或降而淵淪, 法宮久空, 百度縱弛. 銀海路[33]妖賊華督[34]等, 首亂三關, 群盜蜂起. 君巡遊在外, 國無備禦, 賊襲胸海, 不血刃而入其郭, 我師敗績于靈臺之下, 將軍剛死之. 賊酋柳跖自立爲君, 入居方寸臺, 宮闕污穢, 池殿荒涼, 腥膻醜種, 瀰漫丹田[35], 薰蒸玉淵[36].

<hr />

30) 天根(천근): 소옹(邵雍)의 시 「관물觀物」에서 "未蹋天根豈識人 (…) 地逢雷處見天根"이라 하였다. 〈선천도先天圖〉의 맨 밑에 위치한 복괘(復卦)에서 하나의 양효(陽爻)가 처음으로 생겨나는 것을 상징적으로 우의했다.
31) 月窟(월굴): 소옹의 「관물」에서 "須探月窟方知物 (…) 乾遇巽時觀月窟"이라 하여 〈선천도〉의 맨 위에 위치한 구괘(姤卦)에서 하나의 음효(陰爻)가 처음으로 생겨나는 것을 상징적으로 우의했다.
32) 公子懈(공자해)·公孫傲(공손오): 공자 게으름과 공손 오만함. 여기서 공자, 공손은 종실 제후의 아들과 손자로서 천군의 종실이 됨을 의미한다. 게으름과 오만함도 천군이 다스리는 마음의 나라에서 어엿한 귀족으로 장성하여 세력을 키웠음을 암유한다.
33) 銀海路(은해로): 눈길목. '은해'는 원래 도가서에서 비롯된 어휘로서 '눈'을 뜻한다. 송(宋)나라 소식(蘇軾)이 「눈 온 뒤에 북대 절벽에 쓰다雪後書北台壁」에서 "추위에 옥루(玉樓) 얼어붙어 소름 돋아나고, 햇살에 은해 요동치니 현기증 생겨나네(凍合玉樓寒起栗, 光搖銀海眩生花)"라고 읊은 이래로 '은해'는 어깨를 뜻하는 '옥루'와 함께 눈동자를 지칭하는 시어가 되었다. 명(明) 정등길(程登吉), 『유학경림幼學瓊林』「신체身體 원문原文」, "肩聳玉樓, 目澄銀海; 淚垂玉筋, 額表珠庭" 참조.
34) 華督(화독): 중국 춘추시대 송나라 대부인데 동료의 부인을 우연히 길에서 보고 눈길을 주면서 맞이하고 보냈다. 결국 음심을 품고 그 부인의 남편인 공보가(公父嘉)를 죽이고 송상공(宋殤公)까지 시해했다. 『춘추春秋』「환이년桓二年」, "宋華督弑其君與夷, 及其大夫孔父"; 『춘추좌씨전春秋左氏傳』, "宋華督見孔父之妻, 目逆而送之, 曰, 美而艶!" 참조.
35) 丹田(단전): 도교에서 말하는 인체의 개념적 부위 이름. 도교에서 인체에는 세 곳의 단전이 있다고 한다. 양미간이 상단전, 심장 아래가 중단전, 배꼽 아래가 하단전이다. 일반적으로 단전은 하단전을 뜻한다. 진(晉) 갈홍(葛洪)의 『포박자抱朴子』「지진地眞」에 설명이 나온다.
36) 玉淵(옥연): 옥이 산출되는 깊은 못으로 모래자갈이 드러나는 얕은 냇물과 대비된다. 또 주희(朱熹)가 강서성(江西省) 남강태수(南康太守)로 있을 때 가끔 유람했던 여산(廬山)의 삼협(三峽) 경승처이기도 하다. 좌사(左思), 「오도부吳都賦」, "酖其磧礫而不窺玉淵者, 未知驪龍之所蟠也; 習其敝邑而不覩上邦者, 未知英雄之所躔也"; 주희(朱熹), 「여조진숙서與曹晉叔書」, "廬阜亦唯三峽, 玉淵爲最勝, 然暫遊不欺, 賓從猥多, 不無勞擾. 亦不敢數出也 (…) 但飮其水信佳, 恨遠不能奉寄, 以助甘旨之奉耳" 참조.

天君旣失國, 故家遺臣無一從者. 惟公子良, 尙周旋其間, 雖不見庸, 不忍棄去, 乃作祈招之詩[37], 以警其君. 君惻然省悟, 卽命整駕回轡, 收召散卒, 太宰敬詣行在, 使復其位. 於是, 百姓雲集, 克期恢復, 十年, 天君復入殼子[38]裏. 大將軍克己建四勿旆爲前鋒, 公子志統大衆爲元帥, 大將軍孤軍深入[39], 遇賊于生死路頭, 命破釜甑, 燒廬舍, 視士卒必死[40], 血戰百合, 賊衆大潰.

君正位于神明殿, 百揆義亦來, 太宰分治內外. 太宰勸上堅壁淸野[41], 控制要害[42], 賊黨數犯邊, 大將軍厲氣巡城, 賊皆却走, 莫敢當其鋒. 將軍追擊盡斬之, 進兵覆其巢穴, 盡復乾元帝所賜之地界, 師還告捷于丹墀. 自是三宮[43]淸晏, 四野寧謐, 金甌[44]千里, 瑩淨無痕. 天君拱己垂衣而治, 太宰輔君德, 以淸萬化之

---

37) 祈招之詩(기초지시): 주목왕의 사마(司馬)였던 기보(祈父) 초(招)에게 기탁하여 왕의 방랑을 멈추게 했다는 시.『左씨전左氏傳』「소십이昭十二」조,"昔穆王欲肆其心, 周行天下, 將皆必有車轍馬跡焉. 祭公謀父作祈招之詩之以止王心, 王是以獲沒於祗宮 (…) 其詩曰, '祈招之愔愔, 式昭德音. 思我王度, 式如玉, 式如金. 形民之力, 而無醉飽之心.' 王揖而入, 饋不食, 寢不寐, 數日, 不能自克, 以及於難. 仲尼曰, '古也有志,「克己復禮, 仁也」信善哉! 楚靈王若能如是, 豈其辱於乾谿'참조.

38) 殼子(각자): '구각(軀殼)'이라는 뜻. 즉 사람의 몸뚱이라는 의미를 어록체(語錄體)로 표현한 어휘.『주자어류朱子語類』권94「통서通書」「사우師友」조에 "世人心不在殼子裏, 如發狂相似, 只是自不覺"이라 했다.

39) 孤軍深入(고군심입): 고립무원의 군대가 적진에 깊숙이 침투하여 들어감.

40) 命破釜甑(명파부증), 燒廬舍(소려사), 視士卒必死(시사졸필사): 군대 진영(陣營)의 밥솥을 부수고 거처를 불태워서 사졸들에게 죽을 각오를 보인다는 뜻.『사기史記』「항우본기項羽本紀」혹은『한서漢書』「진승전陳勝傳」에 "項口羽乃悉引兵渡河. 已渡, 皆沈船(湛舡), 破釜甑, 燒廬舍, 持三日糧, 以示(視)士(士卒)必死, 無一口還心"이라고 했다. ( )는 '진승전'의 문면이며, 口는 해당 문면이 생략된 것이다.

41) 堅壁淸野(견벽청야): 성벽을 굳게 쌓아 잠그고 성 밖 들녘의 인가를 비롯하여 농작물에 이르기까지 적에게 이용될 만한 것들을 말끔히 소각하여 없애는 군사 전술. '청야수성(淸野守城)'이라고도 한다.

42) 控制要害(공제요해): 요충지를 장악하여 적이 마음대로 활동하거나 경계를 넘어오지 못하도록 하는 일. 송(宋) 소순(蘇洵),『형론衡論 상』「중원重遠」,"其地控制東南夷·氐·蠻最爲要害, 土之所産又極富."

43) 三宮(삼궁): 여기서는 눈, 귀, 입의 세 관문, 즉 목관(目關)·이관(耳關)·구관(口關)을 가리킨다. 도교에서는 두 눈을 강궁(絳宮), 두 귀를 옥당궁(玉堂宮), 코와 입을 명당궁(明堂宮)으로 일컫고 합하여 '삼궁(三宮)'으로 부른다. "삼궁이 맑고 평안해졌다"는 것은 그 같은 감각기관이 평상을 되찾아 신명스런 마음의 궁궐, 즉 신명사(神明舍)가 평화로워졌다는 환유이다.

44) 金甌(금구): 원래는 금사발을 가리키는데, 강토의 완전함이나 국토 자체를 비유적으로 일컫는 어휘다. 국토를 온전히 통일한 것을 두고 흔히 '금구무결(金甌無缺)', 즉 금사발에 이 빠

本⁴⁵⁾, 百揆應事變, 以宣一本之用, 各恭其職, 國家無事. 上在位一百年, 乘六龍⁴⁶⁾, 朝帝庭不還.

太史公曰⁴⁷⁾: "予觀天君之爲君也, 其賴太宰敬之輔乎! 其治也以相敬; 其亂也以去敬; 其還也以復敬⁴⁸⁾; 其配上帝也以敬; 其統萬邦也以敬. 一則太宰, 二則太宰. 嗚呼! 得一相而興, 失一相而亡, 人君可不愼所相與?"

진 곳이 없다는 비유적 표현을 쓴다.

45) 萬化之本(만화지본): 모든 교화의 근본. 즉 임금의 덕 혹은 임금의 마음을 가리킨다. 명(明) 구준(邱濬), 『대학연의보大學衍義補』 권97 「공작지용工作之用」, "臣按: 虞廷九官, 共工居其一, 是則工師之官所掌之事, 雖若輕而小, 而其所以關係者, 君心之收斂放蕩, 存焉. 嗚呼! 國家之患, 孰有大於君心之蕩者哉. 人君一心, 万化之本. 天下安危, 生靈休戚, 皆由乎此耿耿方寸間耳"; 청(淸) 이광지(李光地), 『용촌어록榕村語錄』 권14 「삼례三禮」, "天者, 君也. 官猶司也. 冢宰所司者, 君之事, 故曰: '天官'. 宰者, 調和膳羞之名; 冢, 大也. 君德者, 万化之本, 而飮食盡道者, 又君德之本也."

46) 乘六龍(승육룡): 여섯 마리 용을 타다. 주역 건괘(乾卦)의 어구를 빌려 군자의 도리가 최상의 비약을 이루는 것을 비유적으로 표현한 것이다. 그러나 이 구절을 두고 임금과 관련되는 비유로 이해하는 관점은 하나의 논란거리였는데, 이 작품에서는 특히 천군의 행위로 우의화했다. 『주자어류』 권68 「역사易四·건상乾上」조, "時乘六龍以御天', 六龍只是六爻, 龍只是譬喩. 明此六爻之義, 潛見飛躍, 以時而動, 便是'乘六龍', 便是'御天'. 又曰: '聖人便是天, 天便是聖人'" 참조.

47) 太史公曰(태사공왈): 사평(史評), 즉 역사 평론을 가리킨다. '태사공(太史公)'은 사마천(司馬遷)의 『사기史記』 이래로 역사가를 지칭하는데, 역사 기술이 끝난 다음 비평을 가할 때 '태사공왈'을 쓴다.

48) 相敬(상경), 去敬(거경), 復敬(복경): '경(敬)'을 재상 삼고, '경'을 내치고, '경'을 복위시켰다는 뜻이다.

원본 원생몽유록 元生夢遊錄

원자허는 강개한 선비다

世有元子虛[1]者, 慷慨士也. 氣宇磊落, 不適於時, 屢抱羅隱之寃, 難堪原憲之貧. 朝出而耕, 夜歸讀古人書, 穿壁囊螢[2], 無所不至. 嘗閱史, 至歷代危亡運移勢去處, 則未嘗不掩卷流涕, 若身處其時, 汲汲然見其垂亡, 而力不能扶持者也.

仲秋之夕, 隨月披覽, 夜闌神疲, 倚榻而睡. 身忽輕擧, 縹緲悠揚, 泠然若御風而登, 飄然若羽化而仙也. 止一江岸, 則長流逶迤[3], 群山糾紛[4]. 時夜將半, 萬籟

---

1) 子虛(자허): '자허'는 허구적 인물이나 가공의 진술을 위한 설정이다. 원래 사마상여(司馬相如)의 「자허부子虛賦」에서 유래했다. 『한서漢書』「사마상여전司馬相如傳」에 "相如以子虛, 虛言也, 爲楚稱; 烏有先生者, 烏有此事也, 爲齊難; 亡是公者, 亡是人也, 欲明天子之義"라 했다.
2) 穿壁囊螢(천벽낭형): 벽을 뚫어 남의 집 불빛으로 책을 비추거나, 개똥벌레를 주머니에 넣어 그 불빛으로 책을 읽음. 어려운 처지에도 꿋꿋하게 독서하여 학문을 연마함을 묘사한 것이다. '천벽(穿壁)'은 전한(前漢) 광형(匡衡)의, '낭형(囊螢)'은 진(晉) 차윤(車胤)의 고사를 각각 용사한 것임.
3) 逶迤(위이): 위이(委蛇). 산이나 강물이 구불구불 이어지는 모양.
4) 糾紛(규분): 일이 뒤얽히거나 산과 골짜기가 중첩된 모양.

俱寂, 月色似晝, 波光如練, 風鳴蘆葉, 露滴楓林, 愀然擧目, 如有千感萬憤不平
之氣, 結不能解者也. 乃劃然長嘯, 朗吟一絕曰:

"恨入江波咽不流, 荻花楓葉冷颼颼. 分明認是長沙岸, 月白英靈何處遊?"

꿈나라에서 왕과 여섯 신하를 만나다

徘徊顧眄之際, 忽聞跫音, 自遠而近. 有頃, 蘆花深處, 閃出一箇好男兒. 幅巾
野服[5], 神淸眉秀, 凜凜乎有首陽之遺風. 來揖於前曰:

"子虛來何遲, 吾王奉邀."

子虛疑其爲山精木魅, 愕然無以應. 然, 見其形貌俊邁, 擧止閑雅, 不覺暗暗稱
奇, 乃肩隨而行, 百餘步許, 有亭突兀, 臨于江上. 有一人, 憑欄而坐, 衣冠一如
王者, 又有五人侍側, 皆服大人之服, 各有等秩焉. 那五人, 都是間[6]世人豪. 像
貌堂堂, 神彩揚揚; 胸藏叩馬蹈海之義, 腹蘊擎天捧日[7]之忠; 眞所謂託六尺之
孤, 寄百里之命[8]者也. 見子虛至, 皆出迎, 子虛不與五人爲禮, 入謁王前, 反走
而立, 以待坐定, 而跪於末席. 子虛之右, 則幅巾者也; 其上則, 五人相次而坐.
子虛莫測, 甚不自安. 王曰:

---

5) 幅巾野服(복건야복): 선비의 쓰개와 평상복. 복건은 한 폭(幅)의 검은 천으로 위는 둥글고
뾰족하게 만들며 뒤로 낮은 자락을 길게 늘어지게 만들어 끈으로 돌려 맨다. 조선에서는 유생
이 착용하였고, 오늘날에는 어린아이 장식으로 씌운다.
6) 間世(간세): 세대를 뛰어넘어 나타나는 드문 현상을 형용하는 말. 불세출(不世出)과 비슷
한 표현이다.
7) 擎天捧日(경천봉일): 한림학사 주윤승(朱允升)이 명(明)의 개국공신 서위공(徐魏公)에 대
해 평하기를, "호주(濠洲)에서 기병하고부터 먼저 해를 떠받들 마음을 품었고, 강남에서 천자
의 위업을 결정지을 즈음에는 드디어 천하를 떠받칠 기둥이 되었다(繫自起兵濠上, 先存捧日之
心, 逮茲定鼎江南, 遂作擎天之柱)"라고 했다. 명(明) 초굉(焦竑)의 『옥당총어玉堂叢語』 권1 「문학
文學」 참조.
8) 託六尺之孤(탁육척지고), 寄百里之命(기백리지명): 6척의 어린 후주(後主)를 부탁하고, 백 리
땅에서의 사명(辭命), 즉 제후의 국운을 맡긴다는 뜻이다. 『논어』 「태백太白」에 "曾子曰: '可以托
六尺之孤, 可以寄百里之命, 臨大節而不可奪也. 君子人與, 君子人也'"라고 했다.

"凤聞蘭香, 深慕薄雲. 良宵邂逅, 無相訝也!"

子虛乃避席而謝.

고금흥망을 논하고 시연詩宴을 가진 후에 꿈에서 깨다

坐已定, 相與論古今興亡, 亹亹不厭. 幅巾者, 噓噫而嘆曰:

"堯舜湯武, 萬古之罪人也. 後世之狐媚取禪9)者, 藉焉; 以臣伐君者, 名焉. 千載滔滔, 卒莫之救, 咄咄四君, 爲賊嚆矢."

言未已, 王乃正色曰:

"惡! 是何言也? 有四君之聖, 而處四君之時, 則可; 無四君之聖, 而非四君之時, 則不可. 彼四君者, 豈有罪哉! 顧藉之者名之者, 賊也."

幅巾者, 拜手稽首謝, 曰:

"中心不平, 不自知其言之過於憤也."

王曰:

"辭! 佳客在座, 不須閒論他事. 月白風淸, 如此良夜何?"

乃解錦袍, 賒酒於江村而來10).

酒數行, 王乃持盃哽咽, 顧謂六人曰:

"卿等, 盍各言志, 以敍幽冤乎?"

---

9) 狐媚取禪(호미취선): 중국 오호십육국 시대에 후조(後趙)를 세운 석륵(石勒)이 고금의 제왕들을 평하면서, "대장부가 일을 함은 우뚝하고 분명하기가 해와 달처럼 밝아야 한다. 조맹덕사마중달이 남의 고아와 과부를 속이고 여우같이 알랑거려 천하를 취한 일은 끝내 본받지 않으련다(大丈夫行事, 當礌礌落落, 如日月皎然, 終不效曹孟德司馬仲達, 欺人孤兒寡婦, 狐媚以取天下也)"라고 했다. 『자치통감』『통감절요』『사략』 등의 「진기晉紀」 참조.

10) 賒酒於江村而來(사주어강촌이래): 강마을에서 술을 받아가지고 오다. 『백호집』(3간본)에는 "사주어강촌(賒酒於江村)"으로 되어 있으나 『각수만록郡睡漫錄』(지곡서당 소장)에 수록된 「원생몽유록」과 일본 동양문고 소장 「원자허전」을 참고하여 '이래(而來)'를 덧붙인다. 장효현 외 4인의 『(교감본 한국한문소설) 몽유록』(고려대학교 민족문화연구원, 2007), 62쪽 주 131) 참조.

六人曰:

"王庸作歌, 臣等賡焉."

王乃悄然整襟, 悲不自勝, 乃歌曰:

"江波咽咽兮, 無有窮. 我恨長長兮, 與之同. 生爲千乘, 死作孤魂. 新是僞主[11], 帝乃陽尊[12]. 故國人民, 盡輸楚籍[13]. 六七臣同, 魂庶有托. 今夕何夕, 共上江樓. 波光月色, 使我心愁. 一曲悲歌, 天地悠悠."

歌罷, 五人各詠一絶, 次次而進. 第一坐者, 先吟曰:

"深恨才非可托孤, 國移[14]君辱更捐軀. 至今俯仰愧天地, 悔不當年早自圖[15]."

第二坐者, 賡吟曰:

受命先朝荷寵隆, 臨危肯惜殞微躬. 可憐事去名猶烈, 取義成仁[16]父子同.

---

11) 新是僞主(신시위주): 새 임금은 가짜 임금이란 뜻. 원래 초회왕(楚懷王)은 진(秦)의 거짓 맹약에 불려가 객사했는데, 강동에서 진제국에 반기를 든 항량이 범증의 계책을 받아들여 초회왕의 손자를 민간에서 찾아내어 짐짓 '초회왕'으로 삼고 초의 옛 세력을 규합했다. 『이십사략二十史略』상(민창문화사, 1992), 194쪽의 "居巢人范增, 年七十, 好奇計, 往說項梁曰: '陳勝首事, 不立楚後而自立, 其勢不長. 今君起江東, 楚蜂起之將, 爭附君者, 以君世世楚, 將 必能復立楚之後也.' 於是, 項梁求得楚懷王孫心, 立爲楚懷王, 以從民望" 참조.

12) 帝乃陽尊(제내양존): '제(帝)'는 거짓으로 높인 것이라는 뜻. 항우가 항량이 세운 초회왕의 존호를 '초의제(楚義帝)'라고 올린 것은 그를 제거하고 스스로 초패왕이 되기 위한 위장술이었다는 말이다. 같은 책, 207쪽의 "羽怒曰: '懷王, 吾家所立耳. 非有功伐, 何得專主約?' 乃陽尊爲義帝, 徙江南都郴" 참조.

13) 盡輸楚籍(진수초적): 모조리 초나라 항적(項籍)에게 옮겨주었다 혹은 날라다주었다는 뜻. '초적'은 진제국에 반기를 든 강동 초(楚) 지역의 항적, 즉 항우를 지칭하는 표현이다. 서쪽 유방(劉邦)을 의미하는 '서류(西劉)'라는 표현과 대구를 이루어 사용한 용례가 당(唐) 나은(羅隱)의 『참서讒書』「영웅지언英雄之言」의 "救彼塗炭者, 則宜以百姓心爲心, 而西劉則曰: '居宜如是', 楚籍則曰: '可取而代'"에 보인다.

14) 國移(국이): 나라의 정권이 탈취되어 다른 이에게 옮겨짐. 반면 '이국(移國)'은 나라의 권력을 빼앗는 것.

15) 早自圖(조자도): 지레 스스로 조처함. 여기서는 자살하여 미리 욕됨을 피했다는 뜻이다. 『좌전左傳』「소공昭公」13년조에 "國人大驚, 使蔓成然走告子干·子晳曰: '王至矣, 國人殺君司馬, 將來矣. 君若早自圖也, 可以無辱. 衆怒如水火焉, 不可爲謀.' 又有呼而走至者曰: '衆至矣!' 二子皆自殺"이라고 했다. 반면 남효온(南孝溫)의 『육신전六臣傳』에서는 "乙亥, 光廟受禪, 彭年知王事終不濟, 臨慶會樓池, 欲自隕. 三問, 固止之曰, '方今神器雖移, 而尙有上王, 我輩不死, 猶且後圖. 圖而不成, 死亦未晩. 今日之死, 無益於國家.' 彭年從之"라 하여 '앞서 죽음'과 '뒷날을 도모함'을 대비했다.

16) 取義成仁(취의성인): 제 몸을 희생하여 의를 취하고 인을 이룸. 『육신전』에서는 "使百世之爲人臣者, 知所以一心事君之義, 千金一毛, 成仁取義"라 했다. 『논어』「위영공衛靈公」, "殺身以成仁";

第三坐者, 進曰:

"壯節寧爲爵祿淫[17], 金章猶抱採薇心[18]. 殘軀一死何須惜, 痛哭當年帝在郴."

第四坐者, 作而吟曰:

"微臣自有膽輪囷[19], 那忍偸生見喪倫. 將死一詩言也善[20], 可能慚愧二心人[21]."

第五坐者, 退伏悲咽, 如不能盡其道者也.

"哀哀當日意何如, 死耳寧論身後譽[22]. 最是千秋難灑恥, 集賢曾草賞功書[23]."

幅巾者, 袖手端坐, 若不與當時之謀, 猶爲忠憤所激, 自以節義終其身者也. 乃搔首長吟曰:

"擧目山河異昔時[24], 新亭[25]共作楚囚悲[26]. 心驚興廢肝腸裂, 憤切忠邪涕淚

『맹자』「고자告子 상」, "舍生以取義"; 『송사宋史』「문천상전文天祥傳」, "天祥臨刑殊從容 (…) 其衣帶中有贊曰: '孔曰成仁, 孟曰取義, 惟其義盡, 所以仁至. 讀聖賢書, 所學何事, 而今而後, 庶幾無愧'" 참조.

17) 爲爵祿淫(위작록음): 작위와 벼슬에 의해 본심이 흔들려 혼란스러움. 『맹자』「등문공滕文公 하」, "富貴不能淫, 貧賤不能移, 威武不能屈, 此之謂大丈夫." 趙岐注: "淫, 亂其心也" 참조.

18) 採薇心(채미심): 고사리를 캐 먹을 각오 혹은 그런 충절을 가리킴. 백이숙제가 주무왕의 거사에 반대하여 수양산(首陽山)에 은둔하며 고사리를 캐 먹다 굶주려 죽은 데서 연유한다.

19) 輪囷(윤균): 나무가 굽이굽이 서린 모양. 나무줄기와 가지가 거대한 모습인 것처럼 사람의 베포가 크고 담대함을 비유한다.

20) 將死一詩言也善(장사일시언야선): 죽을 때 지은 시 한 수가 말이 착했다는 뜻. 『논어』「태백太白」에 "曾子曰: '鳥之將死, 其鳴也哀; 人之將死, 其言也善'"이라 했다.

21) 二心人(이심인): 두 마음을 품고 있는 사람들.

22) 身後譽(신후예): 죽은 뒤의 명예.

23) 集賢曾草賞功書(집현증초상공서): 집현전에서 일찍이 세조의 공을 칭송하는 조서를 지었다는 뜻. 『육신전』「유성원柳誠源」조에 "癸酉, 百官上請褒世祖之功比周公, 令集賢殿起詔艸, 諸學士皆亡去, 獨誠源在, 爲迫脅起草, 出就家痛哭"이라 증언하고 있다.

24) 擧目山河異昔時(거목산하이석시): 눈을 들어 바라보니 산하가 옛 시절과 다르다. 나라가 망하거나 위축되었음을 상징하는 표현이다. 『세설신어世說新語』「언어言語」에 "過江諸人, 每至美日, 輒相邀新亭, 藉卉飮宴. 周侯, 中坐而歎曰, '風景不殊, 正自有山河之異!' 皆相視流淚. 唯王丞相, 愀然變色曰, '當共戮力王室, 克復神州, 何至作楚囚相對?'"라 했다. 반면 『진서晉書』『자치통감資治通鑑』 『사략史略』 등에는 문맥이 대동소이하지만, "周顗中坐歎曰, '風景不殊, 擧目有江河之異!'"로 되어 있다.

25) 新亭(신정): 지금의 강소성(江蘇省) 남경(南京)에 있던 옛 정자. 삼국시대 오(吳)에서 건립했는데, 진안제(晉安帝) 때 단양윤(丹陽尹) 사마회지(司馬恢之)가 중수하여 '신정'이라 이름했다. 동진 때 명사들의 놀이터로 유명해졌다. 뒤에 "신정루(新亭淚)" "신정읍(新亭泣)" "신정대읍(新亭對泣)" 등의 표현으로 고국에 대한 그리움 혹은 우국충정의 비분을 나타내게 되었다.

垂. 栗里27)淸風元亮28)老, 首陽29)寒月伯夷飢. 一編野史堪傳後, 千載應爲善惡師."

吟訖, 屬子虛, 子虛元來慷慨者也. 乃抆淚悲吟曰:

"往事憑誰問, 荒山土一丘. 恨深精衛死, 魂斷杜鵑愁. 故國何時返, 江樓此日遊. 悲凉歌數闋, 殘月荻花秋."

吟斷, 滿座皆悽然泣下30). 無何, 突入一箇雄虎士. 身長過人, 英勇絕倫; 面如重棗, 目若明星. 文山之義, 仲子之淸31), 威風凜凜, 不覺令人起敬, 入謁王前, 顧謂五人曰:

"噫! 腐儒32)不足與成大事也.33)"

乃拔劍起舞, 悲歌慷慨, 聲如巨鍾. 其歌曰:

"風蕭蕭兮, 木落波寒. 撫劍長嘯兮, 星斗闌干. 生全忠孝, 死作毅魂. 襟懷何

---

26) 楚囚悲(초수비): 초나라 포로의 슬픔. 춘추시대 때 진(晉)에 포로로 바쳐진 초나라 악공이 고향을 그리며 남관(南冠)을 쓰고 남음(南音)을 잊지 않았다고 한다.

27) 栗里(율리): 시상산(柴桑山) 근처 도잠(陶潛)의 고향이자 도잠이 말년에 벼슬을 버리고 은거했던 곳. 지금의 강서성(江西省) 구강(九江) 서남쪽에 위치.

28) 元亮(원량): 도잠의 자(字).

29) 首陽(수양): 백이숙제가 고사리를 캐 먹으며 은거했다는 산 이름. 수양산이 지금의 어디인지에 대해서는 여러 설이 있으나, 대개 산서성(山西省) 영제(永濟) 남쪽으로 추정된다.

30) 泣下(읍하): 흐느껴 울어 눈물을 흘리다. 백거이(白居易)의 「비파인琵琶引」에 "座中泣下誰最多, 江州司馬靑衫濕"이라 했다.

31) 文山之義(문산지의), 仲子之淸(중자지청): '문산'은 남송(南宋)의 재상 문천상(文天祥)의 호로서 충신의 대명사이며, '중자'는 제(齊)의 진중자(陳仲子)로서 청렴한 선비의 대명사다. '문천상'은 남송의 국권을 회복하려고 원(元)에 저항하다 체포되어 지금의 북경 대도(大都)에 유폐되었다가 처형되었다. '진중자'는 형의 만석 벼슬을 불의하게 여겨 초(楚)의 오릉 땅으로 숨어 은둔하고 오릉중자(於陵仲子)로 자칭했다. 『육신전』의 「유응부兪応孚」조에서는 "身長過人, 而容貌嚴壯, 淸如於陵仲子. 爲宰相而苫席遮房戶, 食無肉, 有時絶糧, 妻子怨罵"라 했다.

32) 腐儒(부유): 사리에 어둡고 세상 물정을 모르는 선비 혹은 유생을 낮추어 일컫는 말. 『사기』 「경포열전黥布列傳」, "上折隨·何之功, 謂何爲腐儒, 爲天下安用腐儒" 참조.

33) 噫(희)! 腐儒不足與成大事(부유부족여성대사야): 이본들 사이에 비교적 다양한 문면이 있는 대목이다. 임형택 교수 소장 『백호고잡초白湖稿雜抄』, "哀哀! 腐儒不足與成大事也. 當時若聽我之言, 必無今日之恨也. 到頭追悔, 咄咄奈何!"; 고려대학교 소장본 『몽유야담夢遊野談』 권상, "唉! 豎子不足與謀. 若聽吾言, 豈有後悔"; 『육신전』 「유응부」조, 顧謂三問等曰, '人謂書生不足与謀, 果然. 曩者請宴之日, 吾欲試劍, 汝輩固止之曰, 非萬全計, 以致今日之禍. 汝等, 人而無謀, 何異畜生?'" 참조.

似, 一輪明月. 嗟不可與慮始[34]兮, 腐儒誰責."

歌未闋, 月黑雲愁, 雨泣風噎, 疾雷一聲, 皆倏而散. 子虛亦驚悟, 則乃一夢也.

해월거사가 꿈 이야기를 듣고 통곡하며 시를 짓다

子虛之友海月居士, 聞而慟之, 曰:

"大抵, 自古, 主昏臣暗[35], 卒至顚覆者, 多矣. 今觀其王者, 想必賢明之主也; 其六人者, 亦皆忠義之臣也. 安有以如此等臣輔, 如此等主, 而若是其慘酷者乎? 嗚呼! 勢使然耶? 時使然邪? 然則, 不可不歸之於時與勢, 而亦不可不歸之於天也. 歸之於天, 則福善禍淫, 非天道也邪? 夫不可歸之於天[36], 則冥然漠然, 此理難詳, 宇宙悠悠, 徒增志士之恨!"

乃續吟一律曰:

"萬古悲凉意, 長空一鳥過. 寒煙鎖銅雀[37], 秋草沒章華[38]. 咄咄唐虞遠, 紛紛

---

34) 不可與慮始(불가여려시): 더불어 창업을 도모할 수 없다는 뜻이다. 위앙(衛鞅)의 『상군서商君書』에서 "民不可與慮始而可與樂成"이라 했다.
35) 主昏臣暗(주혼신암): 임금은 흐리멍덩하고 신하는 사리에 어두움. 『십구사략十九史略』 권4 「동진안제東晉安帝」조 "史斷曰, 安帝弗辨寒燠, 口不能言. 道子元顯, 幷傾朝政, 納賄窮奢, 不知紀極. 主昏臣亂, 莫熾於斯"; 같은 책 권7 「남송 영종南宋寧宗」조 "鄱陽石氏曰, 以道學爲僞學, 以正人爲党人. 主昏時晦, 莫甚於此. 是故, 姦党碑立而前宋亡, 僞學党禁而後宋亡."
36) 歸之於天(귀지어천): 어떤 현상의 원인을 하늘(천리/천명)에 돌림. 여기서는 그 중간의 매개 개념으로 시(時)와 세(勢)를 말하고 있다. 동한(東漢) 왕충(王充)의 『논형論衡』 「명록명록命祿」에서는 "夫臨事知愚, 操行淸濁, 性與才也; 仕宦貴賤, 治産貧富, 命與時也. 命則不可勉, 時則不可力, 知者歸之於天, 故坦蕩恬忽"이라 했다.
37) 銅雀(동작): 위(魏) 조조(曹操)가 세운 누대의 이름. 역대 시인묵객들의 시제(詩題)에 자주 오르내렸다. 『위지魏志』, "曹公臨死, 謂婕妤妓人曰: '汝等時時登銅爵臺, 望吾西陵墓田'"; 북주(北周) 유신(庾信), 「의영회擬詠懷」 23, "徒勞銅爵妓, 遙望西陵松"; 당(唐) 두목(杜牧), 「두추랑杜秋娘」, "咸池昇日慶, 銅雀分香悲"; 송(宋) 곽무천(郭茂倩), 『악부시집樂府詩集』 「상화가사相和歌辭」 6 「동작대銅雀台」 제해, "魏武帝遺命諸子曰: '吾死之後, 葬於鄴之西崗上, 與西門豹祠相近, 無藏金玉珠寶, 余香可分諸夫人, 不命祭吾. 妾與伎人, 皆著銅雀臺, 臺上施六尺牀, 下繐帳, 朝晡上酒脯粻糒之屬. 每月朝十五, 輒向帳前作伎, 汝等時登臺, 望吾西陵墓田.' (…) 後人悲其意, 而爲之詠也"참조.

湯武多. 月明湘江闊, 愁聽竹枝歌."

仍又自解曰:

"世之欲富貴其身者, 古今何限, 蓋拘於時與勢, 而亦有名義之不可犯者存焉,
是大可懼也. 苟或不計名義之重, 而徒自占其時與勢, 欲以智力相勝, 則其不歸
僭竊者, 幾希矣. 名義者, 萬古之常經; 時勢者, 一時之權行也. 行權而廢經, 則
亂賊將接跡而起矣. 豈不益可懼乎!"

子虛曰:"善!"於是乎記.

---

38) 章華(장화): 초영왕(楚靈王)이 세운 누대의 이름. 한(漢) 순열(荀悅), 『한기漢紀』「무제기일
武帝紀一」, "楚靈王起章華之臺而楚人散"; 진(晉) 갈홍(葛洪), 『포박자抱朴子』「군도君道」, "鑑章華之
召災, 悟阿房之速禍"; 당(唐) 진자앙(陳子昂), 「감우感遇」 28 "昔日章華宴, 荊王樂荒淫" 참조.

원본 수성지 愁城誌

강충 원년: 천군이 즉위하여 태평의 정사를 이루다

天君[1]卽位之初, 乃降衷[2]之元年也. 曰仁曰義曰禮曰智, 各充其端[3], 率職惟

---

1) 天君(천군): 마음을 비유적으로 지칭한 어휘다. 개별적 기능을 지닌 신체의 여러 기관을 오관(五官) 혹은 천관(天官)이라 하고, 그 모두를 다스리는 마음을 천군이라 한 것이다. 『순자荀子』「천론天論」, "心居中虛, 以治五官, 夫是之謂天君. (…) 聖人淸其天君, 正其天官, 備其天養, 順其天政, 養其天情, 以全其天功. 如是, 則知其所爲, 知其所不爲矣; 則天地官而万物役矣. 其行曲治, 其養曲適, 其生不傷, 夫是之謂知天" 참고. 한편 『맹자집주孟子集註』「고자告子 상」장15 「대인大人」에서는 "大体, 心也. 小体, 耳目之類也"로 풀이하고, 범준(范浚)의 「심잠心箴」을 인용했는데 그 결구에서 "君子存誠, 克念克敬, 天君泰然, 百体從令"이라 했다. 반면 낙은본(고 강전섭 교수 낙은본)과 소려록본(한국학중앙연구원 소장 『소려록銷慮錄』본)「수성지愁城誌」에서는 '천군'을 '심성(心性)'으로 풀이했다. 이하 주석에서 이 두 이본을 인용할 때는 '낙은본'과 '소려록본'으로 약칭한다.

2) 降衷(강충): 상고의 유학 경전인 『서경書經』에서 인성(人性)에 대해 언급한 개념이다. 「탕고湯誥」에서 "왕께서 말씀했다. 아아! 너희 만방의 대중아. 나 한 사람의 알리는 말을 밝히 들으라. 크신 상제께서 착함을 하토 백성에게 내리시니, 순종하여 변치 않는 본성을 가지게 되었다. 능히 그 도리를 안정케 하는 것이 오직 임금의 도리다(王曰, 嗟爾万方有衆, 明聽予一人誥. 惟皇上帝, 降衷于下民, 若有恒性, 克綏厥猷, 惟后)"라고 했다. 『서경집전書經集傳』에서는 '충(衷)'을 "인의예지신(仁義禮智信)의 이치를 두루 갖추어 치우침이 없는 마음이다"라고 풀이했다. 주자의 『맹자집주』「진심盡心 상」에서는 "호걸지사는 비록 문왕이 없을지라도 오히려 감발하여 일

勤; 曰喜曰怒曰哀曰樂, 咸總於中, 發皆中節 4); 曰視曰聽曰言曰動, 俱統於禮, 制以四勿5). 維時天君, 高拱靈臺6), 百體從令. 鳶飛之天·魚躍之淵7), 莫非其有; 桐梧之月·楊柳之風8), 莫非其勝. 不勞舜琴五絃, 何須堯階三尺? 無慾9)虎而可縛, 無忿山而可摧, 四海之內, 孰不曰其君也哉!

어난다"는 대목에서 "강충병이(降衷秉彝)'를 사람이면 누구나 타고나는 것이다"라고 풀이하고, '치우치지 않은 마음'을 '떳떳한 마음'과 짝지었다. 낙은본은『서경』구절을 인용하고 '기운의 품부[氣賦]'를, 소려록본은 '품부[稟賦]'를 가리키는 말로 풀이했다.

3) 曰仁曰義(왈인왈의)~各充其端(각충기단): 인·의·예·지라고 하는 것들이 각기 그 드러나는 단서에 충당되었다는 뜻.『맹자』「공손추公孫丑 상」에 "惻隱之心, 仁之端也; 羞惡之心, 義之端也; 辭讓之心, 禮之端也; 是非之心, 智之端也. 人之有是四端也, 猶其有四体也"라 한 것을 원관념으로 삼아 인의예지를 천군의 신하로 설정하고 사단(四端)을 맡는 직책을 수행한다고 의인화했다.

4) 曰喜曰怒(왈희왈노)~發皆中節(발개중절): 희·노·애·락이라 하는 것들이 모두 중(中)에서 통괄되고 발동하여 모두 절도에 맞았다는 뜻.『중용』제1장의 "喜怒哀樂之未發, 謂之中; 發而皆中節, 謂之和"를 원관념으로 삼아 희로애락의 감정을 천군의 신하 혹은 관리로 설정하고 그들이 천군의 통치를 조화롭게 수행하고 있다고 의인화했다.

5) 曰視曰聽(왈시왈청)~制以四勿(제이사물): 시·청·언·동이라는 것들이 모두 예(禮)로 통솔되고 사물(四勿)로 제어되었다는 뜻.『논어』「안연顏淵」에서 안연이 공자에게 인(仁)을 물으니 극기복례(克己復禮)를 말하고, 그 세목을 물으니 "非禮勿視, 非禮勿聽, 非禮勿言, 非禮勿動"으로 답했다. 이에 안연은 이 말씀을 일삼겠다고 회답하여, 흔히 안연의 '사물(四勿)'장(章)으로 일컫는다. 주자는『논어집주』해당 대목에서 정자(程子)의 주석 '사물잠四勿箴'을 길게 인용하고, 이 장이 심법(心法)을 전수(傳授)하는 절실한 말씀이라고 그 의의를 천명했다.

6) 靈臺(영대): 마음을 신령스런 공간물로 비유한 것.『장자』「경상초庚桑楚」에서 "不可內於靈台"라 하고 곽상주(郭象注)에 "靈臺者, 心也"라 했다. 또『황정외경경黃庭外景經』「상부경上部經」에서는 "靈臺, 通天臨中野"라 했고, 무성자주(務成子注)에 "頭爲高臺, 腸爲廣野"라 했다.

7) 鳶飛之天(연비지천)·魚躍之淵(어약지연): 솔개가 나는 하늘과 물고기가 뛰노는 연못. 도체(道體)의 숨겨져 있음과 쓰임을 상징한다.『중용』제12장에서 "君子之道, 費而隱. 詩云: '鳶飛戾天, 魚躍于淵', 言其上下察也"라 한 대목을 용사했다. 여기서 '시운(詩云)'이라 함은『시경』의 「대아大雅·한록旱麓」을 지칭한다. 소려록본은 "鳶飛於天, 魚躍于淵, 中庸引而形容道理之活潑也"; 낙은본은 "此二句出詩経, 中庸引而爲道体之活潑. 飛天比費用也; 躍淵比隱体也. 然則, 以隱現爲体用也, 而見栗谷詩, '魚躍鳶飛上下同, 這般非色亦非空. 等閒一笑看身世, 獨立斜陽万木中', 則魚鳶爲各具体用也"라 주해했다. 여기서 '율곡(栗谷)'의 시는 '풍양증소암노승(병서)楓嶽贈小菴老僧(幷序)」를 인용한 것이다.

8) 桐梧之月(오동지월)·楊柳之風(양류지풍): 오동나무에 걸린 달과 버드나무에 이는 바람. 천군의 대평한 소식을 가리킨다.『이정외서二程外書』권11에 의하면, 소옹(邵雍)의 시구절 "梧桐月向懷中照, 楊柳風來面上吹"에 대하여 정호(程顥)는 "眞風流人豪"라 하고, 정이(程頤)는 "邵堯夫在急流中, 被渠安然取十年快樂"이라 비평했다. 낙은본은 "康節詩, '梧桐月向懷中照, 楊柳風來面上吹.' 月比於用, 風比体. 此與上 '魚鳶', 皆是天君本太平消息"이라 주해했다.

9) 慾(욕): 욕심. 대본은 '欲'으로 되어 있으나 고려대(신암문고)본, 성균관대본, 연세대본(『소화시평』합철)과 소려록본 등에 의거하여 교정한다.

강충 2년 : 주인옹이 간하여 개혁정치를 펴고 복초로 개원하다

越二年, 有一翁, 神淸貌古, 自號主人翁, 乃上疏曰:

"竊以危生於安, 亂仍於治, 故不虞之變, 無妄之災[10], 明君所愼也. 易曰: '履霜堅氷至', 蓋徵不可不防, 漸不可不杜. 燭於未然者, 哲人之大觀也; 狃於已然者, 庸人之陋見也. 夫昧哲人之觀, 而守庸人之見, 豈不危哉? 今君自謂已治已平矣, 而殊不知寸萌之千尋, 濫觴之滔天[11]. 且根本未固, 而邃遊於翰墨之場·文史之域, 日夜所親近者, 陶泓·毛穎輩四人而已. 又慨想今古英雄, 使其憧憧來往於肺腑之間, 如此等輩, 作亂不難也. 願君上勉從丹衷, 御以和平, 則可謂視於無形, 聽於無聲[12], 而庶免顚倒思余之刺[13]矣. 無任懇惻之至."

天君將疏覽訖, 虛懷容受, 而終不能已, 意於優遊竹帛, 嘯詠今古. 主人翁又來諫曰:

"臣情踰[14]骨肉, 義同休戚, 坐視危亂, 其可恝然, 夫論今吊古, 無補於存心, 磨鈆[15]揮翰, 何益於養性. 蓋四端之中, 羞惡[16]用事, 是非[17]持論, 外與監察官交

---

10) 無妄之災(무망지재): 까닭 없이 닥치는 재앙. 『주역』「무망無妄」괘 육삼(六三) 효사(爻辭)에 "無妄之災. 或繫之牛, 行人之得, 邑人之災"라고 했다. 매어둔 소를 길 가던 사람이 가져갔는데 동네 사람이 무고를 당하여 재앙을 입는 것을 뜻한다. 한(漢) 왕충(王充)의 『논형論衡』「명우明雩」에서는 "夫災變大抵有二: 有政治之災, 有無妄之變"; "無妄之災, 百民不知, 必歸於主"라고 하여, 천재지변과 정치적 인재(人災)가 관련이 있는 것으로 재해석했다.

11) 濫觴之滔天(남상지도천): 최초 한 잔 정도의 샘물이 하늘까지 이르는 거대한 강물이 된다는 뜻. 낙은본에서 "濫觴者, 呂氏春秋云, '岷山下濫觴之水, 將爲三江滿天之波也.' 言小事不愼, 則將爲大禍之比"라 했다.

12) 視於無形(시어무형), 聽於無聲(청어무성): 형체 없는 데서 살피고 소리 없을 때 듣는다는 뜻. 낙은본에 "此二句出張蘊古「大寶箴」. 其箴云, '晷旒覆面而視於無形, 絖纊塞耳而聽於無聲'云云"이라 했다. 『십구사략』「당태종唐太宗」조에는 "張蘊古, 獻「大寶箴」. 有曰 (…) 又曰, '勿沒沒而闇; 勿察察而明. 雖晷旒蔽目, 而視於無形; 雖黈纊塞耳, 而聽於無聲', 上嘉其言"이라고 인용되어 있다.

13) 顚倒思余之刺(전도사여지자): '엎어지고 자빠져서야 나를 생각하리라'는 풍자. 낙은본에 "詩云, '夫也不良, 歌而訊之. 訊余不顧, 顚倒思予.' 言諫而不聽, 事後反思之之謂也"라 했다. 여기서 '시운(詩云)'은 『시경』「진풍秦風·묘문墓門」을 가리킨다.

14) 踰(유): 소려록본에는 '均(균)'으로 되어 있다.

15) 鈆(연): 낙은본에는 '硯(연)'으로 되어 있다.

16) 羞惡(수오): 부끄러워함. 소려록본에 "羞郡恥己之不[不善], 憎人之不善也"라 했다.

17) 是非(시비): 소려록본에 "知人之善以爲是, 知人之惡以爲非也"라 했다.

通, 越分慷慨, 矯矯亢亢[18], 甚非所以安靜之道也. 然此固不可無, 而所不可偏者也. 譬若一陰一陽, 曰風曰雨, 無非天地之氣, 而乖序則爲變, 失時則爲災, 可使陽舒陰慘, 風調雨若, 正在燮理[19]之如何耳. 願君上念參三[20]之大位, 想萬物之備我[21], 致中和而參天地, 豈不大哉! 豈不美哉! 書曰: '無偏無頗, 王道平平'[22], 願念玆在玆[23], 君無怠無荒, 幸甚幸甚."

天君聽罷, 惻然引主人翁, 坐於半畝塘[24]邊, 下詔曰:

"來汝春官仁, 夏官禮, 秋官義, 冬官智, 暨五官[25]七正[26]音情, 咸聽予言. 予受天明命, 不能顧諟[27], 致令爾等, 久曠厥職, 或有不中規矩, 自以爲是, 激志高遠, 牽情

---

18) 矯矯亢亢(교교항항): 뜻이 사납고 강직한 모습.

19) 燮理(섭리): 음양의 이치를 조화롭게 다스림. 흔히 재상의 정무를 의미하지만, 여기서는 조화로운 정치 자체를 지칭함.

20) 參三(참삼): 천·지·인 삼재(三才)의 한 요소로 인간이 끼어 있음.

21) 萬物之備我(만물지비아): 만물의 이치가 나에게 갖추어져 있다는 뜻. 낙은본과 소려록본에서 "孟子曰: '萬物皆備於我矣'"를 전고로 제시했다.

22) 無偏無頗(무편무파) 王道平平(왕도평평): 치우치지도 기울어지지도 않아서 왕도가 평평하다는 뜻. 『서경』「홍범洪範」에 "無偏無陂, 遵王之義; 無有作好, 遵王之道; 無有作惡, 遵王之路. 無偏無黨, 王道蕩蕩; 無黨無偏, 王道平平; 無反無側, 王道正直. 會其有極, 歸其有極"이라 했다. 낙은본과 소려록본, "頗音皮" 참고.

23) 念玆在玆(염자재자): 어떤 것을 생각함에 있어 늘 그것에 둔다는 뜻. 『서경』「대우모大禹謨」에 "禹曰, 念玆在玆, 釋玆在玆, 名言玆在玆, 允出玆在玆, 惟帝念功"이라 했으니, 한 가지를 골몰히 생각하여 잊지 않는 태도를 말한다. '염념불망(念念不忘)' '경경어회(耿耿於懷)' 등과 유사한 표현이다.

24) 半畝塘(반무당): 100평 크기의 연못. 낙은본에 "朱子咏心詩, '半畝塘邊一鑑開, 天光雲影共徘徊. 問渠那得淸如許? 爲有源頭活水來', 半畝塘比心"이라 주석했다. 이 구절은 『성리군서구해性理群書句解』 권4 장14에 「관서觀書」라는 제목으로 수록되어 있는데, 성리학적 수양론을 비유하는 시로 유명하다. 다만 첫 구절이 "半畝方塘一鑑開"로 되어 있다. 또 주석에서 "此篇, 形容本体淸明之象"이라 하고, 총평에서 "程子有云, '涵養須用敬, 人之一心能敬以養之, 則天理流行', 亦猶是也"라 했다.

25) 五官(오관): 다섯 관직. 인체의 다섯 기관을 비유한 것. 낙은본에 "五官, 如所謂眼耳鼻舌身五根, 官與管同也"라 했다.

26) 七正(칠정): 정(正)이라는 일곱 벼슬아치. 정(正)은 정(情)의 음을 가차하여 의인화했다. 원주(原註)에 "정(情)의 음을 따랐다[音情]"라고 되어 있다. 낙은본과 소려록본의 원문에는 '칠정(七政)'으로 되어 있고, 각각 "七政, 喜怒哀樂愛郡羞也. 政与情同"; "喜怒哀樂愛郡慾也" 등으로 풀이했다.

27) 予受天明命(여수천명명), 不能顧諟(불능고시): 내가 하늘의 밝은 천명을 받았지만 그것을 잘 살피지 못했다는 뜻이다. 낙은본, "諟古是字. 大學曰, '不能顧諟天之明命'"; 소려록본, "諟古是字

浩蕩, 將有尊俎之越, 豈無佩觿之刺[28]乎? 噫! 予一人有過, 無以汝等; 汝等有過, 在
予一人. 天理未泯, 不遠而復, 宜與匭勉更始, 以續初載之治, 無忝予畀負[29]之重."

僉曰: "兪." 乃遂改元曰'復初'[30].

복초 원년 추8월: 나라에 시름이 일고 나라 밖 사람들이 찾아 와 거처하다

元年秋八月, 君與無極翁[31], 坐主一堂[32], 爰究精微之餘, 忽七正中, 有哀公者
來奏, 監察官與採聽官, 合疏曰:

"伏以, 玉宇寥廓, 金風凄冷; 涼生井梧, 露滴叢篁[33]. 蛩吟而草衰, 雁叫而雲寒;

也. 大學曰, '不能顧諟天之明命'云云"이라 했다.

28) 尊俎之越(준조지월), 佩觿之刺(패휴지자): 제사상 위를 넘어가서 부엌일을 참견하고, 어린 애가 뿔송곳을 찼다고 기롱함. 소려록본, "詩云: '童子佩觿', 觿者成人之飾. 蓋譏不當有而有之謂也"; 낙은본, "莊子逍遙云, '庖人雖不治庖, 尸祝不越尊俎而代之.' 今云越者, 蓋言失職之意也. 詩云: '童子佩觿', 刺字譏也. 或刺作賴字, 不合於此處, 非也"라 했다.

29) 畀負(비부): 규장각본, 김광순본, 성대본 등에는 '畀付(비부)'로 되어 있다. 임무를 '부여'했다는 뜻이다.

30) 復初(복초): 처음을 회복했다는 뜻의 연호. 주희(朱熹)의 『대학장구大學章句』 제1장 주석에서 "明德者, 人之所得乎天, 而虛靈不昧, 以具衆理, 而応万事者也. 但爲氣稟所拘, 人欲所蔽, 則有時而昏, 然其本体之明, 則有未嘗息者. 故, 學者當因其所發, 而遂明之, 而復其初也"라 했고, 『논어집주』「학이學而」 주석에서 "人性皆善, 而覺有先後. 後覺者, 心効先覺之所爲, 乃可以明善, 而復其初也"라 했다.

31) 無極翁(무극옹): 원시 우주의 근원적 속성인 무극(無極)을 의인화한 인물. 송(宋) 주돈이 (周敦頤)의 「태극도설太極図説」에서 "무극이태극(無極而太極)"이라 한 이래로 여러 성리학자들에 의해 그 개념이 활용됐다. 때로는 개념의 창시자인 '염계(濂溪) 주돈이'를 지칭하기도 한다. 주희(朱熹), 「재거감흥齋居感興」 其一, "昆侖大無外, 旁薄下深廣, 陰陽無停機, 寒暑互來往. 皇犧古神聖, 妙契一俯仰. 不待窺馬圖, 人文已宣朗. 渾然一理貫, 昭晰非象罔. 珍重無極翁, 爲我重指掌"; 이황(李滉), 「기제청원정寄題清遠亭」 其二, "光霽高懷百世風, 清通嘉植一塘中. 洗心洗眼柳東處, 宛見當時無極翁"; 이황, 「채련정사采蓮精舍」, "賞愛蓮花無極翁, 襟懷光霽月兼風. 一般意思那無寓, 通直分明在眼中."

32) 主一堂(주일당): 경(敬)의 수양론을 상징하는 공간이다. 송(宋) 정이(程頤)는 경을 '주일무적(主一無適)'으로 풀이한 바 있다. 소려록본, "主一堂者 敬字義"; 낙은본, "主一堂者, 古程子常主一, 一指敬, 見原情論, 則不拘持四端, 偏主四中某, 故云主一. 今天君亦爾, 故堂號亦然."

33) 叢篁(총황): 얼룩대나무 떨기. 낙은본, "叢篁, 班[斑]竹也. 我東尤菴謫居詩云, '愁隨芳草萋萋綠, 淚入叢篁点点斑'."

葉落而有聲[34], 扇棄而無恩[35]. 華潘岳之鬢[36], 撩[37]宋玉之愁[38], 正是長安片月, 催

萬戶之砧聲[39], 玉關孤夢, 減一圍之裳腰[40]. 潯陽楓葉荻花, 濕盡司馬之靑衫[41]; 巫

山叢菊扁舟, 搔短工部之白髮[42]. 況蕭蕭夜雨[43], 偏入長門宮孤枕[44]; 凄凄霜月[45],

34) 葉落而有聲(엽락이유성): 나뭇잎이 떨어지며 가을 소리를 낸다는 뜻. 낙은본, "詠梧桐詩, '葉
落金井秋氣至', '一葉落知天下秋'."

35) 扇棄而無恩(선기이무은): 가을에 부채가 버려지니 여름철에 쓰이던 은혜는 아랑곳없다는
뜻. 낙은본, "咏扇詩, '功高鸞翣日, 恩薄鴈來時'."

36) 華潘岳之鬢(화반악지빈): 반악(潘岳)처럼 젊은 나이에 귀밑머리가 센다는 뜻. 낙은본, "潘岳
之字仁安, 年才三十, 生二毛. 唐許員[員外]詩, '萬陽親友誰相念, 潘岳閑坐欲白頭'." 반악, 「추흥부秋興
賦」 서(序)에 "余春秋三十有二, 始見二毛"라 했다.

37) 撩(요): 돋우다. 낙은본, "音撓, 動也."

38) 宋玉之愁(송옥지수): 초나라 시인 송옥(宋玉)이 읊었던 시름. 낙은본, "宋玉, 屈平弟子也. 作
秋風賦, 其賦云, '悲哉秋之爲氣也'."

39) 長安片月(장안편월), 催萬戶之砧聲(최만호지침성): 서울 장안의 그믐달은 모든 집 안의 다
듬이 소리를 재촉한다는 뜻. 낙은본, "砧, 擣錦石也. 長安者, 唐詩: '長安一片月, 万戶擣衣聲'." 여기
서 '당시(唐詩)'는 이백(李白)의 「자야오가子夜吳歌」를 가리킨다.

40) 玉關孤夢(옥관고몽), 減一圍之裳腰(감일위지상요): 최변방 옥관의 외로운 꿈은 고향 아낙네
의 치마 허리끈을 줄인다는 뜻. 낙은본, "玉關者, 唐詩: '秋風吹不盡, 摠是玉關情', 減一者, '不信妾憶
君, 但看腰帶緩', 緩字, 卽今減字意也." 여기서 앞 구절의 '당시'는 이백의 「자야오가」, 뒤 구절은
고시19수(古詩十九首)의 「행행중행행行行重行行」 "相去日已遠 衣帶日已緩"에서 유래했다.

41) 潯陽楓葉荻花(심양풍엽적화), 濕盡司馬之靑衫(습진사마지청삼): 백거이(白居易)가 좌천되어
갔던 심양(潯陽)의 단풍나무 잎과 갈대꽃이 그이의 푸른 적삼을 다 적셨다는 뜻. 낙은본, "白樂
天詩, '潯陽江頭夜送客, 楓葉荻花秋瑟瑟. 就中泣下誰最多, 江洲[州]司馬靑衫濕', 蓋樂天爲江洲[州]司馬
故也"; 소려록본, "白樂天詩云, '潯陽江頭夜送客, 楓葉荻花秋瑟瑟. 就中泣下誰最多, 江州司馬靑衫濕.'
司馬, 白樂天, 見唐詩'琵琶行'也. 或云李白, 非也. 白, 湖州司馬也."

42) 巫山叢菊扁舟(무산총국편주), 搔短工部之白髮(소단공부지백발): 조각배를 타고 피난살이하
던 두보(杜甫)가 가을날 무산(巫山)의 국화떨기가 핀 것을 보고 멋쩍게 성성한 백발을 긁었다
는 뜻. '무산'은 두보의 대표작이라 할 수 있는 「추흥秋興」 8수의 공간적 배경이며 '조각배'는
그의 신세를 단적으로 나타내는 상징물이다. 첫 수에서 "玉露凋傷楓樹林, 巫山巫峽氣蕭森" "叢菊
兩開他日淚, 扁(/孤)舟一繫故園心"이라 했다. 낙은본, "工部, 杜子美爲工部尙書也. 叢菊扁舟, 杜律 「秋
興八首」 第一詩: '叢菊兩開他日淚, 扁舟一繫故園心.'"

43) 蕭蕭夜雨(소소야우): 촬촬 내리는 밤비. '소소(蕭蕭)'는 비바람 소리나 낙엽 구르는 소리 또
는 물 흐르는 소리. 혹은 적막한 모습. 이백, 「고시 59수古詩五十九首」 其二 "蕭蕭長門宮, 昔是
今已非. 桂蠧花不實, 天霜下嚴威"라 했다.

44) 長門宮孤枕(장문궁고침): 장문궁에 외롭게 유폐되어 잠 못 드는 황후. 낙은본, "漢武帝廢陳
皇后, 居長門, 故云孤枕也. 其后以千金買司馬相如「長門賦」, 獻于帝, 帝使之還宮也."

45) 凄凄霜月(처처상월): 쌀쌀하게 서리 치는 가을달. '처처(凄凄)'는 기온이 쌀쌀하거나 풍경
이 처참한 모습. '상월(霜月)'은 달빛이 서리처럼 차갑고 하얀 모습을 가리킨다. 소식(蘇軾)의
「영우락永遇樂」 사(詞)에서 "밤에 연자루(燕子樓)에서 자면서 반반(盼盼)의 꿈을 꾸었다. 인하

只爲燕子樓一人[46]. 楚蘭香盡[47], 靑楓瑟瑟[48], 湘妃淚乾[49], 班竹蕭蕭. 是不知愁因物愁物因愁愁, 愁而不知所以愁, 又焉知所以不愁也? 且不知見而愁耶[50]? 聽而愁耶[51]? 實不知其故. 臣等俱忝職司, 不敢隱諱, 謹以煩瀆.”

天君覽了, 便悠然不樂, 無極翁乃不辭而去[52]. 君命駕意馬, 周流八極, 欲效周穆王故事, 被主人翁叩馬苦諫, 而駐於半畝塘邊. 有鬲縣人來報曰:

“近日胸海波動, 泰華山[53]移來海中, 望見山中, 隱隱有人無慮千萬. 此等變怪, 甚是非常.”

여 이 사(詞)를 짓는다"라고 하고, "明月如霜, 好風如水, 淸景無限. (…) 燕子樓空, 佳人何在, 空鎖樓中燕"이라 했다.

46) 燕子樓一人(연자루일인): 연자루에서 수절하며 홀로 살아간 장건봉(張建封)의 기첩 관반반(關盼盼)을 가리킨다. 낙은본, "徐州張尙書建封有妓妾關盼盼善歌舞, 尙書沒后, 盼盼戀舊不嫁, 居燕子樓十余年矣. 白樂天贈詩曰, '黃金不惜買蛾眉, 揀得如花四五枝. 歌舞敎成心力盡, 一朝身去不相隨,' 盼盼見詩而泣曰, '妾非不能死, 恐人以我公重色, 有從死之妾, 是玷我公淸範也.' 乃答曰, '自守空房鎭翠眉, 形同春後牧丹枝. 舍人不識余深意, 誑道泉路不去隨.' 旬日不食死." 이러한 정보는 명(明) 낭영(郞瑛)의 『칠수유고七修類稿』권36「연자루燕子樓」조에 나온다.

47) 楚蘭香盡(초란향진): 초(楚) 굴원(屈原)이 항상 읊조렸던 난초의 향기가 스러졌다는 뜻. 낙은본, "蘭香, 屈原見逐後, 常詠蘭佩香草故也"라고 했다. 따라서 '초란(楚蘭)'은 굴원과 같은 충신의 품격을 상징한다.

48) 靑楓瑟瑟(청풍슬슬): 청풍나루가 쓸쓸함. 중국 호남성(湖南省) 유양(瀏陽) 남쪽에 청풍포(靑楓浦)가 있는데, 당시(唐詩)의 배경으로 등장하거나 청풍나무 자체가 초(楚)의 호상(湖湘) 정취로 자주 언급된다. 이백(李白), 「유별조남군관지강남留別曹南羣官之江南」에 "帝子隔洞庭, 靑楓滿瀟湘"; 진도(陳陶), 「분성증별溢城贈別」『전당시全唐詩』「진도(陳陶)」에 "楚岸靑楓樹, 長隨送遠心. 九江春水闊, 三峽暮雲深"이라 했다.

49) 湘妃淚乾(상비루건): 상비(湘妃)의 눈물이 말랐다는 뜻. 순임금의 이비(二妃) 아황 여영이 소상(瀟湘)에서 죽어 '상비'가 되었는데, 통한의 눈물이 말라 소상반죽이 되었다는 말이다. 낙은본, "娥媓女英, 死爲瀟湘江神故也."

50) 見而愁耶(견이수야): (감찰관으로서) 보는 것으로 인하여 시름겨운 것인가? 낙은본, "応上監察官也."

51) 聽而愁耶(청이수야): (채청관으로서) 듣는 것으로 인하여 시름겨운 것인가? 낙은본, "応上採聽官也."

52) 翁乃不辭而去(옹내불사이거): 무극옹이 사직 인사도 하지 않고 가버렸다는 뜻. 낙은본, "翁不辭者, 天君, 四端不充, 哀樂不中, 視聽乖礼, 人欲執鞭, 天理乃泯, 故云去也. 莊子云, '南海帝儵·北海忽(此人欲也), 遇中央帝混沌(此天理也, 卽無極翁)' 註云, '有爲(人欲)傷其初(天理)' 正同今意, 詳之."

53) 泰華山(태화산): 중국 중원 지방 동쪽의 큰 산인 태산(泰山)과 화산(華山)의 병칭이다. 송(宋) 신기질(辛棄疾), 「임강선臨江仙·희위산원창벽해조戱爲山園蒼壁解嘲」사(詞)에 "有心雄泰華, 無意巧玲瓏"이라고 했다.

正嗟訝之間, 遙望數人, 行吟而來, 看看漸近, 只是兩箇人. 那先行的人[54], 顔色憔悴, 形容枯槁, 冠切雲[55]帶長劍, 芰荷衣椒蘭佩, 眉攢憂國之愁, 眼滿思君之淚, 無乃痛懷王而恨上官者[56]耶? 尾來的人, 神凝秋水, 面如冠玉, 楚衣楚冠, 楚聲楚吟, 莫是一生唯事楚襄王者[57]耶? 俱來拜於君曰:

"聞君高義, 特來相訪, 但天地雖寬, 而吾輩自不能容焉. 今見君, 心地頗寬, 願借磊磈[58]一隅, 築城爰處, 不知君肯容接否!"

君乃斂衽, 愀然曰:

"男兒襟袍, 古[59]今[60]一也. 吾何惜尺寸之地, 而不爲之所乎?"

遂下詔曰:

"任他來投, 監察官知道, 任他築城, 磊磈公知道!"

二人拜謝, 向胸海邊去了. 自是之後, 君思想二人, 不能忘懷, 長使出納官, 高詠楚辭, 更不管攝他事.

복초 원년 추9월: 시름성이 축조되고 나라에 불행한 기운이 가득 차다. 성 밖의 한 사람이 시를 지어 크게 외치다

秋九月, 君親臨海上, 觀望築城, 只見萬縷寃氣千疊愁雲, 前古忠臣義士, 及無辜逢殘之人, 零零落落, 往來於其間. 中有秦太子扶蘇, 曾監築長城, 故, 與蒙恬,

---

54) 那(나)~的(적)~: '저 ~하는 ~'의 뜻. 낙은본, "音之亦語助辭, '那'·'的'二字下皆倣此."

55) 冠切雲(관절운): 절운관을 썼다는 뜻. 여기서 '관(冠)'은 '쓰다'라는 의미의 동사. 낙은본, "冠去聲. 切雲, 冠名也."

56) 痛懷王而恨上官者(통회왕이한상관자): 초회왕의 일을 아파하며 상관대부를 원망했다는 뜻. 낙은본, "屈原事楚懷王, 爲上官及斬尙所讒, 見逐汨羅, 故恨也. 詳見楚辭也."

57) 一生唯事楚襄王者(일생유사초양왕자): 일생토록 오직 초양왕을 섬겼던 사람. 낙은본, "宋玉, 江陵人也. 爲屈平弟子, 事襄王故也."

58) 磊磈(뇌외): 첩첩이. 겹겹이. 낙은본, "磊音雷, 磈音恢, 衆石狀, 比胸次."

59) 古(고): 굴원과 송옥이 살았던 옛날. 낙은본, "比原·玉二人也."

60) 今(금): 작가인 백호(白湖) 임제(林悌)가 살았던 당시. 낙은본, "比湖當時."

役硎谷坑儒四百餘人⁶¹⁾, 勿亟經始, 不日有成⁶²⁾. 其爲城也, 積不煩於土石, 役何勞於轉輸? 以爲大也, 則所寄之窄, 以爲小也, 則所包之多! 若無而有, 不形而形, 北據泰山, 南連滄海, 地脈正自峨眉山來, 碅硱⁶³⁾磊落⁶⁴⁾, 愁恨所聚, 故名之曰愁城. 城中, 有弔古臺, 城有四門, 一曰忠義門, 一曰壯烈門, 一曰無辜門, 一曰別離門. 於是, 天君自丹田渡海, 洞開四門, 御于弔古臺上. 于時, 悲風颯颯, 苦月⁶⁵⁾凄凄, 各門之人, 含怨抱憤, 一擁而入. 天君慘然而坐, 命管城子, 記其萬一, 管城子受命而退, 含淚而立.

先見忠義門中, 秋霜凜凜, 烈日下臨, 爲首兩人, 一則殞首於瓊宮之癸⁶⁶⁾, 一則剖心於炮烙之受⁶⁷⁾, 非龍逢比干而誰? 中有黃屋⁶⁸⁾左纛⁶⁹⁾, 貌類漢高者, 應是紀信將軍; 綸巾⁷⁰⁾鶴氅⁷¹⁾, 手持白羽者, 豈非諸葛武侯? 雍齒封侯, 曹丕稱帝, 義士之憤, 英雄之恨, 當復如何? 鴻門宴罷, 玉斗如雪, 忠憤激烈, 至死不二者, 范亞

---

61) 硎谷坑儒四百餘人(형곡갱유사백여인): 형곡에서 선비 400여 명을 구덩이에 묻었다는 뜻. 진시황의 '분서갱유'에 희생된 선비를 가리킨다. 십삼경주소(十三経注疏) 『상서尚書』 「서序」의 공영달(孔穎達) 소(疏)에서는 한(漢) 위굉(衛宏)의 「고문기자서古文奇字序」를 인용하여 "秦改古文以爲篆隷, 國人多誹謗. 秦患天下不從, 而召諸生, 至者皆拜爲郎, 凡七百人. 又密令冬月種瓜於驪山硎谷之中溫處. 瓜實, 乃使人上書曰: 瓜冬有實. 有詔天下博士諸生說之, 人人各異, 則皆使往視之, 而爲伏機. 諸生方相論難, 因發機, 從上塡之以土, 皆終命也"라고 했다.

62) 勿亟經始(물극경시), 不日有成(불일유성): 급하게 짓지 말라 해도 하루도 못 되어 완성되었다는 뜻. 낙은본, "此二句, 文王作靈台之詩, 見詩傳也."

63) 碅硱(논균): 돌이 삐죽삐죽 드러나 있는 모습.

64) 磊落(뇌락): 많은 것이 쌓여 산이 거대한 모습, 혹은 소리가 굉장히 크거나 마음에 품은 것이 매우 넓은 것을 형용한다.

65) 苦月(고월): 차가운 빛을 내는 달의 광경. 송(宋) 엽정규(葉廷珪), 『해록쇄사海錄碎事』 「정사政事」, "亭寒照苦月, 隴暗積愁雲" 참조.

66) 癸(계): 하(夏)왕조의 마지막 임금 이계(履癸).

67) 受(수): 상(商)왕조의 마지막 임금 이름이다.

68) 黃屋(황옥): 누런 비단으로 치장한 황제의 수레. 낙은본, "以黃繒爲蓋, 故云'黃屋'也."

69) 左纛(좌독): 황제의 수레 왼쪽에 세우는 검은 소꼬리 깃발. 낙은본, "左纛者, 以犛牛尾爲之(犛音離, 黑色牛, 出西南徼外, 尾可爲旄旎). 大如斗, 每纛於左騑軏上, 故云纛也. 騑音非. 曲体註疏云, '車有一轅四馬, 中兩馬夾轅, 名服馬, 兩邊名騑馬'."

70) 綸巾(관건): 처사의 망건. 제갈량이 쓴 모자로 유명하다. 낙은본, "處士網巾."

71) 鶴氅(학창): 학처럼 고고한 품격의 겉옷. 조선시대에는 학창의(鶴氅衣)라 하여 처사의 옷이었지만 여기서는 제갈량이 입은 옷을 지칭한다. 낙은본, "音敞, 鶩羽. 又折鳥羽爲旍(音奇), 衣之屬. 蓋鶴羽爲衣也."

父也; 騎赤兎馬, 提青龍刀, 綠袍長髥, 矯矯雄風, 一陷阿蒙之手, 恨不得平呑江
東[72])者, 關雲長也. 長嘯越石[73]), 擊楫士雅[74]), 齎志而逝[75]), 天地無情.

　　其後, 有張巡·許遠·雷萬春·南霽雲[76]), 人人忠壯, 箇箇義烈. 胡塵蔽日[77]),
列郡風靡, 睢陽城中, 一何多男子也? 指血不能動賀蘭, 而箭羽能沒於浮屠, 是
何誠貫於石, 而不感於人也! 寃哉! 痛哉! 人又有頑甚於石者乎?[78]) 岳武穆, 精
忠旗偃, 空負背字[79]), 宗留守, 過河聲殘, 出師未捷[80]), 天何默默! 衣帶有贊, 從

---

72) 平呑江東(평탄강동): 대본(1621년 목판본『백호집』)에는 '平(평)'이 빠져 있다. 강동 땅을
차지하여 평정했다는 뜻이다.

73) 越石(월석): 유곤(劉琨)의 자(字). 낙은본, "東晉時, 劉昆字."

74) 擊楫士雅(격즙사아): 중원을 회복하겠다고 맹세하며 노를 두들겼던 진(晉)의 조적(祖逖).
낙은본, "晉祖逖字也. 擊楫事, 在四卷." 『성어사전成語辭典』, "晉祖逖帥師北伐, 渡江于中流, 敲擊船槳
立下誓言, '不淸中原不罷休.' 見『晉書·祖逖傳』. 後因以'擊楫中流'称頌收復失地報效國家的激烈壯懷和慷
慨志節."

75) 逝(서): 죽었다는 뜻. 낙은본, "逝言死也. 馬史「任安書」云: '長逝者魂魄也.'"

76) 張巡(장순)~남제운(南霽雲): 당(唐) 현종과 덕종 때의 장수들. 안사(安史)의 난리 때 장순
등이 반란군을 맞아 수양성(睢陽城)에서 혈전을 치르다 전사했다. 송대(宋代)의 악비, 육유, 왕
안석, 문천상 등이 장순의 충성심을 찬양하는 시문을 지었고, 장순은 민간 도교의 보의대부
(保儀大夫) 혹은 보의존왕(保儀尊王)이 되어 신병(神兵)을 통솔하는 신격으로 존숭되었다. 장
순의「사금오표謝金吾表」에서 "想峨眉之碧峰, 予遊西蜀; 追綠耳於懸圃, 保壽南山. 臣被圍四十七日, 凡
一千八百餘戰. 當臣效命之時, 是賊滅亡之日"이라 했다.

77) 胡塵蔽日(호진폐일): 되놈의 먼지가 해를 가린다는 뜻이다. 오랑캐가 일으킨 난리 때문에
천자가 몽진을 했다는 말이다. 낙은본, "塵指賊國也; 日指天子也. 李白詩: '摠爲浮雲能蔽日, 長安不
見使人愁.' 今塵字卽彼'浮雲'雲子意也."

78) 指血不能動賀蘭(지혈불능동하란)~有頑甚於石者乎(유완심어석자호): 손가락 깨문 피가 하
란(賀蘭)을 움직이지 못했으니, 하란은 부도의 돌보다 더 완악하단 말인가? 수양성이 함락될
위기에 처하자 남제운이 하란진명에게 군사를 요청하러 갔는데 출군의 뜻은 보이지 않고 식
사 대접만 하자 손가락을 깨물어 피를 흘리고, 나올 때 하란을 훗날 응징하겠다는 뜻으로 부
도를 향해 화살을 쏘니 살이 그 돌에 박혔다고 한다. 낙은본, "張巡等四人, 皆唐人也. 睢陽將陷, 巡
使求救於賀蘭進明, 進明稍無出師之意, 但饋霽雲以食, 雲嚙指出血曰, '睢陽之人, 不食已三月矣. 吾不
忍獨食, 且食亦不下咽矣.' 因慷慨流涕, 一坐大驚, 然終不出軍. 雲出城門, 射門前浮屠曰, '滅賊後, 誓滅賀
蘭.' 矢羽貫石, 故云: '誠貫於石, 不感於人也.' 事在史五卷中, 往檢詳之焉"; 소려록본, "巡危, 使南霽雲求
救於賀蘭進明, (…) 射寺前浮屠曰, '滅賊後, 誓滅賀蘭.' 此矢所以志也. 矢羽貫石, 盡沒也" 참조.

79) 岳武穆(악무목)~空負背字(공부배자): 남송(南宋)의 충신 장군 악비(岳飛)가 부질없이 등에
다 '정충보국(精忠報國)' 네 글자를 새기고 금(金)의 침략을 막아냈지만, 주화파 재상 진회(秦
檜)의 모함에 걸려 억울하게 죽었다는 뜻. 낙은본, "岳飛, 宋人也. 封武穆王, 故云岳武穆. 旗偃者,
文帝書'精忠'二字於旗, 賜岳飛, 及執其旗, 伏地, 故云偃也. 背字者, 飛背刻'班[精]忠報國'四字, 秦檜搆殺
飛, 飛祖而示之, 曰: '看此背字, 我豈反者耶?' 不聽而殺之, 故云: '空負背字'也."

容就死, 可憐文天祥[81]! 背負六尺, 與國偕亡, 哀哉陸秀夫[82]!

最後有衣冠, 似異於華制者[83], 或以一身, 任五百年綱常之重[84], 鸞坡學士·虎頭將軍[85], 五六爲羣, 昂昂[86]而來. 此外悠悠今古, 忘身殉國, 就義成仁者, 難以悉記.

次見壯烈門中, 疾雷一聲, 陰風慘慘, 當先一人, 乘白馬橫屬鏤[87], 怒氣如浙江潮急[88], 乃是生全忠孝伍子胥也. 更有氣作長虹, 死酬知己, 撫尺八匕首, 吟壯士

---

80) 宗留守(종류수)~出師未捷(출사미첩): 동경유수(東京留守) 종택(宗澤)은 중원 회복의 꿈을 가졌지만 군대를 출동시켜보지도 못하고 죽었다는 뜻. 낙은본, "宗澤, 亦宋人也. 爲東京留守, 故云'宗留守'. 澤以恢復國家之意, 數請朝廷[廷], 朝廷不從, 澤憤鬱, 將[將死], 猶連聲呼'過河'者三, 故云聲殘也. 又咏杜律 '出師未捷身先死, 將使英雄淚滿襟'一句, 故云."

81) 文天祥(문천상): 남송의 충신. 원(元)의 포로가 되어 순사(殉死)했다. 낙은본, "天祥, 宋廬陵人也. 見金元之亂, 而不降, 至元世祖十九年, 就執而死. 祥將出獄, 卽爲贊曰: '孔曰成仁(殺身成仁), 孟曰取義(舍生取義). 惟其義盡, 是以仁至. 讀聖賢書, 所學何事. 而今而後, 庶幾無愧.' 南面再拜而死(再拜者謝宋恩). 元學士王盤詩曰: '大元不殺文丞相, 君義臣忠兩得之.' 事在史七卷也."

82) 陸秀夫(육수부): 남송 말기의 신하로서 위왕(衛王)을 옹립했다가 원(元)의 침공으로 송의 멸망을 직감하고 함께 바다에 투신자살했다. 낙은본, "秀夫, 宋楚州塩城人也. 初端宗崩, 羣臣多欲散去, 秀夫曰: '度宗一子, 尙在焉. 將置之.' 與衆共立. 帝昺, 年八歲也. 其後元張弘範等, 以舟師達崖山, 四面擊之, 宋兵疲不能戰, 秀夫知事去, 乃先驅其妻子下海, 卽負帝同溺焉, 後宮群臣從死者, 甚衆, 故云: '背負六尺, 與國偕亡'之也."

83) 衣冠(의관), 似異於華制者(사이어화제자): 의관이 중국 제도와 조금 다른 듯한 자. 낙은본, "我東衣冠, 不類於燕京, 故云'異'."

84) 一身任五百年綱常之重(일신임오백년강상지중): 한 몸으로 5백 년을 버텨온 나라의 윤리를 감당했다는 뜻. 정몽주(鄭夢周)를 지칭한다. 대본에는 '之重(지중)'에 해당되는 칸이 한 글자 간격으로 비어 있으나 3간본『백호선생문집白湖先生文集』(목활자본)에 의거해 추가한다. 낙은본, "高麗凡五百年而亡, 惟鄭夢周(號圃隱也)一人, 不事二朝, 故云也."

85) 鸞坡學士(난파학사)·虎頭將軍(호두장군): 조선의 사육신(死六臣) 가운데 집현전 학사 5인과 무장 유응부 1인을 가리킨다. 낙은본, "學士者, 順天人朴彭年(字仁叟也), 昌寧人成三門(字謹甫也), 善山人河緯地(字天章也), 韓山人李塏(字情[淸]甫也), 柳源誠[誠源](字太初也), 將軍兪応浮一人, 皆端宗朝死六臣也, 故下云'五六爲群'者, 此也. 彭年詩云: '泰山重處死猶重, 鴻毛輕時死亦輕.' 應浮詩云: '駿馬五千嘶柳下, 良鷹三百坐樓前.' 槪見氣像也."

86) 昂昂(앙앙): 풍채가 좋고 의기가 당당한 모습. 낙은본, "昂昂軒擧貌也."

87) 屬鏤(촉루): 중국 고대의 명검. 흔히 제왕이 신하에게 자살을 명할 때 내려진다. '屬盧(촉로)' 혹은 '屬婁(촉루)' 혹은 '鐲鏤(촉루)'라고도 함. 낙은본, "釰名."

88) 怒氣如浙江潮急(노기여절강조급): 춘추시대 오(吳)의 충신이었던 오자서(伍子胥)의 분노가 항주(杭州) 절강(浙江)의 조수처럼 급하다는 뜻. 낙은본, "臨安誌, 子胥死而爲神, 流楊泆間作潮往來, 蕩激隄岸, 執不可禦, 蓋潮水之急, 莫過於浙江, 故比子胥含寃之怒氣也."

之歌者, 荊慶卿[89]也. 西楚霸王, 以烏騅一騎, 橫行天下, 八年干戈, 夢斷[90]烏江之波; 淮陰男子, 感解衣之恩, 連百萬之衆, 戰勝攻取, 鳥盡弓藏, 竟死兒女[91]之手, 可惜! 孫伯符, 人稱小霸王, 雄據江東, 虎視天下, 而落魄庸人之毃, 遺恨東流[92]; 苻堅, 以雄師百萬, 銳意投鞭, 而心驚八公之草木, 卒遺養虎之患.[93]

嗚呼! 當羣雄蜂起之秋, 成則帝王, 敗則盜賊. 若騎牛讀漢書者[94], 亦一時豪傑也. 仙李春暮[95], 一榻之外, 都是長蛇封豕[96]. 李克用, 以沙陀[97]之種, 心存王室, 志切除殘, 而朱溫[98]御宇, 悒悒而卒. 其餘, 雄圖未遂, 功業墜虛, 而亦不可以成敗論者, 不可盡錄. 但門外有兩人, 趑趄不敢入, 相對泣下. 一人, 乃漢別將李陵也. 曾以半萬步卒, 推四十萬虜騎, 勢窮降虜, 將欲有爲, 而漢滅其族, 陵不

---

89) 荊慶卿(형경경): 진시황을 암살하려고 했던 자객 형가(荊軻). '경경(慶卿)'은 그의 자(字). 대본에는 '卿卿(경경)'으로 되어 있으나 여러 다른 본에 의거해 바로잡는다. 낙은본, "軻字也. 史, 荊軻入秦渡易水時, 作歌曰: '風蕭兮易水寒, 壯士一去兮不復還.' 又白虹貫日, 燕人畏之也."
90) 夢斷(몽단): 꿈이 깨지다. 낙은본, "猶死也, 事見史."
91) 兒女(아녀): 한고조(漢高祖)의 부인이었던 여후(呂后)를 가리킴. 아들 혜제(惠帝) 때 정권을 휘어잡아 여씨(呂氏)의 나라를 만들다시피 했다. 낙은본, "呂后."
92) 孫伯符(손백부)~遺恨東流(유한동류): 손책(孫策)이 노비에게 암살당하여 위업을 이루고자 했던 꿈을 이루지 못한 한을 남겼다는 뜻. 낙은본, "伯符, 孫策字. 庸人者, 許貢之奴. 策曾殺許貢, 故其奴乘策之出獵, 射而殺之, 故云魄落庸人也."
93) 苻堅(부견)~養虎之患(양호지환): 오호십육국시대에 전진(前秦)을 건국한 부견(苻堅)이 화북 지방을 통일하고 강남 지역까지 세력을 펼치려 하던 중 양아들에게 살해된 것을 가리켜 '범을 키우는 우환을 남겼다'고 한 것임. 낙은본, "投鞭者, 堅議伐晉, 或曰: '晉有長江', 堅曰: '吾衆投鞭, 可斷其流.' 故云投鞭也; 心驚者, 堅伐晉, 見八公山草木, 心有懼焉, 故云心驚也; 遺患者, 堅爲其臣姚萇所殺, 故云遺患也. 或云慕容垂養之於堅, 堅終爲垂所殺也."
94) 騎牛讀漢書者(기우독한서자): 소를 타고 『한서漢書』를 소뿔 위에 걸어놓고 읽은 사람. 이밀(李密)을 지칭한다. 낙은본, "蜀李密, 以漢書掛牛角, 讀之也."
95) 仙李春暮(선리춘모): 당나라의 세월이 저물어감. 낙은본, "暮, 言國末也. 仙李者, 唐高宗以老聃姓李, 尊爲玄元皇帝, 故謂唐爲仙李也. 蓋唐祖老子者, 用方士之言, 則今特言仙李, 亦眨之也."
96) 長蛇封豕(장사봉시): 기다란 뱀과 커다란 멧돼지와 같은 오랑캐. 당나라 말기에 오대십국으로 발흥했던 이민족을 비유적으로 일컬음. 낙은본, "『左』定四年, 申包胥曰: '吳爲長[長蛇]封豕, 荐[荐食上]國', 註封大也. 言吳之爲害貪酷, 如大豕長蛇也. 今引言者, 指當時胡有[有天下]."
97) 沙陀(사타): 북쪽 변방의 이민족 종족의 이름. 낙은본, "胡也."
98) 朱溫(주온): 당(唐)의 제위를 찬탈해 후량(後梁)을 건국했던 사람의 본명. 황소(黃巢)의 난 때 공적을 세워 당 조정으로부터 '전충(全忠)'이라는 이름을 하사받아 당나라 무장으로서 '주전충'으로 불렸다. 낙은본, "梁高祖也."

212 | 조선 전기 우언소설

得歸⁹⁹⁾. 一人, 乃荊梁都督桓溫也. 平乘北望之嘆, 似若有英雄之志, 而遺臭之言¹⁰⁰⁾, 九錫之請, 何其畜不臣之心也?¹⁰¹⁾ 降將軍反都督, 何爲於此也? 無乃英靈之追悔乎?

次見無辜門中, 雲愁霧慘, 雨冷風淒, 無數寃精, 或貴或賤, 或多或小, 相聚而來. 有四十萬爲屯而至者, 長平趙卒¹⁰²⁾也; 有三十萬爲屯, 而銳頭將軍爲首者, 新安秦卒¹⁰³⁾也. 蓋白起元來秦將, 故依舊爲帥. 高陽酒徒¹⁰⁴⁾, 憑三寸之舌, 下七十之城, 事勢蹉跎, 無罪鼎鑊; 戾園前星¹⁰⁵⁾, 憤趙虜之奸¹⁰⁶⁾, 犯當笞之罪, 湖上高臺, 空灑望思之淚¹⁰⁷⁾而已.

99) 陵不得歸(능부득귀): 서한(西漢) 한무제 때의 장수 이릉(李陵)이 흉노의 포로가 되고 난 후에 한나라에 남은 가족들이 처형을 당했으므로 고향으로 돌아갈 수 없었다. 낙은본, "事見「李陵傳與任安書」."

100) 遺臭之言(유취지언): 남자가 평생에 향기를 남기지 못할 바에는 역사에 냄새라도 남겨야 한다고 동진(東晉)의 환온(桓溫)이 한 말. 소려록본, "溫撫枕曰: '男子不能遺芳百歲, 亦當遺臭萬年'."

101) 平乘北望之嘆(평승북망지탄)~畜不臣之心也(축불신지심야): 환온(桓溫)이 평승루(平乘樓)에서 북녘을 바라보며 탄식을 했음에도 불구하고 신하 노릇 하지 않으려는 야심을 키웠다는 말. 낙은본, "平乘北望之者, 桓溫北征, 與其將佐, 上平乘樓, 北望中原, 歎曰: '使神州陸沈百年.' 王夷甫諸人, 不得不任其責, 故云: '有英雄之氣也.' 遺臭者, 溫曰: '丈夫不能遺芳百歲, 亦當遺臭萬年', 又請九錫, 故云: '不臣之心'也."

102) 長平趙卒(장평조졸): 장평에서 조(趙)의 조괄(趙括)이 이끄는 병졸 40만이 진(秦)의 백기(白起)에 의해 떼죽음을 당한 사적. 『사기』「백기전白起傳」에 상세하다. '장평갱조(長平坑趙)' '항졸진갱(降卒秦坑)' 등의 성어가 있다. 낙은본, "趙括事也."

103) 新安秦卒(신안진졸): 신안에서 항우(項羽)에게 떼죽음을 당한 진(秦)의 병졸. 이때의 장수는 백기가 아니지만 앞에서 조나라 군사를 몰살했고 같은 진나라 장수이기에 짐짓 내세웠다. 낙은본, "銳頭將軍, 秦白起別號也. 白起與新安, 其間相距, 百余年, 而爲師云者, 政達所見, 故下安[按]'蓋白起'等十二字, 出其所以, 詳之!"; 『논형論衡』 권24 「변수편辨祟篇 하」 주(註), "從來言坑降卒者, 以項羽新安之役, 與白起長平之事, 幷擧."

104) 高陽酒徒(고양주도): 유방(劉邦)이 지방 군벌에 불과했을 때 천하 대업의 기반을 닦게 하는 데 지대한 공헌을 한 고양(高陽) 땅 술꾼, 역이기(酈食其)를 가리킨다. 낙은본, "酈食其也."

105) 戾園前星(여원전성): 여원의 태자 별, 즉 한무제(漢武帝)의 아들 여태자(戾太子)를 지칭한다. 강충(江充)의 전횡을 징치하기 위해 부친의 군대를 움직였다가 자살했다. 낙은본, "戾園, 漢戾太子也. 前星, 太子之星, 在帝星之前, 故云前星也."

106) 趙虜之奸(조로지간): 조나라에서 망명한 간신, 즉 한무제와 여태자 사이를 이간질하여 무고지옥(巫蠱之獄)을 일으켰던 강충을 지칭한다. 낙은본, "趙虜, 指江充, 事見史."

107) 望思之淚(망사지루): 한무제가 망사대(望思臺)에서 흘렸던 눈물. 『십구사략十九史略』 권2 「서한무제西漢武帝」, "征和二年, 巫蠱事作. 帝如甘泉, 以江充爲使者, 治巫蠱獄, 掘太子宮, 云得木人

酒後耳熱, 拊缶而歌, 何預於世而至於腰斬? 慘哉, 平通侯楊惲![108] 況激濁揚淸, 多士濟濟, 何害於時, 而置於廢死? 寃哉, 范孟博諸人[109]! 且李敬業·駱賓王, 憤不顧身, 謀復故主[110], 通天之義, 貫古之忠, 而事誤捐軀, 神乎鬼乎! 此人何辜? 噫噫悲哉! 士君子一身盡職而已, 死何憾焉!

此中, 最有恨同古今, 憤切幽明, 苦苦哀哀, 不忍言不忍言者, 齊王客於松栢, 楚帝死於江中, 移國亦足, 置死那忍[111]? 忠臣之淚不盡, 烈士之恨有旣? 管城子到此心亂, 不能一一條列.

次見別離門中, 斜陽暮草, 去去來來, 生離死別, 黯然銷魂. 最可恨者, 漢家天子, 禦戎無策, 公主·昭君, 相繼遠嫁[112], 漢宮粧胡地妾, 薄命幾何[113]! 琵琶絃·

尤多. 太子據懼, 使客, 佯爲使者, 收捕充斬之. (…) 皇后自殺, 太子亡於湖, 自経死. 後有高廟寢郞田千秋, 上書曰: 有‘白頭翁敎臣云「子弄父兵, 罪當笞」’, 上悟曰: ‘此, 高廟神靈告我也.’ 知太子無罪, 作歸來望思之臺於湖, 天下聞而悲之.”

108) 平通侯楊惲(평통후양운): 한선제(漢宣帝)의 강직한 신하 양운(楊惲). 『십구사략』 권2 「서한선제西漢宣帝」, “殺故平通侯楊惲. 惲潔私無, 人上書告: ‘惲爲妖惡言’, 免爲庶人. 惲家居, 治産自娛. 其友孫會宗戒之. 惲報曰: ‘過大行虧, 當爲農夫以沒世. 田家作苦, 歲時伏臘, 烹羊炰羔, 斗酒自勞. 酒後耳熱, 仰天拊缶, 而呼烏烏. 其詩曰, 「田彼南山, 蕪穢不治. 種一頃豆, 落而爲萁. 人生行樂耳, 須富貴何時」, 淫荒無度, 不知其不可也.’ 人上書告惲, 騶하不悔, 下廷尉. 按得所與會宗書, 帝見而惡之, 以大逆無道, 腰斬.”

109) 范孟博諸人(범맹박제인): 동한(東漢) 영제(靈帝) 때 조정을 비방했던 범방(范滂)과 태학생(太學生)의 무리. 결국 이들은 당고(党錮)의 화(禍)를 입었을 뿐만 아니라 사류(士類)가 진멸하였고 후한의 국운도 따라서 기울었다. 낙은본, “孟博, 范滂字也.” 『통감절요通鑑節要』 권21 「후한영제後漢靈帝」, “初, 范滂等非訐朝政, 自公卿以下, 皆折節下之. 太學生爭慕其風, 以爲文學將興, 處士復用, 申屠蟠獨歎曰: ‘昔戰國之世, 處士橫議, 列國之王, 至爲擁篲先驅, 卒有坑儒燒書之禍, 今之謂矣.’, 乃絶跡於梁 碭之間, 因樹爲屋, 自同傭人. 居二年, 滂等果罹党錮之禍, 唯蟠超然免於評論. 溫公曰: ‘(…) 党人生昏亂之世, 不在其位, 四海橫流, 而欲以口舌救之, 臧否人物, 激濁揚淸, 撩虺蛇之頭, 踐虎狼之尾, 以至身被淫刑, 禍及朋友, 士類殲滅, 而國隨以亡, 不亦悲乎!”

110) 謀復故主(모복고주): 당(唐)의 이경업(李敬業) 등이 옛 임금 중종(中宗)을 복위시키려고 계책을 꾸몄다는 뜻. 낙은본, “故主, 唐中宗也. 李敬業等, 擊武后檄書, 曰: ‘一抔之土未乾, 六尺之孤安在? 試觀今日之朝庭[廷], 竟爲誰家之天下?’, 擧兵討之, 戰敗皆死也.”

111) 齊王客於松栢(제왕객어송백)~置死那忍(치사나인): 제나라 왕이 진(秦)에 가서 협상을 벌이다가 유폐되어 객사하게 하는 등의 사적을 보건대, 나라를 빼앗았으면 그만이지 죽음에까지 이르게 하는 일을 어찌 차마 하느냐는 뜻이다. 이 대목은 단종의 일을 빗대기 위한 사례들로서 「수성지」 전편의 핵심에 해당된다. 낙은본, “齊王·楚帝, 事事同端宗事, 故引例言之, 然則, 此四句, 愁城誌肯綮處, 詳之.”

112) 公主·昭君(공주소군), 相繼遠嫁(상계원가): 후궁들에게 공주니 소군이니 이름을 붙여 연달아 오랑캐 조정으로 시집보낸다는 뜻. 낙은본, “公主者, 漢高祖·呂后·孝宣, 皆取他人子, 名爲公

鴻鵠歌, 遺恨到今!114) 關月, 留靑塚之鏡115), 邊鴻, 斷故國之信116).

子卿, 看羊海上, 十年持節, 白首言旋, 茂陵秋雨117); 令威, 化鶴雲中, 千載歸家, 物是人非, 塚上苦月.118) 雖仙凡有殊, 而別意一也.119) 竹宮煙中, 不言不笑, 腸斷秋風之客120); 馬嵬坡下, 玉碎花飛121), 傷心遊月之郎.122) 乃有生長深閨, 嫁與燕兒123), 豈料重功名輕

主, 嫁與匈奴, 則今言公主者, 不必一人也. 昭君, 王嬙之字, 南郡秭陽人, 待詔掖庭. 漢元帝后宮, 旣多, 不得常幸, 乃使圖畫其形, 按圖召幸, 宮人皆賂畫工, 多者十萬, 小者五六萬. 昭君, 自恃其貌, 獨不餘, 反惡其形, 及單于來朝, 選宮人配之, 昭君以圖當行, 及入辭, 光彩射人, 悚動左右, 帝欲留, 而名字已去. 臣下曰: '恐失信外國, 恨之不及.' 卽爲嫁."

113) 漢宮粧胡地妾(한궁장호지첩), 薄命幾何(박명기하): 중국의 후궁이었다가 오랑캐의 첩이 되니 그 기박한 운명을 한탄하는 뜻. 낙은본, "古詩云: '昭君拂玉鞍, 上馬啼紅頰. 今日漢宮人, 明朝胡地妾'; 薄命, 古詩云: '何須薄命妾, 辛苦事和親?'."

114) 琵琶絃(비파현)·鴻鵠歌(홍곡가), 遺恨到今(유한도금): 비파 줄을 타고 기러기를 노래함에 그 한이 지금까지 남아 있다는 뜻. 낙은본, "昭君在胡地, 每上馬, 彈琵琶以寄其恨. 杜律云: '千歲琵琶作胡語, 分明怨恨曲中論.' 鴻鵠歌, 漢武帝以江都王女細君, 嫁烏孫國, 細君自傷, 作歌曰: '吾家嫁我兮天一方, 遠託異國兮烏孫王. 窮廬爲室兮氈爲墻, 以肉爲食酪爲漿. 居常思土心內傷, 願爲黃鵠兮歸故鄕'"; 소려록본, "漢武帝以江都王女細君, 妻烏孫王, 王念其行道, 使知音者於馬前, 奏琵琶以慰之, 昭君自傷遠嫁異域, 作詩曰: '願爲黃鵠兮歸故鄕'."

115) 關月(관월), 留靑塚之鏡(유청총지경): 국경지대 관문의 달은 왕소군의 무덤 청총(靑塚)에 거울처럼 걸려 있다는 뜻. 소욱(蘇郁), 「영화친詠和親」, 『전당시全唐詩』, "關月夜懸靑家鏡, 寒雲秋薄漢宮羅. 君王莫信和親策, 生得胡雛虜更多"; 낙은본, "靑塚, 胡中地多白草, 惟昭君塚獨靑, 故云'靑塚'. 杜律云: '一去紫臺連朔漠, 獨留靑塚向黃昏'也."

116) 邊鴻(변홍), 斷故國之信(단고국지신): 변방의 기러기가 철새가 되어 날아가면 고국의 소식이 끊어진다는 뜻. 낙은본, "註見上也."

117) 子卿(자경)~茂陵秋雨(무릉추우): 서한(西漢) 한무제 때의 신하 소무(蘇武)가 흉노에 사신으로 갔다가 19년간 억류되었다 황제가 바뀐 뒤에 돌아왔던 사정을 가리킨다. 낙은본, "子卿, 蘇武字, 事見史. 茂陵, 武帝陵號也. 秋雨, 言帝已崩也. 晚唐溫庭筠詩: '茂陵不見封侯郎, 空向秋波哭逝川'."

118) 令威(영위)~塚上苦月(총상고월): 요동 사람 정령위(丁令威)가 신선이 되었다가 고향에 돌아오니 옛사람은 모두 고인이 되었다는 뜻이다. 낙은본, "令威, 遼東人也. 漢初, 得仙道, 化爲白鶴, 集華表柱曰: '有鳥有鳥丁令威, 去家千年今始歸. 城郭如古人民非, 何不學仙塚累累.' 配大文知."

119) 雖仙凡有殊(수선범유수), 而別意一也(이별의일야): 비록 신선과 범인이 다름이 있지만 이별의 뜻만은 마찬가지라는 뜻. 이들이 함께 별리문에 등장하는 까닭을 밝힌 것이다. 낙은본, "此, 出仙人入於別離門中之所以也."

120) 竹宮煙中(죽궁연중)~腸斷秋風之客(장단추풍지객): 죽궁(竹宮)의 연기 속에서 왕부인(王夫人)을 그리던 한무제가 애달파했다는 뜻. 낙은본, "竹宮者, 漢武帝喪王夫人, 每傷之, 用方士李小翁之言於竹宮, 畫不言不笑之像, 而藏余其方漸衰, 神亦不來, 則豈非斷腸乎? 秋風者, 帝作秋風之辭, 故[故言秋風]之客."

離別? 負白羽征靑海, 夏之日冬之夜, 余美 124)亡誰與處? 愁銷玉頰, 恨悴花容. 寒梅雖折, 驛使125)難逢, 錦字126)已成, 琴高127)無便. 靑樓128)捲簾, 打起黃鶯129)而已. 又有君王寵歇, 久閉長信130), 遠別離無奈何, 近別離當若爲? 空階苔長, 玉輦不來131), 半窓螢度, 金殿無人132), 寧乏買賦之金133), 徒羨寒鴉之色134)而已.

悶悶哉! 香魂夜逐劍光飛135), 楚帳之虞姬也; 甘心死別不生離, 金谷之綠珠

---

121) 玉碎花飛(옥쇄화비): 미인의 죽음이 마치 옥처럼 깨지고 꽃처럼 날린다는 뜻. 김시습(金時習)의 「이생규장전李生窺墻傳」에서도 "(崔氏女)歌玉樓春一関, 以侑(李)生, 歌曰: '干戈滿目交揮處, 玉碎花飛鴛失侶. 殘骸狼籍竟誰埋, 血汚遊魂無與語'"라고 했다.

122) 馬嵬坡下(마외파하)~傷心遊月之郎(상심유월지랑): 양귀비가 마외(馬嵬) 언덕에서 처형되었는데, 훗날 당현종(唐玄宗)이 그를 잊지 못해 마음을 졸이다가 술사에 의해 달나라에 구경가서 그 혼을 만났다는 말이다. 낙은본, "馬嵬, 唐明皇遭祿山之亂, 至馬嵬坡下, 六軍不行, 願殺貴妃, 故縊殺之. 玉碎花飛, 皆謂男女殺死之比. 魏景皓曰: '丈夫寧爲玉碎, 不爲瓦全.' 又杜月渚, 綠珠詩: '樓前甲士紛如馬, 正是花飛玉碎時.' 傷心者, 長歎[恨]歌云: '行宮見月傷心[心色]色, 夜又[雨]聞鈴斷腸[腸斷]聲,' 則此爲傷心也. 遊月者, 八月望日, 天師引明皇, 遊月宮, 見一大府, 榜曰: '廣寒之樓' 見素娥十余人, 皓衣乘鸞, 歌舞淸麗, 明皇歸, 以十八弟子於利園, 倣之作霓裳羽衣曲, 則此遊月之郎也, 勿容他說."

123) 燕兒(연아): 중국 본토에서 변방의 이민족을 칭하는 말. 낙은본, "燕兒者, 中原稱四夷. 或胡兒, 或江兒, 或燕兒, 則今云亦此類也. 幸勿以燕秦婚事也."

124) 美(미): 남성 연인을 지칭하는 말. 낙은본, "美者, 謂夫也."

125) 寒梅(한매), 驛使(역사): 벗에게 보내는 한 줄기 매화와 그것을 전달해줄 심부름꾼을 일컫는다. 낙은본, "寒梅, 古事成語, 朋友章引. 陸凱贈友詩曰: '陸凱逢驛使, 寄與隴頭人. 江南無所有, 聊寄一枝春.' 又, 宋子宣贈柳子厚詩曰: '兩處空瞻千里月, 十年不寄一枝梅.' 兩處, 音信也."

126) 錦字(금자): 소야란(蘇惹蘭)이 변방으로 출정 간 남편에게 보내기 위해 수놓았다는 직금도(織錦圖)의 글자. 낙은본, "錦字, 蘇惹蘭織圖以贈隴夫之事. 事在類抄也."

127) 琴高(금고): 편지를 뱃속에 넣어 전해주는 잉어의 별칭. 낙은본, "琴高, 鯉魚別名. 山谷詩: '霜林收鴨脚, 春網薦琴高.' 鯉魚傳書之事, 詳見『剪灯』「水宮」註."

128) 靑樓(청루): 기생들의 거처. 낙은본, "靑樓, 淫女所游之處. 我東人咏雄鷄詩曰: '夜來莫近靑樓處, 曉月紗窓綌別意忙'."

129) 打起黃鶯(타기황앵): 꾀꼬리를 두들겨 쫓아 날려보낸다는 뜻. 낙은본, "唐詩: '打起黃鶯兒, 莫敎枝上啼. 啼時驚妾夢, 不得到遼西'也."

130) 長信(장신): 반첩여가 쫓겨나간 궁의 이름. 낙은본, "班婕妤爲飛燕所讒, 出長信宮, 作怨歌曰: '新製齊紈素, 團團似明月. 常恐秋風至, 棄捐笥篋中.' 詳見『堯山堂外記』."『요산당외기』는 명(明) 장일규(蔣一葵)가 편찬한 100권의 패사집이다. 규장각에 필사본 100책이 전한다.

131) 玉輦不來(옥련불래): 임금의 가마가 오지 않는다는 뜻. 낙은본, "盛唐 錢起, 咏長信宮怨詩: '長信輦來一葉秋, 娥眉淚盡九重幽. 誰忿昭陽夜歌舞, 君王玉輦正淹留.' 然則君不來長信宮."

132) 半窓螢度(반창형도), 金殿無人(금전무인): 반쯤 가려진 창문에 반딧불이가 지나가도 금전에 사람이 보이지 않는다는 뜻. 낙은본, "古詩云: '玉片憁螢影度, 金殿人聲絶. 秋夜守羅帷, 孤灯耿不滅.'也."

133) 買賦之金(매부지금): 부(賦)를 살 돈. 낙은본, "事見上'長門宮孤枕'註中."

也[136]. 萋萋芳草, 恨王孫之不歸[137]; 杳杳飛雲, 起孝子之遐思[138]. 朋友義切, 雲樹相思[139]; 鶺鴒情苦, 瓊雷相望.[140]

管城子, 淚乾頭禿, 勢難備書, 乃吟人間足別離[141]之句, 欲避之於天上, 遇牽牛織女而返. 城外一人[142], 執管城子曰: "子何追古而遺今, 點鬼簿而蔑陽人也. 我乃當世之人豪, 有詩一章, 煩君寫之." 乃高聲浪吟曰: "若人足稱奇男

---

134) 寒鴉之色(한아지색): 겨울 까마귀의 색깔. 낙은본, "唐王少伯詩: '奉箒平明金殿開, 且將團扇暫徘徊. 玉顔不及寒鴉色, 猶帶昭陽日影來'." 여기서 '소백(少伯)'은 왕창령(王昌齡)의 자다. '소양(昭陽)'은 한성제(漢成帝) 때 조비연 자매가 거처하던 궁전인데, 당시(唐詩)에서는 종종 그것으로 양귀비를 빗댄다. 결국 '소양'은 후비가 거처하는 궁전의 대명사가 되었다.
135) 香魂夜逐劍光飛(향혼야축검광비): 향기로운 혼이 밤중에 칼빛을 좇아 날아갔다는 뜻. 낙은본, "虞美人, 名棠, 吳人也. 隨羽至垓下, 和羽悲歌曰: '漢兵已畧地, 四面楚[楚]聲. 大王意氣盡, 賤妾何聊生.' 羽泣數行下, 美人乃請劒自刎. 美人葬處, 草自能舞, 號爲美人草. 事在『堯山堂記』也, 詳之."
136) 金谷之綠珠也(금곡지녹주야): 금곡의 부자 석숭(石崇)의 애첩인 녹주(綠珠)를 가리킴. 낙은본, "晉石崇, 爲交趾採訪使, 以二斛珠買梁氏女, 名綠珠而艶矣. 孫秀宗徒趙王倫求之, 崇不與, 倫怒遣人收崇, 綠珠自投樓下而死, 此爲死別也. 唐喬[喬知]之作「綠珠怨」詩曰: '辭君去君終不忍, 徒勞傍袂傷鉛粉. 百年離恨在高樓, 一代華客[容]爲君盡'也." 인용된 교지지(喬知之)의 작품과 관련하여 시비(侍婢)인 벽옥(碧玉)을 무승사(武承嗣)에게 빼앗긴 후에 이 시를 지어서 몰래 붙여주었더니, 벽옥이 우물에 빠져 자살했다는 시화가 전한다.
137) 王孫之不歸(왕손지불귀): 왕손이 돌아오지 않는다는 뜻. 낙은본, "唐詩: '山中相送罷, 日暮掩柴扉. 春草年年綠, 王孫歸不歸'也." 왕유(王維)의 「송별送別」이라는 작품이다. "春草年年綠" 부분이 "春草明年綠"으로 되어 있는 판본이 많다.
138) 孝子之遐思(효자지하사): 효자였던 당(唐) 적인걸(狄人桀)이 멀리서 부모님 집을 그리워했다는 뜻. 낙은본, "孝子指狄仁桀, 桀河陽人也. 爲并州參軍, 登太行山, 望見白雲, 顧謂左右曰: '吾親舍在其下.' 瞻望久之, 雲移乃去, 此爲遐思也. 山谷「贈家兄」詩曰: '白雲行處應垂淚, 黃犬歸時早寄書.'"
139) 雲樹相思(운수상사): 친구끼리 서로 그리워함을 일컬음. 낙은본, "杜子美「憶友」詩曰: '白也詩無敵, 飄然使不群. 淸神庚開府, 俊逸鮑參軍. 渭北春天樹, 江東日暮雲. 何時一尊酒, 對君細論文.' 此爲雲樹相思也."
140) 鶺鴒情苦(척령정고), 瓊雷相望(경뢰상망): 형제끼리의 정이 도타워 서로 떨어져 있을 때 그리워한다는 말. 낙은본, "鶺鴒, 鳥名. 飛則鳴, 行則搖, 首尾相応, 以比兄弟. 瓊雷, 二州名, 蘇東坡兄弟, 各謫瓊雷, 相望服塞也." 경주(瓊州)와 뇌주(雷州)는 지금의 해남도(海南島)와 뇌주반도(雷州半島) 일대다. 소식(蘇軾)이 동생에게 부친 「기자유寄子由」에서 "莫嫌瓊雷隔雲海, 聖恩尙許遙相望"이라 했다.
141) 人間足別離(인간족별리): 인간 세상에는 이별도 많다는 뜻. 당(唐) 교연(皎然)의 「송왕산인유려산送王山人遊廬山」에서 "峯頂應閒散, 人間足別離. 白雲將世事, 吾見爾心知"라 했다. 또 조선 시대에 귀양 간 동생 유활(柳活)에게 부치는 유숙(柳淑)의 「봉기쌍간경성적소십팔운奉寄双磵鏡城謫所八十韻」에서 "花落多風雨, 人生足別離"라고도 했다.
142) 一人(일인): 작가가 스스로를 일컬은 것이다. 낙은본, "一人, 白湖自況也."

子, 十五年前通六韜[143]. 塵生古匣劒未試, 目極關河秋氣高. 中年好讀孔氏書, 向來所耻非縕袍[144]. 牛歌不入齊王耳[145], 鬢上光陰昏又朝."管城子聞這詩, 慨然而寫, 並將四門標榜, 陳於天君前, 君纔一覽, 愁不自勝, 袖手悶默, 鬱鬱終歲.

복초 2년 춘2월: 주인옹의 천거로 재야의 국양을 대장군으로 초빙하다

二年春二月, 主人翁啓曰:

"靑陽換歲, 萬物咸新, 凡在草木, 尙自忻忻, 今君稟最靈之性, 有至大之氣, 而 迫於愁城, 久不安處, 豈非可謂流涕者[146]乎? 但愁城, 植根之固, 難以卒拔. 竊聞 杏花村邊, 有一將軍, 得聖賢之名[147], 兼猛烈之氣, 汪汪若千頃波, 未可量也[148].

---

143) 六韜(육도): 병법책의 하나. 『육도삼략六韜三略』으로 병칭되는 최고의 병서 가운데 하나다. 낙은본, "文·武·龍·虎·豹·犬, 詳見『將鑑』."
144) 縕袍(온포): 묵은 솜을 두어 만든 핫옷. 낙은본, "縕袍, 惡衣. 語曰: '志於道, 而[而耻]惡衣惡食者, 不可語道矣.' 然則, 今所耻非惡衣, 乃有眞所耻在焉. 又子路, 衣敝縕袍, 與狐貉者立, 而不耻也."『논어』「이인里人」에 "子曰, 士志於道, 而耻惡衣惡食者, 未足與議也"라 하고, 『논어』「자한子罕」에 '衣敝縕袍' 운운하면서 공자가 자로를 평가하였다.
145) 牛歌不入齊王耳(우가불입제왕이): 소 먹이는 노래가 제나라 왕의 귀에 들어가지 않았다는 뜻. 낙은본, "窎戚字武, 學十五歲, 爲齊威師. 戚欲干齊桓, 困窮無以自達, 乃將任車商, 暮宿郭門外, 桓公郊迎賓客, 戚飯牛車下, 擊牛角而歌曰: '南山粲, 白石爛. 生不逢堯与舜禪, 短袍草衣適至肝. 從昏飯牛薄夜半, 長夜漫漫何時旦.' 公聞之擧而ум相也. 歌有三章而恐煩不書, 往檢『堯山堂外記』. 肝音干, 脛骨, 猶脚上也."
146) 可謂流涕者(가위류체자): 눈물을 흘릴 만한 사태라는 뜻. 『통감절요通鑑節要』「한기漢紀·문제文帝」, "梁太博賈誼上疏曰: 臣窃惟今之事勢, 可爲痛哭者一, 可爲流涕者二, 可爲長太息者六. 若其他背理而傷道者, 難遍以疏擧."「釋義」, "東萊曰: 可爲痛哭者有六, 謂諸侯强大也. 可謂流涕者二, 謂匈奴嫚侮, 有可制之策, 而不用也. 可謂長太息者有六, 見於史者有三. 变風俗也, 教太子也, 體貌大臣也."
147) 聖賢之名(성현지명): 청주와 탁주를 각각 '성(聖)' '현(賢)'으로 이름한다는 뜻. 낙은본, "聖賢, 酒之別名. 魏太祖時, 禁酒, 人窃飮之, 故難言酒, 以淸酒爲聖人, 以濁酒爲賢人. 又古咏酒詩: '誰媒米與麯, 房中雷聲多. 三日歸家後, 能生聖與賢.'"
148) 汪汪若千頃波(왕왕약천경파), 未可量也(미가량야): 황숙도(黃叔度)의 넘실대는 도량은 마치 천 이랑의 물결과 같아 헤아릴 수 없다는 뜻. 동한(東漢)의 곽태(郭泰, 字林宗)가 황헌(黃憲, 字叔度)의 도량을 평가했던 표현이다. 『연감류함淵鑑類涵』 권291 「인부人部51·품조品藻1」, "奉高之器, 譬諸氿濫, 雖淸而易挹; 叔度, 汪汪若万頃陂, 澄之不淸, 混之不濁, 不可量也."

218 | 조선 전기 우언소설

其源¹⁴⁹⁾係出穀城, 麴生之子, 名襄¹⁵⁰⁾, 字太和¹⁵¹⁾, 深有乃父風味. 其先, 曾與屈原有隙¹⁵²⁾, 或有與兩阮嵇劉¹⁵³⁾爲竹林之遊者, 或有以白衣訪元亮於潯陽者¹⁵⁴⁾. 李白, 以金龜爲質¹⁵⁵⁾, 卒與爲死生之交, 其後, 卽以買爵¹⁵⁶⁾事, 小累淸名, 而亦非其本心也. 今襄, 但尙淸虛, 好浮義¹⁵⁷⁾, 於淸濁無所失, 多近婦人, 然, 有折衝尊俎¹⁵⁸⁾之氣, 伏念取其所長, 明君用人之方. 願君卑辭厚幣, 致之座上, 尊¹⁵⁹⁾之爵¹⁶⁰⁾之, 則平愁城而回淳古, 實不難也. 謹以聞!"

書上, 天君答曰:

"予雖否德, 只能從諫如流, 麴將軍迎接之事, 悉委主人翁, 勉哉!"

---

149) 源(원): 대본에는 '漢(한)'으로 되어 있으나 오자로 추정된다. 낙은본, 소려록본, 『백호고잡초白湖稿雜抄』(임형택 교수 소장)에 의거해 '源'으로 교정한다.

150) 襄(양): (술을) 빚는다는 뜻의 釀(양)의 음을 가차했다. 原註 "音釀."

151) 太和(태화): 소옹(邵雍)이 술의 별칭으로 붙인 이름. 송소옹(宋邵雍), 「무명공전無名公傳」, "生喜飮酒, 嘗命之曰: '大和湯'"; 「임하오음林下五吟」詩 之一, "安樂窩深初起後, 太和湯釅半醺時."

152) 曾與屈原有隙(증여굴원유극): 술이 굴원과 틈이 벌어진 적이 있었다는 뜻. 『초사楚辭』「어부漁父」, "屈原曰: '擧世皆濁我獨淸, 衆人皆醉我獨醒, 是以見放!'"

153) 兩阮嵇劉(양완혜류): 완적, 완함, 혜강, 유령 등의 죽림칠현. 낙은본, "兩阮, 阮籍 阮咸也. 嵇劉, 嵇康 劉伶也. 見史四卷."

154) 以白衣訪元亮於潯陽者(이백의방원량어심양자): 흰옷을 입은 심부름꾼에게 술을 들려보내 심양의 도연명을 방문했다는 말. 낙은본, "元亮, 陶潛之字, 潯陽栗里柴桑村人也. 九月九日無酒, 宅邊有菊, 採之盈把, 坐其側久, 而望見白衣人至, 乃王弘送酒, 就使酌, 醉而歸, 故今云之也." 왕홍(王弘)은 부하를 시켜 국화 옆에 우두커니 앉아 있는 도잠(陶潛)에게 술을 보내준 강주자사(江州刺史)다.

155) 金龜爲質(금구위지): 금거북이를 저당 잡혔다는 뜻. 이백(李白), 「대주억하감對酒憶賀監」 幷序, "太子賓客賀公於長安紫極宮一見余, 呼余爲謫仙人, 因解金龜換酒爲樂, 歿後對酒, 悵然有憶, 而作是詩"; 낙은본, "金龜, 賀知章一見李白, 呼爲謫仙人, 以金龜[龜換]酒, 與之共飮也. 金龜, 錢之別號也."

156) 買爵(매작): 술잔(벼슬)을 산다는 뜻. '매작(買酌)'의 음을 가차한 것이다. 여러 이본에 "賣爵(매작)"으로 되어 있기도 하다. 북한본 『임제·권필 작품선집』 해당 주석에서는 "매작(賣爵, 벼슬 파는 것)은 매작(賣酌, 술 파는 것)과 같은 음"이라고 했다.

157) 浮義(부의): 뜬 의리, 술 위에 뜨는 개미(술구더기)를 환유한다. 原註, "音蟻"; 樂隱本, "義與蟻同, 酒上浮蟻."

158) 折衝尊俎(절충준조): 술동이와 도마가 있는 외교석상에서 담판을 짓는다는 뜻. 『전국책戰國策』「제책齊策」 5, "此臣之所謂比之堂上, 禽將戶內, 拔城於尊俎之間, 折衝席上者也"; 수(隋) 왕통(王通), 『중설中說』「왕도王道」, "通聞遍者悅, 遠者來, 折衝樽俎, 可矣, 何必臨邊" 참조.

159) 尊(준): 술단지라는 뜻의 '樽(준)'의 음을 가차했다. 原註 "同樽."

160) 爵(작): (술을) 따르라는 뜻의 '酌(작)'의 음을 가차했다. 原註 "同酌."

翁曰

"孔方, 與彼有素, 可以致之."

君乃招孔方曰:

"汝往哉, 善爲我辭焉, 以副如渴之望."

孔方領命, 與其徒百文, 扶杖而往, 遍訪於水村山郭, 都不見了, 但有牧童, 騎牛荷簑而來. 孔方問曰:

"將軍麴襄, 見[161]居何處?"

牧童笑曰:

"此去不遠, 只在望中."

卽指綠楊村裏紅杏墻頭. 孔方, 乃緣芳草溪邊一條細路而去, 行到墻頭, 果然靑旗影下, 携當壚[162]美人而坐, 見孔方來, 以白眼待之曰:

"勞兄遠訪, 何以相酬?"

孔方責之曰:

"欲使金貂[163]來換耶? 欲以西涼[164]相要耶? 何輕視我也! 復初之君, 逼於愁城, 聞將軍之義, 以除世上不平之事爲己任, 朝夕望將軍而欲授啓沃之命[165], 以方與將軍世世通家[166], 故特使相邀, 何無禮若是乎?"

---

161) 見(현): 현재, 지금이라는 뜻이다. 낙은본, "音現."

162) 携當壚(휴당로): 술판의 미인을 끼고 있다는 뜻. 낙은본, "壚, 酒市也. 實則, 美人携酒而坐, 旣以酒號爲將軍, 故云: '携而坐之'也."

163) 金貂(금초): 황제를 좌우에서 호위하는 시신(侍臣)의 상징물. 무관(武冠)에는 매미(蟬) 문양의 황금당(黃金璫)을 붙이고 담비(貂) 꼬리털로 장식을 한다. 진(晉) 완부(阮孚)는 황문시랑(黃門侍郎) 산기상시(散騎常侍)가 되어 '금초'를 주고 술을 받아먹었다가 탄핵을 받았다. '완부'는 『소학小學』 「가언嘉言」에서 남조(南朝)의 팔달(八達)로 폄하된 인물인데, 문인의 방달불기(放達不覊)함을 비유하는 '완부초(阮孚貂)' 등의 고사성어를 남겼다. 낙은본, "金貂, 阮孚爲常侍, 以金貂換酒, 爲有司所憚也."

164) 西涼(서량): 포도주의 명산지다. 『경세통언警世通言』 「최아내백요초요崔衙內白鷂招妖」, "其時四方貢獻不絶: 西夏國進月樣琵琶, 南越國進玉笛, 西涼州進葡萄酒"; 낙은본, "西涼, 後漢孟陀, 以葡萄酒一斛, 遺張孫, 孫卽以陀爲涼州刺使. 坡詩云: '誰能斗酒博西涼', 博換也. 如所謂金不博金者. 孟陀, 或孟駞太; 張孫, 或楊孫也." 소동파(蘇東坡)의 시로 인하여 '박량주(博涼州)'라는 전고가 생겨났다. 여기서 '박(博)'은 '무역(貿易)'의 의미다.

165) 啓沃之命(계옥지명): '계옥'은 신하가 임금을 진심을 다하여 보필하는 것. 『서書』 「열명說

襄乃藏白開靑, 遂作祭遵投壺之戲[167], 曰: "有愁無愁, 惟我在", 乃着千金裘, 騎五花馬[168], 起兵[169]而來, 爰到雷州[170], 時三月十五日也.

복초 2년 춘3월: 국양장군이 무혈 전쟁으로 시름성을 평정하니 나라가 다시 태평해지다

天君乃遣毛穎, 往勞曰:

"不遺孤[171]主[172], 持兵[173]來到, 喜倒之心, 那可斗哉? 如卿大器, 方托喉舌[174], 姑拜卿爲雍[175]幷[176]雷[177]三州大都督驅愁大將軍. 閫以內, 寡人制之; 閫以外[178],

命上"에 "啓乃心, 沃朕心"; 孔穎達疏 "當開汝心所有, 以灌沃我心, 欲令以彼所見, 敎己未知故也"라 했다. 낙은본, "啓沃者, 殷高宗謂傅說曰: '啓汝心, 沃朕心!' 唐太宗引之, 謂魏徵沃洗也."

166) 世世通家(세세통가): 낙은본, "孔融詩[謂]李膺曰: '孔子與与老君相師友, 融與君累世通家.' 言不間內外而往來也."

167) 祭遵投壺之戲(제준투호지희): '祭遵(제준)'은 대본에 蔡遵(채준)으로 되어 있으나 바로잡는다. 『후한서後漢書』「제준전祭遵傳」, "及卒 (…) 博士范升上疏, 追称遵曰: '(…) 遵爲將軍, 取士皆用儒術, 對酒娛樂, 必雅歌投壺'"; 이상은(李商隱), 『전당문全唐文』 권777, 「위흥원배종사하봉상서가관계爲興元裴從事賀封尙書加官啓」, "祭遵臨敵, 投壺雅歌, 一擧而張角師殲, 再戰而孫恩党盡"; 낙은본, "投壺, 壺頸脩七寸, 腹脩五寸, 徑一寸半, 容一斗五升. 凡宴樂時, 以矢十二枚, 投之壺中, 而觀其入否, 以決勝輸, 故云投壺. 蔡[祭]遵善此投壺之事, 詳見通鑑註也."

168) 着千金裘(착천금구), 騎五花馬(기오화마): 이백(李白), 「장진주將進酒」, "主人何爲言少錢, 徑須沽取對君酌. 五花馬千金裘, 呼兒將出換美酒, 與爾同銷萬古愁"; 낙은본, "金裘花馬, 出處未詳."

169) 兵(병): 낙은본, "與瓶同, 下皆倣此也."

170) 雷州(뇌주): 낙은본, "雷, 與罍同. 罍, 酒器. 古者, 酒尊, 畫雲雷之象, 故借爲酒器之名. 與猶翁咏淳于髡飮酒詩: '先王念此思樽節, 制造羃罍觥爵罇罈等.'"

171) 孤(고): 原註 "音沽."

172) 主(주): 原註 "音酒."

173) 兵(병): 原註 "音瓶."

174) 喉舌(후설): 낙은본, "酒入於喉舌之中, 故云也, 而比之國家重地."

175) 雍(옹): 原註 "音瓮"; 낙은본, "瓮名."

176) 幷(병): 原註 "音瓶"; 낙은본, "瓶名."

177) 雷(뇌): 原註 "音罍"; 낙은본, "樽名."

178) 閫以內(곤이내), 閫以外(곤이외): '곤(閫)'은 한 집안의 문지방 혹은 나라의 국경을 뜻한다. 여기서는 고대 제왕이 장수를 임명할 때 전적인 신임을 보내며 예우하는 말이다. 낙은본, "古者, 天子遣將軍, 出師推轂, 曰如此"; 『사기史記』 「장석지풍당열전張釋之馮唐列傳」, "臣聞上古王者之

將軍主之. 進退斟酌, 傾兵而討之! [ ]¹⁷⁹⁾ 今遣中書郎毛穎, 一以諭予意, 一以
留與將軍作掌書記¹⁸⁰⁾, 知悉!"

太和, 卽使毛穎, 修謝表以上曰:

"復初二年三月日, 雍幷雷大都督·驅愁大將軍·麴襄, 惶恐百拜. 竊以辟穀鍊
精, 長保壺中之日月¹⁸¹⁾, 治亂待聖. 遂有爵命之沾濡, 撫躬自傷, 量分實濫. 伏念
襄, 穀城之種, 曹溪¹⁸²⁾之流, 王·謝¹⁸³⁾相隨, 擅風流於江左, 嵇·劉得趣, 寄閑情
於竹林. 半世行藏, 唯是琉璃鍾鸚鵡盞, 百歲交契, 只有習家池高陽徒¹⁸⁴⁾. 只緣
禮法之矛盾¹⁸⁵⁾, 久作江湖之漫浪, 何圖不我遐棄, 酒曰'命爾專征'? 顧此狂生, 何
堪大爵! 玆蓋伏遇用賢無敵¹⁸⁶⁾, 攻愁有方. 許臣時一中之¹⁸⁷⁾, 不疑於用, 謂臣招

遣將也, 跪而推轂, 曰: '閫以內者, 寡人制之; 閫以外者, 將軍制之.'"
179) [ ]: 낙은본에는 대본에는 없는 본문이 "務在驅除, 俾無及亂, 恭行時雨之兵, 勞來愁歡之民, 以
布予不耆[嗜]殺人之澤"이라고 추가되어 있다. 소려록본의 주(註)에서는 "務在驅除, 俾無及亂, 恭行
時雨之兵, 勞來愁歡之民, 以布余不嗜殺人澤, 此註二十八字, 他本文書之"라고 밝혔다.
180) 掌書記(장서기): (모영을 보내) 국양장군의 서기를 맡기다. 낙은본, "使毛穎作掌書記於將軍."
181) 壺中之日月(호중지일월): 병 속의 평화로운 세월. 낙은본, "壺中, 列仙傳云: '費長房於汝南市
中, 見一老人賣藥, 掛一壺於廛頭, 市罷, 入壺中. 人皆不見, 惟房見之, 再拜奉酒, 乃與俱入, 別有世界'云
也."
182) 曹溪(조계): 술지게미 개울이라는 뜻을 환유했다. 낙은본, "曹与糟同."
183) 王(왕)·謝(사): 육조(六朝)의 명망 거족인 왕씨 가문과 사씨 가문. 낙은본, "王敦字處仲, 每
(飮)酒後, 咏 '老驥伏櫪, 志在千里. 烈士暮年, 壯志不已.' 以如意打壺, 壺盡欠. 謝靈運·惠連·謝玄·謝誨,
此四人皆善飮者也."
184) 習家池(습가지)·高陽徒(고양도): 동진(東晉)의 유명한 놀이터 습가(習家)의 연못에 산도
(山濤)가 자주 놀러 가서 '우리 술꾼들[高陽徒]'의 것이라 했다 한다. 낙은본, "習家池, 晉山濤, 字
山簡, 鎭襄陽, 多之習氏(名郁)園池, 置酒輒醉, 曰: '此是我高陽池.' 時有兒童歌曰: '山翁出何許, 往至高陽
池. 日夕倒載歸, 酩酊無所知.' 以此觀之, 今習家池 高陽徒皆是一人事, 而或云: '高陽人酈食其, 好酒, 故
号其爲高陽徒.' 然則爲二人之事. 待史考也."
185) 禮法之矛盾(예법지모순): 예법과 어긋남. 낙은본, "指上孔方買酒事也."
186) 用賢無敵(용현무적): 어진 이를 들어 쓰면 당할 자가 없다는 뜻. 두목(杜牧), 『두번천시집
杜樊川詩集』권4 「영가성덕영歌聖德, 원회천보遠懷天宝」, "廣德者强朝萬國, 用賢無敵是長城."
187) 時一中之(시일중지): 때때로 한 번씩 성현의 덕에 빠진다는 뜻이지만, 술에 거나해진다는
것을 환유하고 있다. 낙은본, "徐邈, 字景山, 仕魏爲尙書郎, 時禁酒, 而邈私飮沉醉, 趙達問以曹事, 邈
曰: '中聖人!' 達白太祖, 怒, 鮮于輔進曰: '醉客得淸酒者爲聖人, 得濁酒者爲賢人, 邈偶醉言耳.' 後文帝幸
許昌, 問邈曰: '頗復中聖人否?' 邈曰: '昔子反斃於穀陽, 御叔罰於飮酒. 臣嗜同二子, 不能自徵. 時復中之.'
帝大笑曰: '名不虛立!' 今言時一中之者, 於淸濁酒, 半醉半醒之中. 然中者中的也." 위 내용이 『삼국지三
國志』 「위서魏書·서막전徐邈傳」에 상세히 나온다.

衆口爾, 獨斷於心, 遂令薄才, 得容海量, 敢不勉增淸烈, 益播芳芬? 杯酒釋兵權, 縱不及趙普之策[188], 胸中藏萬甲, 庶可效仲淹之威[189]."

天君, 覽表大悅, 卽拜西州力士[190]爲迎敵將軍, 受都督節制使. 是時也, 日暮煙生, 風輕燕語, 羽檄[191]交飛, 鼓笛催興. 將軍, 遂登糟丘, 命朱虛侯劉章[192]曰:

"軍令至嚴, 爾其掌之! 毋使有擊柱之驕將[193], 毋使有逃[194]酒之老兵."

於是, 軍中肅肅, 無敢喧嘩, 進退有序, 攻戰有法. 陣形效六花法, 而此則像葵花. 蓋昔李靖伐高麗, 以山峽崎嶇, 不得布八陣, 故代六花陣, 此其制也. 將軍乘玉舟[195], 濟酒池, 擊楫[196]而誓曰:

"所不如蕩愁城而復濟者, 有如此水[197]!"

---

188) 杯酒釋兵權(배주석병권), 縱不及趙普之策(종불급조보지책): 한 잔 술로 병권을 내놓게 하는 것은 비록 송(宋) 조보(趙普)의 계책에 미치지 못한다는 뜻. 낙은본, "杯酒釋兵權者, 宋趙普言於太祖, 曰: '殿前師石守信等, 非統制才, 不可久典兵權.' 上悟, 宴酣謂守信(曰): '何不釋兵權, 出守田宅爲子孫計.' 明日, 信等称疾請罷. 故云: '杯酒. 詳見『史』六「宋記」."

189) 胸中藏萬甲(흉중장만갑), 庶可效仲淹之威(서가효중엄지위): 흉중에 수만의 군병을 감추고 있는 것은 범중엄(范仲淹)의 위엄을 본뜰 만하다는 뜻. 낙은본, "仲淹嘗知延州, 夏人相戒曰: '范子胸中自有數萬甲兵, 毋以延州爲意.' 故云也."

190) 西州力士(서주력사): 이백(李白)의 「양양가襄陽歌」에 나오는 술국자와 노구솥의 의인화. 낙은본, "李白詩: '舒州酌[杓], 力士鐺. 李白與爾共死生.' 見「將進酒[襄陽歌]」, 西與舒同也."

191) 羽檄(우격): 선전포고를 나타내는 닭털 달린 격서(檄書). 낙은본, "羽檄者, 檄木簡爲書, 長尺二寸, 有急則挿鷄羽, 謂之(羽)檄, 言如飛之疾."

192) 朱虛侯劉章(주허후유장): 한고조의 미망인 여후(呂后)가 왕권을 농단할 때 여씨(呂氏)의 세력을 견제했던 장수 유장(劉章). 『통감절요通鑑切要』 「한기漢紀·혜제惠帝」, "高后七年. 諸呂擅權用事, 朱虛侯章忿劉氏不得職, 嘗入侍燕飮, 章自請曰: '臣, 將種也, 請得以軍法行酒.' 頃之, 諸呂有一人醉亡酒, 章追拔劍斬之, 太后業已許其軍法, 無以罪也. 自後諸呂憚朱虛侯, 劉氏爲益彊."

193) 擊柱之驕將(격주지교장): 술에 취해 칼로 궁궐 기둥을 치는 버릇 없는 장수. 『초학기初學記』 「직관부職官部」 「손통사금孫通賜金」, "史記曰, 高祖滅秦, 已登尊号, 羣臣飮爭功, 醉或妄呼, 拔劍擊柱, 高祖患之. 于是叔孫通進說, 遂設綿蕝野外, 習之月余. 通曰: '可試觀.' 上使行禮畢, 復置法酒, 無敢讙嘩失禮者. 高祖曰: '吾乃今日知爲皇帝之貴也.' 拜通太常, 賜金五百斤."

194) 逃(도): 술이 취하여 술자리를 도망한다는 뜻. 낙은본, "逃醉也."

195) 玉舟(옥주): 술잔을 뜻한다. '옥선(玉船)'이라고도 한다. 송(宋) 소식(蘇軾), 「차운조경황독량구양시파진주계次韻趙景貺督兩歐陽詩破陳酒戒」, "明當罰二子, 已洗兩玉舟"; 송(宋) 적성한부인(赤城韓夫人), 「법가도인法駕導引」 사(詞), "自洗玉舟斟白醴, 月華微映是空舟" 참조.

196) 擊楫(격즙): 노를 두들기며, 중원을 회복하겠다고 맹세했던 진(晉) 조적(祖逖)의 사적을 인용한 것임. 낙은본, "此用祖逖之言, 見史四卷."

197) 有如此水(유여차수): 여기 이 물과 같은 증거가 있다는 뜻. 맹세할 때 하는 말이다. 낙은본,

乃泊於海口, 卽喚掌書記毛穎, 立成檄文曰:

"月日, 雍幷雷大都督驅愁大將軍, 移檄于愁城. 夫以逆旅天地之間, 過客光陰之中, 彭殤同夢[198], 凡楚一轍[199]. 生而愁恨, 尙不及髑髏之樂[200], 豈不哀哉? 唯爾愁城爲患, 久矣. 偏尋放臣思婦烈士騷人, 易凋鏡中之顔, 先霜鬢邊之髮, 不可使蔓蔓難圖也[201]. 今我受天君之命, 統新豊之兵[202], 先鋒則西州力士, 佐幕則合利蟹螯[203]. 雖諸葛公阵列風雲, 項覇王勇冠今古, 如兒戲耳, 安能當乎? 況楚澤獨醒, 寧足介意? 檄文到日, 早竪降旗!"

使出納官厲聲讀檄, 聞於城中, 滿城之人皆有降心, 而獨屈平不屈, 披髮而走, 不知其處. 將軍自海口, 如建瓴而下, 勢若破竹, 不攻而城門自開, 不戰而城中已降. 將軍乃耀武揚威, 或散而圍於外, 或聚而阵於內, 勢如潮生海國, 雨漲江城.

"有如此水者, 誓約之談. 如詩云: '謂汝不信, 有如皎日'之例也. 詩釋辭 '이러틋흔 교일리 인ᄂ이라.' 今依俲[彼]釋."

198) 彭殤同夢(팽상동몽): 장수한 팽조(彭祖)나 영아로 사망한 자나 똑같이 꿈을 꾸고 있다는 뜻. 낙은본, "彭祖, 姓籛·名鏗, 至殷商之時, 已六七百歲. 王以爲大夫, 稱疾不與政, 至八百歲而死. 殤子, 生三日死. 莊子云: '莫壽于殤子, 而彭祖爲夭.' 註云: '壽夭摠爲幻相也.'"

199) 凡楚一轍(범초일철): 대국이나 소국이나 한가지라는 뜻. 『장자』「전자방田子方」에 나오는 구절을 용사했다. '범(凡)'은 소국, '초(楚)'는 대국으로서 비교되었다. 낙은본, "凡楚者, 莊子云: '楚王與凡君坐, 楚臣曰 "凡亡者三" 凡君曰 "凡之亡也, 不足以喪吾存; 楚之存也, 不足以存吾存." 由是觀之, 凡楚未始存亡, 卽存亡一也.'"

200) 髑髏之樂(촉루지락): 해골의 즐거움. 낙은본, "莊子之楚, 見空髑髏(頭骨), 問曰: '子貪生失理, 而爲此乎? 有鐵[斧]鉞之誅, 而爲此乎? 有凍餒之患, 而爲此乎? 將子之春秋, 故爲此乎?' 因枕髑髏而臥, 髑髏見夢, 曰: '子之諸問, 皆人生之累也. 死則無君臣, 無四方事, 以天地爲春地[秋], 雖南面王樂, 不能過也.' 莊子不信, 曰: '吾使司命復生子形, (反)父母妻子, 子欲之乎?' 髑髏曰: '吾安能棄南面王樂, 而復爲人間勞乎?' 詳見「至樂」篇也."

201) 不可使蔓蔓難圖也(불가사만만난도야): 넝쿨이 치렁치렁 자라나게 해서 훗날 도모할 수 없게 해서는 안 된다는 뜻. 낙은본, "不可使蔓, 『左傳』癸中諫鄭公, 曰: '無使滋蔓難圖也.' 註云: '如草滋蔓, 則難爲圖謀也.'"

202) 新豊之兵(신풍지병): 술의 명산지 신풍(新豊)의 '병(兵)'. 여기서 '병'은 술병을 환유한다. 왕유(王維), 「소년행少年行」에 "新豊美酒斗十千, 咸陽遊俠多少年. 相逢意氣爲君飮, 繫馬高樓垂柳邊"이라 했다. 낙은본, "新豊, 多美酒, 故云也. 古詩云: '新豊美酒斗十千.'"

203) 合利蟹螯(합리해오): 합리(合利)는 합리(蛤蜊). 대합조개, 참조개 등의 맛있는 안주. 연세대본에는 아예 '蛤蜊'로 수정되어 있다. 그러나 언어유희로서 벌레 '충(虫)' 변(邊)을 빼버리고 가차(假借) 글자로 만들었다. '해오(蟹螯)'는 게의 집게발. 역시 최상의 안주로 친다. 낙은본, "蟹螯[螫]之大拇指, 食此飮酒, 則不醉, 故古人云: '安得蟹螯醉不醒.' 又晉畢卓爲吏部郞, 當[常]言, '左手持蟹螯, 右手持酒杯, 使能了此生也.'"

天君登靈臺望見, 雲消霧卷, 惠風遲日, 向之悲者懽, 苦者樂, 怨者忘, 恨者消, 憤者洩, 怒者喜, 悒悒者怡怡, 鬱鬱者忻忻, 呻吟者謳歌, 扼腕者蹈舞. 伯倫頌其德[204], 嗣宗[205]澆其胸, 淵明葛巾素琴, 眄庭柯而怡顔, 太白接䍦[206]錦袍, 飛羽觴而醉月. 玉山將倒[207], 時已秉燭, 花飛眼前, 月入帳中. 將軍使佳人, 奏破陣樂而班師, 天君大悅, 卽招管城子, 下敎曰:

"予無恩於卿, 而卿推心置予之腹中, 卿有德於予, 而予將何報卿之功? 一拜[208]一拜復一拜[209], 徒增赧顔. 今乃築城於愁城舊址, 爲卿湯沐邑, 其都督三州事, 如故. 又封於懽, 錫以三等之爵, 爲懽伯[210]. 賜以秬鬯一卣[211], 寵以前後鼓[212]吹[213], 知悉[214]!"

204) 伯倫頌其德(백륜송기덕): 유령(劉伶)이 그의 덕을 칭송한다는 뜻. 낙은본, "伯倫, 劉伶字, 作 「酒德頌」. 見『古文』."
205) 嗣宗(사종): 술을 맘껏 마시기 위해 보병교위(步兵校尉)가 되었던 완적(阮籍)의 자(字). 낙은본, "阮咸[籍]字也."
206) 䍦(리): 대본에는 '罹'로 되어 있어 바로잡는다. '접리(接䍦)'는 일종의 흰 모자다. 이백, 「양양가」에 "倒著接䍦花下迷"라 했다. 낙은본, "接䍦者, 冠名. 李白値雨山前路, 取着倒接䍦."
207) 玉山將倒(옥산장도): 옥산이 무너지듯 술이 취해 쓰러지는 모습을 형용함. 낙은본, "玉山者, 身也. 李白詩: '鍾鼎玉帛不足貴', '玉山自倒非人推.' 又『世說』山濤曰: '叔夜(嵇康字也)醉, 若玉山之將頹也.'" 단, 이백의 시로 인용한 두 구절은 앞의 것이 「장진주」, 뒤의 것이 「양양가」로서 주해자가 착각을 일으켰다.
208) 拜(배): 절하다. '盃(배)'를 가차하여 술잔을 환유한다. 原註, "音盃."
209) 一拜一拜復一拜(일배일배부일배): 이백, 「산중대작山中對酌」, "兩人對酌山花開, 一杯一杯復一杯. 我醉欲眠君且去, 明朝有意抱琴來"의 구절을 용사했다.
210) 錫以三等之爵(석이삼등지작), 爲懽伯(위환백): 3등의 작위인 백(伯)을 하사하여 환백(懽伯)으로 삼는다는 뜻. '환백'은 술의 이칭. 낙은본, "伯, 五等爵級, 伯爲三, 故, 懽伯云: '三等之爵'也."
211) 秬鬯一卣(거창일유): 검은 기장과 울창으로 만든 술 한 동이. 종묘 제례나 작위를 수여할 때 사용하는 술이다. 낙은본, "此一句, 出『左傳』. 秬音巨, 黑黍. 鬯音漲, 香草. 合以作酒, 以祭宗廟也. 卣音有, 或求, 酒器也. 中樽秬鬯, 九錫之一數也."
212) 鼓(고): 술 받아온다는 뜻을 환유한다. 낙은본, "音沽."
213) 吹(취): 술에 취한다는 뜻을 환유한다. 낙은본, "音醉."
214) 知悉(지실): 잘 알아서 거행하라는 뜻. 임금의 교서(敎書) 뒤에 붙이는 형식어다. 앞에서 천군이 감찰관(監察官)과 뇌외공(磊磈公)에게 조서(詔書)를 내릴 때 '지도(知道)'라고 명령한 것과 유사한 형식어다.

우언소설, 인문학적 담론의 고소설 전통

▨ 우언소설이란 무엇인가

우언소설寓言小說은 우언적 글쓰기로 이루어진 고소설을 지칭한다. 우언은 서사敍事와 교술敎述의 중간 갈래로서 동아시아 한문학권에서 일찍부터 활용되어온 담론 방식이다. 우언은 크게는 서구 혹은 문학 일반의 알레고리allegory 개념에 상응하지만, 세부적으로는 알레고리 소설체allegorical romance, 패러블parable, 페이블fable을 포괄한다. 우리 문학계에서는 그 셋을 흔히 우의寓意, 비유담比喩談, 우화寓話라고 번역해서 널리 쓰지만, '우언'의 오래된 전통과 개념으로 그들을 포괄하면서 세부적 차이를 따지는 것이 혼란을 줄일 마땅한 방법이다. 우언과 알레고리의 대비 관계를 개념도로 보자(228쪽).

우화 혹은 페이블은 설화적 형식의 '민간 우언'이다. 다시 말하자면 '설화적 우언'으로서 서사성이 강한 짧은 이야기다. 비유담 혹은 패러블은 종교적 철학적 담론 속에 예화로서 인용되는 '삽입 우언'을 가리킨

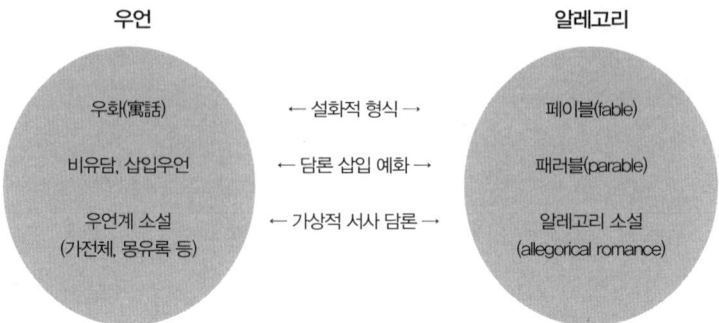

우언		알레고리
우화(寓話)	← 설화적 형식 →	페이블(fable)
비유담, 삽입우언	← 담론 삽입 예화 →	패러블(parable)
우언계 소설 (가전체, 몽유록 등)	← 가상적 서사 담론 →	알레고리 소설 (allegorical romance)

다. 그 자체로는 우화의 성격을 지니지만 담론의 맥락 속에서 새롭게 해석된 의미를 부여받는다. 반면 우언계 소설 혹은 알레고리 소설은 소설적 수법을 모방한 '가상적 서사 담론'을 폭넓게 지칭하는 개념이다. 여기에는 여러 모습으로 양식화된 중층적 의미체의 서사 담론이 모두 포함된다.

여기서 우화와 우의에 대한 만연한 오해에 대해 잠깐 해명할 필요를 느낀다. 우리는 '우화'라 하면 이솝우화Aesop's Fable의 동물담을 떠올리고, '우의'라 하면 그것을 하나의 수사법으로 보려는 선입견이 매우 강하다. 설화의 동물담과 동물 우화는 엄연히 다른 문학 갈래다. 이솝의 우화에 비록 동물 우화가 많기는 하지만 그것이 설화의 동물담 자체는 아니다. 작가가 뜻을 가미하여 나름의 플롯을 설정하고, 또한 작품 말미에서 인간적 의미를 하나의 교훈 혹은 아포리즘aphorism 형태로 드러내기 일쑤다. 이때 동물들은 유형적 인간의 모습을 띠면서 의인화personification하고, 그러한 수사법을 통해 우의를 조성하게 되는 것이다. 따라서 우화는 우언의 한 양식이고, 우의는 우언으로 나타내는 작품의 궁극적 의도 내지 그 과정이다.

페이블의 번역어로서 1930년대에 정착된 어휘인 '우화'는 전통적 우언의 자리를 대체하면서 동아시아의 가상적 서사 담론의 영역을 부당하게 축소하는 결과를 낳았다. 또 '우의'는 의인화를 비롯한 다양한 가상적 비유 방식을 통해 다루어지는 소재와 주제의 소통 과정을 가리키는데, 알레고리의 번역어인 양 사용되면서 알레고리의 개념을 모호하게 만들고 우언과 알레고리의 비교문학적 연구와 이해에 장애를 초래했다.

한국문학사에서 우언소설은 어떻게 탄생했는가

우언은 서사와 교술의 이중성을 띤다. 이로부터 우언은 한 시대의 문학 갈래 체계 속에서 유독 주변성과 침투성이 강한 특징을 지닌다. 즉, 우언은 우화와 같은 단형의 설화 형식에 머물지 않고 스스로 여러 양식으로 전이되어나간다. 한국 고전문학사에서는 주변 사물을 의인화하여 그 일생을 기술하고 교훈을 덧붙이는 '우언 전기', 꿈이나 도취의 공간에서 현실의 문제적 상황을 체험하고 음미하는 '우언 여행기'가 성행했다. 이들은 가전假傳, psudo-biography과, 몽기夢記 혹은 취향기醉鄕記 등의 몽유기夢遊記, psudo-travels라는 양식적 관습을 만들었다. 이러한 전통은 서사적 특징을 강화하면서 새롭게 성장해가던 형성기 소설에 관여하며 가전체假傳體와 몽유록夢遊錄 등의 우언적 연원을 지닌 우언계 고소설을 생산하게 되었다.

고소설은 자아와 세계의 양보 없는 대결을 상상체계에 기대어 불완전하게 서술하는 특징을 지닌다. 근대소설은 문제적 사건을 현실의 전형적 인물들을 통해 현실공간에서 다루기 때문에 시간 서사의 구성이 강화되는 데 비해, 고소설은 환상, 가상, 이상이라는 상상의 공간에서 현실적 문제를 풀어나가기 때문에 중층적 서사를 진행시킨다는 특징이 있다. 그중에서 우언계 소설은 주로 가상의 서사를 통해 기존 통념에 대한 긍정이나 비판의식을 예시적으로 허구화한다. 결국 조선조 문학사에서 가전체나 몽유록 등의 새로운 양식은 현실과 이념 혹은 현실과 욕망의 거리를 가상적으로 투사하고 음미할 수 있는 서사적 계기를 제공하며 우언계 소설의 범주를 형성했다고 평가할 수 있다.

한국문학사를 되짚어보면, 16세기 중반에 김시습金時習, 1435~1493의 『금오신화金鰲新話』와 신광한申光漢, 1484~1555의 『기재기이企齋紀異』라는 두 소설집이 목판본으로 출간되는 진풍경이 연출됐다. 15세기 작품인 『금오신화』가 김시습의 찬미자였던 예조판서 윤춘년尹春年에 의해 어려운 출판 기회를 잡은 것이고, 16세기 기묘사화己卯士禍에 연루되어 15년 이상을 야인으로 지내다 명종조에 대제학大提學을 지냈던 신광한이 부하 관료들의 손을 빌려 어찌 보면 기획출판을 한 것이었다. 그러나 그 어느 것도 국문으로까지 번역되어 더 많은 독자들의 탐독 대상이 되지는 못했다. 이 두 작품집은 얼마간은 환상적이고 얼마간은 우의적이었지만, 조금 더 폭넓게 대중이 공감하는 일상의 비근한 상상력을 보여주지는 못했다.

새로운 서사 갈래였던 소설이 넓은 공감대를 얻기 위해서는 조금 더 현실적인 주인공과 흥미로운 삶의 역정을 그려내는 것이 관건이었다. 그런데 우언계 소설은 의인화 혹은 역사적 인물을 통한 환유적 수법에 가탁함으로써 그 인물의 성격이 관념적이거나 유형적이었다. 이 점에서 우언소설은 현실적 구체성을 결여하는 것이 사실이다. 그러나 이러한 특성은 비록 본격적인 소설시대를 견인하는 주요 동력으로서는 약점이겠지만, 경험적 서사를 허구적 서사로 나아가게 하는 문학적 인식이나 수법에서 큰 구실을 했다.

16세기는 한국 고소설사에서 다소 침체된 시기로 인식되어왔으나, 그것은 소설의 개념을 현실주의에 입각한 근대소설의 관점으로 서사 문학사를 재단한 결과다. 16세기 지식인 사회가 경험해야 했던 기존 정치세력과 사림파의 충돌은 서사문학적으로 전기계傳奇系 소설의 위축을 가져오는 대신 우언계 소설의 정착을 위한 토양이 되었다. 16세기 사림파의 정계 진출을 위한 현실인식은 그만큼 논쟁적 성격을 띠었고, 우언소설은 그것을 중층적 담론체계로 표현해낼 수 있는 좋은 도구였다.

가려 뽑은 다섯 작품에 대하여

이 책에는 16세기의 다섯 작품만을 가려 실었다. 그 속에 포함시키지 않았지만, 사실 조선 전기의 첫번째 작품으로는 김시습의 「남염부주지南炎浮洲志」를 싣는 것도 고려해볼 만하다. 「남염부주지」는 『금오신화』에 수록된 다른 작품들과 구별되는 점이 많다. 생전에 자기 확신을 가지고 올곧게 살았던 재야의 학자가 죽어서 명부冥府의 염라대왕이 된다는 기본 줄거리는 비록 환상적이지만, 곧은 선비 박생과 선임 염라대왕의 대화가 작품의 대부분을 구성하면서 각종 철학적 정치적 담론을 엮어나간 서사 구조는 매우 가상적이며 우의적이다. 그것은 이 작품집이 기본적으로는 전기계 소설의 속성을 지니지만 한쪽으로 우언계 소설의 연원을 마련했다는 결정적 증거다. 그럼에도 불구하고 이 작품의 경우 『금오신화』의 다른 작품과 마찬가지로 이계 체험이 작품 속의 현실에서 서사 주인공의 존재론적 변화를 부추긴다. 비록 이념적 내용을 표방하고 있어도 개인 주체의 욕망을 추구하기 위한 환상 세계를 꿈꾸었다는 점에서 기본적으로 전기 소설의 위상을 지닌다.

한편 16세기 초반에 활동했던 심의沈義, 1475~?의 「기몽記夢」은 일상사에 염증을 느끼던 작가가 꿈여행에서 문장왕국의 이상향을 체험하고 돌아온다는 내용이므로 함께 고려할 만하다. 이 작품은 작가의 호를 따서 속칭「대관재몽유록大觀齋夢遊錄」으로 불릴 만큼 몽유록 양식의 단초를 제공한 장본이었다. 그럼에도 불구하고 이 작품은 작가 스스로를 꿈속의 주인공으로 삼아 반평생 부침을 그리고 있어「침중기枕中記」「남가태수전南柯太守傳」등의 당나라 전기傳奇풍을 수용한 것도 사실이다. 그러나 한편으로 우언의 가상적 글쓰기로부터 발생하는 유쾌한 분위기가 강조되어 있기도 하다.

내용은 다음과 같다. 꿈속 문장왕국에서 심의는 조선 천자로 설정된 최치원崔致遠의 총애를 받아 고금 시인들의 작품을 논하는 직책을 맡아 벼슬살이에서 영달한다. 김시습이 천자의 지나친 당률唐律 선호에 불만을 품고 반란을 일으키자 심의가 토벌대장군이 되어 휘파람 하나로 간단히 물리치고 안동백安東伯의 작위를 받아 부귀해진다. 이규보李奎報의 문장이 가볍고 실속이 없다며 탄핵하고 임금의 경연經筵을 책임지기도 한다. 백 층의 화려한 사단詞壇을 건설하여, 조선의 천자 최치원과 대당천자大唐天子 두보杜甫와 이백李白 등이 모여 문장과 서예를 즐길 수 있게 한다. 그러다 심의는 세속혈통〔塵骨〕이라고 탄핵을 받고 귀향 조치를 당한다. 이 같은 내용은 흡사 예술지상주의를 신봉하는 사장파詞章派의 가치관을 우의하는 것으로 보인다. 따라서 이규보나 김시습에 관한 허구적 설정도 그들의 문학을 객관적으로 비평하기 위해서라기보다는, 문학을 삶의 잉여물로 치부했던 두 사람의 삶의 궤적에 대해 심의 자신의 반감을 우의적으로 드러내기 위한 것이라 판단된다. 중세 문인관료 사회에서 이규보는 출처에 관한 발랄한 사유와 거침없는 문학행위를, 김시습은 심각한 삶의 태도와 방외인적 모색을 보여준 대표적인 문학가이자 사상가였기 때문이다. 결국 이 작품은 전기傳奇의 환상적 사건 서사와 우언의 담론 전략을 동시에 구사했다고 평가할 수 있지만, 역시 우언소설의 전형은 아니므로 이 책에서는 제외하기로 했다.

이 책에 수록한 우언소설 작품은 모두 16세기에 창작된 것들인데, 신광한의 『기재기이』에 수록된 두 작품을 먼저 실었다. 이 작품집은 여러 모로 『금오신화』와 경쟁적 관계에 있었다. 수록된 작품들의 성격으로 보아도 15세기의 『금오신화』는 환상적 성격이 강한 전기계 소설이, 16세기의 『기재기이』는 가상적 성격이 강한 우언계 소설이 주축을 이루어 대조적이다. 그중 『기재기이』에 거두어진 「안빙몽유록」과 「서재야회록」은 우언소설을 정착시키는 데 결정적 역할을 한 작품으로 판단된다. 전자는 '편히 기대어 꿈여행을 떠난다'는 속뜻을 지닌 안빙安憑이라는 가상적 존재가 꿈속에서 작가의 정원을 노닐었다는 이야기이며, 후자는 작가가 밤중에 자신의 서재에서 문방사우의 정령들이 노니는 것을 목격하고 수작을 나눈 이야기다. 이들은 꽃나무 왕국에서의 왕조체제의 알력과 서재에서 기거하는 문장 도구들의 밤놀이를 복잡하게 묘사하지만, 두 작품 모두 그 가운데에서 고난의 시기를 견뎌내야 했던 중세 문인관료의 재야 의식을 우의하고 있다. 이를 '안빙의 꿈여행'이라는 측면에서 다이어그램으로 도식화해보면, 현실과 몽중은 다음과 같이 유비類比될 것이다.

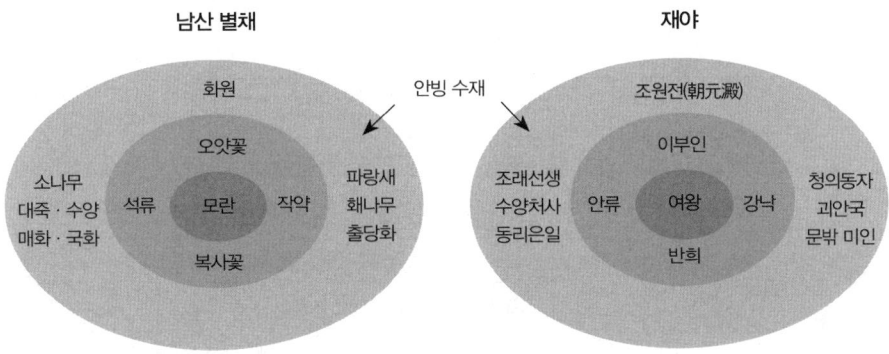

반면 16세기 후반은 우언소설이 더욱 본격화된 시기라 할 수 있다. 김우옹金宇顒, 1540~1603이 1566년 처조부이자 스승이었던 조식曺植, 1501~1572의 「신명사도명神明舍圖銘」을 근거로 「천군전天君傳」을, 임제林悌, 1549~1587가 1583년 즈음 「수성지愁城誌」를 창작했다. 이 책에서는 「신명사도명」과 「천군전」을 하나로 묶어 다루었고, 이어서 임제의 「원생몽유록元生夢遊錄」과 「수성지」를 가려 뽑았다.

조식과 김우옹의 작품은 인간의 근본적 덕성을 지키면서 현실에 대응하는 심성 수양론의 방법에 대해 경敬과 의義를 핵심적 요소로 부각시켰는데, 동일한 주제의식을 지닌 자매편이라 할 수 있다. 다만, 이 두 작품은 도상적圖像的 우언과 서사적敍事的 우언으로 동일 주제를 변주하여 표상함으로써 우언 담론의 범주를 소설 이상의 것으로 확대했다고 할 수 있다. 성리학적 관점으로는 시비를 불러일으킬 만한 요소를 지니고 있었지만, 수행과 실천을 강조했던 남명학파의 정신을 평면적인 논설의 한계를 넘어서 직관적으로 형상화해 보인 의의는 높이 평가할 만하다. 그들의 사상 자체가 성리학적 범주에 제한되지 않고, 고금의 사상을 넘나들며 예술적 표현도 중시했음을 알 수 있다. 이러한 내용의 도상과 서사를 대비하여 제시하면 아래와 같다.

천군 전기

유인씨의 나라, 건원제 조서를 내려
아들 이理를 하토 임금으로 책명

↓

천군天君으로 즉위, 신명전神明殿에서 내무총재 공경함,
서무백관 의로움과 정사

↓

신명스런 집

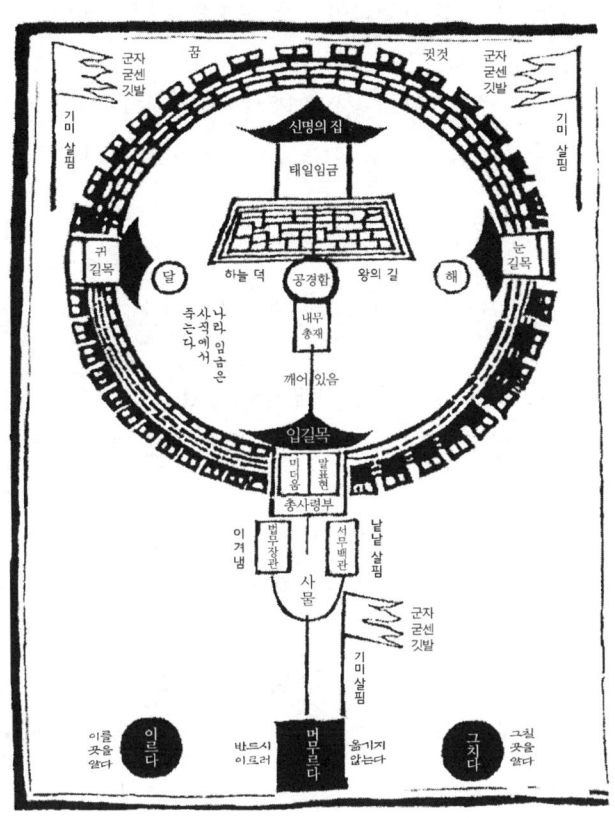

천군이 내무총재의 간언을 무시하고 나다니다가
말년에 공자 게으름과 공손 오만함이 집권

↓

내무총재가 쫓겨나고 서무백관이 떠나간 뒤
천군이 팔준마를 타고 세상 밖을 치달림

↓

```
┌─────────────────────────────────────────────────┐
│        눈길목 등의 세 관문에서 도적떼가 일어나          │
│    가슴 바다를 습격하여 무혈 전쟁으로 성곽 진입         │
└─────────────────────────────────────────────────┘
                        ↓
┌─────────────────────────────────────────────────┐
│          우리 군사가 신령한 누대에서 패전,            │
│    장군 굳셈이 전사, 괴수 도척盜跖이 방촌에 거함        │
└─────────────────────────────────────────────────┘
                        ↓
┌─────────────────────────────────────────────────┐
│       나라 잃은 천군을 오직 공자 어짊良만이           │
│             쫓아다니며 경계시킴                    │
└─────────────────────────────────────────────────┘
                        ↓
┌─────────────────────────────────────────────────┐
│    천군이 반성하여 말고삐를 돌리고 군졸을 모으니        │
│    공경함이 행재소에 나와 내무총재를 회복             │
└─────────────────────────────────────────────────┘
                        ↓
┌─────────────────────────────────────────────────┐
│  대장군 자기이김이 선봉에 서고 공자 뜻이 원수가 되어     │
│        생사의 길에서 도적떼를 궤멸함                │
└─────────────────────────────────────────────────┘
                        ↓
┌─────────────────────────────────────────────────┐
│        천군이 신명전에서 왕위를 바로잡으니            │
│  서무백관 의로움이 와서 내무총재와 내외를 다스림        │
└─────────────────────────────────────────────────┘
                        ↓
┌─────────────────────────────────────────────────┐
│             내무총재가 상께 권하여               │
│  청야수성淸野守城 전술을 써 요충지를 장악함           │
└─────────────────────────────────────────────────┘
                        ↓
┌─────────────────────────────────────────────────┐
│    대장군이 기운을 돋워 도적을 추격해 진멸하고         │
│        소굴을 엎어버린 후 승전보를 고함             │
└─────────────────────────────────────────────────┘
                        ↓
┌─────────────────────────────────────────────────┐
│       천군이 팔짱 끼고 나라를 다스리고              │
│ 내무총재와 서무백관이 제 직임을 맡으니 큰일이 없음       │
└─────────────────────────────────────────────────┘
```

236

> 상께서 재위한 지 백 년이 되어
> 여섯 용을 타고 하늘 조정에 조회하고 돌아오지 않음

　한편 임제의 두 작품은 단종과 사육신 및 고금의 역사적 부조리를 주제로 삼았다. 그 가운데 「원생몽유록」은 앞의 여러 작품과는 달리 의외로 당대에 폭넓은 인기를 얻었다. 필사 단행본 형태로 유통되었을 뿐만 아니라 각종 역사서에 단종의 사적과 함께 수록되는 사례도 빈번했으며 국문본으로까지 번역되어 읽혔다. 이제까지 발견된 이본만 해도 30여 종을 상회한다. 이 작품은 '원래 없는 인물'이라는 속뜻을 지닌, 혹은 생육신의 하나인 원호元昊, 자는 자허子虛를 교묘히 연상시키는, 원자허元子虛라는 인물을 강개한 성격의 재야 선비로 묘사하고 있다. 그러나 이는 물론 가상의 주인공이다. 반면 꿈속의 세계에는 단종과 사육신으로 추정되는 비운의 임금과 여섯 명의 충신열사가 차례대로 등장한다. 그리고 꿈여행의 안내자이자 강개한 분위기에 적극적으로 동참하는 또하나의 정체 모를 인물이 중요하게 묘사되는데, 이는 『육신전六臣傳』을 통해 단종과 사육신의 사적을 후대에 전한 남효온南孝溫을 연상하기에 충분하다.

　이들의 정체를 확인해가는 과정은 단종의 폐위와 죽음 그리고 복권 모의의 실패라는 비극적 상황을 일일이 환기하는 역사적 의미 추구의 작업에 다름 아니다. 그러면서 아득히 먼 중국의 전국시대에 초회왕楚懷王이 초나라 임금의 혈족으로서 항우에 의해 옹립되었다가 다시 그 손에 살해되었던 곳인 바로 그 강물 가가 단종이 살해되었던 청령포의 역사 공간과 은연중 중첩되기도 한다. 뿐만 아니라 여러 이본에서는 특히 남효온이나 무인 유응부兪應孚의 발언을 통해 사육신 사건의 의미를 파격적으로 비평하는 견해를 곁들이고, 원자허가 꿈에서 깨어나서는 그의 벗 해월거사海月居士 혹은 매월거사梅月居士가 총괄적 비평을 시도하기도

한다. 그것은 왕조의 역사가 찬탈로 점철되어 있고, 무력을 이해 못하는 문인들과는 큰일을 도모하기 어려우며, 종국에는 인간사가 시세時勢와 천도天道의 모순 대결로 귀결된다는 성찰이었다. 이처럼 이 작품은 하나의 수수께끼처럼 은폐되었던 당대 최대의 비극적 사건을 중층적 우언 서사를 통해 파헤쳐나갔다는 점에서 우언소설의 작품성을 높였다.

한편 「수성지」는 작가의 초간본 문집부터 수록되었던 임제의 대표적 우언소설이라 할 수 있다. 이 작품은 크게 세 장면으로 이루어져 있는데, 심성 가전, 몽유록, 사물 가전 등의 여러 양식을 3단 구성으로 통합해놓았다. 애초 천군天君이 하늘이 내려준 도리에 따라 마음의 나라를 평화롭게 다스렸는데, 불우했던 역사적 주인공들이 이 나라에 몰려오면서 혼란에 빠지고, 그것을 어렵사리 회복한다는 것이 그 내용이다. 이 3단계의 서사 진행은 다음과 같은 연호의 변화에 의해 구분된다.

강개지사 천군이 다스리는 나라의 치란

강충 원년/2년 복초 원년 복초 2년

이 작품은 천군의 나라를 설정한 점에서는 김우옹의 「천군전」을 본뜬 것 같지만, 그 나라가 허망하게 무너지고 회복도 엉뚱하게 이루어진다는 점에서 보면 「천군전」의 반^半모방이라 할 수 있다. 또한 한문 고전의 비극적 주인공들이 '시름성'을 쌓았다고 설정한 것은 '깊게 쌓인 시름'을 환유하는 한문학의 평범한 비유법인 듯 보이지만(이규보의 「국선생 전麴先生傳」, 홍성민의 「천군이 의지 장수를 파견해 수성을 공략하다天君遣志師攻愁城」 등의 우언 작품 이외에도 수많은 시편에서 '시름성愁城'은 술을 환유하는 시어와 함께 사용되었다), 한문 고전역사서에서 숱하게 보았을 역사의 희생자들을 최대한 끌어들여 음미하는 과정은 하나의 장대한 역사기행이라 할 만하다. 특히 그들을 충의忠義, 장렬壯烈, 무고無辜, 별리別離의 네 개 문門으로 범주화하고 해당 사적을 끝없이 열거하면서도, 서술자가 사적에 대해 일일이 공감의 촌평을 가하는 데에서는 이 작품의 교묘한 우의적 수법과 높은 수준을 느끼기에 부족함이 없다. 더구나 이 역사기행이 견우직녀의 천상天上 이별에까지 이르러 그 극점에 다다랐을 때 작가의 분신인 '성 밖의 한 사람'이 마지막으로 자신의 불우함을 다음과 같은 시로 읊어 바친다.

이런 사람은 멋진 사내라고 이를 만하지
나이 열다섯 전에 육도삼략六韜三略 통했으니
먼지 앉은 칼집에 고검 아직 써보지 못했지만
변방 요새 구석구석에서 서늘한 기개 높았다네
나이 들어선 공자의 글 읽기를 좋아해
묵은 솜저고리 해져도 부끄럽지 않았다네
소 먹이던 영척甯戚의 노래 들어줄 사람 없으니
귀밑머리에 세월의 흔적만 남았다네

이 시인은 '시름의 성'에도 끼지 못한 수상쩍은 위인이지만, 장황한 과거로의 역사기행이 다름 아닌 작가의 자기 고백과 당대 현실에 대한 성찰을 위한 것이라는 점을 틈새의 섬광처럼 비치고 사라진다. 이제 분위기는 반전된다. 천군의 나라에 봄철이 돌아왔다. 이 나라를 휘감은 어둡고 우울한 분위기는 어떻게든 퇴치되어야만 했다. 이 지점에서 천리를 옹호하던 주인옹主人翁이 의외의 상소를 천군에게 올린다. 그는 '시름의 성'이 구축되기 이전에는 성리학적 도리에 의해 천군의 나라를 다스려야 한다고 힘껏 간했던 인물이었다. 그런데 이제는 '국양장군'을 통해 소란을 평정하고 치세를 회복해야 한다고 간한다. 장군 국양麴襄은 "누룩 빚음"이라는 의미의 그 이름만으로도 '시름의 성'을 궤멸케 할 능력이 무궁무진했다. 예측한 대로 시름성의 반란은 평정되고 천군의 나라는 다시 태평성대를 누리게 된다. 이상의 각 장면을 천군 나라의 모형으로 도해하면 다음과 같다.

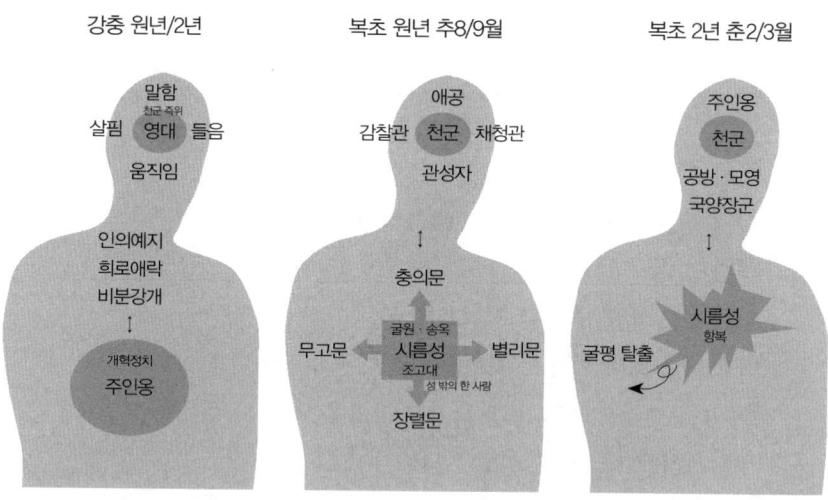

결국 「수성지」의 서사는 전편이 모순과 반어로 구성된 셈이다. 이 작품은 가전체와 몽유록의 양식을 결합해 독자적 형식을 실험한 명편으로서 16세기 우언소설의 절정이라 평가할 만하다. 「원생몽유록」과 더불어 16세기 지식인 사회를 짓누르던 당대의 모순 상황을 중층적 가상공간으로 불러내 재음미하는 절묘한 문학적 장치를 우언소설의 형태로 실험했다고 볼 수 있다.

이러한 우언소설을 통해 문학교육의 새로운 지평을 개척할 수 있는데, 대개 다음과 같은 것들이다.

(1) 문학을 통한 역사와 철학의 틈새 채워 읽기
(2) 작가와 독자의 인터랙티비티(상호작용성) 높이기
(3) 고전과 현대의 소통과 융합

예를 들어 「수성지」의 문제적 상황을 현대인의 심리로 치환하여 그 해결 방법을 대입해볼 수 있다. 이에 대한 개념도를 제시하면 다음과 같이 정리할 수 있다.

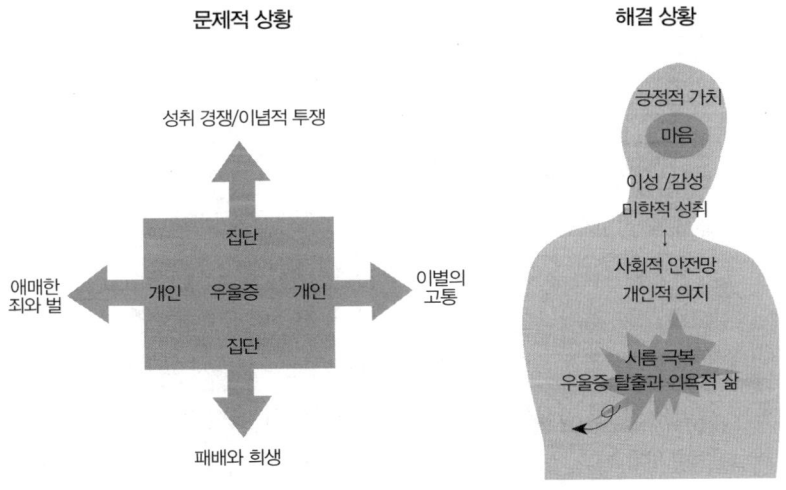

▨ 우언소설사의 계보와 더 많은 작품들

　이상 16세기의 소설사적 지형도는 17세기 소설 갈래가 개화되는 시대에 이르러 「천군연의天君演義」나 「금산사몽유록金山寺夢遊錄」과 같이 인간의 심성론과 동아시아 역사론을 우의로 나타내는 장편화된 우언소설로 확대되어갔다. 문학과 철학과 역사의 당대적 관점을 우언소설이라는 표현양식을 통해 표출한 또하나의 진풍경이었다 할 수 있다. 뿐만 아니라 유몽인柳夢寅의 「호정문虎阱文」 같은 작품은 임진왜란이라는 미증유의 국난을 체험했던 작가가 인간문명과 사대부사회에 대해 근본적인 회의를 품고 날카로운 문제의식을 드러낸 것이다. 또 임진왜란 혹은 병자호란의 원인 내지 후유증을 따지는 꿈여행 양식의 「달천몽유록達川夢遊錄」 「피생몽유록皮生夢遊錄」 「강도몽유록江都夢遊錄」 등이 만들어졌는데, 특히 「강도몽유록」은 온통 여성들만을 등장시켜 남성 중심의 가문과 관료사회를 신랄하게 비판하는 이채로움을 보여주었다.

　18세기에는 이른바 실학이 발흥하면서 새로운 지적 모색과 학문적 작업이 활기를 띠었고, 그중에서도 북학파가 청淸제국이 지배하던 중국을 여행하는 체험을 통해 세계인식의 변화를 꾀했음은 주지의 사실이다. 홍대용洪大容의 「의산문답醫山問答」과 박지원朴趾源의 「호질虎叱」은 바로 그 같은 세계관 전환의 근거가 되는 당대 학문과 문명에 대한 비판의식을 우의적으로 표출해냄으로써 우언소설의 계보를 이었다. 반면 조선과 중국을 동일한 문명권의 시각에서 바라보면서 소중화의 자부심을 가지고 역사를 비평하려는 보수적 가치관 또한 강고했다. 예컨대 김수민金壽民의 「내성지柰城誌」는 조선의 단종과 명나라 건문제建文帝가 각자의 숙부에게 왕위를 찬탈당했던 역사적 사건을 배경으로 무명자無名子라는 가상인물이 꿈속에서 두 나라의 임금과 관련 신하들의 연회와 역사 담론을 목격한다는 내용이다. 이 작품은 17세기 「금화사몽유록金華寺夢遊錄」의 역사 담론 방식을 계승하면서도 소재를 특정 시기의 문제로 집약하고 관련 자료를 총동원하다시피 하여 장편화를 꾀했다. 이를 통해 당시 청제국의 지배권에 속해 있던 동아시아 역사의 치란과 정당한 통치권의 소재 및 작자의 의리관을 우의했던 것이다.

한편, 18세기까지 유행했던 여러 국문/한문 중·장편소설에 대한 비평관을 하나의 소설 양식으로 꾸며낸 「투색지연의鬪色誌演義」 「여와전女媧傳」 「황릉몽환기黃陵夢還記」 등은 단연 이채를 띠었다. 이들은 당시 유행하던 소설의 여주인공들을 불러모아 자신들의 여성관을 피력하게 하는 독특한 형식을 취한다. 말하자면 소설에 대한 소설, 즉 메타픽션이라 할 수 있겠으나, 결국 소설 담당층의 주요 고객이라 할 여성 독자층의 소설 비평을 우언소설의 형태로 창안해낸 것으로 이해된다.

또한 이광정李光庭의 『망양록亡羊錄』은 총 21화의 우언적 담론을 만록漫錄의 형태로 엮어놓은 이야기 모음집이다. 때로는 창작의 기미가 농후한 삽입 우언을, 때로는 시정세태의 제법 긴 호흡의 서사물을, 혹은 설화적 속성이 강한 민간 우언 등을 서술하면서 작가의 비평적 담론을 곁들이는 형식을 취하고 있다. 이는 관점에 따라 야담집으로 볼 수도 있겠으나 교술적 특성이 만만치 않게 포함되어 있고, 우언담론집이라 할 수도 있겠지만 특히 후반부에 민간설화에서 소재를 취한 단형 우화들이 많이 수록되어 있다. 그러나 이 작품집은 마치 보카치오의 『데카메론』처럼 느슨한 형태의 액자 구성을 통해 해학, 풍자, 반어, 우의 등의 수법을 구사하는 우언계 한문 단편소설집으로 독해할 여지가 많다. '망양'이니 '만록'이니 하는 명칭 자체가 목적을 내세우지 않는 '허튼 이야기'라는 의미이니, 자유로운 산문소설의 형식과 서술자의 시각을 통해 작가의 비평의식을 드러냈다고 이해된다. 20세기에 편찬된 작자 미상의 『각수만록却睡漫錄』이 여러 작가의 우언 및 우언소설을 모아 엮었던 것과 좋은 대비를 이룬다.

19세기에는 동물우화소설과 토의체 소설이 양산되었는데, 이 또한 우언소설의 영역 안에서 다룰 수 있다. 「서대주전」「두껍전」「까치전」「담낭전」「공자동자문답」「방흘전」 등이 이에 해당된다. 뿐만 아니라 판소리계 소설 가운데 「별주부전/토끼전」「옹생원전/옹고집전」「장끼전/자치가라/화충선생전」 등도 우언소설적 취향을 지녔음을 부인하기 어렵다.

또한 19세기 말부터 20세기 초반에 신구新舊 문학이 충돌하고 상호 조정되던 문학사적 상황에서 갖가지 우언 담론이 크게 성행했다. 예컨대 「호섬전虎蟾傳」「춘몽春夢」「금수회의록禽獸會議錄」 같은 작품군은 동물들의 쟁변을 통해 당대 사회를 비평하는 우언소설로서 토의체 소설의 계열을 이루고 있어 주목된다. 뿐만 아니라 애국계몽기의 개신유학 지식인들도 우언소설에 깊은 관심을 나타냈는데, 신채호의 「꿈하늘」「용과 용의 대격전」 등은 그 대표가 될 만한 작품이다. 또한 고소설과 신소설 사이에서 여러 신작구소설新作舊小說이 창작되기도 했는데, 『여항소설』이라는 이름으로 묶인 작품집에 「산촌미녀」 등이 실려 있고, 천도교 지식인 이종린李鍾麟은 한문소설 「만강홍滿江紅」을 짓고 국문소설 「영산홍」을 번안했다. 이들은 전편을 통해 고소설적 서사 전개와 항일적 우의를 중층적으로 배치했으니, 우언소설의 계보가 면면하게 이어졌음을 확인할 수 있다.

【 참고문헌 】

경상대학교 남명학연구소 편역, 『교감국역 남명집』, 이론과실천, 1995.

김광순, 『천군소설연구』, 형설출판사, 1980.

─────, 『수성지·천군본기』, 형설출판사, 1982.

김성룡, 「심성 가전을 통해 본 우언의 시학과 문학교육학」, 한국우언문학회 편, 『우언의 인문학적 위상과 현대적 활용』, 박이정, 2006.

김영, 『망양록 연구』, 집문당, 2003.

리철화, 『임제·권필 작품선집』, 조선문학예술총동맹출판사, 1963.

신광한, 『기재기이』, 박헌순 옮김, 범우사, 2008 개정판.

신재홍, 『한국 몽유소설 연구』, 계명문화사, 1994.

신해진, 『역주 내성지』, 보고사, 2007.

신호열·임형택, 『역주 백호전집 (하)』, 창작과비평사, 1997.

양승민, 「한문문명권 소설사에서 본 한국우언소설의 위상」, 『우언의 서사문법과 담론 양상』, 학고방, 2008.

엄기영, 「『기재기이』의 창작방법 연구」, 고려대학교 대학원 박사논문, 2007.

윤승준, 「동물우언의 전통과 송사형 우화소설」, 『한국 우언의 실상』, 월인, 2009.

─────, 「눌은 이광정의 우언 창작 방식」, 『한국 우언의 실상』, 월인, 2009.

윤주필, 「「수성지」의 3단 구성과 그 의미」, 『한국한문학연구』 13집, 한국한문학회, 1990.

─────, 「「원생몽유록」의 종합적 고찰」, 『한국한문학연구』 16집, 한국한문학회, 1993.

─────, 「우언소설의 양식사적 검토」, 『고소설연구』 5집, 한국고소설학회, 1998.

─────, 「「원생몽유록」 연구의 비판적 이해」, 일위 우쾌재 박사 회갑기념 논문집 간행위원회, 『고소설연구사』, 월인, 2002.

─────, 「「귀토지설」과 「화왕계」의 대비적 고찰」, 『고소설연구』 30집, 한국고소설 학회, 2010.

――――, 「우언과 성리학: 조선전기 철학담론으로서의 우언문학사」, 『퇴계학논집』 7집, 영남퇴계학연구원, 2010.

――――, 「우언문학사와 초기소설의 관련 양상」, 한국고소설학회 편, 『다시 보는 고소설사』, 보고사, 2010.

이강엽, 『토의문학의 전통과 우리소설』, 태학사, 1997.

이은숙, 「항일 우의 신작구소설」, 한국학중앙연구원 한국학대학원 박사논문, 1994.

이종주, 「산촌미녀」, 『여항소설』, 시인사, 1984.

장효현, 「형성기 고전소설의 전개와 우언문학」, 한국우언문학회 편, 『우언의 인문학적 위상과 현대적 활용』, 박이정, 2006.

장효현 외, 『(교감본 한국한문소설) 우언우화소설』, 고려대학교 민족문화연구원, 2007.

조현우, 「'초기소설사'에서의 역사와 허구의 관련 양상」, 한국고소설학회 편, 『다시 보는 고소설사』, 보고사, 2010.

허원기, 「심성도설의 도상학적 의미와 심성우언소설」, 한국우언문학회 편, 『우언의 인문학적 위상과 현대적 활용』, 박이정, 2006.

　우리가 고전에 눈을 돌리는 것은 고전으로 회귀하기 위해서가 아니다. 한국의 고전은 고전으로서 계승된 역사가 극히 짧고 지금 이 순간에도 발견되고 있으며 심지어 어떤 작품은 저 구석에서 후대의 눈길을 간절하게 기다리고 있기도 하다. 우리의 목표는 바로 이런 한국의 고전을 귀환시키는 것이다. 그러니까 고전 안에 숨죽이며 웅크리고 있는 진리내용들을 다시 불러들이고 그것으로 이 불투명한 시대의 이정표를 삼는 것, 이것이 우리의 궁극적인 목적이다.

　문학동네 한국고전문학전집은 몇몇 전문가의 연구실에 갇혀 있던 우리의 위대한 유산을 널리 공유하는 것은 물론, 우리 고전의 비판적 · 창조적 계승을 통해 세계문학사를 또 한번 진화시키고자 하는 강한 열망 속에서 탄생하였다. 그래서 문학동네 한국고전문학전집은 이미 익숙한 불멸의 고전은 말할 것도 없고 각 시대가 새롭게 찾아내어 힘겨운 논의 끝에 고전으로 끌어올린 작품까지를 두루 포함시켰다. 뿐만 아니라 한국 고전의 위대함을 같이 느끼기 위해 자구 하나, 단어 하나에도 세밀한 정성을 들였다. 여러 이본들을 철저히 비교하는 과정을 거쳐 정본을 확정했고, 이제까지의 모든 연구를 포괄한 각주를 달았으며, 각 작품의 품격과 분위기를 충분히 살려 현대어 텍스트를 완성했다. 이 모두가 우리의 고전을 재발명하는 것이야말로 세계문학의 인식론적 지도를 바꾸는 일이라는 소명감 덕분에 가능했음은 물론이다. 부디 한국의 고전 중 그 정수들을 한자리에 모은 문학동네 한국고전문학전집이 그간 한국의 고전을 멀리했던 독자들에게 널리 읽히고 창조적으로 계승되어 세계문학의 진화를 불러오는 우리의, 더 나아가 세계 전체의 소중한 자산으로 자리하기를 기대해본다.

문학동네 한국고전문학전집 편집위원
심경호, 장효현, 정병설, 류보선

옮긴이 **윤주필**

서울에서 출생하여 연세대 중문학과를 졸업한 뒤 한국학중앙연구원의 한국학대학원 한국한문학 전공 석사과정과 한국문학사 박사과정을 이수하고, 「조선전기 방외인문학에 관한 당대인의 인식 연구」로 박사학위를 취득했다. 1991년 제1회 나손학술상, 2000년 제5회 성산학술상, 2003년 단국대 연구업적상을 받았다. 현재 단국대 한국어문학과 교수로 재직중이며, 한국 및 동아시아 우언문학 에 대한 연구를 지속하고 있다. 관련된 저술로 『한국의 방외인문학』, 『틈새의 미학』, 『윤리의 서사화』, 『한국 우언산문 선집』 1, 2(공저), 편저서로 『동아시아 우언론과 한국의 우언문학』, 『동아시아 우언문 학 비교론』, 『우언의 인문학적 위상과 현대적 활용』, 역서로 『세계의 우언과 알레고리』 등을 펴냈다.

한국고전문학전집 014

조선 전기 우언소설

ⓒ 윤주필 2013

초판 인쇄 | 2013년 2월 22일
초판 발행 | 2013년 3월 1일

옮긴이 윤주필 | 펴낸이 강병선

책임편집 오경철 | 편집 구민정 오동규 | 독자모니터 황치영
디자인 윤종윤 이주영 | 마케팅 우영희 이미진 나해진 김은지 | 온라인마케팅 김희숙 김상만 이원주 한수진
제작 서동관 김애진 임현식 | 제작처 영신사

펴낸곳 (주)문학동네
출판등록 1993년 10월 22일 제406-2003-000045호
주소 413-756 경기도 파주시 문발동 파주출판도시 513-8
전자우편 editor@munhak.com | 대표전화 031)955-8888 | 팩스 031)955-8855
문의전화 031)955-2660(마케팅), 031)955-2645(편집)
문학동네카페 http://cafe.naver.com/mhdn

ISBN 978-89-546-2080-2 04810
     978-89-546-0888-6 04810 (세트)

* 이 책의 판권은 옮긴이와 문학동네에 있습니다.
  이 책 내용의 전부 또는 일부를 재사용하려면 반드시 양측의 서면 동의를 받아야 합니다.
* 이 도서의 국립중앙도서관 출판시도서목록(CIP)은 e-CIP홈페이지(http://www.nl.go.kr/ecip)와
  국가자료공동목록시스템(http://www.nl.go.kr/kolisnet)에서 이용하실 수 있습니다.
  (CIP제어번호: CIP2013001740)

www.munhak.com